# 放蕩伯爵、愛を知る

キャンディス・キャンプ
佐野　晶　訳

MIRA®

# SO WILD A HEART

by Candace Camp



Published by Harlequin K.K., Tokyo, 2011

# 放蕩伯爵、愛を知る

## ■主要登場人物

ミランダ・アップショー……投資家。
ジョーゼフ・アップショー……ミランダの父親。
ハイラム・ボールドウィン……ジョーゼフのアシスタント。
エリザベス・アップショー……ミランダの継母。
ヴェロニカ・アップショー……ミランダの継妹。
デヴィン・アインコート……第六代レイヴンスカー伯爵。
レディ・レイヴンスカー……デヴィンの母親。
キャサリン……デヴィンの上の妹。故人。
リチャード……キャサリンの夫。クレイボーン公爵。
レイチェル……デヴィンの下の妹。レディ・ウェスサンプトン。
マイケル……レイチェルの夫。ウェスサンプトン伯爵。
ルパート・ダルリンプル……デヴィンの伯父。
レオーナ……デヴィンの愛人。レディ・ヴェイジー。
ストロング……アインコート家の領地管理人。

# 1

　彼女は苦しそうに口もとをゆがめ、大きな目で懇願しながら彼に向かって両手を上げた。蒼《あお》ざめた肌はすでに土気色になりかけ、顔も着ているものも、すっかり濡《ぬ》れそぼっている。黒い海草が胸に巻きつき、逆巻く波のなかへと彼女を引きずりこもうとする。

「デヴィン、助けて！　助けて！」甲高い悲鳴が暗闇のなかにこだまする。

デヴィンは彼女を助けようとした。だが、あと数センチのところで指先が届かず、それ以上身を乗りだすこともできない。どんなに必死にあらゆる筋肉と細胞を伸ばしても、彼女の指をつかめなかった。

　彼女は目を閉じて、黒い水のなかに沈みはじめた。

「だめだ！」デヴィンは叫び、むなしく彼女をつかもうとした。「あきらめるな！　ぼくの手をつかむんだ！」

デヴィンはぱっと目を開けた。最初は何も見えなかったが、しだいにまわりのものが目に入ってきた。またしてもあの夢を見たのだ。

「くそ!」彼は骨の髄まで冷えきって震えながら部屋を見まわし、ようやく自分がどこにいるか気づいた。どうやら、ガウン姿で座ったまま、眠りこんでしまったようだ。ブランデーのボトルと、優雅な曲線を描くグラスが、椅子のすぐ横の小テーブルに置いてある。彼はそのボトルをつかみ、グラスに少しだけついだ。ボトルがグラスの縁にあたってかたかたと音をたてるほど、手が震えている。

すばやくひと口流しこむと、火のような液体が喉を流れ落ち、胃のなかを焼いた。額にかかる髪を片手でかきあげ、もうひと口飲みながらつぶやく。

「どうしてぼくに話してくれなかったんだ? きっと力になったのに」

ブランデーの助けを借りても、震えはまだ止まらなかった。デヴィンは立ちあがり、少しふらつきながらベッドに向かった。昨夜はどれくらい飲んだのか? まったく思い出せないが、すぐそこにあるベッドへ行く代わりに、座ったまま眠ってしまったところを見ると、相当酔っていたのだろう。いやな夢にうなされたのも無理はない、彼はそう自分に言い聞かせた。

昨夜、デヴィンが出かける前に従者がきちんと整え、上掛けをめくっていったベッドにもぐりこみ、毛布を体に巻きつける。ブランデーと羽根布団のおかげで、少しずつ震えがおさまり、やがて止まった。すでに六月だから、ガウン姿で眠っても、それほど寒いわけではない。こんなに体が冷たいのは気温のせいではなく、いまでもときどきうなされる悪夢のせいだ。

もう十五年近くたつのだから、いい加減見なくなってもいいはずなのに。悪夢は一年に少なくとも二、三回は思い出したようによみがえって、彼を悩ませる。デヴィンは顔をしかめた。硬貨《ファージング》はいつもさっさと離れてしまうのに、見たくもない夢はしつこくつきまとう。

震えが止まり、デヴィンはまどろみはじめた。少なくとも、あれから何年もたったおかげで、いまではあの夢を見たあとでも眠れるようになった。最初のうちはひと晩じゅうまんじりともできずに朝を迎えたものだ。時はすべての傷を癒してくれるわけではないが、ありがたいことに、少々ブランデーの助けを借りれば、昔よりもたやすく頭から追いだせるようになった。彼は小さなため息をついて眠りに落ちた。

数時間後、従者がデヴィンの腕を静かに揺すって小声でこう言ったときには、すでに太陽が空高く昇っていた。「旦那様、旦那様、お休みのところを申し訳ございませんが、レディ・レイヴンスカーとレディ・ウェスサンプトンが、旦那様にお会いになりたいと階下《した》でお待ちでございます」

デヴィンはどうにか片目だけ開けた。睡眠不足と二日酔いで血走ったその目で、ベッドのそばに立っている従者をにらみつけ、ひと言つぶやいた。「うせろ」

「はい、旦那様、お気持ちはよくわかります。ずいぶんと早い時間でございますから。ですが、伯爵夫人がここに上がってきて、ご自分で旦那様を起こすとおっしゃるものですから。旦那様のお母上を力ずくでお止めするのは、わたくしの義務の範囲を超えております」

デヴィンはため息をついて目を閉じ、寝返りを打って仰向けになった。「母上は泣いている？　それとも怒っているのか？」

「涙は浮かべておられません」従者は答え、考えこむように眉を寄せた。「どちらかというと……断固とした口調のようでした。それに、レディ・ウェスサンプトンとご一緒でいらっしゃいます」

「ああ。妹が加担しているとなると、追い返すのはむずかしいな」

「さようでございます。お召し物を用意いたしましょうか？」

デヴィンはうめいた。まったくもって最悪の気分だ。頭はがんがんするし、体じゅうが痛い。おまけに口のなかはごみ箱をなめたような味がする。「ゆうべ、ぼくはどこにいたんだったかな、カーソン？」

「さあ」従者は穏やかに答えた。「たしか夕刻には、ミスター・ミックレストンとご一緒だったと存じますが」

「スチュアートと?」そう言われてみると、古いなじみのあの男がここを訪ねてきたような気がする。しかも珍しいことに、スチュアートの懐は温かかった。このひどい二日酔いはそれで説明がつく。おそらく昨夜は友の幸運を祝い、ロンドンの場末にある酒場の半分を梯子《はしご》したのだろう。そしてあいつの幸運の少なくとも半分を、ぱっぱと使ってしまったに違いない。デヴィンはそろそろと体を起こして両脚をベッドから下ろし、ひどいめまいと吐き気がおさまるのを待った。「しかたがないな。カーソン、着るものを頼む。それと、ひげ剃《そ》りの湯も持ってこさせてくれ。母はなんの用事で来たか仄《ほの》めかしたか？」

「いいえ、旦那様。わたくしが応対させていただいたのですが、ご訪問の目的に関しては口を濁され、とにかくどうしても旦那様に直接会う必要がある、とおっしゃるばかりでして」

「やれやれ」デヴィンは従者を見た。「濃いお茶が一杯、必要だな」

「確かに。すぐにお持ちいたします」

三十分後、ひげを剃っていつものシンプルな黒いスーツと糊《のり》の利いた白いシャツに身を包み、顎の下で幅広のネクタイ《クラヴァット》を粋に結んだデヴィン・アインコートは、二日酔いのろくでなしではなく、どこから見ても立派な六代目レイヴンスカー伯爵となって階下に向かった。

デヴィンは客間に入っていった。その部屋は、いまそこに座っている妹レイチェルの手で、いかにも男性の住まいらしく、ベージュと茶色で上品にまとめられている。デヴィンと同じ黒い髪に緑色の瞳のレイチェルは二十代後半、代々アインコート家の特徴である整った顔立ちの、愛らしい片えくぼの持ち主だ。デヴィンが入っていくと、レイチェルはぱっと顔を輝かせた。「お兄様!」

「やあ、レイチェル」デヴィンはひどい頭痛をこらえ、ほほえみ返した。妹は彼が心から大切に思っている数少ない人間のひとりだ。

続いて母に顔を向けたときには、デヴィンの魅力的な笑みはすでに薄れていた。レディ・レイヴンスカーは、ブロンドの髪のほっそりした女性だった。すぐれたファッションセンスと女王のような物腰が、単なる〝きれいな女性〟という以上に、彼女を際立たせている。

デヴィンは堅苦しく頭をさげた。「母上、思いがけない喜びです」

母がうなずく。

デヴィンの母は、家族と話すときにさえ堅苦しい態度を崩さない。親しみをこめた挨拶は伯爵夫人としての威厳をそこなうと、昔から信じているのだ。確かに長年のあいだにアインコート家がどんな不幸に見舞われてきたにせよ、彼らがいまでもこの国の重鎮であることは間違いない。

「元気な姿を見て、ほっとしましたよ」レディ・レイヴンスカーは皮肉たっぷりに言った。「あなたに会いたいと言ったときの、召使いたちのあわてぶりといったら。ひょっとして病気かけがでもしているのではないかと、心配になりはじめたところよ」

「まだ寝ていたんです。ですから召使いたちは、当然、ぼくをベッドから引きずりだしたくなかったんですよ」

母はとがめるように眉を上げた。「でも、もうすぐ午後一時ですよ」

「ええ、そのとおりです」

母はあきらめたようにため息をついた。「まったく、めちゃくちゃね。でも、今日ここに来たのはお説教をするためではないの」母は片手を振って、息子の自堕落な生活への非難を払った。

「そうでしょうね。で、いったいどんな用があって、この罪深い家にわざわざ足を運ばれたんですか？　よほど差し迫った事柄に違いないが……」

レディ・レイヴンスカーは不快そうに顔をしかめた。「冗談のつもりかしら」

「たいして面白くありませんがね」デヴィンはうんざりしたような声で言った。

「今日はほかでもない、あなたの結婚のことで来たのですよ」

デヴィンは驚いて眉を上げた。「ぼくの結婚？　そんな話があるとは、まったく知りませんでした」

「少しは考えるべきですよ」レディ・レイヴンスカーはそっけなく言い返した。「いよいよ追いつめられているんですからね。とっくにふさわしい相手を物色しておくべきだったのに。ところがあなたときたら、まったくその気にならない。だから、わたしが代わりに見つけてあげました」

デヴィンはちらっと妹を見てつぶやいた。「おまえもこの件に加担しているのか、レイチェル？」

「お兄様――」レイチェルは赤くなって、悲しそうな声で弁解しようとした。

「ばかなことを言うのはおやめなさい」レディ・レイヴンスカーがにべもなく割って入った。「わたしは本気ですよ、デヴィン。あなたは結婚しなくてはいけないの。それも、早ければ早いほど結構。さもないと、債務者の監獄にほうりこまれるはめになるわ」

「まだそこまでくたばってはいませんよ」

「その品のない表現を正しく解釈すれば、もうすぐそうなるということでしょう？　伯爵領はひどい状態だし、ダークウォーターは、文字どおりわたしたちの上に崩れかけている。ほんの時折でも自分の領地を訪れる努力さえすれば、よくわかるはずですよ」

「ダークウォーターはロンドンから遠すぎます。だいたい、自分の上に崩れてくるような場所を訪れるのは、あまり好きではないんです」

「ええ、そうやって軽口を叩《たた》くのは簡単よね」レディ・レイヴンスカーは怒りのにじむ声で言った。「あなたはそこに住まなくてもいいんですもの」

「そんなにいやなら、母上も住む必要はありませんよ」デヴィンは指摘した。「実際、いまはロンドンにいるじゃありませんか」

「シーズンのあいだだけ、家を借りてね」母はこれ以上ない屈辱だと言わんばかりだった。「昔はちゃんとタウンハウスがあったのに。とてもエレガントなパーティを催せる、すばらしい邸宅が。でも、いまは借家住まい。それもたった二カ月しか借りられないなんて。おまけに狭すぎて、十人足らずのお客様をもてなすのが精いっぱいなのよ。ちゃんとした夜会はもう何年も催していないわ」

「わたしのところにいらしてもいいのよ」レイチェルが口を挟んだ。

「あなたのご主人には、それでなくても世話になっているんですもの。こうして恥ずかしくないものを着ていられるのも、マイケルとリチャードのおかげですからね。そのうえ何カ月もウェスサンプトン家で面倒を見てもらうことなどできるものですか。それはデヴィンの責任よ。いまではレイヴンスカー伯爵なんだもの」

「すると、ぼくはロンドンに母上が言うような家を買うために、結婚しなくてはならないんですか？」

「揚げ足を取るのはおやめなさい。あなたらしくありませんよ。あなたにはわたしに対して、レイヴンスカーという名前に対して、果たさねばならない義務があるんです。ついでに言えば、自分自身に対しても。ダークウォーターはどうなるの？　アインコートの名前は？　結婚して跡継ぎを作るのは、長男であるあなたの義務ですよ。さもなければ、アインコートの名前と伯爵という称号は、どうやって続いていくの？　それにダークウォーターの館は？　あれはエリザベス女王がまだ子供のころに建てられたものですよ。その館を廃墟《はいきょ》にしてしまうつもり？」

「ぼくが結婚しなくても、称号は続いていきますよ」

「ええ、もちろん、あの鼠顔《ねずみがお》のエドワード・マーチが、あなたの称号を受け継いでもかまわないと言うならね。あの男はいとこのいとこの、そのまたいとこよ。しかも、どうすれば伯爵らしく振る舞えるか、まるでわかっていない」

「母上は、ぼくの振る舞いもまるで伯爵らしくないと思っているように聞こえましたが」

レディ・レイヴンスカーは、非難をこめてじっとデヴィンを見た。「そのとおりよ。でも、少なくともあなたは一族の直系だし、鼬顔《いたちがお》でもないわ」母はため息をついた。「鼠や鼬に似たレイヴンスカーなど、考えただけでもぞっとするわ。ほかはどうあれ、レイヴンスカー伯爵は、代々見目麗しい男たちでしたからね」

「つまり母上はぼくに、伯爵家という祭壇に捧《ささ》げられる生け贄《いにえ》の子羊になれというんですか？」

「そういう芝居がかった言い方をする必要など、まったくありませんよ。この国の貴族たちは昔からそうしてきたのだし、いまでも当たり前に行われていることですもの。愛のある結婚は、下層階級の人間がするもの。わたしたちのような貴族にとって、結婚は言わば同盟です。あなたのお父様とわたしも、そうして結婚したのよ。あなたの妹たちにしても、ふたりともふさわしい相手と結婚したわ。泣き言ひとつ言わずに、家族が必要としていたことをした。一家の長であるあなたが、同じことをするのは当然でしょう」

「でも、ぼくは昔から期待にそむくのが得意でしたからね」

「そういうつまらない冗談で、わたしの気を散らそうとしても無駄ですよ」母は彼に向かって人差し指を振りたてた。

「残念ながら、そのようですね」

「あなたは相続した財産をすっかり浪費してしまった」レディ・レイヴンスカーは容赦なく責めたてた。「せめてそれを取り戻すのが、あなたの義務よ」

「ひどいわ、お母様！」レイチェルが見かねて叫んだ。「数えきれないくらい代々の伯爵たちが、さんざん浪費してきたことはご存じでしょう？　すべてをお兄様のせいにするのは不公平よ。それに、ロンドンの伯爵邸を売ったのはお父様だったわ」

「わざわざ指摘してくれなくても、ちゃんと覚えていますよ、レイチェル。あなたの言うとおり。アインコート一族は昔から経済観念に欠けていたわ。だから、彼らはいつも財産のある相手と結婚したの」レディ・レイヴンスカーはそう結論すると、デヴィンに目を戻し、両手を膝の上で組んで待った。

ますますひどくなる頭痛を少しでも和らげようと、デヴィンはこめかみをもんだ。「それで、ぼくの足かせにしたい相手というのは誰なんです？　まさか、あのみそっ歯のウィンソープ嬢ではないでしょうね」

「ヴィヴィアン・ウィンソープですって？　とんでもない！　あの娘《こ》の父親が持たせるつもりの持参金では、あなたの借金を払うことさえおぼつかないわ。そもそもあの小心者の父親が、娘とあなたを結婚させようとしたりするものですか。そんなことになれば、スキャンダルは免れないでしょうから。彼にかぎらず、あなたのような……長いこと密通を続けてきた男に、娘を与えたがる父親などいませんよ」レディ・レイヴンスカーは唇をゆがめ、その件に関する自身の考えを暗に示した。

「では、誰です？　どこかの未亡人ですか？」

「まあ、あなたのことだもの。その気になれば、どこかの未亡人に結婚を承諾させることはできるでしょうね」レディ・レイヴンスカーはそっけなく言った。「でも、それには時間をかけて、熱心に相手を口説く必要があるわ。正直に言って、あなたにそんな手間をかけるだけの忍耐があるとは思えないわね」

「ぼくに対する母上の高い評価には、驚かされますよ」

レディ・レイヴンスカーは息子の皮肉を無視して続けた。「その点、わたしが考えているお嬢さんは完璧よ。莫大《ばくだい》な財産を持っているうえに、父親はこの結婚にすっかり乗り気なの。娘を伯爵夫人にしたくてたまらないのが、手に取るようにわかるわ。わたしがダークウォーターの話をするたびに、彼がどんなふうに目を輝かせるか、あなたにも見せたいくらい。古い館を修復するのが好きらしく、その機会が欲しくてうずうずしているの」

「平民の娘なんですか？」デヴィンは驚いて尋ねた。

「いいえ、アメリカ人よ」

「なんですって？」彼は呆然《ぼうぜん》として母を見つめた。「母上はぼくを、アメリカの女相続人と結婚させたいんですか？」

「それ以上の相手がいるかしら？　父親は毛皮の売買か何かで莫大な財産を築き、その儲《もう》けを古い館につぎこみたがっているわ。貴族の称号を手に入れたくてたまらないの。おまけに、彼らはこの国の人間ではないから、あなたの評判については何ひとつ知らない」

「驚きましたね。母上はぼくを毛皮商人の娘と結婚させたいんですか？　ちゃんとした英語を話すどころか、おそらくどのフォークを使えばいいかすらわからない、未開の奥地から出てきたばかりのような田舎娘と」

「確かに彼のお嬢さんの外見や立ち居振る舞いに関しては、まだ何ひとつわからないわ」レディ・レイヴンスカーは穏やかに答えた。「でも、レイチェルとわたしが力を合わせれば、どこへ出しても恥ずかしくない女性にできるはずですよ。それでもだめなら……きっと喜んでダービーシャーに引っこみ、父親と一緒にダークウォーターの修復に精を出してくれることでしょう。正直な話、この国で多少なりとも名のある人々はひとり残らず、あなたが罪深い生活にどっぷり浸《つ》かっていることを知っているのよ。こんなことを言うのは母親としてつらいけれど、この国で暮らす少しでも自尊心のある女性なら、あなたとの結婚を望むとは思えないわ」

　デヴィンは言い返さなかった。母の言葉が真実であることは、彼自身もよくわかっている。十八歳でロンドンに出てきてからというもの、デヴィンは同じ階級のほとんどの人々があきれ返って顔をそむけるような生活を送ってきた。実際、公然と彼に門前払いをくわせる家もあるくらいだ。ほかの家がそこまでしないのも、デヴィンの人柄を認めているというよりも、彼が伯爵という称号を持っているためだった。さいわいなことに、そうした同胞のほとんどは強いて交わりたいとも思わない相手だったので、社交界の鼻つまみ者だという事実も、デヴィン本人はさして苦にしていない。血をわけた母親さえ、社交界の大半と同じように自分を軽蔑していることや、死んだ父がほかの誰よりも息子を嫌い、罪深い魂の持ち主だとみなしていたことも、とうの昔に受け入れていた。

「そもそも、あなたが結婚するお嬢さんが、たとえ礼儀知らずの田舎者で社交界の笑い物になったとしても、なぜあなたが心配する必要があるの？」母は息子の気持ちなどおかまいなしに言い募った。「あなたの評判はとうに地に落ちているのに。粗野な義理の娘のせいで面目をつぶされるのは、このわたしですよ」

「お言葉を返すようですが、その田舎者に法的に縛られるのはぼくですからね。ええ、どんな女性か目に浮かびますよ。莫大な持参金があっても自国で夫をつかまえられないほど不器量で、十年も前に流行《はや》った服を着て、気の利いた会話などまったくできない――」

「まあ、デヴィン。大げさよ」

「そうでしょうか？　だったら、なぜその親子は夫を見つけるのにはるばる海を渡ってくる必要があったんです？　先祖の資産を使い果たしたばかりか、崩れかけている館を持つ貴族、金のある相手なら誰でもかまわず結婚する気になるほど絶望的な状態の相手を見つけるために決まってます！　まったく、母上、ぼくにそんな女と結婚しろと言うんですか？　申し訳ないが、この話はお断りします。なんとかいまの暮らしを続ける方法を見つけますよ。これまでもずっとそうしてきたんです」

「賭事《かけごと》で？」母は鋭く言い返した。「時計や、お祖父《じい》様が遺《のこ》してくださったダイヤの飾りボタンを質に入れて？　ええ、あなたがこの数カ月、どんなふうに暮らしを立ててきたか、ちゃんと知っているのよ。少しでも価値のある、抵当に入っていないものをひとつ残らず手放して、なんとかやり繰りしてきたことはね。それでもダークウォーターの召使いは半分に減らさなくてはならなかった。あなたはこれまでずっと、先のことなどまったく考えずに、不道徳で贅沢《ぜいたく》な生活を続けてきたわ。デヴィン、そのつけを払わなくてはならない時が、ついに来たんです」

デヴィンは、先ほどからほとんど口を挟まず、母のそばに座っている妹に顔を向けた。

「レイチェル、おまえもぼくにアメリカ娘と結婚しろというのか？　会ったこともない平民と？　そしておまえと同じように〝幸せな〟結婚生活を送れと？」

レイチェルは体をこわばらせ、涙ぐんだ。「ひどいわ、そんな言い方！　わたしはただ、お兄様に幸せになってもらいたいだけよ。でも、この家を手放すはめになって、ひと間しかない部屋に移るしかなくなっても、お兄様は幸せでいられるの？　どれだけのお金を使ってきたか、自分でもわかっているはずよ。きっとストロングが領地から送ってくるよりも、はるかにたくさん使っているに違いないわ。その送金にしても、どんどん少なくなるのは目に見えているのよ。耕作地から利益を得るためには、多少ともそこにお金をかける必要があるんですもの。亡くなったお父様と同じように、お兄様はそうしようと考えたことすらない。お父様が仕送りを止めたあと、お兄様が賭事の儲けとマイケルとリチャードからもらうお金で、どうにかやり繰りしてきたことは知ってる。けど、そういう生活をこれからもずっと続けていきたいわけではないでしょう？」

デヴィンは妹から目をそらした。反論できないのは、痛いところを突かれたからだ。

「すまない、レイチェル。あんなことを言うべきじゃなかった」ややあって彼はそう言うと、かすかな笑みを浮かべ、口もとをゆるめた。「頭ががんがん痛むときは、つい皮肉っぼくなってしまうんだ。おまえが家族のために自分の幸せを犠牲にしたことはわかっているよ」

「ばかばかしい」レディ・レイヴンスカーがうんざりしたように言った。「レイチェルはロンドンの女性たちの羨望の的よ。立派な館に住み、毎年、美しいドレスを衣装だんすにあふれるほど新調して、自由に使えるお金もたっぷりもらえる。そういう〝犠牲〟なら、ほとんどの女性が喜んで払うでしょうよ」

デヴィンとレイチェルは苦笑をこらえてちらりと目を合わせた。レディ・レイヴンスカーの幸せは、確かにそういうものから成りたっているのだ。

「何も、その娘にすぐさま結婚を申し込めと言っているわけではないのよ。ただ、彼女との結婚を考えてみてほしいと頼んでいるだけ。今夜わたしのところで催す夕食会に、そのお嬢さんを招待したの。せめて夕食に顔を見せて、彼女と会ってちょうだい」

デヴィンは低いうめきをもらした。母のところで夕食をとるのは、彼の〝好ましい時間の過ごし方〟リストにおいて、アメリカから来た女相続人と会うのと同じくらい低い。

「わたしも行くのよ」レイチェルがそう言って励ました。「お願いだから、来ると言って、お兄様」

「やれやれ」デヴィンはしぶしぶ承知した。「それで母上の気がすむなら、今夜顔を出し、その娘に会うことにしましょう」

レイヴンスカー卿《きょう》デヴィン・アインコートが知ったら仰天したに違いないが、当の娘はちょうどそのとき、デヴィンと同じように腹を立てて父親と言い争っていた。

「お父様」ミランダ・アップショーは父の勧めに、きっぱりと首を横に振った。「いくらお父様が貴族の館を手に入れたくても、そのために一度も会ったことのない相手と結婚するなんてごめんよ。いまは中世じゃないんだから」

ミランダは一歩も引かぬつもりで胸の前で腕を組んだ。彼女は表情豊かな大きなグレーの瞳と、艶やかな褐色の髪の、器量のいい女性だった。ハイウエストの青いドレスに包まれた体は、とても女らしい。実際には小柄だが、強烈な個性に圧倒され、ミランダと会った人々のほとんどが長身だという印象を受ける。

ジョーゼフ・アップショーは、娘とそっくりのてこでも動かぬ顔で、やはり胸の前で腕を組み、ミランダをにらみ返した。娘よりもほんの少し上背はあるが、彼も小柄な男だった。ただし、胸まわりは樽《たる》のように厚い。ミランダのすらりとした体つきは母譲りなのだ。ジョーゼフは自分のやり方を通すことに慣れているが、ミランダも自分の考えを通すことに慣れている。そのため、ふたりの意見が真っ向からぶつかるのは、これが初めてではなかった。

「何も、明日その男と結婚しろと言っているわけじゃない」ジョーゼフは戦法を改め、娘を説得しにかかった。「とにかく今夜、先方の母親の家に行って彼と会ってくれと頼んでいるだけだ。そのあとは、好きなだけ時間をかけて知りあえばいい」

「知りあいたい相手だとは思えないわ。どうせ、もやしのような脚にやぶにらみの目、おまけに髪まで薄くなりかけた男でしょう。でなければ伯爵家の跡取りともあろう人が、どうしてそんなにわたしと結婚したがるの？　どんなにお金がなくても、伯爵という称号があれば、結婚したがる女性には不自由しないはずよ。その称号が一族のものになるなら喜んで娘を売る実業家は、この国にもたくさんいるはずだもの」

「わたしがおまえを売るつもりだと言うのか？」ジョーゼフは憤慨して言い返した。「そんな言い草はないだろう？　この国でも最も由緒ある、立派な名前のひとつを与えようとしているのに。そもそもこれが売買だとすれば、むしろわたしはおまえのために、その男を買おうとしているんだ」

「でも、わたしはそんな人、欲しくないの」口ではミランダのためだと言っているが、実際は娘の婿を買うというより、自分のために義理の息子を買いたがっているのだ。ミランダが思い出せるかぎり昔から、父のジョーゼフはイングランドにかぶれ、この国の貴族についての書物を手あたりしだいに読みあさってきた。彼らの階級、歴史、領地……父の興味は尽きることがなく、古い城や館にすっかり魅せられ、それを手に入れたがっているのだ。

「まだ会ってもいないのに断るのは、理屈に合わないじゃないか」ジョーゼフは訴えた。「相手は伯爵だぞ。おまえは伯爵夫人になるんだ！　エリザベスがどれほど喜ぶか、考えてごらん。少しでも具合がよくなりしだいこの話をしてやるとしよう。きっと飛びあがってうれしがるぞ」

「ええ、きっと夢中になるわね」ミランダは皮肉たっぷりに同意した。継母のエリザベスはこの国で生まれ育ったため、ミランダを祖国の貴族と結婚させたがっているのだ。エリザベスは〝わたしは良家の出ですの〟と誰彼かまわず話したがり、前の夫はさらに良家の出だった、と自慢するのが好きだった。その夫はあと先も考えずに彼女を連れてニューヨークに来たものの、愚かにも風邪を引き、妻と生まれたばかりの赤ん坊を新世界に残して死んでしまった。エリザベスの夢は、十四歳になる娘のヴェロニカを貴族のなかで育て、やがてはロンドン社交界に正式にお目見えをさせ、上流階級の女性たちと親しくさせながら、ふさわしい貴族と結婚させること。ミランダが父の勧める伯爵と結婚し、何年かあとに社交界にデビューするヴェロニカの後ろ盾になれば、この夢を手っ取り早くかなえることができる。

「エリザベスのことは大好きよ、それはお父様も知っているでしょ」ミランダは言った。「まるで本当の母親のように、いつもとても優しくしてくれたもの」

エリザベスはどちらかというと怠け者だが、のんきで優しい女性で、継娘のミランダをいじめたこともなければ、家事いっさいを取り仕切っていたミランダからそれを取りあげようともしなかった。自分のさまざまな〝病気〟についてあれこれ心配するのが好きな彼女は、むしろ、たくさんの召使いに指図して大きな家を切り盛りするという面倒な仕事から逃れられて、喜んだくらいだった。

「それに、ヴェロニカのことも愛しているわ」

「わかっているよ」ジョーゼフは顔をほころばせた。「おまえは昔から、小さな母親さながらにあの子の面倒を見てきた」

「でも、エリザベズがヴェロニカをロンドン社交界にデビューさせたがっているからというだけで、貴族の男と結婚する気はないわ」

「理由はそれだけじゃない」ジョーゼフは抗議した。「伯爵家にはダービーシャーに広い領地があるんだ。もちろん、すばらしい館もある。〝城〟と呼ぶほど大きくはないが、それに近い大邸宅だよ。ダークウォーターと呼ばれているそうだ。どうだ、実に興味をそそる名前じゃないか。古い歴史のある、ロマンティックな館が目に浮かぶようだ。そして、レイヴンスカー伯爵。ああ、ミランダ、わくわくしてこないか？」

「いいえ、ちっとも。ロマンティックな名前だってことは認めるけど、少しばかり不気味な感じもするし」

「そのほうがもっといい。館にはおそらく幽霊もいるだろうな」父の表情は喜びに輝かんばかりだ。

「面白そうだこと」

「ああ、そうとも」ジョーゼフ・アップショーは娘の皮肉など意に介さずに、前夜レディ・レイヴンスカーから聞いたその館のことを、うっとりした表情で話しはじめた。「ヘンリー八世の最も親しい友人にして支持者のひとりが建てたらしい。本館はヘンリー王の時代にできあがった。その後、エリザベス女王の御世《みよ》にそれを相続した息子がさらに伯爵家を繁栄させて、ふたつの棟をつけ加え、典型的なE字形のエリザベス朝様式にしたんだそうだ。立派な邸宅だが、いまは見る影もなく荒れ果ててしまった、と伯爵夫人が嘆いていたよ。木部が腐り、タペストリーはぼろぼろになって……石壁も崩れはじめているらしい」ジョーゼフはダークウォーターが抱えている問題を熱心に語り、こう結んだ。「おまえとわたしでそれを修復するんだ！　すばらしいチャンスじゃないか。その館も、庭も、領地も、何もかも、わたしたちの手で昔どおりにできる」

「なかなか楽しそうな仕事ね」ミランダもしぶしぶ同意した。

不動産はミランダの大きな関心事のひとつだ。父がジョン・ジェイコブ・アスターと取引をしていたころ、ミランダはその抜け目のない紳士と、数えきれないほど何度も興味深い話を交わしたものだった。そして賢くも彼の助言に従い、父が毛皮の売買で得た利益の大半をマンハッタンの不動産に投資した。おかしたリスクはすでにじゅうぶんすぎるほど報われているが、この先もますます多くの収益をもたらすとミランダはにらんでいた。とはいえ、将来の値上がりを見越して買う土地を物色するのも面白いが、いちばん楽しいのは、プロジェクトを発展させること。つまり、土地を買い、そこに何かを建てて人に貸したり、建設や開発、新しいものを創る計画に投資したりするのだ。

したがって、由緒ある古邸宅を修復し、昔の美しさを取り戻すという仕事には、大いに心を惹《ひ》かれる。それに、イングランドの歴史や建物を愛してやまない父のそばで育ったため、ミランダはそのどちらにも父と同じくらい興味を持っていた。だからといって、それらを手に入れるために誰彼かまわず結婚するほどではない。

とどめの一撃を与えるような顔で、父は誇らしげにこう言った。「ダークウォーターには呪いまであるんだ」

ミランダは眉を上げた。「呪いですって？　すてきだこと」

「そうとも。すばらしい呪いだ。ダービーシャーにはブラントン修道院という、強大な権力を持つ修道院があったんだ。のちに解散命令を発布して国じゅうの修道院の土地や財産を没収したときに、ヘンリー八世はこの修道院も没収し、それをよき友であるエドワード・アインコートに与えた。しかし、ブラントンの修道院長はひと筋縄ではいかない老獪《ろうかい》な男で、あっさり引き渡そうとはしなかった。そしてついに聖堂から引きずりだされると、国王とアインコートを呪った。修道院のあらゆる石を呪い、そこでは何ひとつ繁栄しないと告げ、〝これらの石のなかに住む者は、必ず不幸になるであろう〟と予言したんだ」父は、どうだ、という顔でミランダを見た。

「確かにすごい呪いね」ドラマとロマンを心から愛する父のことだ。崩れかけ、呪われた館が、愛する娘に最もふさわしい住まいだと思っているとしても驚くにはあたらない。ジョーゼフ・アップショーにとっては、そういう場所こそ宝のなかの宝なのだ。

「そうだろう？　庭園を造ったのは、なんとあのケイパビリティ・ブラウンだぞ」父はすっかり興奮して、イギリスの由緒ある庭園のほとんどを設計した著名な造園家の名前を口にした。「ミランダ……こんなにすばらしいチャンスを、どうすれば断れるんだ？　修復を必要としているのは、館や庭だけじゃない。どうやら領地全体が破綻する寸前にあるようだ。全部、おまえの力で立て直すことができるんだよ。新しいプロジェクトにはもってこいじゃないか」

ミランダはくすくす笑いだした。「ひとつ残らずとても楽しそうな仕事だけど、その館を修復し、領地の財政を立て直すには、見たこともない相手と結婚しなくてはならないのよ」

「結婚するころには、見知らぬ男ではなくなっているさ」ジョーゼフはあっさり指摘した。「そうしたければ、婚約期間をたっぷり取ることもできる。そのあいだにさっそくふたりで館の修復を始める、どうだ？」

ミランダはにっこり笑って首を振った。「お父様の退屈をまぎらすために結婚するなんて、まっぴら。プロジェクトといえば――」

「しかし、これは生涯をかけたプロジェクトになるぞ！　商売のすべてをミスター・アスターに売ってからというもの退屈しているのは確かだが、わたしがこの件に入れこむ理由はそれだけじゃない。いま話したような館を自分の手で修復するのは、長年の夢だったんだ。それはおまえもよく知っているじゃないか」ジョーゼフは言葉を切り、娘を見つめ、なんとか言いくるめようとした。「今夜その男と結婚してくれと頼んでいるわけじゃない。とにかく、一度会ってみてほしいんだ。どんな男か見て、そのうえで、この結婚がもたらすさまざまな可能性を検討すればいい」

「お父様のことだもの、会えば会ったで、彼をどう思うか、せめてもう一度チャンスを与えてはどうかとうるさくせっつくに決まっているわ。それから、今度はダークウォーターを見に行こうとしつこく勧めて……」

父はショックを受けたように目をみひらいた。「ミランダ！　わたしはそんなにひどい父親じゃないぞ。それじゃまるで、わたしがおまえに気の染まぬことを、いつもせがんでいるみたいじゃや……」

ミランダは片方の眉を上げた。

ジョーゼフは決まりが悪そうに苦笑した。「まあ、確かに、しつこくせがむこともあるな。だが、今度は違う。約束するよ。とにかく伯爵に会ってみてくれ。エレガントな夕食会に出かけ、礼儀正しい会話をして、どんな男かそれとなく確かめるだけでいいんだ。エリザベスとわたしのために、それくらいはしてくれてもいいだろう?」

ミランダはため息をついた。「わかったわ。会うだけなら、別に害はないでしょう。でも、何も約束はしないわよ。いい?」

「もちろんだとも! じゅうぶんだ!」ジョーゼフは満足そうにうなずき、太い腕で娘を抱きしめた。

「あらあら」戸口から穏やかな声が聞こえた。「よほどうれしいことがあったようね」

ミセス・アップショーの声に、ふたりは揃《そろ》って振り向いた。ミランダは継母に向かってほほえみ、ジョーゼフはぱっと顔を輝かせた。エリザベス・アップショーは、ブロンドの小柄な女性だった。歩くたびに、手や、髪、リボン、レース、ショールの端がひらひら動く。ジョーゼフが出会ったときには若くてかわいい女性だったが、その後の年月とあまり体を動かさない生活のせいで、いまでは顔にも体にも贅肉がつき、当時の面影はほとんど残っていない。古風な室内帽を頭にのせ、いつもショールを肩に巻きつけており、実際の年齢よりも何歳も老けて見えた。そのため、ミランダとは十歳しか離れていないのに、アップショー一家と初めて会う人々は、エリザベスがミランダの実の母親だと勘違いすることが多い。

「エリザベス！」ジョーゼフはうれしそうに妻の名を呼び、まるで満足に歩けない病人を気遣うように、そっと肘をつかんで、手近なソファへと導いた。エリザベスはいつも病気がちだった。本物もあれば想像の病気もあるが、自分が虚弱体質であることを示したがる妻を、ジョーゼフはありのまま受け入れている。穏やかなほほえみで〝病〟に耐え、ソファやベッドで一日の大半を過ごしたがるエリザベスの気持ちは、ミランダにはよくわからない。でも、それがエリザベスの選んだ生き方なら、彼女にはなんの不満もなかった。口癖のような穏やかな愚痴を償って余りある心の優しいこの継母が、ミランダは好きだった。

「すばらしいことが起こったんだ」ジョーゼフは妻をソファに座らせ、ショールやクッションが適切な位置にあることを確かめながら言った。「本当は一刻も早く話したかったんだが、今朝は起こすにしのびなくてね。イギリス海峡を渡ったときの船酔いで、きみはこしばらく具合が悪かったからね」

「ええ、昔から船に酔うたちなの」エリザベス・アップショーはいまにも消え入りそうな声で言った。「ニューヨークに帰る船旅のことを考えると、ぞっとするわ」

「もしかしたら、帰らずにすむかもしれないよ」ジョーゼフはうれしそうに言った。「少なくとも当分は」

「どうして？　どういうこと？」

「ミランダが伯爵と結婚するかもしれないんだ」

「伯爵と?」驚いてぱっと体を起こしたせいでショールが肩から滑り落ちたが、本人は興奮のあまり気づいてもいない。

「お父様!」ミランダはうんざりして両手を腰にあて、父をにらんだ。「ほら、だからいやだったのよ。相手に会うとは言ったけど、結婚するつもりはまったくないのに」

「でも、伯爵だなんて!」継母はささやくように言って、片手で胸を押さえた。まるで、この思いがけない知らせがもろい心臓にこたえるかのように。エリザベスは大きな目でミランダを見つめた。「あなたは伯爵夫人になるのね。ああ、ミランダ、望んでいたよりもはるかにすばらしいことだわ」

ミランダは心のなかでため息をついた。父の甘言に乗って、伯爵に会うことに同意したのが間違いだった。エリザベスがこの知らせを聞いてしまったからには、たとえ父がせっつかなくても、継母が父の代わりにそうするに違いない。

エリザベスは目を輝かせ、ふだんよりもずっと生き生きとした表情で身を乗りだした。

「考えてみてちょうだい。パーティに、結婚式……」彼女は言いかけて夫を見た。「その伯爵家は、ロンドンに邸宅があるの?」

「ゆうべの伯爵夫人の話では、亡くなったご主人が手放さなくてはならなかったそうだ。息子の伯爵は独身者の住むこぢんまりした家を持っているが、夫人はシーズンのあいだだけ、いまの家を借りているらしい。こんな惨めなことはない、と嘆いていた」

エリザベスは心得顔でうなずいた。「そうでしょうね。立派な邸宅だったはずですもの。それを手放して、毎年、借家で我慢しなくてはならないなんて。しかも、社交界のみんなにも事情を知られて……。伯爵邸でお式を挙げられないのはとても残念ね」それから顔を輝かせてつけ加えた。「でも、あなたが買うことはできるわね。つまり、しばらくここにいることになれば、ロンドンに家を買わなくてはならないし――」

「エリザベス、お願いよ」ミランダは穏やかに口を挟んだ。「レイヴンスカー伯爵と結婚するつもりはないの。ただ――」

「なんですって？」継母は突然蒼ざめ、目をみはってミランダを見つめた。「いま、なんて言ったの？　誰ですって？」

「レイヴンスカー伯爵だよ」ジョーゼフが代わりに答えた。「ミランダが結婚するのは、いや、ミランダが会うことになっているのは、レイヴンスカー伯爵。デヴィン・アインコートだ」

「まあ、なんてこと」エリザベスはぱっと立ちあがり、両手を握りしめた。「あの男と結婚だなんて、とんでもない。あれは悪魔のように恐ろしい男よ！」

唾を飛ばして叫ぶエリザベスを、ジョーゼフとミランダは言葉もなく見つめた。それに気づいてわれに返ったのか、エリザベスは少し赤くなってふたたびソファに腰を下ろした。

「つまり、その、ミランダが彼と結婚するのはあまりいい考えではないと思うの。レイヴンスカー伯爵には……芳しくない噂《うわさ》があるんですもの」

「彼を知っているのか？」ジョーゼフは妻に尋ねた。

「いいえ、直接知っているわけではないわ。わたしよりもはるかに身分の高い人ですもの。ただ……噂を聞いたことがあるの。社交界では誰でも知っていることよ。不道徳で卑劣きわまりない男だと、もっぱらの評判だったわ。言うまでもなく、わたしが聞いたのは、彼が伯爵になる前の噂だけど。当時の伯爵は彼のお父様だったから」

「どんな噂？」ミランダは好奇心に駆られた。「彼は何をしたの？」

「若い貴族がよくすること、だと思うわ」エリザベスは返事を濁した。「あなたみたいな若い女性の耳に入れるには、ふさわしくないこと」

ミランダは顔をしかめた。「いやね、エリザベス、そういうもったいぶった言い方はやめてちょうだい。わたしはもう二十五歳よ。それに意気地なしどころか、人一倍しっかりしているつもり。何を聞いても、ショックを受けて気を失ったりしないわ」

「そうだよ、エリザベス、彼は何をしたんだね？」ジョーゼフが促した。

「ほら、賭事《かけごと》をしたり……ふさわしくない相手とつきあったり」

ミランダは父と一緒に好奇心に駆られて続きを待った。エリザベスがそれ以上何も言わないので、がっかりして促した。「それだけ？」

エリザベスはソファの上でもじもじと体を動かした。「彼は、噂では……」エリザベスの声が低くなる。「とても女好きだそうよ。若い女性たちを誘惑して、堕落させるとか」

自分が口にしたあからさまな表現に赤くなって、エリザベスはほてった顔を扇であおぎはじめた。

「はっ！」ジョーゼフは吼《ほ》えるような声で笑った。「わたしのミランダにそんな真似《まね》をしてみろ、このわたしがただじゃおかん！　それに、たとえ彼がミランダを甘い言葉で誘惑したところで、ふたりが結婚することになれば、ミランダの評判が台なしになる心配はない」

「エリザベスはそれより、彼の貞節を心配しているんだと思うわ」ミランダは皮肉たっぷりに指摘した。

「貞節？　おまえに対する、か？」ジョーゼフは眉をぐっと寄せてひとしきり考え、それからさっきと同じ言葉を繰り返した。「そんな真似をしてみろ、このわたしがただじゃおかん！　心配するな、われわれが何を期待しているか、わたしがきっちりわからせてやるとも」

「彼には何も期待していないわ」ミランダはすばやく口を挟んだ。「結婚するつもりなんて、まったくないんだもの」

「もちろんだ、おまえがその気になれば別だが」ジョーゼフはおもねるようにそう言って、妻に顔を向けた。「しかし、きみがその評判を聞いたのは何年も前のことだろう、リジー？　当時はまだ若かったんだからな。若いころは、多くの男がはめを外すものだ。だがしばらくすれば、そのほとんどがまともになる」

「ええ、わかっているわ」エリザベスは相槌《あいづち》を打ったものの、額には心配そうなしわが寄ったままだった。

「それに、ミランダが結婚する前に、すべてきちんと手はずを整えるさ。浪費家がミランダの資産を食いつぶすような事態は決して許さん」

「わたしが心配しているのは、ミランダのお金じゃないわ」エリザベスはふだんに似合わぬ鋭い声で言い返した。「ミランダには幸せになってほしいの」

「わかっているわ」ミランダはエリザベスの隣に腰を下ろして、彼女の手を取った。継母が上流貴族と結婚してほしいという願いよりも、自分の幸せをいちばんに考えてくれたことがとてもうれしかった。「ありがとう、本当に」

「ミランダならどんな男にも対処できるとも」ジョーゼフは自信に満ちた声でそう宣言した。

「ええ、そのとおりよ」ミランダはにっこり笑った。「お父様も含めてね。だから、わたしを首尾よく丸めこんだと早合点しないことね」

継母はまだ心配そうだった。「でも、あなたはまだ彼に会っていないわ。彼は……どんな相手の心も変えられるような男なのよ」

「ハンサムなのか?」ジョーゼフが尋ねた。「それはよかった。なあ、ミランダ?」

「それに、とても魅力的……少なくとも噂によれば」エリザベスはつけ加えた。

「十五年前のことでしょう?」ミランダは指摘した。「十五年も放蕩《ほうとう》生活を続けていれば、外見はかなり変わるものよ」

「確かにそうね」エリザベスは少し明るい顔になった。

「いずれにしても、ハンサムな顔にだまされるほどばかじゃないわ。それはあなたもわかっているでしょう。例のイタリアの伯爵のことを忘れたの?　まるで天使のような顔の男だったわ。でも、彼に求婚されても、これっぽっちもその気にならなかった」

エリザベスはすっかり納得したようには見えなかったが、弱々しい笑みを浮かべた。

「ええ。あなたが断ったときの、呆然《ぼうぜん》とした彼の顔がまだ目に浮かぶわ」

「レイヴンスカー伯爵も、同じ表情を浮かべることになるでしょうね」ミランダは自信たっぷりに言った。「まあ、見ていてちょうだい」


母と妹が帰ったあとも、デヴィンはアメリカの女相続人のことを頭から追い払えなかった。そこでとうとう帽子を手にして、家を出ることにした。少し歩けば、ひどい頭痛が和らぎ、頭の霞《かすみ》も晴れるかもしれない。そう願ったのだが、数分後にスチュアートの家に到着したときも、ほとんど気分はよくなっていなかった。ドアを開けた従者は、デヴィンが主人を起こしてくれと頼むと、少しばかりショックを受けたようにぽかんとした顔で彼を見返した。


デヴィンは苛立《いらだ》たしげに召使いを押しやってなかに入り、一段おきに階段を上がった。従者があわてふためいて、きいきい声で抗議しながらすぐあとを追ってくる。その騒ぎに目を覚ましたと見えて、デヴィンがドアを開けて入っていくと、スチュアートはベッドに起きあがっていた。寝るときにかぶる綿の帽子はずり落ち、不機嫌な顔はまだ半分眠っているようにぼんやりしている。

「やあ、スチュアート」

「なんだ、デヴィン」スチュアートはデヴィンの顔を見て喜ぶどころか、口を尖《とが》らせた。

「いったいここで何をしているんだ？　いま何時だい？」

「午後二時でございます」あとを追ってきた従者が、両手を絞るようにして口を挟んだ。

「申し訳ございません。まだお休みだと申しあげたのですが、伯爵様はお止めする間もなく――」

「気にするな」スチュアートはおろおろしている従者に、黙れと言うように片手を振った。

「おまえのせいじゃない。デヴィンが入ってこようと決めたら、誰にも止められるもんか。いいからお茶を持ってきてくれ。いや、コーヒーがいい。うんと濃いやつを」

「承知いたしました」従者は深々とお辞儀をして、後ずさりながら部屋を出ていった。

「あいつはいつ雇ったんだ？」デヴィンは手近な椅子にすとんと腰を下ろしながら尋ねた。

「ずいぶん神経質そうな男だな」

「ああ、わかってる。くびにするしかなさそうだな。実際……」スチュアートは考えこむような顔になった。「アスコットタイがもう少しましに結べるようにならなければ、くびにしてやる。リックマンがいてくれたらな。あいつをかすめ取るなんて、ホリングブロークのやつ」

「かすめ取ったとは言えないさ」デヴィンは穏やかに指摘した。「ホリングブロークはリックマンに、給料を払う、と言っただけだ」

スチュアートは顔をしかめてつぶやいた。「近ごろじゃ、忠節も地に落ちたもんだ」両手で顔をこすり、ため息をつく。「くそ、デヴィン、なんの用だ？　頭が割れるように痛いのに」

「こっちだって同じさ。だが一時間前に、母と妹が急に訪ねてきた」

「だからって、わざわざ来てぼくまで起こすことはないだろう？」スチュアートは理性的に指摘した。

「母はぼくに、結婚しろと言うんだ」

スチュアートは驚いて眉を上げた。「特定の相手がいるのか？」

「ああ。アメリカから来た女相続人だ。毛皮商だかなんだかの娘らしい」

「女相続人だって？　世の中には運のいいやつもいるもんだな。なんて名前の女だい？」

「知るもんか。どっちみち結婚する気なんかないんだ」

「へえ、またどうして？　きみが極貧の一歩手前だってことは、ロンドンじゅうが知っているぞ」

「まだなんとかやっていけるさ」

スチュアートは鼻を鳴らした。「きみは少なくとも、三人の紳士にギャンブルの借りがある。しかもあいつらは、早急に返さないと、レイヴンスカーの名前に傷がつくような相手だ。忘れたのか？　ゆうべだって、取り立て人に玄関の前で粘られて、裏口からこっそり抜けだすはめになったじゃないか。もちろん、商人のつけなんか払う必要はない。そういう借金は払わなくても不名誉とは言えないが、行く先々でやつらに待ち伏せされるのは、いまいましいかぎりだ」

デヴィンはため息をついた。「わかっているさ。親父《おやじ》に仕送りを断たれたときよりも、いまのほうがひどいくらいだ。あのころはまだ、親父が死ねば、ぼくが伯爵家の財産を相続することをみんなが知っていたからな。ギャンブルの合間に取り立てに来た連中をうまく言いくるめ、なんとかしのぐことができた」

「もうその手は利かないぞ。この先はどんどん悪くなるばかりだ。もう何年もそんな状況を味わってきたから、身に染みてわかるんだ。誰も彼も、次男のぼくには相続する財産などないことを知っているから、これっぽっちも融通を利かせてくれない。まったく不公平な話だが、この世は不公平がまかりとおるところだからな。いちばん取り立ての厳しいのが仕立て屋だ。ぼくが彼らの仕立てる服を着ているおかげで、引きも切らずに客が訪れるというのに」

デヴィンは友の理屈にかすかな笑みを浮かべた。「そうとも。そのうえ代金まで請求するとは、なんてやつらだ」

「あのゴールドマンって男に、そう言ってやったんだ。だが、あいつはつけを払ってくれと繰り返すばかり。とうとう根負けして、何ギニーか渡して黙らせたよ。例の勝負に勝った金で、きれいさっぱり払ってやってもいいんだが」スチュアートは少し明るい表情でそう言ったものの、すぐに顔をしかめてつけ加えた。「いや、昨日見たステッキは、なかなかしゃれていたな。金の握りがついているんだ。借金の始末より、あれを買うとしよう。とっくに着ている服に金を払うなんてばかばかしい」

「確かに。ゴールドマンもわかってくれるさ」

「とんでもない」日ごろからあまり皮肉の通じないスチュアートは、寝起きのせいでもっと頭が働かないらしく、激しく首を振った。「甲高い声でがなりたてるに決まってる。別の店に行くしかないかもしれないな。残念だ。あいつの肩パッドの入れ具合は、ぼくの好みにぴったりなんだが」

「肩パッド？　そんなものを入れているのか？」

スチュアートはくるりと目をまわしてみせた。「で、なんの用で来たって？」

「アメリカの女相続人だ」

「ああ、そうだった。その申し出に飛びつくつもりはないって？」

「結婚なんか絶対ごめんだ」

「確かに妻なんてのは、ほとんどの場合、厄介なだけだからな。そうは言っても……懐にたっぷり金貨をもたらしてくれるなら、文句はつけにくい。結婚する以外に、どうやって乗りきる気だ？　伯爵家の財産は完全に底をついてしまったんだろう？　この前そう言ったじゃないか」

「確かにそうだが。レイヴンスカー伯爵は代々、臨機応変に苦境を乗り越えてきたんだ。親父にしても、人一倍信心深かったとはいえ、金は湯水のように使っていた」

「だからよけい、一家の財産を取り戻すために、なんらかの手を打つ必要がある。違うかい？　きみはアインコート家とレイヴンスカーの跡継ぎだからな。それなりの義務がある。そこへいくと、次男や三男は気が楽だ。家族や称号への義務など、心配する必要がない。義務なんてものは、退屈きわまりないと相場が決まっているからな」

「確かにそうだな」デヴィンは少しのあいだ黙って考え、それから低い声で言った。「しかし、きみの姉さんがどう思うかな？」

「レオーナが？」スチュアートはぽかんとした顔でデヴィンを見た。「きみの結婚が、姉とどんな関係があるんだい？」

デヴィンは意味ありげに片方の眉を上げた。

「ああ、そうか。しかし、きみが結婚してもなんの違いもないさ。レオーナだってヴェイジーと結婚しているんだから。きみが知りあったときからそうだった。きみも結婚してどこが悪いんだい？　その毛皮商の娘を妻にしたって、何ひとつ変わるもんか。その女が跡継ぎを産んだら、さっさとダークウォーターへ送りだし、きみは彼女の金を使って楽しく暮らせばいいんだ」

ドアが開く音に、スチュアートは顔を上げた。従者がトレーを手に入ってきた。

「ああ、やっと来たか。それをテーブルに置いたら、ガウンを取ってくれないか。デヴィン、その戸棚をのぞいてみてくれ。たしかまだアイリッシュ・ウイスキーがあるはずだ。少し垂らすだけで、コーヒーがぐんとうまくなるからな」

「いいとも」デヴィンは小さな東洋風の戸棚のなかをかきまわし、ようやくウイスキーの小瓶を見つけて、従者が持ってきたコーヒーに中身をたっぷり落としながら思った。いったいなんだって、スチュアートの言葉がこんなに引っかかるんだ？　スチュアートはもちろんのこと、彼が知っているほとんどの男が、なんのためらいもなく、その毛皮商の娘と結婚するのは確かだ。仮に躊躇《ちゅうちょ》するとしても、高貴な血に平民の血が混じるのがいやだからという理由だろう。もちろんデヴィンにしても、結婚してしまえば良心の呵責《かしゃく》などまったく感じずに、妻の金を思いどおりに使うに違いない。そしてスチュアートが言うように、彼女をダークウォーターに残し、自分はさっさとロンドンに戻って、これまでと同じ生き方を続けるだろう。レオーナと。これもまたスチュアートが言うように、レオーナ自身も結婚しているのだから、デヴィンが結婚したからといって、厳密に言えば彼女を裏切ることにはならない。レオーナもまさか、彼にアインコートの直系を絶やしてまで忠誠を尽くせと求めはしないはずだ。

　尻込みするのは愚かだぞ。デヴィンは自分にそう言い聞かせた。だいたい、いまの生活自体、どこから見ても人に誇れるものではないのだ。死んだ父が何度も指摘したように、彼は社交界から締めだされた屑《くず》のような男女や、カードでいかさまをやる連中、酔っ払い、体を売って暮らす女たちに囲まれて、浮かれ騒いで毎日を送っていた。決して自分だけのものにならない愛人に操を立てるなど、ばかげている。ましてや、その毛皮商の娘が間違いなく不幸になるからといってためらうなど、笑止千万だ。

「きみの言うとおりだろうな」デヴィンは友人にそう言い、ウイスキーのたっぷり入ったコーヒーをひと口飲んだ。強烈な液体が流れこむと、まだ弱っている胃が少し震えたものの、すぐに落ち着いて残りはまったく問題なくおさまった。

「当たり前だ。よし、その娘に結婚を申し込む気になったか？」

「どうかな。母には、とにかく会うと答えておいた。彼女は母が今夜催す夕食会に来るそうだ」

「やれやれ」スチュアートは顔をしかめた。「ぼくらと一緒に行くほうがずっと楽しいのに。今夜はポーリーとマダム・ヴァレンシアのところに出かける予定なんだ」

「確かに売春宿で過ごすほうが退屈はしないだろうが」デヴィンはうなずいた。「その女性に会うと、母に約束してしまったからな」

「そうか。きみがその気になれなければ、彼女の名前を教えてくれよ」スチュアートはそう言ってにやっと笑った。「代わりにぼくが結婚を申し込む。藪《やぶ》にらみでも、脚の形がゆがんでいても、あばた面でも、喜んで引き受けるよ。金持ちの娘ならいつでも大歓迎だ。

何せぼくの懐は、年柄年じゅう空っぽだからな」

「覚えておくよ」デヴィンは厳粛な顔で約束した。それからふたりはウイスキーを飲みながら、現実的な話よりもはるかに楽しい、先週一緒に出かけた二頭立て馬車のレースの話に移った。


ミランダは父に身を寄せ、耳もとでささやいた。「このささやかな〝お見合い〟も、レイヴンスカー卿《きょう》が実際に顔を見せていたら、もう少しうまくいったでしょうね」

「ミランダ」ジョーゼフは娘をなだめるように言い、ちらりと懐中時計を見た。「まだ来ないと決まったわけじゃない。十時半だからな」

「招待された時間は九時半だったわ」ミランダはそっけなく言い返した。彼らはレイヴンスカー卿が到着するのを三十分待ったあと、しかたなくテーブルに着いたのだった。いまや手のこんだフルコースの夕食も終わり、招待客は音楽室に移っていた。ゲストのひとりで、何かというと歯を見せて笑うブロンド女性がモーツァルトを切り刻むのを、礼儀正しく聞いているところだ。「荷馬車にでも轢《ひ》かれたのならともかく」ミランダは低い声で続けた。「レイヴンスカー卿は、せいぜい贔屓目《ひいきめ》に見てもとんでもなく無礼な人ね。賭《か》けてもいいけど、今夜は待つだけ無駄だわ」

ピアノを弾いていた女性が立ちあがり、全員がほっとして拍手を送った。ありがたいことに、彼女はもう一曲弾くとは言わなかった。すぐ前に座っているレディ・ウェスサンプトンが振り向いて、ミランダにほほえみかけ、優しい声で謝った。「兄に代わってお詫《わ》びしますわ、ミス・アップショー。どうぞ許してくださいね。どうしてこんなに遅れているのか、想像もつきません」

「お兄様について聞いた噂からすると、カードゲームにでも興じて、時間がたつのを忘れているんじゃないかしら」ミランダは思ったことをそのまま口にした。

「ミランダ！」父のジョーゼフがあわててレイチェルに謝った。「申し訳ない、レディ・ウェスサンプトン。娘はふだん、これほど、その……」

「率直ではない？」ミランダは父の言葉を補った。「いいえ、わたしはいつも率直よ、お父様。でも、気に障ったらごめんなさいね、レディ・ウェスサンプトン。あなたのことはとても好きよ。これまで会ったほかの上流階級の女性たちとは比べものにならないほど、いい方だわ」

レイチェルはほほえんだ。「そう思ってくださってうれしいわ、ミス・アップショー。それに、兄のことを怒っていらっしゃるのもよくわかりますわ。こんなに遅くなるなんて、本当に失礼ですもの」レイチェルは顔をしかめた。「兄はもう来ないと思っていらっしゃるかもしれないわね。実際、来ないかもしれない。これでおわかりのように、兄にはそばで管理する人が必要なの」

「ええ、確かに。でも、わたしは夫を探しているわけではありませんの。子供のようにしつけなくてはならない相手なんて、なおさらごめんだわ。今夜こちらにお邪魔したのも、父がどうしてもわたしをレイヴンスカー卿に会わせたがっていたからなの。でも、この件に関してはもうじゅうぶん義務を果たしたと思うわ。そうでしょう、お父様？」ミランダは父に顔を向けた。「そろそろ失礼しましょうよ」

「何も、そうあわてて帰らなくても」ジョーゼフは急いで引きとめた。「たしかこのあと……」

「客間でカードゲームをする予定ですわ」レイチェルが助け船を出し、ミランダに言った。「母はお父様に、ホイストのゲームをするとお約束したの」

「ああ、そうだ。ホイストだ。とても楽しみにしているんだよ」

「いいわ。だったらわたしだけ失礼して、あとで馬車をこちらに戻すことにするわ」

「どうかお願い」レイチェルは衝動的にミランダの手を取った。「もう少し待っていただけないかしら？　約束の時間にこんなに遅れるなんて本当に失礼だけど、兄は悪い人間じゃないのよ。あなたがためらっているのと同じように、兄もこういう関係に入ることに、ためらいがあるの」

「それは感心ね」ミランダはさらりと言った。「でも、お兄様もわたしもためらっているのだとしたら、わざわざ会う必要があるのかしら？　きっとお兄様もそのことに気づいているんでしょう。だから今夜は顔を見せなかったのよ。だとすれば、いくら待ってもしかたがないわ」

ミランダは笑みを浮かべ、言い返す言葉もなくため息をつくレイチェルの手を握った。最初に挨拶を交わしたときから、ミランダはレイヴンスカー卿の妹を好きになっていた。レイチェルは、大きな緑色の瞳にどことなく悲しげな色を宿した、愛らしい顔立ちの女性だった。控えめで物静かな態度にはとても温かみがある。流行の髪型と服装、はっとするほどの美しさにもかかわらず、近寄りがたい感じは少しもなく、むしろ親しみを抱かせる。

「レディ・ウェスサンプトン、さっきも言ったけど、あなたってとてもいい方ね」ミランダは慰めるように言った。「それに、なりふりかまわず財産のある女と結婚したがっていないとすれば、お兄様はわたしが思ったよりも立派な人なのね。でも、やっぱりあなたのお兄様と結婚するつもりはないの。だから、これ以上とどまっても無駄だと思うわ」

「兄をあなたに会わせたかったわ。こうしてお会いしてみて、ぜひ兄に……あなたと結婚してほしいと思ったんですもの。兄は本当に魅力的なの。きっと好きになってもらえたでしょうに。それに、兄もあなたに会えばきっと……喜んだはずだわ」

「驚いたはずだ、と言いたかったのね？」ミランダは笑いながら言った。「なぜかしら？　お兄様はわたしのことを、がさつな田舎娘だと思っているの？」

レイチェルの頬がかすかに赤くなった。「その……可能性はあるわね。わたしたち、あなたのことを何も知らなかったんですもの」彼女はため息をついて、降参するように両手を上げた。「まあ、どうしましょう。兄の弁護をするつもりだったのに、むしろ藪蛇《やぶへび》になってしまったわ。でも潔く認めると、あなたが……これほどファッショナブルで、これほどきちんとしたアクセントで話す方だとは思いもしなかったの」

「継母がこの国の出身なの」ミランダは答えた。「正しいアクセントも礼儀作法も、厳しくしつけられたのよ」

「ああ、なるほど」レイチェルはいっそう赤くなった。「ますます自分が愚かに思えてきたわ。あの……お継母《かあ》様もいらしてるの？　お会いした覚えがないけれど」レイチェルは部屋を見まわした。

「ええ。今夜は気分がすぐれなくて、お邪魔することができなかったの。継母はいつも少し加減が悪いのよ」

「お気の毒に」レイチェルはちらっとミランダを見て言った。「ミス・アップショー、先ほどのあなたみたいに、率直にお話ししてもいいかしら？」

「ええ、そのほうがうれしいわ」

「あなたの目には、わたしたちはずいぶん変わって見えるでしょうね。愛よりも、家同士の結びつきや条件を優先する、そういう結婚の仕方はきっと冷たく感じられるわね。でも、わたしたちの……つまり貴族のあいだでは、長いあいだごく当たり前に行われてきたことなの。わたしたちの肩には、家族や家名、生家やそこで働くすべての人々の生活がかかっている。だから必ずしも、自分が望むとおりに行動できるとはかぎらない。わたしも両親の願いに従って結婚したのよ」

その結婚生活はうまくいっているの？　ミランダは好奇心に駆られてそう疑問に思った。そういえば、今夜の夕食会にウェスサンプトン卿の姿はなかったようだ。

ミランダの表情から考えを読み取ったように、レイチェルはつけ加えた。「夫にはお会いにならなかったわ。夫のウェスサンプトン卿は一年のほとんどを領地の邸宅で過ごすの」彼女はためらい、それからこう続けた。「ときには自分が望む相手とではなく、経済力のある相手、さもなければ地位のある相手と結婚する必要があることは、あなたもおわかりでしょう？　アメリカでも、同じようなことが行われているはずですもの。たとえば、お父様が亡くなれば、お仕事を継ぐ人が必要になる。家族にふさわしい跡継ぎがいなければ、商才のある相手と結婚する義務があるのではなくて？」

「確かにわたしには兄弟もおじもいないけど、父が死んでも、商才のある夫なんて必要ないわ。わたしが跡を継ぐもの」

レイチェルは驚いて言葉もなくミランダを見つめた。「あなたが商売をなさるの？」

「もちろんよ。父の仕事のことなら、誰よりもよく知っているんですもの。七歳のときから父の片腕になって、父が猟師から買った毛皮の代金を帳簿につけてきたの。だから、この商売については一から知っているわ。実際、毛皮の商売はすっかりミスター・アスターに売ってしまったから、父がいま携わっているビジネスは、父の仕事と言うよりも、むしろわたしの仕事と言うべきなの。わたしは父のために、資産の大半を不動産やさまざまな事業に投資しているのよ」

「まあ……そんなこと、わたしには想像もつかないわ、ミス・アップショー。あなたには驚かされてばかり」

「あら、父の財産はいつかわたしのものになるんですもの。わたしと継妹《いもうと》のヴェロニカのものにね。何も知らずに人まかせにするほど愚かなことがあるかしら？　資産を賢く増やす術《すべ》を身につけるのは、当たり前のことよ。それに一日じゅう、次々にどこかの家を訪問してまわるよりも、お金儲《かねもう》けのほうがはるかに興味深いのよ。あら！　ごめんなさい。わたしは別に……」

「わたしがしていることは退屈な暇つぶしだなんて、仄《ほの》めかすつもりはなかった？」レイチェルが代わりに続けた。「心配しないで、怒ったりしないわ。確かにそのとおりよ。わたしたちがしていることはあまり意味があるとは言えないし、退屈な場合のほうが多いわ」そう言ってにっこり笑い、滑らかな頰にえくぼを作った。「でも、残念ながらわたしには領地の仕事を取り仕切ったり、館を修理する費用を捻出する方法などさっぱりわからない。それにこの国では、女性が金儲けを考えるのは好ましいとされていないのよ」

「あら、わたしの国にもそう思っている人々は多いわ」ミランダはにこやかに答えた。「でも、周囲のうるさい人間たちの意見に従って生きていたら、自分の楽しめることはほとんどできないわ。わたしはあまり好ましい人間じゃないの。だから、お兄様もわたしと結婚しないほうがむしろ幸せだと思うわ。たとえ結婚しても、わたしはみんなにショックを与えるようなことをし続けるでしょうから」

レイチェルは温かい笑みを浮かべた。「でも、そのほうが人生はずっと興味深いものになるわ」

「それは確かね」ミランダはほほえみ返し、立ちあがった。

娘の合図でやってきたレディ・レイヴンスカーは、堅苦しい笑みを浮かべてミランダを引きとめようとした。「まだよろしいでしょう、ミス・アップショー。宵の口ですもの。兄を紹介させてくださいな」伯爵夫人は少し離れたところに立っている年配の紳士を招いた。「ほら、ルパート。こちらに来てミス・アップショーに会ってちょうだい。兄のルパート・ダルリンプルですの。お兄様、こちらはミス・アップショーよ」

ルパート・ダルリンプルは愛想のいい紳士だった。よそよそしくて、冷ややかな印象を与える妹よりも、はるかに気さくに見える。小太りで、ほぼ完全にはげた頭を補うかのように、上唇の端から垂れさがった立派な口ひげをたくわえていた。ルパートも、カードゲームはどうか、もう一曲ピアノを聴かないか、となんとかミランダを引きとめようとした。

それから気のいい調子で、〝甥《おい》のデヴィンは時間の観念がない男だが、あなたを侮辱するつもりは毛頭ないんですよ〟と言い訳し、もうすぐ姿を見せるはずだと請けあった。

ミランダはにこやかに話を聞きながらも、帰ると言って譲らなかった。まもなく伯爵夫人宅をあとにし、表に出て、馬車がまわされるのを待った。

本人は何かというと不満をもらしていたが、レディ・レイヴンスカーが借りているのはアン王朝様式の美しく白い邸宅だった。確かにさほど大きくはないものの、三日月形の通りに面した上品な地域にあり、向かいにある小さな公園によって大通りから守られている。ミランダが乗りこむと、馬車は三日月形の道をぐるりとまわり、大通りに入った。夜更けのこの時間には、さすがにほとんど人通りも、馬車や馬の往来もとだえている。

ミランダはカーテンを開け、夜の街を眺めた。たいていの人間はなかを見られないためにカーテンを閉ざしておくが、暖かくて、珍しく雨模様でもないこんなに気持ちのいい夜に、暗く狭い馬車のなかにじっと座っているのはもったいない。伯爵夫人宅から父が借りている借家までは、ほんの数ブロックしか離れていなかった。正直に言えば、涼しい夜気を肌に受けながら歩いて帰りたいところだが、いま履いている夜会服用の靴で通りを歩くのは無理がある。それに、ミランダが危険なロンドンの夜更けの通りをひとりで歩いて帰ったと知ったら、心配性の継母が泡を噴いて卒倒しかねない。

御者が次の通りを右に曲がり、ふたたび速度を上げたとき、そのブロックの向こうから男がひとり、やってくるのが見えた。エレガントな夜会服に身を包み、帽子を粋な角度に傾けて、千鳥足で歩いてくる。危なっかしくよろめきもしなければ、体を大きく揺らすわけでもなかったが、かなり酒を飲んでいるのは明らかだ。極度に注意深い歩き方がその証拠。それに、まっすぐに歩けず、まるで何かを避けるように右へ行ったかと思うと左へ戻り、また右に傾いていく。

クラブから帰宅するところなのね。ミランダは勝手にそう推測した。おそらく奥方の出迎えを受ける前に、少し酔いを醒《さ》ますつもりで歩いているのだろう。この国の貴族が酒好きだということはミランダも気づいていたが、紳士がこれほど酔うには、少々時間が早すぎるような気もする。ずいぶん早くから飲みはじめたに違いない。

その男が二軒の家のあいだにある暗くて細い路地に差しかかったとき、突然、三人の男が路地から飛びだしてきて、彼に襲いかかった。いきなり飛びつかれた紳士は、道に倒れて組み敷かれている。三人がかりでひとりの人間を奇襲するなんて、なんて卑怯《ひきょう》な男たちなの！　三対一では、襲われた紳士がしらふだったとしても勝ち目はない。不正なことが大嫌いなミランダは、とっさに窓から顔を出し、男たちのところに急ぐようにと御者に向かって叫んだ。

「でも、お嬢様！」ショックを受けた御者が叫び返す。「彼らは殴りあっているんですよ。巻き添えでもくったら――」

「いいから、急いで」ミランダはきっぱりと命じた。「くびになりたくなければ、言うとおりにしなさい」

アップショー一家に雇われてすでに一週間になる御者は、ミランダの言葉にどれほどの重みがあるかをよく承知していた。彼は躊躇せずにこの命令に従い、馬にひと声かけると、手綱を振って速度を上げた。ミランダは車輪の音を響かせて走る馬車のなかを見まわし、武器になりそうなものを探した。おあつらえ向きに、しょっちゅう降る雨に備えて座席の隅に傘が立てかけてある。ミランダはそれをつかみ、薄手のショールを投げ捨てるように外すと、馬車の扉を開け、御者についてくるよう命じながら飛び降りた。

そして卑怯な男たちのもとへと駆けていった。彼らは歩道を転がりながら抗《あらが》う紳士を蹴りつけ、殴っている。ミランダは両手で傘を逆につかむと、問答無用で振りあげ、いちばん近い襲撃者の背中に固い柄のほうを振りおろした。驚いた男が苦痛の悲鳴をあげ、膝立ちになりながらくるりと振り向く。それは愚かな動きだった。おかげで前ががら空き。しかも、長身を生かすこともできない。ミランダは彼の隙にすばやくつけこみ、傘を振って持ち換えると、鋭く尖った先端で男の腹を突いた。襲ってきたのが立派な服装の女性だと知って、激怒した男の顔に滑稽《こっけい》なほどの驚きが浮かび、続いてそれが激しい苦痛に代わった。

男は吼えるような声を放ちながら立ちあがり、傘をつかもうとした。だが、ミランダはさっとさがってふたたび傘を持ち換え、太い柄を使って男が伸ばした腕をばしっと叩《たた》いた。男はそれでも傘の反対側をつかんだが、そこへ、馬をつなぐのに手間取っていた御者が、座席の下に常備してある短くも太い棍棒《こんぼう》を持って到着した。御者が男の後頭部にそれを振りおろし、男は声もたてずに、白目をむいてへなへなと倒れた。

そのあいだに、酔った紳士は男たちのひとりを振り払うと、もうひとりのみぞおちに拳をめりこませて、その男を自分の上から払いのけた。殴られた男が苦しそうにあえぎながら、彼から離れる。紳士はふらつきながらも立ちあがり、その男の胸倉をつかんで、まず腹に一発、仕上げにすばやく顎に一発くらわした。男が声もたてずに倒れる。紳士は最初に飛びかかってきた相手に向き直ると同時に、御者もその男と向かいあった。残された男はふたりが自分に向かってくるのを見て、あわてて立ちあがり、泡をくって逃げだした。

紳士は満足そうな笑みを浮かべて服の汚れを払い、御者に顔を向けた。「きみが加勢してくれたおかげで助かったよ」深い教養を感じさせる、抑制の利いた低い声だ。かすかに舌がもつれているだけで、そうでなければ酔っていることもわからなかっただろう。御者の後ろに立っているミランダに気づくと、彼は先ほどの無頼漢と同じようにぽかんと口を開け、言葉を切った。「レディか！」

だが紳士はすぐにわれに返り、片手をさっと振って、非の打ちどころのないエレガントなお辞儀をした。

「危ないところを助けに駆けつけてくれて、心から感謝します、マダム。あなたはぼくの命の恩人です」

ミランダが助けた紳士は、息が止まるほどハンサムだった。それまではっきり見えていなかったが、その顔を目にしたとたんミランダは全身が熱くなるのを感じ、くすくす笑いだしたいような不思議な感覚に襲われ、そんな自分の反応にすっかりショックを受けて言葉もなく彼を見つめた。殴りあいのせいで乱れ、額にかかった豊かな黒髪と、いたずらっぽくきらめく瞳。それらが、彫りの深い整った顔になんとも言えぬ魅力を与えている。いかつい顎はいかにも意志が強そうで、高い頬骨は紙が切れそうなほどの鋭さを帯びているが、官能的な口の曲線がその線を和らげている。いま彼の口には笑みが浮かび、長いまつげに縁取られた目はミランダに笑いかけていた。長身で引きしまった体つき、男らしい広い肩が、夜会服を申しぶんなく引きたたせている。襲撃者に殴られたせいで頬が赤くなり、唇が切れて血が滴っていたが、そういった争いの跡も彼の魅力を少しもそこなってはいない。

とはいえ、相手がハンサムだというだけで、稲妻に打たれたような衝撃を受けたわけではなかった。ハンサムな男なら、これまでも見たことがある。だが彼らには一度も、沸きたつようなこんな興奮も、体の芯を溶かすような欲望も……まるでずっと前から知っているような不思議な絆《きずな》も、感じたことはなかった。この人と結婚したい。そんな突拍子もない思いが、不意にミランダの頭に閃《ひらめ》いた。

もちろん、そんなことはばかげている。いましがたの冒険で脳のどこかが奇妙な刺激を受けたせいで、取りとめもなく浮かんだに違いない。それでも……彼はとても心を惹《ひ》かれる男だった。これまでにヨーロッパ大陸やこの国で会った貴族たちの誰とも違う。未開地で暮らす猟師にも引けを取らないほどの腕力といい、いたずらっぽくきらめく瞳といい、なんとも魅力的だ。流行の夜会服を着ているが、だからといって、きざな伊達男《だておとこ》にはまるで見えない。これほど服が引きたって見えるのは、ほかの男のように肩パッドの助けを借りているからではなく、筋肉質のたくましい体と脚のおかげだろう。それに、女性に助けられたことに驚いているのは明らかだが、女らしくない行動をとがめて、感謝の言葉を台なしにするような堅物でもない。

「あなたの拳もなかなかのものだったわ」自分の声が思ったより落ち着いているのを知ってほっとしながら、ミランダはどうにかそう答えた。

「だが、完全に不意を突かれた。正直なところ、万全の状態というわけでもないし」

またしてもハンサムな顔に魅力的な笑みが浮かぶのを見て、ミランダはついほほえみ返していた。

「あなたが馬車を止めて助けに駆けつけてくれるほど勇敢な女性で、本当に幸運でしたよ」

「たったひとりを三人がかりで襲うような男たちを、そのままにして走りすぎることなどできませんわ」ミランダは指摘した。「あまりにも卑怯ですもの」

「確かに。しかし、そもそも奇襲をかけるような手合いですからね」

「顔見知りの連中ですかい？」御者が意識を失っている男たちに近づき、その顔をのぞきこんだ。「ひどい悪党面ですぜ」

「いや、見たこともない男たちだ」紳士は肩をすくめた。「暗がりにひそんで、通りかかった相手を襲い、盗みを働くつもりだったんだろう」

「このあたりには、そういう盗人《ぬすっと》はあまり出没しないんですがね」御者はそう言って、通りの両側に並ぶ瀟洒《しょうしゃ》な家々に目をやった。

「そうだな」紳士はおざなりに相槌を打った。「きっと悪党たちも大胆になってきたんだろう」彼はもう一度コートの汚れを払ったが、たいした効果はなかった。「せっかくきちんと整えてくれたのに、従者がこれを見たら嘆くだろうな」

「血が出ているわ」ミランダはポケットからレースの縁取りがついたハンカチを取りだし、紳士の口から滴る血を拭おうと前に出た。

紳士に近づいたとたん、そうでなくても速くなっていた鼓動がさらに速度を増した。彼の体温を感じ、吐息に混じる酒のにおいを吸いこみながら、ミランダは目を上げた。こんなに暗くては色まではわからないが、彼の瞳は温かくとても魅力的で……いまは少し焦点が合っていない。紳士がかすかに体を揺らすのを見て、ミランダはとっさに腕をつかんだ。

「大丈夫ですか？　ベルドン、手を貸してちょうだい」ミランダは御者を呼んだ。御者が近づき、大きな手で紳士のもう一方の腕をつかむ。

「もちろん、大丈夫ですとも。少しくらっときただけで」

「お宅までお送りしたほうがよさそうね」ミランダはすばやく判断をくだした。「わたしの馬車はあそこですの」

「お嬢様……」御者が警告するように割って入る。

「ええ、わかってるわ」ミランダは苛立たしげにさえぎった。「見知らぬ人間を乗せるべきじゃないと言いたいんでしょう？　でも、この人がわたしに危害を加えるとは思えないわ。つまり、まさか……」

「あなたは心の優しい、勇気のある方だ」紳士が口を挟んだ。「でも、心配はいりません。ひとりで大丈夫です。ほんの一ブロックほど先にある母の家に行くところでしてね」彼はミランダが来た方向に目をやり、ふと顔をしかめた。「まあ、今夜はやめておきましょう。少し遅くなったし。友人宅につい長居をしすぎてしまったんです。それにこんな格好では……。だが、ぼくの家もここからたいして離れているわけではありません。ひとりで帰れますよ」

「いいえ、お送りします。おそらく頭も何度か殴られているはずですもの。たとえ人並み以上に固い頭でも、そのうち影響が出るかもしれませんわ」

紳士はミランダの冗談にかすかな笑みをもらした。「言われてみると、確かに頭が痛みはじめた。もっとも、拳骨《げんこつ》をくらったせいではなく、ブランデーを飲みすぎただけかもしれないが」

彼はミランダの勧めに従って一緒に馬車まで来たものの、レディが見知らぬ男と一緒に乗るのは不適切だという御者の意見に同意し、御者台に上がった。紳士が口にした住所までの数ブロックを走るあいだ、ミランダは馬車に揺られながら、紳士が先ほど言ったことを思い返していた。彼は母親の家に向かうところだったと言い、レディ・レイヴンスカーの家があるほうを示した。自分が助けたあの紳士が、今夜会うはずの男だったなどという偶然があるだろうか？　ハンサムで腕っぷしも強い、罪なほど魅力的なあの男性が、レイヴンスカー伯爵だなどということが？　でも、彼の発言からすると、その可能性はかなり高そうだ。こんなに遅れたのは飲みすぎたせいだと考えれば、レイヴンスカー伯爵について耳にした噂とも一致する。

それに、エリザベスは伯爵が魅力的でハンサムな男だと言っていた。もっとも、心をかき乱すあの強烈な個性は、そんな言葉ではとても足りない。ミランダはまだ動悸《どうき》のおさまらぬ胸に手をあてた。全身が息づき、震えおののいた奇妙なあの一瞬、この男性こそ自分の夫になる人だと感じた一瞬が、鮮やかによみがえってくる。彼がレイヴンスカー伯爵だとしたら、確かにエリザベスの言うとおり、女性にほかのすべてを忘れさせてしまうようなたぐいの男だ。

　馬車が紳士の家の前で止まった。上流地域にある、こぢんまりした上品な家だ。ちゃんとした収入も地位もある独身の男性が住むような、まさにそんな家だった。紳士が御者の手を借りて御者台から降りるのを見て、ミランダは馬車の扉を開け、身を乗りだした。

「おやすみなさい」彼と別れがたい気持ちになっているのに気づき、ミランダはとまどった。こんなふうに感じるのも初めてのことだ。この男性がレイヴンスカー伯爵だとわかってさえいたら……。とはいえ、自分の名前を告げるのは気が進まなかった。もしも目の前の男性が実際に今夜会うはずだった伯爵だとすれば、自分こそ、彼が会う気になれずに友人と飲んでいた、当の女相続人だと知られたくなかった。

「マダム、あなたは神様が遣わしてくれた天使です」紳士はそう言ってふたたび頭をさげた。さっきよりも足もとがふらついている。

「まあ、大げさな。でも、そう言ってくださるのはうれしいわ」ミランダは皮肉混じりに答えた。

　紳士はきびすを返し、千鳥足で家の階段を上がっていった。まもなくドアが開き、彼は家のなかに消えた。

「帰りましょう、ベルドン」ミランダの言葉で、馬車が動きだす。

家に向かう馬車のなかで、ミランダは今夜助けた紳士のことをあれこれ考え続けた。あれはレイヴンスカー伯爵だったの？　もしも今夜、彼が遅れずに伯爵夫人の夕食会に来ていたら、どうなっていたかしら？

何が起こったかはともかく、ひとつだけ確かなことがある。あの男性が夕食会に現れていたら、ミランダは早めに引きあげようなどと考えもしなかったに違いない。

# 3

「おかえりなさいませ」従者のカーソンがそう言ってドアを開けた。カーソンは主人の乱れた服装を見て取り、顔に残っている殴りあいのしるしよりも、ゆがんだクラヴァットとコートのほころびに気づいて顔色を変えた。「なんとまあ、旦那様、大丈夫でございますか？　何があったんです？」

「ちょっと殴りあっただけさ。顔を冷やすものを持ってきてくれないか」

「承知いたしました」カーソンは主人の言いつけに従うために、急いで家の奥に向かった。デヴィンはため息をついて、髪をかきあげた。あの男たちは、はたしてただの物取りだったのか？　助けてくれた女性にはそう言ったが……御者が指摘したとおり、あそこは物取りやごろつきがうろつく地域ではない。デヴィンが金を借りている男たちのなかには、ひとりかふたり、手荒な真似《まね》をしかねない者もいる。あのレディが馬車から飛び降りて、傘を振るって男たちを追い払ってくれなければ、彼らはデヴィンに、今夜みたいな目に遭いたくなければさっさと金を返せと告げていたかもしれない。

これからは、もう少し注意深く振る舞うとしよう。護身用に拳銃でも持ち歩くか？　しかし、それではコートを着たときにすっきりした線が出ないと、カーソンに不満をもらされそうだ。

助けに駆けつけてくれた女性のことを思い出すと、自然と笑みが浮かんだ。なんて変わった女性だ！　ほかの男と争っていたためはっきり見ていたわけではないが、彼女が争いのまっただなかに飛びこんできて、手にした傘で襲撃者のひとりを殴りつけたのは、間違いない。服装や話し方からするとレディのようだが、デヴィンが知っているレディたちはもちろん、殴りあう男たちのなかに駆けこんできたりしない。しかも彼女は、あんなにかわいらしい。もっと明るいところで見られればよかったのだが……。それに、飲みすぎたせいで目の焦点もよく定まらなかった。髪は褐色だったが、瞳の色まではわからない。大きくて、きらきら光っていたのは確かだ。いまにも明るい声で笑いだしそうな口をしていた。イヴニングドレスの襟もとに盛りあがっていた白い胸は、もっとよく思い出せる。彼女を見たときに、自分の体が示した明らかな反応も……。

ひょっとして高級娼婦《しょうふ》か何かだろうか？　そう思って振り返ってみると、彼女の話し方はどことなくおかしかった。どこがどうおかしいのかはっきり指摘はできないが、抑揚のつけ方が微妙に違う。もしかすると、レディのような話し方は、あとから身につけたものなのかもしれない。貴族たちを相手にする魅力的な娼婦なら、ああいう馬車やドレスをまかなうだけの稼ぎはじゅうぶんにあるはずだ。だとすれば、貴族の女性にあるまじき突飛な行動の説明もつく。

いったいどこの誰なのか、捜しだしてみようか？　好奇心をそそられ、デヴィンはそう思った。短いあいだなら、デヴィンがほかの女性と浮気をしても、レオーナがうるさく騒ぎたてることはない。彼が完全に離れていってしまうことはないと、わかっているからだ。だが……自分の財政状況を思い出して、デヴィンはため息をついた。ほとんど資産も底をついているいまの状態では、明らかに寛大な後ろ盾のいる女性を誘惑できる望みはまったくない。その財政状況を救済する方法は母の家にあるが、いまごろそこでは、決していいとは言えない彼の評判が、さらに落ちているに違いない。

しかしまあ、今夜母の家に顔を見せなかった失態は、少しばかり努力すれば改善できるだろう。とはいえ、デヴィンはそうすることに反発を覚えた。せいぜいよくてまったく関心の持てない、最悪の場合は嫌悪しか感じない女性に、これから死ぬまで縛りつけられるのだと思うと、彼のなかの何かが、母の持ちこんだこの結婚に尻込みするのだった。家名と家族のためという名目のもと、愛のない結婚をした人々をいやになるほど目にしてきたせいか、自分は決して彼らと同じ人生を歩みたくないと、つい考えてしまう。彼自身の両親もそうだった。レイチェルやレオーナもそうだ。

もちろん、結婚に愛を求めるほどロマンティックで愚かな男ではない。少なくとも、もう何年もそんな気持ちになったことはないが、レイチェルとウェスサンプトンが送っている穏やかながら孤独な人生を歩むくらいなら、いっそ結婚などしないほうがましだということはわかっていた。

濡《ぬ》れた布を小さな銀のトレーにのせて、カーソンが戻ってきた。デヴィンはその布を切れた唇にあてながら、先ほどの女性がハンカチで唇の血を拭いてくれたことを思い出した。レースの縁取りがあしらわれたハンカチに染みつく、かすかな薔薇《ばら》の香りがよみがえり、ふと思った。彼女も同じように薔薇の香りがするのだろうか？

「そういえば、旦那様がお出かけになったあとお手紙が届きました」カーソンがそう言って、玄関の脇にある小テーブルへと歩み寄った。そこに置いてある小さなトレーには、たたんで封をした四角い白い紙が置いてあった。表には〝レイヴンスカー〟と、名前だけが書かれている。その丸みを帯びた大胆な筆跡から、レオーナがよこしたものだということはひと目でわかった。

いつものように熱い期待が体のなかを走った。デヴィンはカーソンが差しだしたトレーから手紙を取りあげ、封を切り、紙を広げた。

ダーリン

今夜、夜中過ぎに。すてきなプレゼントを持っていくわ。

署名のない、少しばかり謎めいた短いメッセージが、いかにもレオーナらしい。それを読んだとたんに、先ほどの女性のことはデヴィンの頭から完全に消えていた。

「いま何時だ、カーソン？」

「十一時を少しまわったところでございます」

「よかった。時間はじゅうぶんあるな。客が到着する前に身支度を整える必要がある。手伝ってくれないか」

その客が誰かはふたりとも承知していたが、もちろん、どちらも彼女の名前は口にしなかった。レオーナとの関係は、秘密のベールで覆われているのだ。もっとも、そのベールはひどく薄っぺらなもので、ロンドンの社交界にふたりの仲を知らぬ者はなく、長年にわたるひそやかな情事は、ゴシップ好きの貴族たちには格好の噂《うわさ》の種になっていた。だが、ふたりがこの秘密を公にしないかぎり、あくまでも噂の域を出ない。ヴェイジー卿《きょう》は妻のレオーナが何をしようとまったく関心を示さなかった。ヴェイジー卿もレオーナもおたがいに好きなように暮らし、その生活に満足している。ただし、デヴィンがレオーナとの仲を公にして、彼に恥をかかせないかぎり。

もう十五年近くも、レオーナと公の場で会うことはめったになかった。ときどきレオーナの取り巻きに交じって芝居やオペラを観《み》に行くし、レオーナが招かれている舞踏会に顔を出すこともある。とはいえ、そういう場所では、レオーナが単なる友人以上の存在だと仄《ほの》めかすようなことは決して口にせず、まなざしでも態度でも表さない。レオーナの家に行くときは、いつも彼女の弟のスチュアートと一緒だった。ふたりの逢瀬《おうせ》の主導権を握っているのは常にレオーナで、彼らが逢《あ》うのは、いつも夜が更けてから。レオーナがデヴィンの家に立ち寄るのは、どこかに外出したときかパーティの帰りだけ。フードをすっぽりかぶり、家の横手にある庭の出入り口からこっそりしのんでくる。そういうとき、デヴィンは今夜と同じようにブランデーのグラスをテーブルに置き、寝室の暖炉の前で期待に胸をときめかせながら彼女を待つ。

だが、待ちぼうけをくわされることもあった。相手がレオーナでは、確かなことは決してわからない。これはレオーナとの関係が、ありきたりの退屈な情事にならずにすんでいる理由のひとつだった。急にレオーナの都合がつかなくなるときもあれば、デヴィンを宙ぶらりんの気持ちにしておくために、彼女がわざと約束をすっぽかすときもある。いまではもう、そういうときにも頭がおかしくなりそうなほどの不安と焦燥に駆られることはなくなっていたが、嫉妬からは逃れられなかった。レオーナが来ないのは、ほかの男と過ごしているせいではないか？　ひょっとしてヴェイジー卿と一緒なのではないか？　夫にはまったく関心がないと口では言っているが、夫の求めには応じなくてはならないはずだ。あるいはどこかの若者が、ロンドンで最も美しいレディの気を惹《ひ》こうとしているのではないか？　レオーナと関係を持った最初のころ、デヴィンはそういう男たちをひとりかふたり、叩《たた》きのめしたことがあった。いまでは彼の血はそれほど熱くならず、かっとなることもなくなったが、それでもレオーナがほかの男と一緒にいると思うと、たとえただ話をするだけだとしても、棘《とげ》が突き刺さるような痛みを感じずにはいられない。ひそかな逢瀬とレオーナの秘密めかした態度、彼女がかきたてる嫉妬、彼女がまたしても約束をすっぽかすのではないかという不安。そのすべてが相まって、知りあってから長い年月がたっているにもかかわらず、ふたりの情事はいまだに秘めやかな関係の持つスリルと興奮を保っていた。

デヴィンはカーソンを従えて一段おきに階段を上がり、寝室に入った。カーソンは苛立《いらだ》たしいほどアスコットの結び方にこだわる几帳面《きちょうめん》な男だが、指先はとても器用なため、彼の助けを借りて汚れを落とし、身づくろいをするのにたいして時間はかからなかった。日付が変わる数分前には、デヴィンはふたたび非の打ちどころなく身支度を整え、髪をなでつけていた。彼はカーソンにベッドメイクをまかせ、恋人を待つために暖炉の前に座って、小さなグラスにブランデーをついだ。

長いこと待たされたあと、もうすぐ一時になるというとき、ようやく廊下にこすれるような柔らかい靴音が聞こえて寝室のドアが開いた。衣擦《きぬず》れの音をさせてレオーナが入ってくるのを見て、デヴィンは立ちあがった。レオーナは後ろ手でドアを閉めると、彼に向きあい、顔を隠しているフードをゆっくりと外した。これと同じことが数えきれないほど繰り返されてきたにもかかわらず、彼の脈はまだ少し速くなる。レオーナは口もとにかすかな笑みを浮かべてデヴィンを見た。

レオーナという名前は彼女にぴったりだ。いつものようにデヴィンはそう思った。美しいブロンドの髪に、シェリーを思わせる金色の丸い瞳もさることながら、社交界が課している規則や決まりにはこれっぽっちも縛られない奔放な気性。その名のとおり、雌ライオンのようだ。口先だけはほかの貴族たちに合わせるものの、結局は自分がやりたいようにする。レオーナはそういう女性だった。

彼女と初めて会ったとき、デヴィンは十八歳だった。ちょうど父の領地からロンドンに出てきて、世界が大きく開け、それまで知っていた退屈きわまりないダークウォーターの暮らしが、都会の洗練された生活に取って代わったころだった。父が強要する祈りや厳しい道徳観念の代わりに、賭事《かけごと》や飲み仲間、深夜のクラブや居酒屋が生活の中心となった。勉強をサボり、したいことをして過ごす毎日。そこには、つまらない領地の娘たちの代わりに……レオーナがいた。

レディ・アトウォーターが催した舞踏会でレオーナを見た瞬間、デヴィンは恋に落ちた。レオーナは女らしい曲線のすべてを強調する金色のドレスを着ていた。キャンドルの明かりで肌が黄金に輝き、ドレスの色が瞳のなかにもきらめいていた。若いデヴィンはそれまで感じたことのない鋭い欲望にわれを忘れ、彼女に恋い焦がれた。レオーナはそんな彼をじらし、触れなば落ちん風情で夢中にさせた。十六年という歳月を経たいま振り返れば、完全に手玉に取られていたことに苦笑せざるをえないが、そのころのデヴィンはつたない誘惑の手管を駆使し、なんとかしてレオーナをベッドに誘いこもうと必死だった。だが、レオーナは彼をからかい、気を持たせるばかりで、一年以上も上手に誘いをかわし続けた。そしてデヴィンがいよいよあきらめようと決意した直後、さりげなく流し目をくれ、彼の腕に胸を押しつけると、庭ですばやくキスをして彼の欲望にふたたび火をつけた。

デヴィンがレディ・ヴェイジーをおおっぴらに追いかけていることは、もちろん大きなスキャンダルになり、デヴィンの行状に不満を持つ父の激怒を買うひとつの原因となって、父とのあいだの溝はさらに広がった。自分がこの人生で楽しいと思うことのほとんどが、スキャンダルの種になるとデヴィンが知ったのは、そのころだ。いつだったかレオーナが指摘したように、デヴィンと彼女はほかの人々とは違うのだ。

「こんばんは、デヴィン」レオーナはかすれた低い声で言った。

「レオーナ」デヴィンは美しい顔や白い喉、深くくれたドレスの前からこぼれそうに盛りあがった胸に目を走らせながら、彼女に歩み寄った。レオーナは、ほかの〝奔放な〟レディたちと同じく、薄いドレスを湿らせ、豊満な肢体に張りつけている。今夜は清らかな白いドレスを着ていたが、薄手のモスリンの生地越しに、胸の頂が色濃く透けて見える。そのエロティックな眺めに、デヴィンの体はたちまち反応した。社交界に初お目見えしたばかりの娘のような清純なドレスを着ていても、レオーナが着ると熱い欲望に身をまかせたがっている奔放な女にしか見えない。

デヴィンはうつむいて、唇をそっと重ねた。「今夜はとても愛らしいね」

レオーナは驚くほどよく容色を保っていた。クリームや化粧品やヘナ染料に、いったいどれだけの金と時間をつぎこんでいるのか、彼は考えたこともなかった。ここ数年、ふたりが会うのは決まって夜の、柔らかいキャンドルの光のもとで、ほとんど昼間の太陽の光のなかでレオーナを見ていないことにさえ気づいていなかった。

デヴィンは豊かな胸の下に手を置いて親指で頂をかすめ、それが硬く尖《とが》るのを感じた。

「このドレスでパーティに行ったのかい？」

「そうよ。レディ・ブランチェットの夜会に。もう少しでひと騒ぎ起こるところだったわ。少なくとも、彼女の冷ややかな口調からは、そういう印象を受けたわね。でも、殿方はひとり残らず楽しんでいたみたい」

「そうだろうな」デヴィンは喉の奥で笑いながら、両手を腰に落とし、彼女を引き寄せて唇を重ねた。唇が触れあった瞬間、彼がかすかにたじろいだのに気づいたのか、レオーナはすぐに顔を離した。

彼女はデヴィンを見上げ、唇に目をやった。「どうしたの？　痛むの？」

デヴィンは肩をすくめた。「見たこともない男たちが、突然飛びかかってきたんだ。だが、大事にはいたらなかった。ほんのかすり傷だよ。少し血が出たけど、それだけだ」

レオーナは金色の目を煙るような欲望に翳《かげ》らせ、爪先立って甘い息がかかるほど唇を近づけた。「少しぐらいの血の味は、かえって刺激的だわ」そうつぶやき、舌先で彼の唇をなめた。デヴィンはこらえきれずに荒々しく彼女を引き寄せ、むさぼるように唇を奪った。

長い情熱的なキスのあと、彼がようやく放すと、レオーナはうっとりと彼を見上げ、甘い声でささやいた。「今夜はプレゼントがあるの」

かすれた声とその言葉に、またしても体が反応する。「そう？」レオーナのプレゼントは、いつも欲望をそそるものばかりだ。ご褒美にあずかる前にさんざんじらされるとはいえ、それだけの価値はある。「楽しめるものだろうね」

「ええ、たっぷりとね」レオーナは笑みを浮かべてデヴィンの胸に指を滑らせ、ズボンのウエストに片手を入れると、彼を押しやった。「でも、その前に少しブランデーをいただくわ」

「いいとも」デヴィンは期待と快感をいっそうかきたてる、こういうゲームを楽しむようになっていた。それが強烈な歓《よろこ》びにつながることがわかっているだけに、じらされるのも一種の媚薬《びやく》になる。デヴィンは彼女に背を向け、ブランデーをついだ。

レオーナは小さなグラスを受け取ると、彼に座るよう合図した。そしておとなしく従った彼の膝に横向きに座り、ブランデーをひと口飲んでグラスをテーブルに置くと、ゆっくり彼のシャツのボタンを外しはじめた。ひとつずつ注意深く外していき、そこから両手を滑りこませる。

「あなたの、アメリカから来た女相続人の話を聞いたわよ」しばらくしてレオーナは、デヴィンの胸の先をもてあそびながら言った。

「なんだって？　アメリカ人だろうがなんだろうが、ぼくには女相続人なんていないよ」

「あら、わたしが聞いた話は違うわ。今夜のレディ・ブランチェットのパーティは、その話でもちきりだったの。服地か何かを扱う商人の娘ですって？」

「毛皮商人だ」デヴィンはにやっと笑った。「妬《や》ける？」

「わたしが？　毛皮商人の娘に嫉妬するの？」レオーナはたしなめるように言った。「やめてちょうだい。好奇心に駆られた、と言うべきね。彼女は本当にあなたと結婚したがっているの？」

「母の話ではそういうことだった。特に父親が乗り気だそうだ。伯爵領を手に入れたくてたまらないらしい」デヴィンはレオーナがすぐ横のテーブルに置いたグラスを取り、口に運んだ。「しかも、潤沢な資産があるそうだ。ダークウォーターを立て直すことができるほどの」

「ダークウォーターなんて」レオーナは、どうでもいい、と言いたげに片手を振った。

「彼女はわ、わ、わたしたちを救ってくれるのよ」

「ぼくたち？」デヴィンはその言葉に少し驚いて、レオーナを見た。

「そうよ。経済的な破綻から」レオーナは背中をそらして、胸を薄い布地越しにいっそう突きだし、デヴィンのシャツのなかに手を入れると、彼の胸をなでながら言葉を続けた。「ヴェイジーに、ギャンブルの借金はもう払わないと言い渡されたの。わたしのように金遣いの荒い女には、クロイソスですら音をあげるに違いない、とね」レオーナはデヴィンの胸の先をなでたり、ひねったり、じらすようにまわりをたどりながら、大金持ちの代詞に使われるリディアの最後の王の名前を口にした。「だから、こう言ってやったの。わたしがあなたと結婚したのは、あなたの魅力的なマナーに惹かれたからだと思ってるの？わたしは妻としてあなたの本当の性的嗜好《しこう》を隠してあげる、あなたはたっぷりお金をくれる、そういう約束だったはずよ、って。でも、わたしがどんな行為を隠しているとしても、浪費するお金に見合うほどの価値はない、と言い返されたわ」レオーナはふっくらした唇を尖らせ、指先でドレスの襟ぐりをたどりながら尋ねた。「このドレスは、浪費だと思う？」

「きみが着ていれば、少しも浪費には見えないよ」デヴィンは細い指の動きを目でたどりながら、片手を上へと滑らせ、盛りあがっている胸をつかんで愛撫《あいぶ》した。そして頂がそれに応えて硬くなるのを見つめ、緑色の瞳に欲望をきらめかせた。

「でも、ヴェイジーには浪費に映るのかもしれないわね。彼ときたら、どんなに美しくても、十四歳以上の女には目もくれないんだもの」レオーナは肩をすくめた。「確かにわたしだって、若い子に魅力を感じることもあるわ。欲望をみなぎらせて見つめてくる若い子は、とても刺激的でぞくぞくするもの。でも、いくらなんでも毎日そればかりでは……」彼女は首を振った。「話がそれてしまったわね」レオーナは背筋を伸ばしてデヴィンの唇をかすめた。「わたしたち、あなたの女相続人について話していたのよ」

「だから、彼女はぼくのものじゃないよ」デヴィンは辛抱強く繰り返した。「彼女と結婚したいなんて、これっぽっちも思っていないんだ」

「当然でしょ。ばかね。開拓地の国から来た、退屈な田舎娘なんかと結婚したがる男がどこにいるの？　でも……する必要があるのよ」

「する必要がある？」デヴィンは意表を突かれて繰り返し、片手をレオーナの顎にかけて、彼女の目が見えるように顔を上向けた。「きみは、その娘との結婚をぼくに勧めているのか？」

「ええ、そのとおり」レオーナはあっさり答えた。「でなければ、どうするの？　あなたは？　わたしたちは？　あなたとの情事は大好きだけど、それだけで生きていくことはできないわ。生き延びるにはお金が必要よ。でも、あなたの資産はほとんどないと、この前わたしに話してくれたばかりじゃない。領地のことを尋ねたとき、伯爵領は利益を生みだすどころか、もう何年も維持するための金がかかっている、と伯父様に言われたんでしょう？　そのうえ伯爵家の金庫が空っぽだとしたら、どこからお金を手に入れるの？　どこかの事務員にでも雇われて働くつもり？」

「収入が激減したことはわかっているさ」デヴィンは不機嫌な声で認めた。「ぼくの顔を見るたびに、みんなが親切にもそのことを思い出させてくれるからね。確かに母が言った相手と結婚すれば、問題は解決できるだろう。だがそうなると、ぼくには妻ができることになる」

「些細《ささい》な問題よ」レオーナはさっと片手を振って指摘をしりぞけた。「妻がいても、好きなように暮らしている男性はたくさんいるわ。植民地から来た田舎娘なんて、ダークウォーターへ送りだしてしまいなさい。大きな館に感激して、喜んでそこで暮らしていくでしょうよ。これまでは未開の奥地にいたんだから。彼女はレディ・レイヴンスカーになりたいだけなのよ。だから結婚して、その願いをかなえてあげるの。伯爵夫人にしてあげるのよ。自分の好きなように采配が振るえる〝領地〟を与えてやればいいわ。おそらくダークウォーターでの貴族ごっこが、上流階級の暮らしだと思いこむでしょうね。むしろそのほうが、本人にとっても幸せだわ。ダークウォーターでおとなしく暮らすほうが。家事や育児以外になんの話題もない田舎娘が、ロンドンの社交界で幸せに過ごせると思う？　オイスターフォークの使い方すらわからない、そんな娘をあなたはパーティに同伴できるの？

さっさとダークウォーターに送りだして、お母様に教育をまかせてしまえばいいのよ」

「だが、母の監督のもとで領地で暮らすのは、彼女が思い描いている結婚生活とは違うかもしれない」デヴィンはそう言い返して、レオーナを膝から下ろし、ぱっと立ちあがった。「もしも彼女がロンドンに住みたがったらどうする？　自分がどんなに笑い物になっているかも気づかず、あちこちのパーティに顔を出したがったら？　ぼくは妻がアインコートの名前を辱めるのに、耐えなくてはならないのか？」

「ばかなことを言わないで。彼女が何を望もうと関係ないわ。結婚さえしてしまえば、彼女のお金はあなたのもの。あなたは彼女の夫であり、主人なのよ。彼女はあなたに言われたとおりにするしかないわ」

「きみが、きみの夫であり主人である男の言うとおりにするように？」

「いやな人。わたしを毛皮商人の娘と比べるなんて」レオーナは笑った。少し小さめの上唇が魅力的にめくれ、白くて小ぶりな歯がのぞく。「おかしいったらないわ」

「面白がってくれてうれしいよ」デヴィンは不機嫌に言った。「よりによって、きみに結婚しろと勧められるとは思わなかった。ぼくが妻を持っても平気なのか？　彼女とベッドをともにして、跡継ぎを作っても？」

「ほら、デヴィン、そういう庶民的な考え方はやめて。ほかになんの取り柄もない〝雌牛〟があなたの子供を何人か産んだからといって、それがどうしたの？　わたしたちにはなんの関係もない。そんなことを問題にするなんて、どうかしているわ」レオーナは彼のそばに来て両手を腰にまわし、たくましい胸に頭をあずけた。「あなたがほかの女性と寝たことは、これまでだって何度もあったじゃない。一度に複数の女性と関係を持ったことさえあった。わたしの記憶では、ふたりにとっては、むしろそれが刺激になったわ」

「情事と結婚では、まったく違う」デヴィンは不機嫌に答えたものの、レオーナの言葉で性の歓びに溺れたそういった夜の記憶がよみがえり、熱いうずきをもたらした。「ぼくは彼女たちと結婚したわけじゃない。彼女たちとは金以外にはどんな義務もなければ、つながりもなかった」

「今度の女性もそうよ。お金以外にどんなつながりがあるというの？」レオーナはそう言い返して彼の背中に手を滑らせ、固く締まった尻に指をくいこませた。「もう、話はじゅうぶん。そろそろプレゼントをあげる時間よ」

デヴィンは同意のしるしにうつむいてキスをした。レオーナは彼の腕から出ると、ドアを開け、ちらっと廊下に顔を出してすぐに引っこめた。ほどなくフード付きの外套《がいとう》に身を包んだ誰かが部屋に入ってきた。とても小柄で、体つきからすると女性らしい。そのほかに彼が気づいたのは、褐色の小さな裸足《はだし》の足だけだった。

その不思議な事実がデヴィンの頭に染みこむあいだに、レオーナはドアを閉め、鍵をかけて彼のもとに戻ると、手を取ってベッドへと導いた。ふたりは靴を脱ぎ、大きなベッドに上がった。レオーナは彼に横向きに寝るように勧め、自分は後ろにまわってぴたりと体を押しつけ、これから始まる余興が見えるように肘をついた。

外套を着た女は、ベッドのすぐそばまで来てふたりからほんの一、二メートルのところに立つと、外套の紐《ひも》をほどき、それを脱ぎ捨てた。胸しか覆っていない短い上衣と、透けるように薄い布の、くるぶしのところが締まったハーレムパンツをはいた、小柄な褐色の娘だ。むき出しのウエストと首から細い金の鎖を垂らし、華奢《きゃしゃ》な上半身にも同じような鎖をたすきにかけている。上衣の裾とズボンのウエストには、小さな鐘がさがっていた。鐘は豊かな黒髪に編みこまれたリボンや、ブレスレット、アンクレットにもついている。極薄の衣装の上に、やはり透けるように薄いさまざまな色のスカーフを巻きつけた娘の姿を見ているだけで、デヴィンの体は鋭い欲望に貫かれた。

娘は恥ずかしそうにうつむいたまま両腕を頭上に伸ばし、リズミカルな音をさせて指先につけた小さなシンバルを鳴らしながら、腰をうねらせた。動きにつれて、たくさんの小さな鐘がちりんちりんと鳴る。ほとんどその場を動かずにリズムに合わせて足と腰をくねらせ、絶え間なく体を揺らして踊る姿は、とても官能的だ。

「どう、興奮するでしょう？」レオーナが耳もとでささやく。温かい息に、デヴィンは体を震わせた。彼女は耳たぶに軽く歯を立て、片手をシャツの脇から滑りこませて胸をなでた。褐色の肌の娘が官能的に体をくねらせるのを見ながら、レオーナの愛撫を受けて、デヴィンの脈は跳ねあがり、頭のなかでどくどく打ちはじめた。娘の踊りは続いた。腰を前後に刻み、胸を揺らして小さな鐘のすべてを震わせ、指につけたシンバルをその動きに合わせて鳴らし続ける。レオーナの指も、少しもじっとしていなかった。デヴィンの胸と腹部を這《は》いまわり、ズボンの上を下へと這っていく。布地を突きあげているものにたどり着くと、彼女は喉にからまるようなかすれた笑い声をあげた。「もっと見たい？」レオーナはまたしても彼の耳に息を吹きこんだ。「もっとはっきり彼女を見たいかしら？」彼女は少し体を起こし、一度だけ鋭く手を叩いた。

黒髪の踊り子は手を伸ばし、絶え間なく腰をくねらせながらスカーフのひとつを外して、ふわりと足もとに落とした。ゆっくりと体をひねり、シンバルのリズムに合わせて腰を振りながらまわり、スカーフを一枚ずつ取り去っていく。

デヴィンは荒い息をつきながら、踊り子が衣装を剝ぎ取っていくさまを見守った。レオーナの愛撫で彼の体はとうに熱くなり、まるで燃えているようだった。彼女の手がズボンのなかに滑りこむ。

「すてき。まだ若いころと同じように硬いわ。好きよ」濡れた舌に耳たぶをたどられ、デヴィンはこらえきれずに身を震わせた。「あなたが妻を迎えても、わたしたちにはこれがある。何ひとつ問題にはならないはずよ。植民地から来た田舎娘があなたの妻だと名乗ったからといって、それがなんなの？　一年に一度ダークウォーターに出かけて、跡継ぎをもうけるために彼女とベッドをともにすればいいのよ。そしてわたしのところに戻ってきて……一緒にこれまでどおりに楽しむの。こうやって」

「レオーナ」デヴィンはあきれて笑いだし、彼女を振り向いた。「驚いたな、いくらきみでも……信じられないよ。きみは色仕掛けで、ぼくを別の女と結婚させようとしているのかい？」

「ふたりがこれまでと同じ生活を続けるためよ」デヴィンのあからさまな言い方が気に入らなかったと見えて、レオーナは怒りに燃える目で鋭く言い返した。「さっきも言ったでしょう？　ヴェイジーはわたしの使うお金を制限する気なの。そのうえ、恋人まで財産なしだとしたら……」

デヴィンは目を細めた。「別の男を恋人にする、と脅しているのか？　そいつとは長続きしないぞ、ぼくが決闘を申し込む」

「ばかなことを言わないで。あなたがすべきことを拒否するなら、わたしはしなければならないことをする。それだけよ」

「くそ、レオーナ。もしもほかの男を——」

「あなたを捨てたりはしないわよ、ダーリン。いつでもわたしのベッドに歓迎するわ。ただ、これまでよりあなたに割く時間は少なくなるでしょうけど」

「レオーナ！　まるで娼婦のような口ぶりだぞ！」彼はレオーナから離れ、唐突に立ちあがった。

　娘が踊るのをやめた。急に石のように硬い表情になったデヴィンを不安そうに見つめ、後ずさる。

「まあ、デヴ、甘やかされた子供みたいな態度をとるのはやめてちょうだい」片手をすばやく動かし、踊りを続けるよう娘に指示しながら、レオーナもデヴィンのあとを追って滑るようにベッドを下りた。

　娘がふたたび踊りはじめると、レオーナは彼女に近づいていった。片手を、ゆるやかに腰をうねらせる娘の汗に濡れた胸に滑らせ、もうひとつスカーフを外す。そして欲望にきらめく瞳で挑むようにデヴィンを見上げた。

「さあ、機嫌を直してよ、デヴ。わたしがどんな女か知っているはずよ。これまで自分を偽ったことは一度もないわ」彼女はそう言いながら、踊り子の体を愛撫し、スカーフを次々に外していく。やがて娘は透けるようなパンツと短い上衣、細い金の鎖だけになった。

「わたしはいけない女なの。あなたも同じよ、デヴ。わたしと同じように興奮しているでしょう？　まともな人間なら決して楽しむ気になれないようなみだらな快楽に、あなたも溺れるのよ」

　デヴィンは目の前のエロティックな光景から目を離せず、男のしるしが熱くうずいて脈打つのを抑えることもできずに、レオーナを見守った。彼の目は、娘の上衣を外し、それを脱がせるレオーナの指に釘付《くぎづ》けになった。娘の小さな褐色の胸には、細い金の鎖がかかっているだけだった。レオーナはその胸を器用な指で愛撫し、人差し指で愛らしい頂のまわりをなぞった。

「彼女が欲しくないの、デヴ？」レオーナが甘い声でささやく。「彼女にあなたのものを深々と埋《うず》めたくない？　あなたがそうするところを見たいわ。わたしに見てほしいでしょう？　それがまともな人間のすることだと思う？　みだらで、堕落した、わたしとあなたのような人間がすることよ」そう言うと、彼女は薄いハーレムパンツの腰紐を鋭く引き、それを開いて、踊り子の足もとに落とした。「どう、デヴ？　彼女が欲しい？」レオーナは踊り子から離れた。「それとも、わたしが欲しい？」

レオーナはドレスの前ボタンを外し、それを開いて、まだ張りのある、豊満な胸を彼の目にさらした。色濃いボタンのような大きな頂が欲望に尖っている。レオーナはドレスを肩から外して床に落とすと、一糸まとわぬ姿でデヴィンを見つめながら両手で自分の体をなで、片方の眉を上げた。

「どうなの、デヴ、わたしが欲しい？　それとも、ふたりとも抱きたいかしら？　さもなければ、お父様のように敬虔《けいけん》すぎてそんな真似はできない？」

「くそ」デヴィンはうなるようにつぶやいて手を伸ばし、レオーナを引き寄せた。「きみが欲しいことは、わかってるくせに」

レオーナはほほえみ、彼にすり寄った。「だったら認めるのね。あなたはみだらな、堕落した男だと。使いきれないほどの大金が手に入るかぎり、それにこれが手に入るかぎり、愚かなアメリカ娘がダークウォーターでの暮らしを楽しめるかどうかなんて、これっぽっちも気にしない。アインコートの名前などどうなってもかまわない、と」レオーナは片脚を彼に巻きつけ、仄めかすように体をこすりつけた。「どうなの、デヴ？」

「ああ、かまうものか」デヴィンはかすれた声で答え、レオーナを抱きあげて荒々しくベッドに落とした。ズボンの前ボタンを外し、脱ぎ捨てながらつぶやく。「きみの言うとおりだ。ぼくらはすっかり罪に浸りきっている。それがきみの望みなら、いまいましい女相続人に結婚を申し込むとも」

# 4

ミランダは鼻眼鏡をかけて、ため息をついた。どういうわけか、目の前に広げた帳簿の数字にちっとも集中できない。今日は朝からずっと、なんとなく憂鬱な気分だった。それもこれも、昨夜出会った見知らぬ紳士のせいだということはわかっている。

昨夜のことを考えれば考えるほど、三人組に襲われた男は、父があれほど熱心に自分と会わせたがっていた伯爵に違いないと確信した。この国に来てから初めて惹《ひ》かれた男性がレイヴンスカー伯爵だというのは、むしろ幸運だとみなすべきだろうが、ミランダの気持ちは沈むばかりだった。なんといっても、彼は母親が催した夕食会に顔を出す気にもなれなかったほど、ミランダと会うことに反発を感じているのだ。もちろん、かくいうミランダ自身も昨夜のあの出来事が起きるまでは同じような気持ちだったのだから、責めることはできない。実際、伯爵が彼女を避けているという事実は、思っていたほど心の弱い、軽薄な男ではないことを表している。それでも……どんなに愚かだと自分に言って聞かせても、彼に腹を立てずにはいられなかった。

もちろん、この気持ちは誰にも認めるつもりはない。実際、帰る途中でレイヴンスカー伯爵らしい紳士に出会ったことさえ、父には話していなかった。娘が自分の勧める花婿候補に少しでも関心を持っているとわかれば、父のことだ、なんとかして彼と結婚させようと全力で説得にかかるに違いない。これも言うまでもないが、ミランダは父の言いなりになるつもりはまったくなかった。レイヴンスカー伯爵がどんなに魅力的でも、見知らぬ相手と結婚するなど考えられないこと。愛してもいない男の妻になるなんて、とんでもない話だ。ミランダが望んでいるのは、父とエリザベスのような結婚だった。ふたりは出会ったときからおたがいに身も心も捧《ささ》げてきた。もちろん、継母のようにすべての面で夫に頼りきった妻になる気はないが、ふたりと同じように、長く愛せる相手を見つけたい。ミランダはそう願っていた。

エリザベスが部屋に入ってくるたびに父の目は輝く。そんなふうに、見るたびに目が輝いてしまう相手といつか結婚したい。夫がいないときは寂しくてたまらず、戻ってきたときはエリザベスが父にするように、喜びにあふれて迎えたい。さもなければ、わざわざ結婚する意味がどこにあるだろう？　夫などいなくても、自身の才覚でじゅうぶんに暮らしていけるし、自分のことは自分で処理する癖もついている。何よりもミランダにはじゅうぶんな財産がある。ほとんどの女性と違って、生きていくために結婚する必要などまったくないのだ。レディ・ウェスサンプトンのように、家族への義務を果たすために結婚しなければならないと感じたことも一度もなかった。父を喜ばせたいという気持ちはあるが、そのために結婚までしなくても、父の心もアップショーの名前も傷つくわけではない。

ミランダは自分をいましめた。昨夜の紳士のこととなると、わたしはふだんの自分に似合わぬほど愚かになっているわ、と。そこで、朝食をあちこちつつくだけでほとんど残したあと、残りの一日をもっと有意義なことに費やそうと決めたのだった。そのために髪を引っつめて頭の上にまとめ、帳簿を見るときや仕事の手紙を書くときに着る、たっぷりゆるみのある地味な古い服に着替えた。それなら、いちいちインクのしみができるのを気にせずにすむからだ。準備が整うと、ミランダは階段を下りて書斎に行き、細かい字を読むときに使う丸い眼鏡を鼻にのせて、父のアシスタントであるハイラム・ボールドウィンと帳簿に目を通すために机に向かった。

ところが情けないことに、それでも憂鬱な気分を振り払えずにいた。もっと悪いことに、ハイラムが目の前に広げてくれた帳簿の数字に、少しも興味を持つことができない。いつもならハイラムと同じように、こういう仕事に熱心に取り組めるのだが、今日ばかりは数字を読みあげる彼の声が右から左の耳へと通りすぎ、ともすれば昨夜の出来事へと思いがさまよっていく。ミランダは何度もわれに返っては、目の前の仕事に気持ちを戻さなくてはならなかった。

午後になってまもなく、書斎のドアが開き、満面の笑みをたたえた父がせかせかした足取りで入ってきたときには、正直な話、少しばかりほっとした。ミランダは父にほほえみ返した。こんなふうに手放しで喜んでいる父に、しかめっ面を向けるのはむずかしい。帳簿のつけあわせから逃れられる正当な理由を聞かされるのが、うれしくもあった。

「あら、お父様。まるでカナリアを食べた猫みたいな顔ね」

「そうかい？」父はミランダのその言葉に、いっそう大きく顔をほころばせた。「実はそういう顔をしたくなるもっともな理由があるんだ。たったいまある紳士と話していたんだが、彼はおまえにぜひとも結婚を申し込みたいそうなんだ。もちろんわたしは快諾したよ」

「なんですって？」ミランダはぱっと立ちあがった。「いったいなんの話？　どの紳士のこと？　お父様、何をしてくれたの？　言っておきますけど、どこかのうぬぼれ貴族を新しく見つけてきて、わたしと結婚させるつもりなら――」

「いやいや」ジョーゼフは急いで娘をなだめた。「新しい相手を見つけてきたわけじゃない。同じ紳士だ。レイヴンスカー卿《きょう》だよ」

ミランダは言葉もなく父を見つめ、あわてて髪に手をやった。「なんですって？　彼がここに？」わたしときたら、ひどい格好に見えるに違いないわ！　髪は引っつめてあるし、着ているものも洗いざらしで、流行にはほど遠い。こんな姿で人に会うなんてとんでもない話だ。「お父様、だめよ！　そんな……彼をここに入れないで！」

「ほらほら、ミランダ」ジョーゼフは上機嫌で娘をたしなめた。「彼にはもう、いますぐおまえに結婚を申し込んでもかまわないと言ってしまったんだよ。いまさら、そっけなく追い返すのは失礼じゃないか。二、三分もあればすむことだから」父はきびすを返してすたすたと戸口へ戻りながら、アシスタントに声をかけた。「ハイラム、われわれは気を利かせようじゃないか。彼とミランダをふたりきりにしてやろう」

ハイラムは、彫像さながらに凍りついているミランダにちらりとけげんそうな目を向けると、手にしたペンをインク壺《つぼ》に戻し、雇主のジョーゼフに従って部屋を出ていった。

「だめよ、待って！」ミランダはドアへと急いだ。こんな格好でレイヴンスカー伯爵に会うわけにはいかない！　だが、彼女がまだそこにたどり着かないうちに、仕立てのいい服に身を包んだ長身の男が戸口をふさいだ。

やっぱり予想はあたっていたわ、と真っ先にミランダは思った。目の前に立っているハンサムで背の高い立派な身なりの男は、昨夜ミランダが御者と一緒にならず者を撃退し、危ないところを助けたのと同じ男だった。が、その喜びはすぐに次の疑問に取って代わった。昨夜の魅力はどこへ行ってしまったの？

目の前の男は、いかにも伯爵らしい、どこか冷めたような傲慢な表情を浮かべていた。もちろん昨夜と変わらずハンサムで、上等な仕立ての服に包んだ体も、筋肉質で引きしまっている。だが、冷ややかに部屋を見まわし、つかの間ミランダの上にとどまってすぐに離れた緑の瞳には、昨夜のきらめきや笑みは影も形もない。

「はじめまして、ミス・アップショー」彼はミランダのいるほうに向かってエレガントなお辞儀をしながら、もったいぶって挨拶した。

「こんにちは、レイヴンスカー卿」ミランダも冷ややかでよそよそしい声で応じた。昨夜は思いがけぬ冒険に興奮するあまり頭に血がのぼって、この男にありもしない魅力を感じてしまったのだろうか？　目の前にいるレイヴンスカー伯爵は、彼女がこれまで会った傲慢な貴族たちとまるで変わらない。いや、彼らよりもひどいくらいだ。

デヴィンはふたたびミランダ・アップショーをちらっと見た。彼はここにいることがいやでたまらなかった。なんという屈辱、卑しい行為だろう。こんな真似《まね》をせざるをえないほど、落ちぶれた自分が情けない。レオーナや母やレイチェルがどんな言葉で置き換えようとも、この女の前にひれふすのは、結局のところ、金で買われることにほかならない。自分がまさにどん底まで落ちたという証拠なのだ。レオーナが指摘したように、確かにいまの彼は泥沼にはまっていた。もう何年もそういう生活を続けてきた。だとすれば、泥にまみれても同じことではないか？

とはいえ、金のために身を売るのは、なんともいやな気分だった。この娘の父親と話すのも屈辱だったが、当の相手を前にすると、いっそうその気持ちが強くなった。だが、魂が焼けるほどの恥辱を感じているとしても、それを表に出すのはプライドが許さない。アインコート家は、王とともに歩み、王と語らってきたのだ。氏素性も知れぬ毛皮商人やその娘に、屈辱を悟られてなるものか。デヴィンは顎を上げ、目の前の野暮ったい女をふたたびちらりと見た。

まさしく想像していたとおり、形の崩れた流行遅れの服を着た、地味な女だ。見るだけでこちらの頭まで痛くなるほどきつく髪を引っつめ、鼻梁《びりょう》に眼鏡をのせている。間違いなく婚期を逃した、金目当ての男としか結婚できないような不器量な女だ。おそらく口を開けばアメリカ訛《なま》りまる出しで、立ち居振る舞いも外見と同じように粗野なのだろう。気の利いた会話どころか、こうして貴族を前にしても礼儀にかなった挨拶ひとつできない、愚かな女なのだ。

デヴィンはまたしてもちらっと相手を見て、急いで目をそらした。この女をまともに見て求婚することなど、とうてい無理だ。そこでデヴィンは彼女の左肩の少し上に目を据えて、頭のなかで用意してきた言葉を口にした。「ミス・アップショー、お父上にあなたに結婚を申し込むお許しを願ったところ、お父上は寛大にもその許可をくださいました」デヴィンはいっきにそう言って、息を吸いこみ、思いきって次の言葉を口にした。「ぼくの妻になってくださるという名誉を与えていただければ、これ以上の喜びはありません」

彼は口をつぐみ、答えを待った。

たったいま聞いた言葉が、この男の口から出たことが信じられなくて、ミランダはしばらくのあいだ声もなく彼を見つめていた。あまりにも腹が立って、とても論理的な返事をできそうになかった。

「いやよ」ようやく彼女はそっけなく言った。

デヴィンは滑稽《こっけい》なほど驚いて、ぽかんと口を開け、初めてまっすぐにミランダを見た。

「なんだって？」

彼の驚愕《きょうがく》ぶりがおかしくて、ミランダはくすくす笑いながら繰り返した。「いやだと言ったのよ、レイヴンスカー卿」

「ぼくの求婚を断るのか？」そればかりか愚かな田舎娘は、厚かましくもこのぼくを嘲笑《あざわら》っている！

「ええ、そうよ」

「くそ！」彼はたまりかねて叫んだ。「もっとましな申し出を受けられると思っているんじゃないだろうな！」

「親愛なる伯爵様」ミランダは歯切れよく答えた。「あなたがたったいました申し込みに比べれば、どんな申し込みでもましよ」彼女は鼻眼鏡をさっと取り、つかつかと歩み寄って、わずか数十センチしか離れていないところから挑むように彼を見上げた。「これほどぶざまな求婚は、生まれてこのかた聞いたことがないわ。あんなふうに申し込まれて、ふたつ返事で承知する女性など、この世にひとりもいないでしょうよ。いったい何様のおつもり？　あなたが妻にしてやると決めれば、それだけでどんな女も喜んで足もとにひれふすと思っているの？　なんて傲慢で、無礼なのかしら。あなたみたいな男とは、結婚どころか、二度と会いたくないわ。この先ずっと一緒に暮らすなんてまっぴらよ。それなら、一生ひとりでいたほうがずっと幸せだわ！」

デヴィンは怒りに燃える大きな灰色の瞳を見下ろし、この日の午後、二度目の大きな驚きに打たれた。「きみは！　きみは、ゆうべの――」

「ええ」ミランダはそっけなく応じた。「ゆうべあなたを助けた女よ、そんな価値もなかったわね。こんなに傲慢でうぬぼれていなければ、もっと早く気づいたでしょうに。わざわざ馬車を降りて、助けたりするんじゃなかった。あのならず者たちの邪魔をせずに、彼らが痛めつけるままにしておいたほうが、むしろあなたのためになったでしょうね。考えてみればあの男たちは、同じような結婚の申し込みであなたに侮辱されたほかの女性に雇われていたのかもしれないわ」

「侮辱だって！」デヴィンは怒りに駆られて叫んだ。どちらがよけいに腹立たしいのか、自分でもよくわからなかった。この女に軽蔑されたからか？　それとも、自分の体が出し抜けに、昨夜、彼女を見下ろしたときに感じた欲望をはっきりと思い出したからか？

「ぼくに求婚されたことが、侮辱だと言うのか？　ぼくは第六代レイヴンスカー伯爵だぞ。うちの家系は十二世紀までさかのぼることができる。自分の祖父が誰かさえ満足に知らないきみたちとは違うんだ！」

「そんなばかげた反論、聞いたことがないわ」ミランダは冷ややかに切り捨てた。「誰の祖先だって、それくらいはたどれるものよ。あなたが十二世紀まで祖先の名前を知っているのは、ただきちんと記録が取られていただけにすぎない。あなたの祖先がどんな人々だったかは、神様以外の誰にもわかりはしないわ。この地上で生きた誰よりも腹黒い悪党だったかもしれないじゃない。たとえ彼らが高潔な人物だったにせよ、それだけであなたも同じだということにはならないわ。あなたがどんな人間かは、あなたの生き方で決まるのよ。わたしが聞いたかぎりでは、これまでのところ、あなたはその名を高めるような生き方はしていないようね」

「なんだと――」デヴィンは目を細めて彼女を見据えた。「くそ、きみが男なら、決闘を申し込むところだ」彼はさらに近づき、ミランダをにらみつけた。

「またしても、とんでもなくばかげた発言ね。わたしが男でないことは一目瞭然ですもの」ミランダはその場に踏みとどまり、澄まして指摘した。のしかかるように立ってにらみつけられたくらいで、怖《お》じ気《け》づくなどとんでもない。彼女はすっかり腹を立て、このやり取りを楽しんでいた。レイヴンスカー伯爵は、うぬぼれの鼻をへし折られて当然の傲慢な男だ。彼女は喜んでその鉄槌《てっつい》をくだしてやるつもりだった。そこでつんと顎を上げ、鼻先がくっつかんばかりに顔を近づけてにらみ返した。

「生意気な――」デヴィンは急に言葉を切ると、両手でミランダの腕をつかんだ。そして、彼女を持ちあげて乱暴に自分の体に押しつけながら、いきなり唇を奪った。

思いがけぬ展開に、ミランダは一瞬、あっけに取られた。二十五年の人生で、こんな扱いを受けたことはただの一度もなかった。荒々しくつかまれ、こんなにも激しくキスされたことは。そんな真似をするほど傲慢な男はひとりもいなかった。それほど勇気がある男もいなかった。激しい怒りが矢のごとく体を貫いたが、それと同時に、思いがけず快感が体を駆け抜け、全身の細胞が息づいて震えはじめた。熱い唇が彼女の唇をわが物顔にむさぼり、反応を要求してくる。その味がミランダを酔わせた。それから舌が差しこまれ、口のなかを蹂躙《じゅうりん》した。強く押しつけられたベルベットの炎のような唇に唇を焼かれて、ミランダの体に激しい興奮の震えが走り、神経のあらゆる末端が燃えさかる。こんな経験は初めてだ。実際、これほどの快感が存在すると想像したこともなかった。

下腹部の奥深くが熱くうるんでうずきはじめ、ミランダはぐったりと彼にもたれ、熱いキスがもたらす快感に溺れた。体のなかで荒れ狂う欲望が、先ほどまでの怒りを焼きつくし、全身を溶かしていく。胸が張り、その頂が焦がれるように尖《とが》って……気がつくと彼の手を求めていた。体のあらゆる箇所が彼の愛撫《あいぶ》を求めている。ミランダはぶるっと身を震わせ、飢えたように自分をむさぼる彼の口のなかでうめいた。

すると突然、彼の口が離れた。デヴィンはミランダを突き放すようにして身を引き、ガラスのようにきらめく緑色の目で、情熱に和らいだ顔を見下ろした。

「どうだ」彼はミランダの腕を放しながら、かすれた声で言った。「これで、愚かにも求婚を拒まなければ、何が手に入っていたかわかっただろう」

デヴィンが吐き捨てるように投げつけた言葉が快感の霞《かすみ》を切り裂いた。ミランダは背筋をこわばらせ、怒りと自己嫌悪に駆られて思いきり彼の頬を叩《たた》いた。

「出ていって。この家を出ていきなさい。二度とその顔を見せないで」

「喜んでそうするとも」彼は冷笑をこめてそう言うと、きびすを返し、大股に部屋を出ていった。

急に膝の力が抜け、立ち続けていることができずに、ミランダは手近な椅子に沈むように座りこんだ。ああ、神様、いったい何が起こったの？

わずか一瞬のうちに、ミランダの人生は完全にひっくり返ってしまった。彼女は猛烈な怒りを感じながらも、まったく新しい炎に焼かれていた。彼の頬を打った手がひりついたが、暴力を振るったことは少しも後悔していなかった。それどころか、自分を褒めてやりたいくらいだ。あれは当然の報いよ。できればここに連れ戻して、もう一度叩いてやりたい。けれどその一方で、彼女の体はまるで自分のものではないように激しくかき乱され、熱くほてり、何かを求めていた。デヴィン・アインコートがキスしたときに突きあげてきた快感を、もう一度味わいたかった。

あんなに傲慢で無礼な男はいないわ。いいえ、そんな言葉ではとうてい言いつくせない。苛立《いらだ》たしくて、それでいながら刺激的で、あの男はなんとも形容のできない気持ちをもたらす。ミランダは彼を憎んだ。自分が彼のキスであれほど興奮し、ときめいたことを思うとよけい憎らしかった。ぐったりともたれかかり、いつまでもキスを続けてほしいと願うなんて。あんな男のキスを楽しむなんて！　でも、ほかの男には一度も感じたことがないほど激しく体がうずく。あんなにひどい求婚で侮辱してきた男を、こんなにも求めてしまう自分に腹が立つ。

レイヴンスカー卿はまさしく悪魔の化身だわ。二度と会いたくない。でも、それは嘘《うそ》だとミランダはすぐに気づいた。また彼に会いたい。それも、すぐにでも会いたい――わたしがどれほど軽蔑しているか、思い知らせてやるために！

デヴィンはかっかして通りを歩いていた。頭のなかでわめき散らす声に合わせて、どんどん足が速くなる。いまいましい女だ！　ぼくを叩いたばかりか、ぼくには彼女の夫になる価値などない、だと？　いったい自分を何様だと思っているんだ？　ぼくはダークウォーターを取り仕切るアインコート一族の人間だぞ。あの女は何者だ？　どこの馬の骨ともわからない、植民地の商人の娘じゃないか。父親が動物の毛皮を売ってひと財産築いたというだけで、すっかり思いあがって、大物気取りだ。まるで、父親の金が自分をひとかどの人物にしてくれるかのように！

彼女に投げつけてやるべきだった痛烈な言葉が、次から次へと頭に浮かんだ。求婚を断られたからといって、こちらは痛くもかゆくもない。かえってありがたいくらいだ。だいたい、この話は最初から気が進まなかったのだ。まわりのみんながそうしろとせっつくから、求婚しただけ。伯爵はもちろんのこと、あんな女と喜んで結婚する男などどこにもいるものか。そう言ってやるべきだった。だが、くそ、彼女の体はとても柔らかくて、まるでこの体に溶けこんでしまいそうだった。それに、蜜のように甘いあの唇、鼻孔をくすぐるかすかな薔薇《ばら》の香りが、たまらなく欲望をかきたて……。

デヴィンは低いうなりをもらし、すれ違った男が驚いて急いで通りの反対側に移ったことにも気づかず、ずんずん歩き続けた。あの野暮ったい格好の、生意気な毒舌女が、昨夜暴漢から救ってくれた魅力的なレディと同一人物だとはとうてい信じがたい。もちろん、昨夜はかなり酔っていたから、あのレディの顔はぼんやりとしか覚えていないが、表情豊かな大きな瞳と、それが笑いと興奮にきらめいたことはよく覚えている。あれが今日の午後、彼がやむをえずに求婚した、冴《さ》えない服装の腹立たしい田舎娘と同じ女性だなんて。

そんなことがありえるのか？

デヴィンのキスに応えたのは、昨夜の女性だった。デヴィンは彼女のなかに温かさと興奮を感じた。昨夜、窮地に陥った彼を助けようと、殴りあいのただなかに飛びこんできたのと同じ情熱を感じた。先ほどのキスを思い返し、温かい唇の感触と彼女の情熱的な反応がよみがえると、つい口もとがほころんだ。なぜあんなことをしたのか、自分でもよくわからない。ただ、あの口の減らない、憎たらしい女をへこましてやりたかった。軽蔑しきった冷ややかな目を向けてくる腹立たしい相手に、自分のほうが主導権を握っていることを思い知らせたかったのだ。平手打ちをくわされたものの、目的を達することはできた。あの女が手を上げたのは、ぼくの指摘が図星だったという証拠だ。おそらく、キスをしたぼくにというよりも、夢中で反応した自分に腹を立てたのだろう。

だが、何度でも同じ反応を引きだせる自信はある。そうとも、少し努力をすれば、ぼくに恋い焦がれるように仕向けるのは簡単なことだ。その気になりさえすれば自分がかなり魅力的になれることを、デヴィンは知っていた。彼に心を奪われた女性はこれまでもたくさんいる。高潔で用心深い女性、デヴィン・アインコートのような堕落した男とは絶対にかかわりを持つはずがないと言われた女性たちですら、意外と簡単に落とすことができたものだ。ふだんの彼は、自分を拒む相手を口説くだけの手間をかけようとはしない。そんな面倒なことをしなくても、ベッドをともにしたがる女性には事欠かないからだ。それにもちろん、いとしのレオーナがいる。

だが今回は、今度だけは、その努力をする価値があるかもしれない。ぼくが夫としてふさわしくない？　ほかのどんな申し込みも、ぼくの申し込みに比べればまだまし？　ぼくがその気になって何日か口説いたあとで、あの小生意気なアメリカ娘がなんと言うか聞きたいものだ。

意地の悪い思いつきに気をよくして、デヴィンはかすかな笑みを浮かべた。たっぷりと魅力を振りまき、熱心に口説いて、これ以上望めないほどの思いやりと優しさを示すとしよう。先ほどキスをしたときに彼女が示した情熱を思えば、それほどむずかしいことではない。彼女がぼくの虜《とりこ》になり、ぼくとの結婚を熱心にせがんできたら……にっこり笑って〝すまないが、同じ相手には一度しか求婚しないことにしている〟と言い渡してやるのだ。

その光景を思い浮かべただけで、デヴィンは深い満足を覚えた。昨夜レオーナが言ったように、ぼくはまったく心のねじくれた男らしい。アメリカ娘と結婚するより、彼女の心を引き裂くほうが、はるかに魅力的な見通しに思える。

デヴィンは次の通りを曲がり、妹が住むタウンハウスへと向かった。堂々たる門構えの白亜の邸宅は、メイフェアの一ブロックのほとんどを占めていた。彼の顔を知っているため、召使いはすぐにお辞儀をしてデヴィンを通した。デヴィンはさっさと階段を上がり、妹の居間に向かった。さいわいレイチェルは、訪問客をもてなす代わりに刺繍《ししゅう》の丸い枠を手にしてひとりで座っていた。

レイチェルは彼の足音に顔を上げるると、うれしそうな笑みを浮かべて急いで立ちあがり、両手を差しのべて兄を迎えた。「お兄様！　訪ねてくれてとてもうれしいわ！　本当はゆうべしたことを……いえ、しなかったことと言うべきかしら、それを非難すべきね。ひどく恥ずかしい思いをしたのよ。ミス・アップショーに、兄はすごくいい人だと説明している自分がとても愚かに思えて」

「ぼくのことで嘘をつく必要はないよ、レイチェル」デヴィンは笑顔で言って、妹の頬にキスをした。「ぼくが善良な男なんかじゃないことは、おまえだってよく知っているはずだ」

「あら、社交界のみんなが口を揃《そろ》えて彼女にそう言うはずですもの。ひとりぐらいは反論しなくちゃ。でも、顔を見せるだけの礼儀も示そうとしないとあっては、弁護するのが少しばかりむずかしかったわ」

「その埋めあわせはついさっきしてきたよ。ミス・アップショーの家を訪ねて、父親に求婚の許可をもらった」

「お兄様！」レイチェルは兄のデヴィンよりも温かくて優しい緑色の瞳を、うれしそうにきらめかせた。「まさか！　ほんとに？　ああ、とてもうれしいわ。ゆうべ会って、ミス・アップショーのことがひと目で好きになったの。彼女はきっとすばらしいパートナーになると思うわ。これは正しい選択よ。わたしにはわかるの。お兄様はきっと、とても幸せになれるわ」

「ぼくの幸せがこの結婚にかかっているとしたら、それは無理だな。結婚を申し込んだが、あっさり断られた」

「断られた？」

デヴィンはくすくす笑った。「そんなにショックを受けてくれると、傷ついた自尊心が少しは慰められるよ。ぼくたちのご立派な母上がこのことを知ったら、自業自得だと言うだろうな」

「そうかもしれないけど」レイチェルは認めた。「でも……ああ、とても残念だわ。彼女は絶対にお兄様に……」

「まだあきらめる必要はないさ。実は、一計を案じたんだ」

「なんですって？」レイチェルはとまどいを浮かべ、探るようにデヴィンを見た。「どういう意味？　どんな計画？」

「われらが〝ミス・大金持ち〟との形勢を逆転させる計画さ」デヴィンは軽い調子でそう言った。「彼女を口説くつもりなんだ。そして、結婚する気にさせる」

レイチェルは眉をひそめた。「でも、どうして？　ミス・アップショーとは結婚したくなかったんでしょう？　断られて、むしろほっとしたんじゃないの？」

「アメリカから来た名もない女に、自分の夫になる価値はないと断られて、喜べというのか？」デヴィンは冷たい声で言った。「冗談じゃない。彼女を妻にせずにすむのはうれしいが、ぴしゃりと断られて喜ぶ気にはなれないね」

レイチェルは心配そうな顔になった。「お兄様……」

「なんだい？」デヴィンはしらばっくれて妹を見た。「彼女の歓心を買う気になったのを、喜んでくれると思ったのに」

「本気ならとてもうれしいわ。でも、まるでゲームでもするような口ぶりなんですもの。それも、残酷なゲームを」

「あんなアメリカ娘のことなんて心配する必要はないさ。それより、ぼくらがこれからつかむ莫大《ばくだい》な持参金のことだけを考えるんだ」

「お兄様！　そんな言い方をするなんて、まるで――」

「まるで、なんだい？　欲得ずくみたいだ？　だが、それが本音じゃないか。ぼくらはいつも金をもたらしてくれる結婚相手を選んできた。おまえが結婚したいちばんの目的も金だったし、キャサリンだってそうだ。ぼくにしても、寄ると触ると女相続人と結婚する義務があると言われ続けてきた。とにかく、アインコートの金庫はいくらでも金を吸いこむ、底なしの穴だからな」

「そんな言い方をしないで」レイチェルは顔を曇らせた。「キャサリンとリチャードは愛しあっていたのよ。リチャードはお姉様を失ったショックから、まだ立ち直れずにいるわ。それはお兄様も知っているはずよ」

「わかってる」デヴィンはかすかに表情をなごませた。「それに、おまえが家のために払った犠牲のことを持ちだすなんて、ひどい男だよな。自分は昔から勝手なことばかりして、責任から逃れてきたっていうのに」

「お兄様には犠牲なんて払ってほしくないの。幸せになってほしいのよ。わたしが願っているのはそれだけ」

「ああ。おまえの好きなミス・アップショーの心を勝ち取れば、ぼくは幸せになれる。だから、ここでパーティを催して、彼女を招待してもらいたいんだ」

「パーティを？」

「そうさ。今度はぼくも出席する。そして、ミス・アップショーに与えてしまった印象を改善できるよう、精いっぱい努力するつもりだ」

レイチェルはその申し出の真意を測るように、しばらくのあいだ兄をじっと見つめた。デヴィンの瞳に宿っている冷ややかな表情は、少しばかり彼女を怖がらせた。ミス・アップショーを口説いて結婚する気にさせるという兄の手助けをするのは、あのさっぱりした気性のアメリカ女性に、ひどい仕打ちをすることになりはしないか？

その恐れはたぶんにある、とレイチェルは思った。でも、前夜会ったミス・アップショーと、彼女と交わした会話を思い出すと、たとえ相手がデヴィンでも、彼女なら自分を守ることができるという気がした。

「いいわ」レイチェルはようやく心を決めて、兄の願いを受け入れた。「ミス・アップショーを招くために、舞踏会を催すわ。ロンドン社交界の重鎮にぜひとも紹介したいと言えば、おそらく断られることはないでしょう」

「ありがとう、レイチェル」デヴィンはからかいを含んだお辞儀をしながら、妹にウインクした。「この恩は一生忘れないよ」

「ええ、忘れないでもらいたいものね」レイチェルも軽い調子で応え、それから考えこむような声でつぶやいた。「ふたりのどちらが勝つか、興味深いことになりそうだわ」

うまくいけば、どちらも勝てるかもしれない。彼女は希望をこめてそう思った。

# 5

　ミランダは大きな姿見の前で、こちらを映し、あちらを映してみた。継妹と継母は並んで後ろに座り、黙ってミランダを見守っている。父はさっきから落ち着きなく廊下を行ったり来たりしながら、ときどき戸口に顔を突っこんでは、どんな具合か様子をのぞいていた。

「とってもきれい」ヴェロニカがうっとりした目でミランダを見上げた。

「ええ、美しいわ」継母のエリザベスも同意した。「その海の泡のような緑は、あなたの髪の色にぴったり。買うことにして本当によかったわ」

「ええ、ほんとね」ミランダはうなずいた。このドレスは申しぶんなく美しい。淡い緑の紗《うすぎぬ》を何枚も重ね、裾を波形に縁取ったドレスを着たミランダは、まるで海の泡のなかから姿を現したように見えた。胸のすぐ下で結ばれた幅広の銀のリボンが、女らしい体のラインを強調し、丸い胸もとがクリームのように白い胸を誇示している。美しい褐色の巻き毛は、肩にかけた透けるような紗と同じ銀色のリボンを編みこみ、高く結いあげて滝のように落としてある。今夜のわたしは、いままでいちばんきれいだわ。ミランダは満足げな笑みを浮かべた。いくら意地の悪いあの男でも、これなら野暮で冴《さ》えない田舎娘だとは思わないでしょう。

それこそが、今夜、レディ・ウェスサンプトンの舞踏会に行くことにした最大の理由だった。彼女からの招待状を受け取ったとき、ミランダは、行くつもりはないときっぱり父に言い渡した。

「わたしをレイヴンスカー卿《きょう》ともう一度会わせるつもりなのよ。でも、何があろうと彼に会うのは二度とごめんだわ」ミランダは父の懇願するような顔を無視してそう言った。

「そんな意図などない、ただの招待かもしれないぞ」父はなんとか娘をなだめ、説得しようとした。

「レイヴンスカー卿と引きあわせるためでなければ、どうしてわたしたちを招待する必要があるの？　あんな卑しい男だけど、レディ・ウェスサンプトンにとっては大切な家族ですもの。彼女はお兄さんを愛しているようだった。舞踏会でもう一度会わせ、わたしの気持ちを和らげたいと願っているに違いないわ。さもなければ、ロンドン社交界のきらびやかな生活を垣間見せて、わたしの目をくらませ、これからもそういうパーティに出席したいがために兄との結婚を承知してくれれば、とね」

「考えすぎだよ。レディ・ウェスサンプトンはおまえのことが好きなだけだ。おまえも彼女が好きだと言わなかったかい？」

「ええ、言ったわ。あんな不愉快な男と結婚するほどじゃないけど」

「おいおい、ミランダ。それは少しばかり言いすぎじゃないか？　レイヴンスカー卿はそんなにひどい男かい？」ジョーゼフはまたしても娘を言いくるめようとした。

「あの人は、わたしがこれまで不運にも言葉を交わすはめになった誰よりも、傲慢で、無礼な男よ。信じられる？　結婚を申し込んでいるあいだ、わたしを見ようともしなかったのよ。彼がわたしを自分よりはるかに低い相手だとばかにしているのは、見え見えだったわ。絶望的なほどお金に困っているから、しかたなく結婚するのだと言わんばかり。あんな男と一緒に暮らすことになったら、間違いなくふたりのうちのどちらかが、一カ月もしないうちに相手を殺すはめになるでしょうね」

「単に神経質になっていただけかもしれないぞ」ジョーゼフはいきりたつ娘をなんとかなだめようとした。「女性に結婚を申し込むのは、これでなかなか気疲れのするものだ」

「あんな無神経な男には、会ったこともないわ」

　レイヴンスカー卿に荒々しく引き寄せられ、燃えるようなキスをされたことは、まだ父には話していなかった。どうして黙っているのか、自分でもよくわからない。それを話せば、父のしつこい頼みも懇願もその場で終わることはわかっているが、なぜか気が進まなかったのだ。

ひとつには、思い出すだけでも赤くならずにはいられないような出来事を父親に話すのが、恥ずかしいせいもあった。それに、話したときの父の反応も心配だった。父のジョーゼフはめったに癇癪《かんしゃく》を起こすような男ではないが、愛する娘がそんな侮辱を受けたと知ったら、激怒して、無分別なことをしでかしかねない。伯爵の家へ馬車を飛ばし、あの男を殴りつけたりしたら？　レイヴンスカー卿にはそうされるだけの理由があるが、先夜の彼の戦いぶりを見たかぎりでは、殴りあいで痛い目を見るのは父のほうだろう。ミランダは父にけがを負わせたくなかった。

とはいえ、レイヴンスカー卿のけしからぬ行為を話さない理由は、まだほかにもある。理由はよくわからないが、ただそのことを自分だけの胸に秘めておきたかったのだ。彼のキスは、ミランダの気持ちをひどくかき乱した。これは彼女にとってはめったにないことで、自分のそういう反応をほかの人間に知らせたくなかった。

父に言ったように、レイヴンスカー伯爵など大嫌いだ。ほんの数分でも一緒にいれば、また激怒するはめになるのは目に見えている。ただ……こんなことは誰にも認められないが、ミランダは彼のキスが忘れられなかった。彼を嫌う気持ちとほとんど同じくらいの激しさで、もう一度あんなふうにキスされたいという願いが、心のなかに息づいている。それに、こんなことはもちろん父には言えないが、彼にもう一度会うのかと思うと、心の奥が震えるのだった。

レイヴンスカー卿が今夜、鼻眼鏡をかけた冴えない田舎娘と会うつもりでいるなら、あっと驚くことになるわ。ミランダは最後にもう一度鏡に向き直り、イヴニングドレス用の長手袋をはめながら、心のなかでほくそえんだ。そのときの彼の顔を見るだけで、念入りに支度したかいがあるというものだ。

片手に手袋をつかみ、もう片方に金時計をつかんで、父のジョーゼフがまたしても部屋のなかをのぞきこんだ。「そろそろ出かける時間だぞ」彼は娘を見て、口をつぐんだ。「これは、これは！　どうやら今夜は、おまえに群がる男たちを追い払うので忙しくなりそうだな」

ミランダはくすくす笑った。「ありがとう、お父様」

「胸もとのあたりを、もう少し覆ったほうがよくないか？」父は眉を寄せてつけ加えた。「羽根付きの襟巻きか、レースか何かで？」

「これはイヴニングドレスよ、お父様。このままでちょうどいいの」

「そうよ、あなた」エリザベスがソファに座ったまま、静かな声で同意した。「いまの流行《はやり》なのよ」

「すごくすてき」ヴェロニカがため息をつきながら口を挟んだ。「あたしも一緒に行ければいいのに。たくさんの上流階級の人たちと会うなんて。この国でも指折りのお金持ちで、上品で、洗練された人たちと」

「愚かな偽善者たち、と言うほうが近いわね」ミランダは辛辣にこきおろし、ヴェロニカの茶色い髪をなでた。「待ってなさい。すぐにあなたの番が来るわ」

「そうとも。ミランダがおまえの初お目見えの段取りをちゃんとしてくれるよ」ジョーゼフは請けあった。「伯爵との婚儀が調えばね」

「お父様――」

「ねえ、ジョーゼフ、ミランダに無理強いするのはよくないわ」エリザベスが低い声で言った。「レイヴンスカー卿と結婚する必要など、少しもないの。実際、わたしが反対だということは、あなたも知っているはずよ」

「ありがとう、エリザベス」ミランダは笑顔で継母に請けあった。「安心してちょうだい。レディ・レイヴンスカーになるつもりなんて、わたしにはまったくないんだもの」

「とってもロマンティックな名前なのに」ヴェロニカがまたしてもため息をつきながら、うっとりした声で言った。「レイヴンスカー。なんだかとっても……野性的で、エキゾティックな感じ」

「まあね」ミランダは近くのテーブルから扇を取った。「わたしみたいな田舎娘には、野性的でエキゾティックすぎるわ。いいわよ、お父様、準備ができたわ」

「やれやれ。ようやくできたか」ジョーゼフは妻のそばに行き、頬にキスをした。「きみも一緒に行けるとよかったのに。豪華なパーティにひとつも出かけられないのは、なんとも残念なことだ」

「かまわないのよ。今夜はなんだか気分がすぐれないの。二、三日もすればよくなるわ。オペラには行くつもりよ」

「ええ、きっとそのほうがずっと楽しいわ。それに、あまり疲れずにすむでしょうし」そう言いながら、ミランダも継母の頬にキスをした。

ミランダは、父が差しだした腕を取った。そしてふたりで玄関を出ると、待っている馬車へと外の階段を下りていった。ウェスサンプトン家までの道中、父は珍しく黙って、考えこむような顔で窓の外を眺めていた。

それから、ようやくこう言った。「なあ、どうしてもいやなら、無理に彼と結婚する必要はないんだよ」

「わかってるわ、お父様」ミランダは手を伸ばし、父の膝を叩《たた》いた。

「エリザベスの言うとおりかもしれんな。わたしはおまえのためではなく、自分のことしか考えていないのかもしれん」

「でも、自分のことは自分でちゃんと考えられるつもりよ。お父様に考えてもらう必要はないわ。信じてちょうだい、いくらお父様にせっつかれても、気に染まないことは絶対にしないから」ミランダはにっこり笑った。「わずか数日のあいだに、わたしが気弱で従順な娘になるわけがないでしょう?」

ジョーゼフは娘に顔を向け、にやっと笑った。「ああ、そんなことが起こるとは、考えられんな」

「だったら何も心配いらないわ。わたしはお父様と同じくらい頑固だもの。好きなことを好きなだけ言ってかまわないのよ。それでわたしが望まない道を選ぶなんて、ありえない。でも、ヴェロニカの場合は話が別よ」

「ヴェロニカだって？」父はショックを受けたような顔をした。「ヴェロニカがいやがることを、無理やりさせたりするものか。あの子のことだ、わたしを喜ばせるためなら、どんな無理難題にもおとなしく従って、惨めな気持ちで過ごすことになりかねんからな」

「だけど、わたしの場合はその心配はないわ。そうでしょう？」

「確かに」父は笑みを浮かべてミランダの手を取った。「わたしが頼んだからというだけで、おまえがおとなしく従うはずがない。ありがたいことに」

ミランダはくすくす笑って父の手を握りしめた。

まもなく到着したウェスサンプトン邸には、人があふれていた。珍しく自分の身なりがちゃんとしているかどうかを気にしながら、ミランダはわざとなかに入るのを遅らせた。人々の目が自分に集まるように仕向けたかったのだ。そこまで気を配ったのに、父の腕を取って広い螺旋《らせん》階段を見下ろしたとき、デヴィン・アインコートがその下に立って自分が下りていくのを見上げていないとわかり、少なからず失望した。

見事に彼に出し抜かれたわ、と内心で舌打ちしながら、ミランダはすばやく、そしてさりげなく、舞踏室を見まわした。レイヴンスカー卿の姿はどこにも見あたらない。レディ・ウェスサンプトンがこの舞踏会を催したのは、兄が出席すると言ったからではなく、ただそれを願ったからだったの？　ミランダの胸を疑いがよぎった。あの男はわたしにしつこく結婚を迫る気はまったくないの？

だとすれば、自尊心はずたずただ。この一週間というもの、傲慢な伯爵にもう一度肘鉄をくわせるチャンスだけを張りあいにしてきたというのに。

それでもミランダは、精いっぱいの笑みを張りつけて、階段の下で招待客を迎えているレイチェルに挨拶した。

「ミス・アップショー！」レイチェルは緑色の瞳を輝かせ、親しみをこめてミランダの両手を取った。

すでに兄に会っているミランダは、ふたりがとてもよく似ていることに気づいた。レイヴンスカー卿と同じでレイチェルも背が高く、女らしい丸みはあるものの肩幅も広い。すらりとした立ち姿は、まるで絵のように美しかった。艶やかな髪も兄と同じように漆黒で、瞳も同じ色合いの緑だ。だが、レイヴンスカー卿とは違ってその瞳には温かみが宿り、整った顔立ちを人懐っこく見せている。

「いらしてくださってとてもうれしいわ。兄の失礼な振る舞いにあきれて、もうお会いできないのではないかと心配していたの。兄はとても後悔しているのよ」

レイヴンスカー卿の気持ちに関して、ミランダにはミランダなりの見解があったが、それを妹のレイチェルに言ってもしかたがない。あの男が何かを悔やむことなどあるとは思えないが、兄の性格の欠点に気づかないからといって妹を責めるのは、お門違いだろう。

レイチェルは父のジョーゼフも温かく歓迎した。隣に立っている母親のレディ・レイヴンスカーはふたりに笑顔を見せたものの、ほほえみは目まで届いてはいなかった。その点では、伯爵は母親に似ていると言えるだろう。レディ・レイヴンスカーも息子同様、田舎者を家族に迎えねばならないほど困窮している自分たちの状態に屈辱を感じているに違いない。ミランダは彼女に同じように冷ややかな挨拶を返し、父の腕を取って大勢の人々のなかに入っていこうとした。

だが、レイチェルはそれほど簡単に放してはくれなかった。彼女はふたりの横に並び、ミランダの腕を取った。「わたしの友人を紹介させてちょうだい」そう言って、若い既婚女性たちのほうにミランダの足を向けさせた。

そして、そこにいる女性たちをひとり残らず紹介してくれた。なかにはレイチェルと同じくらい温かい挨拶を返してくるレディもいたが、氷のように冷ややかな目でミランダを値踏みする者もいた。ミランダはみんなが自分のドレスに目を走らせ、スタイルを評価し、値段を推し量るさまを落ち着き払って眺めた。今夜のドレスはロンドンで最も人気のある仕立て屋に作らせたものだから、その点に関してはなんの不安もない。ミランダの立ち居振る舞いや話し方にあらを探そうとしている者は、何かしら見つけるに違いないが、そんなことはどうでもよかった。今夜このドレスを着たのは、たったひとりの男のためだ。だが、その努力は残念ながら、まったくの無駄骨になりそうだった。レイヴンスカー伯爵の姿はどこにも見えない。

パーティの客に、話の種にされているのはわかっていた。レイチェルに連れられて舞踏室を歩きながら、ミランダは意味ありげな視線を感じ、手や扇で口もとを隠してささやく声を聞いた。レイチェルは白いドレスを着た若い女性や、美しいイヴニングドレス姿の既婚女性、壁際に並べられた椅子に腰を下ろしている黒に身を包んだ未亡人たちにミランダを紹介していった。ときどき、レイチェルがほかの誰かと話すために目を離すと、ミランダの耳に会話の断片が飛びこんできた。

「……あまりにも放蕩《ほうとう》者だから、結婚する気になるのはアメリカ人ぐらいしかいないでしょうね……」

「賭博場やいかがわしい家に入り浸りですもの……」

「でも、ほかにどんな方法があって？　あの人は財産を食いつぶしてしまったのよ。カードや、酒や、女に……」

「……もちろん、堕天使《ルシファー》のようにハンサムだから」

「わたしのマリーを誘惑しないでくれて、ありがたいこと」

「彼女はきっと悔やむことになるでしょうね」

まったく、すでにこれほど腹を立てていなければ、少しばかり彼のことが気の毒になったに違いないわ。ミランダはそう思った。苛立《いらだ》たしいことに、誰も彼も、デヴィンが求婚しさえすれば、ミランダがふたつ返事で承諾すると思っているらしい。たとえどれほど卑しく悪徳にまみれた男でも、アメリカ人がこの国の貴族と、しかも伯爵という称号を持つ貴族と結婚できるのはこのうえない光栄だと言わんばかりだ。ヨーロッパに来てから、ミランダはそういう尊大な考え方に何度もでくわしていた。アメリカの社交界では、アップショー家は上流中の上流だとみなされているが、ここでは単に物珍しい存在、しぶしぶ耐えるべき存在でしかないようだ。先祖代々の家名が幅を利かせ、自分の努力で達成した成果がほとんど評価されない、そのような社会はミランダにはとても奇妙に思えた。この姿勢は、先日のレイヴンスカー卿の態度とも共通している。元植民地から来た、なんの称号もない相手に結婚を申し込まねばならない嫌悪と屈辱。彼の言葉や態度の端々にそれが表れていた。でも、こういった人々に囲まれて育てば、レイヴンスカー卿が傲慢な男になるのも、避けられないことかもしれない。

不幸にも女性たちの愚かしい会話につきあわされ、到着してから一時間もすると、ミランダは我慢の限界に達しかけていた。もう少し待ってレイヴンスカー卿が顔を見せなければば、今夜も早めに家に帰り、面白い本でも読むとしよう。こんな会話に気のない相槌《あいづち》を打つよりも、そのほうがはるかに楽しい時間を過ごせる。

そのとき、レイチェルとミランダの後ろから低い声が聞こえた。

「かわいいレイチェル、いつものように盛況な舞踏会だね」

「あら、お兄様」ミランダは、自分の腕をつかんでいるレイチェルの手に力がこもるのを感じた。が、声の主が誰かはその前にわかっていた。皮肉混じりのこの低い声は、彼女が助けた男のものだ。かすかに愉快そうな調子は、彼女に結婚を申し込んだあの尊大なデヴィン・アインコートのもったいぶった調子ではなかった。

レイチェルが振り向くのと同時に、ミランダも振り向いた。「そして、こちらの……」デヴィンはミランダが目に入ったとたんに言葉を失い、彼女を大いに満足させてくれた。彼は緑色の目をみひらいて、さっとミランダの全身を見まわし、ふたたび顔に戻した。ドレスも髪型も期待したとおりの効果を挙げたようだ。「美しいレディは誰かな?」デヴィンは一瞬後には立ち直り、なめらかに言葉を続けた。「ああ、あなたでしたか、ミス・アップショー。またお会いできて本当にうれしいです」

「ええ、わたしも。先日お会いしたときと同じくらいうれしいわ」ミランダもなめらかに応じた。「ご機嫌はいかが、レイヴンスカー卿?」

「あなたに会えて、だいぶよくなった」彼はわずかに妹に体を向けた。「レイチェル、おまえのお客を取りあげてもいいかな。もうずいぶん、彼女をひとり占めしているぞ。ちょうどワルツが始まるところだ。ミス・アップショー、ぼくと踊っていただけますか?」

　緑色の瞳に挑むような光を宿し、彼は片手を差しだした。ミランダが断りたいことはわかっているのだ。だが、このパーティのホステスである彼の妹がすぐ横に立っているのに、その兄の申し出を断ったりすれば、とんでもなく礼を失することになる。

「でも、これからゆっくりレディ・ウェスサンプトンとお話ししようと思っていたの」ミランダはなんとか難を逃れようとした。

　だが、レイチェルがすばやく口を挟んだ。「あら、わたしのことなら、どうぞ気になさらないで。あなたと話すのがとても楽しくて、ほかのお客様のことをすっかり忘れていたわ。さあ、兄と踊っていらして。ほかのことはともかく、兄はとても踊りが上手なの。お話は、あとでまたゆっくりしましょう」

「ええ、もちろん」レイチェルにそう言われ、好奇心に駆られた視線を四方から浴びせられては、潔くあきらめるほかはない。

　ミランダはデヴィンが差しだした腕を取り、彼と一緒にダンスフロアに向かった。そして、たがいに向きあった。彼がミランダの手を取り、片手を軽く彼女の腰にまわす。図らずも脈が速くなるのを感じながら、ミランダは彼を見上げてまたしてもその美しさに圧倒された。この男が並外れてハンサムだということは、否定できない事実だ。

ワルツの最初の小節が始まると、デヴィンは軽やかにステップを踏んでミランダをフロアに導いた。最初の数分は、どちらも黙って音楽に乗って動き、おたがいのステップを調整するのに専念した。彼と踊るのは、とても楽だった。レイチェルが言ったように、デヴィンはすばらしいパートナーで、軽やかにステップを踏みながら、ほんのわずかな手の動き、脚の動きでなめらかにミランダをリードし、フロアを優雅にまわっていく。やがてふたりとも完全にリズムに乗ると、デヴィンは少しばかり皮肉のこもった目でミランダを見下ろした。

「たいした変身ぶりだ」

「それほどでもないわ……相手のうわべだけではなく、ほんの少し深く見るだけの手間をかけさえすればね」

「痛いところを突いてくるね、ミス・アップショー。確かにそのとおり。この前のぼくは、とても不注意だった」

「不注意と言うより、無礼だったと言うべきね」ミランダはそっけなく訂正した。「傲慢で無礼で、我慢できないほど不愉快だったわ」

「ああ、まさに。しかも、その前の夜に命を助けられたというのに。あんな無作法な態度をとるなんて、ひどい恩知らずだ」

非難に抗議するか、そんなことはないと否定する……ひょっとするとまったくそれを無視するかもしれないと予測していたので、あっさり自分の非を認められて、ミランダは不意を突かれた。デヴィン・アインコートがこんなにも素直になれるとは、夢にも思っていなかったのだ。ここまで下手に出られると、なんと言い返せばいいのか……。

ミランダの驚きを見て取ったらしく、デヴィンは微笑した。「欠点はいろいろあるが、ぼくは正直な男ですよ。それだけは信じてほしいな」

「正直なのはいいことね……たぶん。さほど大きな美徳とは言えないけれど」

「少なくとも、多少の土台にはなる。それを足がかりにして、この前の無礼を少しでも埋めあわせることができれば……」

「それはどうかしら？　あなたの洗練された振る舞いが単なる見せかけだってことは、どちらもわかっているんですもの。ひと皮めくれば、ひどい無礼を働いたのと同じ男がいることは」

「すると、どんなに謝っても、何を言っても、許してもらえないのかな？　今後は同じ過ちを決して繰り返さないと誓って、寛大な処置を仰ぐこともできない？」

「向上心があるのはいいことね。それが本物なら、だけど」

「ぼくには、向上する見込みなどないと思っているらしいね。誠実に振る舞うこともできない、と」

「そこまで断言できるほど、わたしはあなたのことをよく知らないわ、レイヴンスカー卿。

でも、これまで見たかぎりでは……」

「確かにきみには、最良の面を見せたとは言えないな」デヴィンはそう言って、官能的な口の片端に笑みを浮かべた。「もっとも、ぼくにはいい面などないと言う人々もたくさんいるが」

「あらほんと？　いままでのところ、あなたはあまり上手にご自分を売りこんではいないようね」

「まったく、そのとおりだ。きっときみのせいだな、ミス・アップショー。ふだんのぼくははるかに雄弁なんだが、きみの前だとなぜか気後れしてしまう」

「そうかしら？　そんな影響を与える力がわたしにあるなんて、驚きね。特にあなたは第六代レイヴンスカー伯爵で、わたしは祖父の名前さえ思い出せないような、植民地から来た名もない田舎娘にすぎないんですもの」ミランダはにっこり笑って彼を見上げた。

デヴィンは低い声でうめいた。「どうあっても、このあいだの失言を忘れさせてくれないつもりなんだな」

「ええ、そのつもりよ」

「あらためて謝らせてほしいな、ミス・アップショー」

「いいわ」ミランダは期待をこめてデヴィンを見上げた。「どうぞ謝ってちょうだい」

デヴィンは彼女の言葉に苛立ったように目をそらした。「だから、その……」

おそらくこの男は、人に謝ることなどめったにないのだろう。「ええ？」

「すまなかった」彼はようやくそう言って、ミランダを見下ろした。「あんな行動を取るべきではなかったし、あんなことも言うべきではなかった。言い訳のしようもないが……正直に言うと、あのときは腹を立てていたんだ。だから、きみにあたり散らした。すまないと思っている」デヴィンの顔にかすかな驚きがよぎった。まるで、そんなことを言うつもりなどなかったかのように。あるいは、この瞬間まで真実に気づかなかったのかもしれない。彼はためらい、それから続けた。「きみと話したいな」

「そうしているつもりだけど」

「いや、つまり……」デヴィンはミランダをダンスフロアの端へと導いていった。「新鮮な空気を吸いながら、少し歩かないか。そして話をしよう」

「いいわ」ミランダはあっさり同意した。デヴィンがどういうつもりなのか、彼女には見当もつかなかった。どういうわけで、急にふたりで話をしたくなったのかもよくわからない。おそらくミランダを外に連れだし、なんらかの方法で結婚の申し込みを承知させる気なのだろう。ひょっとすると、不埒《ふらち》な振る舞いにおよび、〝評判を台なしにしたくなければ結婚しろ〟と脅すつもりでいるのかもしれない。しかし、ミランダには彼の企《たくら》みの裏をかける自信があった。それに、いったいどんな手を使って結婚に同意させるつもりなのか、とても興味がある。

ミランダはデヴィンの腕に手を置き、テラスへと続く広い両開きの扉まで、舞踏室を半周した。人いきれで暑い広間を逃れ、テラスに出てきた人々はほかにもいた。ミランダたちのようにゆっくりと散歩を楽しむ者もいれば、かたまって話している者もいる。ミランダは少なからぬ数の人々が、さりげなく自分たちのほうに目をやり、すばやくそらすのに気づいた。ささやき声を覆うように、たくさんの手が口もとに上がるのも見えた。今夜の客がデヴィンの求婚についてどの程度まで知っているのか、正確なことはわからないが、噂《うわさ》が飛び交っていることだけは確かだ。

デヴィンはテラスにいるほかの人々から離れて、いくつか段を下り、木々のあいだにランタンがきらめいている庭の小道へとミランダを導いた。

「結婚せざるをえない、いまの立場がいやなんだ」彼は言った。「だから腹を立てていた。それに恥ずかしかった。そんな状況に追いこまれた自分が情けなくて……そのせいで、あんな愚かな振る舞いをしてしまった」彼は並んで歩きながら、ちらっとミランダを見た。「きみが命の恩人だとわかっていたら、まったく事情は違っていたはずだ」

「そうかしら?」ミランダはそっけなく応じた。これが適切な謝罪だと思っているとしたら、彼はもっと多くを学ぶ必要がある。

デヴィンが立ち止まった。だからミランダも立ち止まらざるをえず、促されるままに彼と向きあって、薄暗い庭の明かりのなかで顔を上げ、緑色にきらめく瞳を見つめた。すると不意に膝の力が抜けた。いいえ……いまの謝罪でじゅうぶんかもしれない、と、そんな思いが頭をよぎる。デヴィンに抱いている怒りとはまったく関係のない気持ちが、こみあげてくる。

「もちろん、違っていたとも。求婚している相手が、あんなに勇敢にぼくを助けてくれた謎の女性だとわかっていたら……いま目の前にいる美しい女性だったら、きっと惹《ひ》かれずにはいられなかった」

「だとしても、わたしはお母様があなたに結婚を強いている、名もないアメリカ娘でもあるのよ」

デヴィンの目に怒りが閃《ひらめ》いた。「母にきみとの結婚を強いられたわけじゃない。母にそんな力はないよ」

ミランダは笑みを隠すために急いで横を向いた。彼の怒りをかきたてるのはなんて簡単なんだろう。簡単すぎるくらいだ。ミランダはこれまでの経験から、彼女を過小評価している相手ほど思いどおりに扱いやすいことを学んでいた。女性だから愚かだと決めつけ、あなどる男を相手にしているときは、特に優位に立てることが多い。アメリカ人だから無骨で粗野で、機知に富んだ会話もできないという偏見で凝りかたまったこの国の貴族たちも、そういう男たちと同じくらい扱いやすかった。

「ごめんなさい、こう言うべきだったわね。こちらではなんと言うのかしら？〝債務の返済をしつこく迫る輩《やから》〟？　そういう人間といざこざを起こさないために、あなたに結婚を強いている人々、と」

「どうしてもそういう表現を使いたければ」デヴィンは苛立った声で答えた。「ミス・アップショー、ぼくは自分のことは自分で決める。自分が選んだ相手と結婚する」

彼が近づいてきた。そしてミランダの正面にまわり、ふたりはふたたび向きあった。ミランダはうつむいたままだった。気後れするからではなく、目に浮かんでしまっているに違いない笑みを隠すために。デヴィンはミランダの顎の下に手を差しこみ、無理やり顔を上げさせた。

「だからきみと言い争った」彼はかすかな笑みを浮かべた。「それは謝るよ。ふだんはあんなにぶざまな真似《まね》はしないんだ。どうかぼくの謝罪を受け入れて、きみに求愛させてくれないか」彼はミランダの腕を取って、手首の内側にそっと唇をつけた。「ぼくがどんな男になれるか、見てほしい。もう一度チャンスを与えてほしいんだ。ぼくに。ぼくたちふたりに」

そう言いながら、デヴィンは柔らかいキスでミランダの肘までをたどっていく。このいかにも手慣れた口説きにミランダは苛立ったが、彼の唇が触れるたびに押し寄せる深い快感を抑えられはしなかった。敏感な腕の内側を羽根のようにくすぐるだけのキスが、体の奥に熱いうずきをもたらし、ミランダはうろたえた。

「伯爵」彼女は声が震えているのに気づき、屈辱に顔を赤らめた。「礼儀に反しているわ。わたしたち、庭にふたりきりなのよ」

「そのとおりだよ」デヴィンはかすれた声で言って、ミランダの腰に腕をまわし、優しく彼女を引き寄せた。

「ほかの人々が――」

「誰が何を言おうとかまうものか」彼はうつむいてミランダの唇を奪った。

初めてキスをされたときと同じように、ミランダの体を鋭い欲望が貫いた。驚いたことに、彼女はデヴィンに溶けるように自分から体をあずけていた。デヴィンが両腕をまわし、彼女を強く抱きしめる。自身の体とはまるで違う固い筋肉の感触が、なんとも言えない快感をもたらす。男の体の強さと力を、こんなふうにじかに感じるのは初めての経験だった。ミランダが知っている男は、ひとりとしてこんな厚かましい行動を取る勇気などなかったのだ。この男性が自分を恐れていないという事実に、さらに欲望をかきたてられて、ミランダは小刻みに震えはじめた。体が熱く燃えて何かを求めている。彼女は飢えたようにデヴィンの口を味わい、その体を走る熱を感じながら、上着の襟をつかんで、不意に傾いた世界のなかで彼にしがみついた。

彼は低い声をもらし、いっそう強くミランダを抱きしめた。注意深く計算されたキスに、突然、情熱がこもった。抑えきれずにくいこむほど強く唇を押しつけると、彼女は同じように激しく応じて彼の不意を突き、欲望をさらにあおった。ミランダを誘惑し、自分を欲しがらせるつもりだった――ところが、いまはただ一糸まとわぬミランダを自分の下に感じたくて、それしか考えられない。

デヴィンが両手を背中に滑らせて盛りあがったヒップをつかみ、たけりたつものを押しつけてくると、ミランダは男の証《あかし》を感じた。こんな経験は初めてだが、彼女はそれがなんなのか、本能的に悟った。下腹部が熱くうずき、両腕が自然と上がって、彼の首に巻きつく。ひとつになりたいという思いに駆られ、ミランダは夢中で彼を抱きしめた。デヴィンがうめき、両手をせわしなく背中に、ヒップに走らせる。

ミランダはデヴィンにしがみついた。全身を走る強烈な快感のほかは、何ひとつ気づかず、考えることもできなかった。胸がうずき、想像したこともないほどの激しさで彼を求めてしまう。下腹部が重く脈打っていた。両脚を彼に巻きつけ、そこでどんどん大きくなっていくむなしさを静めたい。胸に、脚に……あらゆる場所に彼の手を感じたかった。体が炉のごとく燃え、頬にかかる熱い息がさらに欲望を駆りたてる。

デヴィンの口が離れると、ミランダはすすり泣きそうになった。それから、彼の唇は炎のような跡を残して喉を下りはじめた。歯を使ってところどころをつまみながら、敏感な肌をベルベットのように愛撫《あいぶ》していく。片手が彼女の前へと動き、ふたりの体のあいだに滑りこんで豊かな胸をつかんだ瞬間、ミランダは激しい快感に襲われ、思わず息をのんだ。

親指がドレスの上から胸の頂をこすり、愛らしい蕾《つぼみ》を尖《とが》らせ、全身を欲望で焦がしていく。ミランダは歓喜のあまり低い声をもらした。

欲望にかすれた、まるで自分らしくないその声にショックを受け、ミランダはデヴィンがかけた欲望の呪文から解き放たれた。いまいる場所と、いま自分がしていることに気づくと、恥ずかしくて顔に血がのぼった。傲慢な伯爵の仮面を引き剥がし、正体をあばくつもりが、まるで卑しいなりわいの女のようにたやすく誘惑され、燃えあがって、身も世もなく彼を欲しがるとは。彼の愛撫を求め、キスを……考えるだけでも顔が赤くなるようなことを、求めるとは。

「やめて！」ミランダは彼から離れた。デヴィンが驚いて彼女を放す。そして胸が痛くなるほど空っぽに思える両腕を垂らし、血のなかを走る満たされぬ欲望にさいなまれながら、ミランダを見つめた。彼女はドレスをなでつけ、手を伸ばしてほつれた巻き毛をなでつけた。「どういうつもりなの、レイヴンスカー卿」彼女は必死に落ち着いた声を出そうと努めた。ほんの少しその気になれば、どれほど簡単にわたしを揺さぶることができるか、それをこの男に悟られるのは耐えられない。「時と場所をわきまえてほしいわ。いまにも誰かが歩いてくるかもしれないのよ」

「誰も来るものか」デヴィンはかすれた声で言い、自分の声が激しい欲望でかすかに震えていることに気づいてショックを受けた。「もっと奥へ行くこともできる。この先にちょうどい……」自分が懇願しかけているのに気づき、デヴィンは恐怖に駆られ、出し抜けに言葉を切った。

この人には、妹の家の庭で女性を誘惑できる心あたりの場所があるんだわ。ミランダはこみあげた怒りに救われて、冷ややかに応じた。「ええ、きっとそこで、何度も楽しい思いをしたんでしょうね。あいにく、わたしはあなたの餌食になるつもりはないの」彼女はぱっと向きを変え、怒りに燃える目で彼を正面から見据え、氷のように冷たい笑みを浮かべた。「こんなお芝居をする必要なんてないのよ、伯爵。あなたがわたしの何を欲しがっているか、どちらもちゃんと知っているんですもの。ふたりとも感じてもいない情熱があるふりをするのは愚かのきわみだわ。それにはっきり申しあげておきますけど、わたしを誘惑しても、結婚を承諾させることはできないわよ」

ミランダの言葉に、デヴィンは欲望に塩を振りかけられたような気がした。彼のほうは情熱を感じていた。それも正直に言えば、驚くほど強烈な欲望を。ところが彼女はどうだ、氷のごとく落ち着き払っている。誘惑の罠《わな》を仕掛けたはずの自分が欲望にのみこまれ、肝心のミランダは冷ややかな軽蔑の色を浮かべて、澄ました顔でそこに立っている。デヴィンは歯軋《はぎし》りしたいほどの怒りと苛立ちに駆られた。

「わたしはあなたと結婚する気はありません。最初からなかったわ。あなたがお粗末な申し出をする前から」ミランダはいまや完全に自分を取り戻していた。それにしても、いつもは鉄壁の自制心を、あんなに簡単に失ってしまうとは。まるで世間知らずのうぶな娘みたいに、好色なこの男の芝居にころりとまいりかけ、すべてを投げだす気になりかけていた！　それを考えると、恐怖で体が震えた。「愛のない結婚には興味がないの。もっとも、その利点はわかっているつもりだけど」

「そうか」デヴィンは胸の前で腕を組み、不機嫌な顔でミランダを見た。

「ええ、確かに利点はあるわね。あなたの利点は、言うまでもなくわたしのお金。わたしの利点は、そうね……妹のヴェロニカを継母が望むような形でロンドンの社交界にデビューさせてあげられることかしら。ヴェロニカと継母はとても喜ぶでしょうね。ふたりとも、わたしにとっては大事な人たちなの。それからもちろん、あなたの名前をもらえるわね。十二世紀までさかのぼる、立派な名前を。あなたがふしだらな行為を重ねて、かなりけがしてしまったという事実はあるけれど」

「なんだって！」デヴィンは驚いて目をみひらき、両手を脇に垂らして、ぎゅっと握りしめた。「きみにそんなことを言われる筋合いはない！」

ミランダは澄まして彼を見据えた。「そうかしら？　でも、本当のことでしょう？　少なくとも、わたしの耳にはそう聞こえたわ。だけど、社交界の噂はあてにならないかもしれないわね。あなたは財産をすっかり食いつぶしたわけではないの？　いかがわしい人たちと遊び歩いて、賭博場や売春宿でお金と時間を無駄にしてもいないの？」

デヴィンは怒りに顔を赤くして、唇を引き結んだ。

「どうなの？」ミランダは返事を促した。「みんな間違った噂？」

「きみはそういうことを口にするどころか、知るべきですらない」デヴィンは腹立たしげに言い返した。「レディらしからぬ行為だぞ」

「わたしが口にするのは不埒だけれど、あなたがそういうことをするのはかまわないの？ねえ、レイヴンスカー卿。イングランドの聖なる岸の彼方《かなた》に住んでいるわたしたちを、あなた方がどう思っているにせよ、わたしはばかではないのよ。耳が聞こえないわけでもないわ。そういう噂がわたしの耳にも入るとは思わなかったの？今夜だけでも、広間を歩くあいだに、あなたがお父様に恥をかかせてレイヴンスカーの財産を浪費し――」

「黙れ！　自分が何を言っているか、よく知りもしないくせに」

「あら、残念ながら知っているの。好色、放蕩、酩酊《めいてい》――そういう行為は、いつだって噂話の格好の種になるものよ。誰もが話題にしたがるわ。舞踏室にいる人たちは、アメリカの商人の娘が、あなたのようなひどい評判の男と結婚するという不幸を引きあてたとしても、これっぽっちも気にかけないでしょう。だけどわたしに言わせれば、あなたの評判は間違いなく減点の対象だわ。あなたのお仲間のお偉い貴族たちは、自分の娘をあなたと結婚させる気はこれっぽっちもない。彼らが娘に対して持っている親としての愛情を別にしても、スキャンダルにまみれたあなたの名前を自分たちの尊い名前に結びつけたくないからよ。だからあなたは、貴族ではない女相続人と結婚せざるをえない。それも、この国の人間ですらないわたしのような平民を選ぶしかないところを見ると、あなたの評判はよほどひどいに違いないわ」

デヴィンは石のような、冷たく硬い表情でミランダを見据えていた。怒りにまかせて彼女を罵倒したいに違いないが、ミランダが言ったことがひとつ残らず真実のため、そうもできないのだろう。

「もちろん、あなたの名前がどれほど地に落ちていても、わたしたちアメリカ人は特に気にしないわ。アメリカのわたしの同胞は、なぜか貴族の称号に魅せられているようだから。たぶん、ずっと昔に、そんな無意味なものを捨ててしまったからでしょうね。そのせいで、プライドの高い人たちは、一種のむなしさを感じるのね。だから、裕福なアメリカ人のなかには、娘のために貴族の夫を買った人たちもいるわ。一族に称号をもたらすために。でも、わたしは別に〝レディ・レイヴンスカー〟になりたいとは思わないの。今夜の噂話を聞いたかぎりでは、レイヴンスカーの称号にはたいした価値はなさそうだし、正直に言って、自分の名前が好きだもの」彼女は考えこむような顔でつけ加えた。「まあ、古い館を修復し、疲弊した領地の財政を立て直すのは面白そうだけど。わたし、いろいろなものをもとどおりにするのが好きなの。おそらく館は荒れ放題なんでしょう？　古い家にはとても魅力を感じるのよ。なかでもエリザベス朝様式の館はお気に入りのひとつ。父と同じようにね。ダークウォーターは、エリザベス朝初期の代表的な建築物だそうね。おまけに呪いや幽霊といった興味深い歴史もあるんですって？　ダークウォーターに使われた石は――」

「あんな館、くそくらえだ！」デヴィンはついに怒りを爆発させた。「ダークウォーターなどどうなったってかまうものか。ぼくは貴族だ。きみにもほかのアメリカ人にも、身売りをするつもりはない。そんなことをするくらいなら、むしろ館がぼくのまわりで崩れ落ちるほうがましだ。きみのように血も涙もない魔女みたいな平民と結婚するなら、極貧のうちに死ぬほうがいい！　ごきげんよう、ミス・アップショー。さようなら」

デヴィンはミランダを肩で押しのけ、大股に立ち去った。

## 6

「驚いた！」ミランダは庭の小道を急速に遠ざかっていくデヴィンの後ろ姿を見送りながらつぶやいた。「興味深いわね」

あんなにこきおろしたのは、デヴィンから反応を引きだすためだったが、あの怒りの爆発は、予測していたものとは少し違っていた。苛立《いらだ》ち、苦虫を噛《か》みつぶしたような顔、欲求不満、嫌悪。彼女が伯爵から引きだそうとしていたのはそういうものだった。だが、あの熱い怒りと、緑色の目にぎらついていた傷ついたプライドは、思いがけぬ儲《もう》けものだったかもしれない。自分は売り物ではないという、あの率直な言葉も。もしかすると、彼にはひどい評判以外の何かがあるのかもしれない。そう思いたくなるくらいだ。

ミランダは花壇の眺めを楽しむために置かれている石のベンチを見つけ、腰を下ろした。正直なところ、両膝が少しがくがくする。今夜は……なかなか変化に富んだ夜だった。デヴィン・アインコートは一度ならずミランダを驚かせ、彼女を魅了した。彼のキスは彼女を溶かした。偽りの誘惑になどびくともしなかったと言いたいところだが、それでは嘘《うそ》になる。彼女のなかにあれほどの欲望を燃えたたせた男は、これまでひとりもいなかった。

そして……同じように正直に認めるなら、ミランダはあの感覚をもう一度味わいたかった。自分でも怖くなるほどわたしを歓《よろこ》ばせることのできるたったひとりの男性が、どうして率直で誠実な人ではなく、浅はかな放蕩《ほうとう》者なの？　あれほど甘いキスをする男性――めくるめくほどの歓びをもたらす唇、若葉のような緑色の瞳に、あのすばらしい両手を持つ男性が、なぜレイヴンスカー伯爵でなくてはいけないの？

ミランダは霞《かすみ》を払うように頭を振った。いつまでもここに座り、明らかに夫としての資質に欠けている男性について考えていてもしかたがない。とはいえ……身を売ることをあれほど激しく拒否したのは、多少とも気概がある証拠では？　彼にプライドがあるのは確かだ。それも、多くの貴族が持つような空虚なプライドではなく、もっと深い、自分はこうあるべきだという信念に支えられたプライドが。彼が癇癪《かんしやく》を爆発させたとき、ミランダはそれをあの緑色の瞳のなかに見た。そこには彼が傷ついていることを示す表情と深い自己嫌悪が浮かんでいた。デヴィンはミランダにも腹を立てていたが、自身の義務を果たしながら、そんな自分に怒りを感じていた。そして金のためにプライドを捨てることを拒否した。

その点は悪くないわ、とミランダは思った。ええ、レイヴンスカー伯爵にはもう一度会いたいかもしれない。

ミランダは立ちあがり、考えに沈みながらテラスへと戻った。

「ミス・アップショー?」

ミランダが顔を上げると、レディ・ウェスサンプトンが肩にかけたショールの端を握りしめ、心配そうに顔を曇らせながらテラスに立っていた。

ミランダは微笑した。「あら、レディ・ウェスサンプトン」

レイチェルはミランダのにこやかな挨拶に、心からほっとした。兄のデヴィンが少し前にかっかして舞踏室を横切り、帰ってしまってから、兄とミランダのあいだに何かよからぬことが起こったのではないかと気をもんでいたのだ。だが、ミランダは何も気にしているようには見えない。レイチェルは内心、首をかしげた。取り乱したのは、兄だけだったのかしら? それともミス・アップショーは兄よりも自分の気持ちを隠すのがはるかにうまいだけ?

「パーティを楽しんでいただけたかしら?」レイチェルはためらいがちに探りを入れた。

「ええ。とても楽しかったわ」

「本当に?」レイチェルは少し不安になってミランダをじっと見つめた。「あの、何もなかったの? つまり、兄は……あなたを怒らせたりしなかった?」

ミランダの顔にいたずらっぽい笑みが閃《ひらめ》いた。「いいえ。実を言うと、その反対だったのよ。わたしがレイヴンスカー卿《きょう》を怒らせたの」

レイチェルは喉の奥で笑った。「まさか。とても想像できないわ。兄はそんなに簡単に怒ったりしないもの」

「あら、ほんと？　わたしはまるで違う印象を受けたけど……彼はとてもプライドが高くて、すぐかっとなるタイプのようだわ」

「まあ」レイチェルはがっかりした。「兄が何かしたのね。そうでしょう？　それとも、何か言ったのね？」

「確かに、わたしと結婚するくらいなら、ダークウォーターが自分のまわりに崩れ落ちるほうがましだ、とは言ったわ。でも、それは……」ミランダは正直につけ加えた。「わたしが率直に思ったことを口にしたからなの。ちょっと意地悪なこともね」

レイチェルはとまどった。「あ、あなたが、兄をいじめたの？」

「ええ。その気になれば、ずいぶん意地悪になれるのよ。ニューヨークにいる知りあいのなかには、わたしのことをとても怖がっている殿方もいるくらい」

レイチェルはくすくす笑いながら半信半疑でミランダを見た。「冗談でしょう？」

「いいえ、そうとも言えないわ」ミランダは認めた。「わたしは嘘が嫌いなの。わたしをうまくだませると思った相手には、彼らをどう思っているかはっきり聞かせてあげることにしているの。レイヴンスカー卿にもそうしたのよ。彼が誠実ではなかったから」

「兄が？　でも、ふだんの兄はその反対で、無礼なほど率直なのよ」

「そう？　そのほうがはるかにいいわ。求婚したときはあきれるほど傲慢で無礼だったけど、今夜に比べればまだましだった。少なくとも、自分の気持ちを偽ってはいなかったもの。でも、今夜は結婚を承知させるために、わたしを誘惑しようとしたの」

「まあ」レイチェルは赤くなって、消え入りそうな声でつぶやいた。

ミランダはちらっとレイチェルを見た。「ごめんなさい、当惑させてしまったわね。彼があなたのお兄様だってことをほとんど忘れていたわ。お兄様のことを、こんなふうに話されるのはいやでしょうね」

「ええ」レイチェルは正直に答えた。「でも残念ながら、もう何年も兄についてはいろいろとひどいことを聞かされてきたわ」

「わたしはむしろ、彼に本当の気持ちを話してもらいたいの。わたしと結婚するのは死ぬほどいやだけど、お金のために結婚する、と。ありもしない関心を持っているふりをされるよりは、そのほうがずっとましよ」

だが、これはすべて真実とは言えない。ミランダはそのことに気づいてためらった。デヴィンがまったく情熱を感じていなかったとは思わない。彼の体の熱さ、それにまがうかたなき興奮のしるしは、はっきりと覚えている。問題は、彼がそれを巧みに利用して、ミランダに結婚を承諾させようとしたことだ。どこまでも正直なミランダは、いま感じている怒りのほとんどが、デヴィンが自分ほどの情熱を感じていなかったのではないかという恐れから来ていることも認めていた。とはいえ、そういうことを事細かに本人の妹に説明することはできない。そこで、真実をかいつまんで話したのだ。

「だからわたしは、この結婚で彼にとって不利な点を指摘したの。よからぬ噂《うわさ》やほかにもいくつか。そして彼を怒らせたのよ」

「そう」レイチェルは悲しげな声でつぶやいた。「兄の噂があなたの耳に入らないことを願っていたのに」

「そのほとんどが今夜聞いたものよ。人は噂をするのが好きですものね」

「それに、兄は噂の種になるようなことばかりするの」レイチェルは苦い声で言った。

「兄のことはとても愛しているわ、ミス・アップショー。ほんとよ。でもときどき兄は、わざと愛するのをむずかしくさせて楽しんでいるような気がするくらい。で、何をお聞きになったの?」

「きっとあなたはもうご存じのことばかりよ」ミランダは言葉を濁し、優しく言った。蒼《あお》ざめて、とても不幸に見えるレディ・ウェスサンプトンに、先ほど耳にしたひどい噂を繰り返す気にはなれなかった。ミランダは衝動的にレイチェルの手を取った。「どうか、そんなに悲しい顔をしないで。お兄様の人生をあなたが正すことはできないわ。正せるのはお兄様だけよ」

「兄はつらい思いをしてきたのよ」レイチェルは目顔で訴えた。「お願いだから、ほかの人たちの言うことで兄の人柄を判断なさらないで。ええ、確かに、その噂のほとんどは本当かもしれない。でも、兄はひどい人間ではないの。心の優しい人なのよ。わたしにはわかるの。昔から、キャサリンとわたしにもとても優しかったわ」レイチェルは言葉を切り、ため息をついた。「ときどき、何もかもあの呪いのせいではないかと思いたくなるわ。そのせいで、アインコート家の人間は決して幸せになれないのかもしれない……。うちの先祖には、ひとりとして財産を保つ術《すべ》に長《た》けている人はいなかった。浪費や愚かな企てで、常に財産を失ってきたの。お金をもたらす相手と結婚する才がなければ、とっくに路頭に迷っていたでしょうね。さいわい、アインコート家の人間はみな容姿に恵まれてきたし、魅力的だった。だから裕福な配偶者を惹《ひ》きつけたわ。でも、そうした結婚はめったに幸せなものではなかったの」

ふたりしてテラスを歩きながら、ミランダは静かにレイチェルをほかの人々と舞踏室から遠ざけた。

「姉のキャサリンとわたしは、どちらも親の選んだ相手と結婚したの」レイチェルは続けた。「キャサリンは幸運に恵まれたようだった。姉はすばらしい相手の心を射止めたのよ。公爵であるリチャードの心を。リチャードは姉を心から愛していたわ。ふたりはとても幸せで、娘も授かった。でも、四年前、姉と姪《めい》は馬車の事故で亡くなったの。リチャードはふたりを救おうとしたけれど、できなかった」

「まあ……お気の毒に」

ふたりは角を曲がり、ほかの人々からは見えなくなった。ミランダはレイチェルを石のベンチへと導き、そこに腰を下ろした。

「ありがとう」レイチェルは寂しげな笑みを浮かべた。「わたしも義務に忠実に、父が選んだ相手と結婚したわ。彼はいい人よ。優しい人。でも……」彼女はため息をついた。「でも、わたしは彼を愛していなかった。別の人を愛していたの。マイケルはそのことを知り、受け入れているんだと思っていたわ。わたしたちの結婚は協定のようなもので、それ以上ではないと承知のうえで結婚したんだ、と。だけど、そうではなかった。わたしが別の人を愛していたことを知ると、彼はわたしにだまされたと思ったのね。いま、わたしたちは別々に暮らしているの。寛大な人だから、生活に必要なものはすべて与えてくれるわ。それに、リチャードとふたりで母を援助してくれている。でも、わたしも彼も、幸せとは言えないの」

「気の毒に」

「わたしやキャサリンは、幸せになるにはもう遅すぎる。でも、兄は……兄はまだ幸せを見つけられるわ。だから、あなたと結婚してほしかったの。ふさわしい女性と結婚すれば、兄はいまの生活を変えることができると思うから。兄は本当は、いい人なの。名誉を重んじる人間なのよ。でも、父とまるでそりが合わなくて。父にすることなすことけなされ続けて育ったの。兄は父とは正反対の性格で、キャサリンやわたしのようにおとなしくもなければ、従順でもなかった。いつも父と言い争っていたわ。それが父をよけいに怒らせた。わたしの父は気むずかしい人だったの。とても信心深くて、兄が賭事《かけごと》をするのを嫌っていた。お酒や、ほかのことも……。兄があんなに奔放になったのは、そのせいだとよく思ったものよ。父を怒らせるために、わざと放蕩に身を持ち崩したんだ、と。父は兄が絵を描くのも気に入らなかった。貴族の男がすることではない、とさんざんけなしたわ。絵の具をおもちゃにするなど、まるで小作人の血でも流れているようだ、とね。絵を描くなんて、なんの役にも立たない、下々のすることだ、と。でも、兄は絵を愛していた。だからそのことでも争いが絶えなかったの。そして兄が十八歳になり、ほとんどの若い子息がそうするようにロンドンに住みはじめると、すべてが悪いほうに転がりはじめたわ。兄はついに自由を手にしたのよ。わかるでしょう？　そして、好きなことだけをするようになった。絵を描き、ほかの画家とつきあって。父は彼らが息子に悪影響をおよぼしている、と決めつけたわ。でも、いちばんの元凶は彼らではなかったの。兄は……感心できない人たちとつきあうようになったの。彼らが兄を罪深い生活に誘いこんだのよ」

「お父様はどうなさったの？」

「父はすっかり腹を立てたわ。兄に放蕩な生活をやめて、家に戻ってくるようにと手紙を書き続けた。だけど、兄はもっと意固地になっただけだった。父は仕送りを止めると脅したわ。それから……兄が特別ひどいスキャンダルを起こすと、本当に仕送りを止めてしまった。できれば勘当していたに違いないけれど、伯爵領は限嗣相続不動産だから、兄から相続権を奪うことは父にもできなかったの。仕送りが来なくなってから、兄がどうやって生きてこられたのかよくわからない。マイケルやリチャードや、ほかの人たちがお金を渡していたに違いないわ。兄はその気になればとても魅力的になれるの。そして、わたしたちはみんな兄を愛している……実は、わたしもできるだけのお金をこっそり渡したものよ。一度リチャードから、兄がカードでお金を儲《もう》けていると聞いたことがあるわ。きっとそうやって、自活の役に立てていたんでしょうね。兄と父は最後まで和解しなかった。父が死ぬ直前、父の具合がとても悪いという手紙を母からもらって実家に戻ったとき、わたしは兄を説得して連れていったの。父は兄に会うのを拒み、部屋に入れようともしなかった。結局、兄は実家の馬でロンドンに戻り、父の葬儀にも出なかったわ。以来、ダークウォーターへ戻ったことがあるかどうかもわからない」

レイチェルは言葉を切り、ため息をついた。

「父があれほど厳格でなければ、兄もあんなふうにはならなかったでしょう」レイチェルの声が厳しくなった。「それに……あの友人たちさえいなければ。彼らから離すことができれば、兄は多少なりとも心の安らぎと喜びを取り戻せるようになる。きっと生まれ変われるわ。そうなってほしいの。だから……あなたが兄と結婚してくれたら、と願っていたのに」

「わたしと結婚すれば彼が幸せになれる、という確信はまったく持てないわね」ミランダは皮肉をこめて指摘した。「わたしたちは、どうやらとても相性が悪いみたいだから」

「ええ。でも……おとなしい女性が兄の関心をつなぎとめるのは無理ですもの。あなたのように強くて、誠実で率直な人なら、兄の人生を変えられると思ったの」

ふたりはしばらくのあいだ黙りこんだ。ミランダは考えこむように自分の手を見つめた。

「彼は絵を描いていたと言ったわね……芸術家なの？」

「ええ！　とても才能があるのよ。兄の作品をごらんになる？」

「ぜひ見たいわ」

ミランダは好奇心に駆られ、レディ・ウェスサンプトンに従って裏口から家のなかに戻り、おそらくふだんは召使いが使っているに違いない細い階段を上がった。ふたりは建物の端から端まで続く正面のギャラリーへと、廊下を歩いていった。

「残念ながら、この時間ではあまりよく見えないと思うけど」レイチェルはそう断りながら、長い窓が並んでいる表に面した壁を示した。「昼間はたっぷり光が入るのよ。でも、夜は……」

向かいの壁に取りつけられた燭台《しょくだい》は、すべて灯《とも》されていた。舞踏会のために今夜は家じゅうがまばゆく輝いているが、それでも陰はある。

「これだけ見えればじゅうぶんよ」ミランダは最初の絵に近づきながら尋ねた。「ここにある絵は、すべてお兄様が描いたもの？」

「最初の三枚は兄の絵よ。向こう端にも何枚かあるわ」レイチェルはかすかな笑みを浮かべた。「少しはウェスサンプトンの先祖の絵もかけなくてはならないでしょう？」

最初の絵はレイチェルの肖像画だった。彼女は高い台座の横に立っていた。その台に腕をかけ、口もとにかすかな笑みを浮かべている。そこにいるのは、いまよりも若く、幸せそうなレイチェルだった。シンプルな白いドレスをまとった漆黒の髪の彼女が、くすんだ緑と黄褐色のなかでひときわ鮮やかに見える。その絵はどこから見てもすぐれた才能を持つ画家の描いたものだった。愉快な秘密を打ち明けるかのように緑色の瞳をきらめかせた絵のなかのレイチェルは、まるで生きているみたいだ。デヴィンは、単にレイチェルの姿形をよくとらえているだけではなく、温かく優しい、輝くような彼女の個性を、カンヴァスの上に見事に再現している。

「美しいわ」ミランダは思ったままを口にした。

「兄がこれを描いたとき、わたしは十七歳だったの」レイチェルは静かに言った。「結婚したときに、兄はこの絵をマイケルに贈ったのよ」歩きながら説明を続けた。「これはキャサリン。さっきの絵よりも二、三年前に描いたもので、兄は、そうね、十七歳か十八歳だったから、キャサリンは十五歳ぐらいだったに違いないわ」

ミランダはそこに描かれている若い女性をじっと見つめた。夢見るような青い大きな瞳のその娘は、アインコート家の人間に共通する豊かな黒髪をリボンで結び、滝のように肩に落としていた。キャサリンは白いドレスの上に青い外套《がいとう》を着て、片側を肩の後ろに跳ねあげ、猫を抱えている。あらゆる細部が豊かで光に満ちているその絵を見ながら、ミランダはこみあげてくる興奮にわれを忘れ、手のひらに爪がくいこむほど強く手を握りしめていた。次の絵は、岩だらけの荒地の風景画だった。荒涼とした美しい土地に陽光が降りそそいでいる。ミランダはその暖かさを感じられるような気がした。

「どれも美しいわ！」ミランダは胸にこみあげてくる喜びを抑えかね、レイチェルを振り向いた。ヨーロッパの各地で訪れた美術館や画廊で、見事な美術品を見るたびに感じたのと同じ、熱い興奮と喜びがこみあげてくる。「彼はすばらしい芸術家よ！　もっとあると言ったかしら？」

レイチェルは微笑しながらうなずいた。「ええ、この先に。それと、わたしの寝室と居間にも飾ってあるわ」

レイチェルの案内で、ミランダは残りの四枚を見終えると、廊下の先にある調度の揃《そろ》った広い居間に向かった。居間と隣の寝室には六枚の絵がかかっていた。そのうちの一枚に描かれているのは、E字形に建てられた、とても優美な石造りの大邸宅だ。

「これがダークウォーターなの？」ミランダの問いにレイチェルはうなずいた。「もっと色が濃《ダーク》いと思っていたわ。本の挿絵では、そんなふうに見えたけど」

「いいえ、ダークウォーターという名前は、近くにある小さな池に由来しているのよ。その池の水が石炭のように黒いから。でも、館自体は明るくて美しい色よ。少なくとも、遠目には美しく見えるわ。近くで見ると、ひどく荒れているのがわかるけど。それでも、とても優雅なの。太陽がこんなふうにあたると、石灰岩が金色に輝いて見えるのよ」

デヴィンはまさに、そんな光景を描いていた。濃い金色の光が水のごとく石壁を流れ、ダイヤモンド形のガラスをはめた窓をきらめかせている。

「兄は記憶を頼りにこの絵を描いたの」レイチェルが説明した。「家を出たあとで。これは池のひとつよ」

レイチェルはもっと小ぶりの、別の絵を指さした。こちらは突きでた灰色の岩のあいだに、インクのように黒い水をたたえた池が描かれている。これまでの絵よりも色調の暗い絵だ。灰色の曇り空が陰鬱な翳《かげ》を落とすなか、一条の陽光がまるで剣さながらに射《さ》しているが、その光も黒い池のなかにのみこまれている。ミランダは寒気を感じて体を震わせた。明るい陽射《ひざ》しに満ちた絵と同じようにこの絵も強烈なオーラを放ってはいるものの、独特の豊かさを作りだしているのは、静けさをたたえた陰気な景色と、それとは対照的な鋭い陽射しの対比だった。

ほかの絵はもっとシンプルだった。ひとつは、窓のそばに置かれた黒っぽい色の天蓋付きベッド。寝乱れた白いシーツの上に、真っ赤なベルベットのドレスが無造作に投げだされている。黒っぽい木製のドレッサーに置かれた、白い洗面器と水差しの絵には、血のように赤いしおれた薔薇《ばら》が彩りを散らしているだけだ。が、どの絵にも同じ豊かな質感があり、色の使い方がすばらしく、巧みな筆遣いで細部まで描きこまれている。

「昼間、もう一度見せていただける？」ミランダはせがむように頼んだ。「ぜひもっと明るいところで見たいの」

「もちろんよ。お気に召した？」

「どれもすばらしいと思うわ。とても……」ミランダは、くしゃくしゃのシーツの上に投げだされた鮮やかな赤いドレスの絵に目を戻した。ひどく官能的な絵だった。エロティックと言ってもいいくらいだ。ミランダはみぞおちが震えるのを感じた。「なんて言えばいいかわからないわ。ここにあるのは最近のもの？」

レイチェルの顔が曇った。「ギャラリーに飾ってある作品と比べればね。実は、兄はもう絵を描こうとしないのよ。何年も筆を取っていないわ」

「なんですって？」ミランダはおかしいほどのショックを受け、あえぐように息をのんだ。「描くのをやめてしまったってこと？　まったく描かないの？　スケッチでさえ？」

レイチェルはうなずいた。「ええ、何ひとつ」

「でも、どうして？」

「さあ。一度か二度、訊《き》いたことがあるの。だけど、いつも肩をすくめて〝もう描くのは飽きた〟とか、〝ばからしくなった〟と言うだけ。みんな、いまのライフスタイルのせいよ」またしてもレイチェルの声に苦々しさが混じった。「友人たちと毎日お酒を飲んでは……賭事に興じる」レイチェルは言葉を濁し、意味ありげに肩をすくめた。

「信じられないわ。だって、そんなの罪よ！」ミランダはデヴィンが描いた絵に目を戻した。

「ええ」レイチェルの目が涙でうるんだ。「自分がどれほどすばらしい才能に恵まれているか、気づいてくれさえしたらいいのに。兄は、自分のなかにあるいいものを見ようとしないのよ」

レイチェルのあとに従って部屋を出て、舞踏室へと階段を下りながら、ミランダは物思いに沈んだ。そのあとまもなく、父とともにウェスサンプトン伯爵の邸宅をあとにすると、馬車のなかでも言葉少なに考えこんでいた。

魂を震わすような絵を描くというだけで、それと、何度か情熱をかきたてるキスをされたというだけで、恋に落ちることなどありえるだろうか？　そんな可能性を考えることすら愚かしい気がする。しかしミランダは、心のなかにこれまでとは違う、すばらしいときめきが芽生えていることを否定できなかった。

だが、それはまだ自分だけの胸に秘めておくとしよう。デヴィン・アインコートとの結婚を少しでも考えていることをうっかり話そうものなら最後、父はミランダが首を縦に振るまで攻め続けるだろう。気持ちがはっきりと決まるまでは、この問題に関しては誰とも話したくない。

帰宅後、ミランダは父から、レイヴンスカー伯爵に関する資料を受け取った。伯爵を娘の夫に迎えられる可能性があると知って以来、父が集めたものだ。そこには、アインコート一族の資産保管人である、デヴィンの伯父ルパート・ダルリンプルから送られてきた破綻寸前の財政状態に関する書類だけでなく、領地の管理者が作成した問題の数々と、ダークウォーターの館を良好な状態に戻すために必要な修復箇所を連ねた長いリストも含まれていた。たいていの人間ならひと目見ただけでたじろぎ、気落ちするような嘆かわしい状態だ。しかし娘の気性を心得ている父のこと、これを見せればミランダが、館を正常に戻したくてたまらなくなることを承知しているのだ。そうした父の狙いもミランダにはよくわかっていた。デヴィンと結婚すれば、この先何年も楽しんで取り組める大仕事も転がりこむという見通しには、確かに心をそそられる。でも、結婚という大きな賭に踏みきるには、それだけではじゅうぶんとは言えなかった。

デヴィンが描いた絵の美しさを加えたとしても、まだ足りない。けれど翌朝、デヴィンの絵を明るい陽射しのなかで見るためにレイチェルを訪ねたミランダは、あらためて彼の絵のすばらしさに心を打たれ、熱い喜びに胸を満たされた。朝の光に余すところなく照らされた彼の作品は、昨夜よりもさらに美しく見えた。レイチェルが気を利かせてひとりにしてくれたおかげで、ミランダは好きなだけそれらに見入ることができた。ギャラリーの絵の前に置かれたベルベットの椅子に腰を下ろし、これほどの絵を描く人間が、どうしてその才能を捨ててしまえたのかと、悲しみの入り混じった驚きに打たれずにはいられなかった。デヴィンの絵を見ていると、まるで彼がすっかり隠している魂をのぞき見ているようだった。でも、いまミランダの胸に喜ばしくてちょっぴり怖いような新しい感情をもたらしたのは、これらの絵だけではない。

むしろ薄暗い庭で彼にされた、燃えるようなキスによるところが大きい。それと、こちらのほうがより大きいかもしれないが、彼の目を見つめたときに感じた、めまいに似た不思議なときめき。高い絶壁の縁に立ち、ふらっとその下の闇に飛びこみたくなるような、そんな気持ちのせいだ。

ミランダはこれまで己の直感を信頼してきた。頭の回転が速く勘が鋭いためか、彼女の場合は最初の判断が正しいものであることが多い。そのため、自分の決断に絶対的な確信を持っていた。

だが、男女の愛や結婚だけは、まるで不慣れな領域だ。ミランダはこれまで恋をしたことがなかった。毎月のように新しい相手と恋に落ちているような気がするのだが、いつも、くすくす笑い、うっとりと見つめる段階を通りすぎないうちに飽きてしまう。知りあいの女性たちは、ほとんどがもっと若いころにそういう段階を経験していたが、ミランダがもっと若いころには、マンハッタン島の不動産を買いあさるので忙しかったのだ。

そうはいっても、男性とのつきあいがまったくないわけではない。ニューヨークでは頻繁にパーティに出かけ、男性と気軽な会話を楽しみ、彼らと踊り、何度か口説かれたこともある。しかし、その誰とも恋には落ちなかった。

デヴィン・アインコートのことを考えるときに奇妙な具合に胸が痛むのは、恋をしているしるしなのだろうか？　彼のことを考えずにいられないのは、彼と結婚して生涯をともにすべきだから？

そうした兆候が何を意味するにせよ、ミランダはこの状況を楽しんでいた。そしてデヴィン・アインコートにまた会いたいと願っていた。

その最初のチャンスは、二日後の夜、オペラを観《み》に出かけたときに訪れた。ロンドンにはまだ何週間も滞在する予定だったため、父のジョーゼフはシーズンのあいだボックス席を借りていたが、彼らがオペラを観に出かけるのはこの夜が初めてだった。エリザベスは興奮に頬を染めて、豪華なボックス席に入った。いつもは禁欲的な表情を崩さない父のアシスタント、ハイラムですらうれしそうだった。ミランダはハイラムの隣に座り、オペラグラスを目にあててオペラ座のなかを見まわした。デヴィンの母親が、同年代の女性ふたりと娘のレイチェル、それから少しばかり退屈そうな顔の男性ふたりとボックス席に座っていた。デヴィンの姿はそこにはない。彼はオペラが好きではないのかしら？　ミランダは疑問に思った。彼なら、母や妹に誘われたというだけで好きでもないものを観に来ることはなさそうだ。

ミランダの視線に気づいたレイチェルが、にっこり笑って会釈した。オペラグラスを下ろして会釈を返しながら、ミランダがボックス席をひとわたり見まわしたとき、向かい側の、舞台にもっと近い空席に、新たな一行が入ってきた。エメラルドグリーンのドレスを着た女性と、白いシャツに黒い夜会服姿の男性三人だ。後ろ姿しか見えないが、男たちのひとりがデヴィン・アインコートだと気づいて、ミランダは鋭く息をのんだ。

まるでミランダのもらした声が聞こえたかのように、彼が振り向き、さりげなくオペラ座のホールを見まわした。そしてミランダのいるボックスに目を留め、まっすぐに彼女を見た。デヴィンが会釈もせず、かすかに眉を上げただけでぷいと向きを変えるのを見て、ミランダはこっそりほほえんだ。あの尊大な態度は、先夜、彼女がどれほど深く彼を怒らせたかを示しているだけだ。彼が金のために結婚するのをいやがっているという事実は、決して悪いことではない。むしろ好ましいくらいだ。

でも、一緒にいる女性は誰なの？　ミランダは生まれて初めて、鋭い嫉妬に胸を突かれながら、椅子を斜め後ろにずらし、陰のなかに入った。それからふたたびオペラグラスを目にあてて、デヴィンと同じボックスにいる女性を見た。

美しい女性だった。ミランダは胸を締めつけられるような痛みを覚え、オペラグラスを握りしめた。濃い蜜のような色のブロンドの髪に、金茶色にきらめく大きな丸い瞳。すべてが金色に輝いている。白い肌ですら、真っ白ではなくかすかに金色に染まって見えた。鮮やかな緑色のドレスは流行の先端を行くスタイル、いえ、ひょっとするとそれを超えているのかもしれないと、そのドレスが上げている効果を見て取ったミランダは心のなかで訂正した。驚くほど深くカットされた襟もとからは、いまにも胸の頂がはじけてできそうだ。間違いなく誇示する価値のある豊満な白い胸が、ドレスの襟ぐりからこぼれそうに見える。耳と手首にはエメラルドがきらめき、首にかけたお揃いのペンダントが盛りあがった胸をかすめて、そこに目を惹きつけている。幅広の緑色のリボンで頭の上にひとつにまとめられた髪は、柔らかくカールして滝のように落ちていた。ほぼ完璧に近い美しい顔のなかで上唇だけがやや小ぶりだが、それがまたとても官能的で、むしろ魅力を増し加えている。

ミランダが見つめるなか、その女性が振り向いてデヴィンを見上げ、ほほえんだ。秘めやかな、男心をそそるような笑み。その笑みは、あの女性がデヴィンにとって特別な相手で、彼がたまたまオペラにエスコートしてきただけの知りあいではないことを告げていた。あの女性は彼の愛人なの？　彼はあの女性を愛しているの？　そんな疑問が、ミランダの胸を焼く。

オペラが始まっても、ミランダは舞台で繰り広げられている物語と同じくらい熱心に、デヴィンのいるボックス席に目を凝らし続けた。

幕が下りて休憩に入ると、アップショー一家は、レディ・レイヴンスカーとその兄、ルパート・ダルリンプルの訪問を受けた。ルパートとは、短いあいだではあったが伯爵夫人宅で行われた例の夕食会で顔を合わせている。楽しい会話のできる好紳士だという印象を受けていたものの、今夜は彼のどんな話題にも身が入らなかった。今夜このボックス席を訪れてほしい相手はひとりだけだ。彼の姿を見たくて、ミランダはときどき開いている戸口に目をやらずにはいられなかった。

レイチェルが訪れ、その後ろにデヴィンの姿が見えると、ミランダは思わず扇を取り落とした。

「こんばんは、母上。伯父上」デヴィンはミランダとハイラムにも視線を向けたものの、どちらにも挨拶しなかった。

ミランダは笑みを押し殺した。これもまた、彼がミランダの存在にどれほど心を乱されているかというしるしだ。

デヴィンは父のジョーゼフに挨拶し、父は彼を妻のエリザベスに引きあわせた。エリザベスはかすかに頬を上気させ、さっと扇を開いて愚かなくすくす笑いを隠した。あんなにデヴィンをけなしていた継母が、ほかの女性と同じように、彼のハンサムな容姿にまるで若い娘のような反応を示すのを見て、ミランダは少しばかり苛々した。

デヴィンはエリザベスに頭をさげ、それからハイラムに顔を向けて、問いかけるように眉を上げた。

ジョーゼフが急いで説明した。「わたしのアシスタントの、ハイラム・ボールドウィンだ。たしかわたしの家で会っているはずだよ。きみが、その……」父の言葉は尻すぼみになった。遅まきながら、ミランダに求婚を断られたことを思い出すのは伯爵にとってあまり愉快ではないだろうと、気づいたらしい。

「あら、レイヴンスカー卿は覚えていらっしゃらないと思うわ、お父様。あの日は、ほとんど誰の顔もまともに見ていなかったんですもの」ミランダはたっぷり皮肉を利かせてそう言った。

デヴィンはミランダと向かいあった。「ミス・アップショー、あなたのことはよく覚えていますよ」

「どうかしら。この席に入っていらしたときにも気づかなかったようですけど」にこやかに言い放つ。

「こいつは礼儀を知らん男でしてね」デヴィンの伯父が気のいい笑い声をあげながら助け船を出した。「許してやってくれませんか、ミス・アップショー」

「さあ、どうしましょう?」ミランダはデヴィンを見ながら、ルパートの言葉に軽い調子で応じた。彼もミランダをくい入るように見ている。

「ミス・アップショーはこんなことぐらいでは驚きませんよ、伯父上」デヴィンは貴族特有の気取った声でゆっくりそう言った。「ぼくがどれほど無礼な男か、彼女はよく承知しているんです」

ミランダが偽りの甘い微笑を浮かべると、デヴィンは急に向きを変えた。

「失礼します、ミスター・アップショー、ミセス・アップショー、お会いできて光栄でした。それからミスター・ボールドウィンと、ミス・アップショーも」まるで無理やり押しだすようにミランダの名前をひとつひとつ注意深く発音すると、彼はふたたび向き直り、まるでそれ自体がとびきりの皮肉ででもあるかのように深々とお辞儀をした。

「伯爵、今夜もいつものように、お会いできて楽しかったですわ」ミランダも優雅なお辞儀を返した。

よほどきつく歯をくいしばっていると見えて、デヴィンの顎の筋肉が痙攣《けいれん》するのが見えた。それから彼はきびすを返し、妹の抗議するような目を無視してさっさとボックス席を出ていった。

レイチェルがミランダのそばに来て、低い声で謝った。「ごめんなさい。今夜の兄はいったいどうしたのかしら？　母のボックス席に入ってきたときから、ひどく不機嫌だったのよ。気むずかしい顔でにらみつけていたから、わたしはそんなこと考えもしなかったのに、自分のほうからここに一緒に来てくれと頼んだの。それなのに、あんなに失礼な態度をとるなんて」

「心配しないで。気にしていないわ」ミランダはレイチェルに請けあった。実際、そのとおりだった。

実のところ、デヴィンとのやり取りに元気づけられていたのだ。それに、レイチェルの口から、ここに訪れたがったのがデヴィンだったと聞いていっそう励まされた。

ハイラムと向きあったときのデヴィンの目には、確かに何かがあった。ほかの男があれと同じ表情を浮かべていたら、嫉妬しているのだとためらわずに断定したに違いない。デヴィンがこのボックス席に来たかったのは、わたしの隣に座っている男が誰なのか、それを知りたかったからかもしれない。そう思うと、われ知らず、口もとがほころびそうになった。

「ちょうどあなたと話したかったところなの、レディ・ウェスサンプトン」ミランダはそう言ってレイチェルの腕を取った。

「レイチェルと呼んで」

「わかったわ、レイチェル。ねえ、回廊を少し歩かない？」

「喜んで」

どうやら好奇心に駆られたらしく、レイチェルはいそいそとミランダについてきた。広い廊下に出てしまうと、ミランダは周囲を見まわし、できるだけ人の少ない場所へとレイチェルを招いて顔を近づけ、小声で尋ねた。

「お兄様と一緒にオペラを観に来た女性について、教えてちょうだい」

# 7

ミランダに向けたレイチェルの顔に、滑稽《こっけい》なくらいの狼狽《ろうばい》が浮かんだ。「誰のこと?」

「あなたのお兄様がエスコートしてきた女性よ。ブロンドの美しい人」

「ああ、レディ・ヴェイジーのこと? 別に、たいした人じゃないわ」

「彼の愛人なの?」

レイチェルはあえぐように息を吸いこんだ。「ミランダ!」

「どうなの?」ミランダは笑みを浮かべながらも断固とした表情でレイチェルを見つめた。

「あなたはわたしのことをご存じないから、教えてあげるわ。わたしは自分が知りたいと思ったことは、ひとつ残らず訊《き》きだすまであきらめないタイプなの。だからあなたも、最後は彼女に関して知っていることを吐きだすはめになるのよ。さっさと話してしまうほうが、おたがいに貴重な時間を無駄にせずにすむわ」

レイチェルは気詰まりな様子で目をそらした。「だけど――」

「真実を話したらこの縁談がご破算になると思っているなら、いいこと、彼女が誰だろうと、わたしの決断にはいっさい関係ないわ。いいえ、違う。それではまったくの真実とは言えないわね。わたし、新しいことに着手するときは、まずその件に関してできるかぎりのことを知るべきだと信じているの。不動産を買う場合でも、ドレスを作る場合でも……結婚する場合でも。すべてを知りたいの。いいことも、悪いことも、そのどっちとも取れないあらゆる事実も。それを知らないうちは、正しい結論は出せないわ。だから、彼とレディ・ヴェイジーの関係がどんなものか正確につかまないうちは、お兄様と結婚することはまずないでしょうね」

レイチェルはうめくような声をもらした。

「心配しないで、わたしだってそれほど世間知らずじゃないわ」ミランダは説得を続けた。「この国の人々は、アメリカ人を田舎者だと思いたがっている。おそらくいくつかの点ではそのとおりでしょう。でもゴシップに関するかぎり、わたしたちもヨーロッパの人々とたいして変わらないのよ。男性はよく愛人を作るわ。特にあなたのお兄様のような地位と魅力の持ち主が、いわゆる〝情事〟をまったく経験したことがないとは思えない。ただ、自分がどんな問題に立ち向かうことになるのか知っておきたいの。レディ・ヴェイジーはレイヴンスカー伯爵にとってなんなのか？　伯爵は彼女を愛しているのか？　何も知らずに彼と結婚しろというのは、少し虫がよすぎるんじゃないかしら」

レイチェルはつらそうな目でミランダを見た。「そのとおりね。あなたに彼女のことを知らせたくないと思うのは、本当に身勝手だわ。でも……ああ、どうかお願い、この件で兄を責めないで。あの女と会ったとき、兄はとても若かったの。しかもあの女は……魔性の女なの！　強欲で、残酷で、ギリシャ神話に出てくるハルピュイアのような女よ。鋭い鉤爪《かぎづめ》で兄をつかんで、決して放そうとしないの」レイチェルはため息をついて、少し落ち着いた声で続けた。「彼女の名前はレオーナ。ロンドンの社交界で、最も美しい女性だとみなされているわ。デビューしたのはもうずいぶん昔のことだけど」レイチェルは意地悪くつけ加え、そんな自分を嘲るような笑みを浮かべた。「何歳になるのか正確には知らないけど、兄よりもいくつも年上なのは確か。兄がロンドンに来る前に、すでにロンドン社交界の花として君臨し、ヴェイジー卿《きょう》と結婚していたんですもの。兄がロンドンに出てきたあと、父が顔をしかめるような、芸術家やほかの若い人たちとつきあいはじめたことはもう話したわね。自由で、安楽な生き方をしている人たちと。賭博場に通い、お酒を飲み、女性を追いまわした。実際、ダークウォーターにいたときも、兄はそんなふうだったわ。そして、しょっちゅう父と大喧嘩《おおげんか》をしていた。まるで父を怒らせるためにそうしているみたいに。ロンドンに来てからは、もっと奔放に振る舞いはじめたの。でもそれだけなら、若い人たちの多くとたいして変わらなかったはずよ」

「若いときはめを外しがちですものね」ミランダはそう言ってレイチェルを促した。

「ええ、若さがどういうものか、あなたもご存じでしょう？」レイチェルはほっとしたように言った。「兄がレオーナと初めて会ったのは、まだダークウォーターにいたときだったの。レオーナのご主人の領地が、うちの領地からあまり遠くないところにあって、そこで彼女と会っていたのよ。もちろん、それ以上の仲には発展しなかったわ。レオーナがヴェイジーパークを訪れることはめったになかったから。ところがロンドンで彼女に再会した。レオーナのことはあなたもごらんになったわね。十五年以上前のレオーナがどれほど美しかったか、あなたにも想像がつくでしょう？　兄は彼女に恋をしてしまったの。そして救いようもなく、激しく恋い焦がれた。高潔な女性なら、そんな兄の気持ちにさりげなく水を差したでしょうね。思いやりのある女性なら、短い情事にふけったあと兄を放し、自分の道を歩ませたはず。でも、レオーナには思いやりのかけらもないの。邪悪な人なのよ。そして、自分と同じ邪悪な道を兄に歩ませてきたの」

「お父様が見舞いに来た彼に会おうともしなかったのは、レオーナとの情事のせいだったの？」

「いいえ。少なくとも、わたしは違うと思うわ。もちろん、兄がレオーナを追いかけていることを、父はひどく不快に思っていたけれど……兄と縁を切った理由はほかにあったみたい。兄が父とその大喧嘩をしたときは、まだレオーナと深い仲にはなっていなかったはずですもの。当時、わたしはまだ十四歳ぐらいだったから、父も母もその話にはひと言も触れなかった。わたしが知っているのは、何かとてもひどいスキャンダルがあったということだけ。それがどんな事件だったにせよ、そのあと兄は完全にレオーナの取り巻きになってしまったわ。でも、ふたりがこれまで何をしてきたか、詳しいことは知らないの。みんながわたしを守ろうとして、できるだけ耳に入れないように気を配ってくれたから」レイチェルは口もとに笑みを浮かべた。「正直に言うと、わたしも強いて知りたいとは思わなかったの。あなたほど勇敢ではないんですもの」

「彼が自分の兄だったら、きっとわたしも同じように感じたと思うわ」ミランダはレイチェルの気持ちを思いやって、心にもない嘘《うそ》をついた。実際は、もしもデヴィンが兄で、邪悪な女の鉤爪につかまれて罪深い生活を送っていることがわかったら、その件に関するすべてを調べあげ、なんとか止めようとするはずだ。とはいえ、もしそうなってもミランダが何かをする必要はおそらくない。たぶん、すでに父が適切な手を打っているだろうから。父のジョーゼフなら、デヴィンの父親がしたように息子と縁を切るのではなく、息子を泥沼から引きあげていただろう。

「兄はレオーナを愛しているんだと思うわ」レイチェルは低い、悲しそうな声で認めた。「少なくとも、これまでずっと彼女に誠実だった。兄なりのやり方でね。社交界のみんなは兄を悪人だと決めつけて、いいところを見ようとしないけど、兄はとても忠誠心の篤《あつ》い人間なの。わたしや愛する人たちのためなら、なんでもするでしょう。きっと心のなかでは、自分の義務を果たさねばならないと感じているんだわ。ええ、わたしにはわかってる。

ときには、いままで送ってきた人生を振り返って、自己嫌悪に駆られているに違いないの。残酷にも父の死を兄のせいだと責める人々もいるけれど、違うのよ！　兄は父の死とはなんの関係もない。父は死ぬ何年も前から、兄と口を利こうとさえしなかったんですもの。でも、父が臨終の床ですら兄に会おうとしなかったという事実が人づてに広まって、噂《うわさ》が噂を呼び……兄はすっかり悪者にされてしまった。レオーナに対する忠誠は、兄自身を傷つけているの。彼女は兄を泥沼に引きずりこんで、兄の人生を台なしにしたのよ。わたしが結婚して、ロンドンに住みはじめたときには、兄はすっかり罪にまみれていたわ。彼もレオーナも、社交界の評判のよくない人々にしか相手にされなくなっていた。わたしがパーティを催しても、地位の高い人たちはほとんど顔を見せなかったの。最初はとてもショックで、傷ついたものよ。ほかのお宅のパーティではとてもにこやかに挨拶してくれるのに。すると夫のマイケルが、できるだけわたしを傷つけないように言葉を選んで教えてくれたの。彼らが来ないのは、兄がわたしのパーティに顔を見せるからだ、と。兄は、レオーナや彼女の弟のスチュアートやその友人をともなって来ることもあったわ。わたしはマイケルに言ったのよ。自分が催すパーティで兄をのけ者にすることなどできない、って。でも、マイケルが兄に何か言ったに違いないわ。そのあと兄は、わたしが主催するパーティに来なくなってしまったから。とたんに、社交界の重鎮たちがお嬢さんを連れて、招待に応じるようになったの」

「さぞつらかったでしょうね」ミランダは同情をこめて言った。

レイチェルは涙にうるむ目でうなずき、じれったそうに指先でそれを払った。「ええ。ほかの誰も来なくても、わたしは兄が来てくれたほうがよかった。よけいなお節介をしたマイケルにとても腹を立てたものよ。でも、彼も、それに兄も、あのままの状態を続けていれば、そのうちわたしもレオーナの取り巻きのひとりとみなされて、社交界からつまはじきにされることになるとわかっていたのね。兄はわたしをそんな目に遭わせたくなかった。だから顔を見せなくなったの。いまではときどきひょっこり家に顔を見せに来るだけ。どんな冷たい長老たちでも、わたしにそれまで断れとは言わないはずよ」レイチェルはかすかな笑みを浮かべてつけ加えた。「もちろん、わたしが催すパーティが退屈すぎて、嫌気がさしたのかもしれない。兄は、はるかににぎやかな集まりに行き慣れているでしょうから」

ふたりはきびすを返し、アップショー家のボックス席へと戻りはじめた。レイチェルは少しのあいだ黙っていたが、やがてこうつぶやいた。

「レオーナはほんとに悪い女なの。手練手管を使って兄をつなぎとめているに違いないわ。それと人一倍強い忠誠心がわざわいして、兄は彼女から離れられずにいるの。兄に罪深い行いをさせているのはレオーナよ。兄が絵を描くのをやめてしまったのも、彼女に何か言われたからに違いないわ。あの女は、なんであれ、自分以外のものに兄が打ちこむのが気に入らないんだわ。あなたも彼女に会っていたら、どんな女かすぐにわかったでしょうに。狡猾《こうかつ》で、平気で嘘をつく――」

「会ってみるべきかもしれないわね」

「だめよ！　そんなこと、考えるのもやめて！」レイチェルは恐怖に駆られて、ミランダと向きあった。「レオーナのことですもの、間違いなくあなたを傷つけようとするわ。兄があなたと結婚したら、そのうち兄が離れていくのを恐れるようになるでしょうから。あまりにもうぬぼれが強すぎて、兄がほかの女性と恋に落ちる可能性なんて頭に浮かびもしなければ別だけど」

「なんといっても、わたしはただの金持ちのアメリカ娘ですもの」ミランダは微笑を浮かべて指摘した。

レイチェルは小さくほほえみ返した。「レオーナがそう思ってくれることを願うわ。あなたに脅威を感じたら……あの女のことだもの、どんな卑劣な手段であなたを傷つけようとするかわからない」

「心配しないで。そんなことをすればレディ・ヴェイジーは、わたしが思ったよりあなどりがたい敵だと知ることになるはずよ。わたしがあなたのお兄様と結婚すれば、の話だけど」

レイチェルはせがむように尋ねた。「そうするの？　兄と結婚するの？」

ミランダは肩をすくめた。「考えているところよ」

「ああ、ミランダ！」レイチェルは目を輝かせた。「どうか、お願いだからよく考えてみて。あなたを知れば知るほど、あなたなら兄の人生を変えられるような気がするんですもの。だから、あなたに結婚を申し込むよう兄に勧めたのよ。結婚して、心から愛する相手ができれば、レオーナの呪縛を振り払えるかもしれない。あの魔女から離れることさえできれば、兄は変わるわ。いいほうに。少なくとも、いまよりずっと幸せになれるわ。レオーナは兄を幸せにはしない。ええ、そうですとも。あの女は兄の気持ちをもてあそんで、常に不安定にさせておくの。そうやって、自分から離れられないようにしているのよ。でも、あなたなら……あなたと結婚できれば、兄はきっと変わるわ。自分も幸せになれることに気づくはずよ。そうなってほしいの」

「ええ」

「あなたから見たら、ずいぶん自分勝手な願いに思えるでしょうね。でも、兄はあなたのことも幸せにできると思う。結婚して家族ができれば、きっといまとは違う人間になれる。わたしにはわかるの」

「いまのままでも、かなり魅力的よ」ミランダは正直に打ち明けた。

レイチェルはうれしそうに笑った。「ええ、ほんとね」

「でも、わたしがそう言ったことは、彼には内緒にしてね」

「もちろん」レイチェルは笑顔で約束した。「言わないわ。信じてちょうだい。でも、あなたが兄を魅力的だと思ってくれて、とてもうれしいわ」

デヴィンは不機嫌な顔つきで、レオーナが待つボックス席に戻った。なんとなく、あのアメリカ娘が自分を嘲笑《あざわら》っているような気がしてならない。それが気に入らなかった。実際、今夜は最初から気に入らないことばかりだ。そもそも、オペラになど来たくなかったのだ。数日前、ミランダ・アップショーに〝あなたは売り物よ〟とそっけなく指摘されてからというもの、ずっと不快な気分から抜けだせずにいた。あれから彼は、成金のアメリカ娘と結婚するくらいなら死んだほうがましだ、と自分に言い聞かせて過ごしてきた。もっとも、彼女を抱きしめたときの感触や、ふっくらした唇の柔らかさを思い出し、ドレスを剥ぎ取って女らしい丸みのある体を味わうところを想像する時間のほうがはるかに長かったが。

もちろん、あの女の体が気に入ったからでも、彼女に興味を持ったからでもないし、この結婚に心を惹《ひ》かれたからでは毛頭ない。だが、ミランダ・アップショーを思いどおりにしていたら、さぞかし溜飲《りゅういん》がさがったに違いない。あの生意気な女が、息を乱して操を奪ってくれと懇願するまで愛撫《あいぶ》し、キスを続けていたら。いずれはそうするつもりだが、彼女がほかの男には一度も感じたことがないほど自分を欲しがるまでは、満足させるつもりはない……。

激怒して妹の家を飛びだした現実ではなく、想像上のこの終わり方が頭に浮かぶたびに体が燃えるように熱くなり、硬くなって、デヴィンのほうがミランダを欲しがるはめになった。そのせいで、彼はいっそう激しくあのアメリカ娘を憎んだ。名前を口にすることすら憎らしかった。ミランダだと？ なんという愚かな名前だ。まるでシェイクスピアの作品に出てくる、魅力的なヒロインみたいに。実際は、彼女ほどその名に似つかわしくない女など想像もつかないくらいだ。

そんなわけで、レオーナから今夜訪ねてくれという手紙が届いたときのデヴィンは、最悪の気分だった。有無を言わさぬ手紙の調子を見て、さらに苛立《いらだ》ちが募った。しかもレオーナは、女相続人との婚約に関する進展のあらゆる詳細を聞きたがった。そして彼が、婚約などしていないしこれからも絶対にしないと告げると、癇癪《かんしゃく》を起こし、口を尖《とが》らせ、はては甘い言葉で彼の決心を翻そうとした。とうとうデヴィンは閉口し、彼女を黙らせるために、今夜のオペラにエスコートすることを承知したのだった。

一緒にいるあいだに説得するつもりでいるレオーナの魂胆はわかっていたから、ぞくぞくするほど魅力的な踊り子がいるとたきつけて、スチュアートともうひとりの友人を誘いだした。われながら上出来だった、とひそかに自分の賢さを褒めながら、オペラ座のなかを見まわすと、ミランダの姿が目に入った。その瞬間、彼は煉瓦《れんが》の山が自分の上に崩れてくるような気がした。ミランダから目をそらすことができず、呆然《ぼうぜん》と立ちつくし、レオーナと一緒にいるところを見られてしまった不運を呪った。だが、それがどうした？　あのアメリカ娘に罪悪感を覚える理由はまったくない。彼女と婚約しているわけではないし、そのつもりもないのだから、どんな義務もない。

それから、ミランダの隣にいる男が目に入り、胸のなかで何かがよじれた。あの魔女のような女は、もう次の犠牲者をつかまえたのか？　彼はミランダを無視して背を向け、腰を下ろした。だが頭は、この指示に従おうとはしなかった。舞台で歌手たちが声を張りあげているあいだ、デヴィンはその男のことを考えずにはいられなかった。あいつは誰だ？　あの年代の貴族の子弟のほとんどは、顔を見ればわかるはずだ。もちろん、あれがカヴェンディッシュの息子だとすれば別だが。若きカヴェンディッシュが決して公の場に姿を見せないのは、精神的な欠陥があるからだというもっぱらの噂だ。もしかすると、あの男は貴族ではなく、単に財産を狙って〝なんとか卿〟のふりをしているだけかもしれない。いい気味だ。あんな生意気な女は、そういう男に引っかかって痛い目を見ればいいんだ！

幕が下りると、デヴィンはミランダの隣にいる男が誰なのか突き止めたいという衝動に勝てず、急いでレオーナに断りを入れ、彼女の驚いた顔を無視して母のボックス席に向かった。レイチェルは喜んで彼をアップショー家のボックス席にエスコートしてくれた。だが、いざ着いてみると、デヴィンは自分がひどい愚か者になった気がした。ミランダが心の底まで見通すような灰色の瞳を向けてきた瞬間、彼が自分に会いに来たと思いこんだに違いないと悟った。もちろん、その解釈は真実とはかけ離れている。少なくとも、まったくの真実ではない。それから、隣の男がミスター・アップショーの秘書だとわかると、自分でも驚くほど深い安堵《あんど》を覚えた。まるで、あの男に嫉妬していたかのように。だが、ミランダをめぐって嫉妬するなど、とんでもなくばかげている。ミランダ・アップショーとは、なんのかかわりも持ちたくないのだ。彼女が誰と結婚しようと、まったく関係ない。

デヴィンはさぞ愚かな無骨者に見えたに違いないが、ミランダ・アップショーのほうは氷のように冷静なまま、落ち着き払って椅子に座り、かすかに愉快そうな、優越感を浮かべた目で彼を見ていた。レオーナが待つボックスに戻る途中、デヴィンは悔しくて歯軋《はぎし》りが止まらなかった。

「デヴィン」レオーナは満足げな猫のような笑みを浮かべた。「ミスター・ウィンダムの話だと、あなたがさっき訪れたのは、アメリカ娘のいるボックス席だそうね。本当なの？」

「ああ。レイチェルに無理やり連れていかれたんだ」

「あら、わたしはとてもあなたが誇らしかったのに。彼女に魅力を振りまいてきたんじゃなかったの？」レオーナはオペラグラスをつかんで、問題のボックス席に向けた。アメリカ娘がそこにいるとウィンダムに聞いてから、数秒ごとにそうしているのだった。

「まったく！　彼女の姿が見えないわ。暗がりに引っこんでいるんだもの。どうして、もう少し前に出ないの？　ああもう、明かりが消えはじめたわ」

デヴィンはほっとした。だが二幕目が始まっても、レオーナが思いとどまる気配はいっこうになかった。レオーナは自分の椅子をデヴィンの椅子に近づけ、彼に身を寄せて、扇の陰でささやいた。

「ねえ、このチャンスを生かすべきだったのよ、デヴィン。そうでなければ、あのボックスに行った意味がどこにあるの？」

「静かに。音楽が始まったぞ」

「やめてちょうだい。音楽なんかどうでもいいくせに。オペラを観《み》に来るのは、ほかの人たちに見られるためよ。その合間のすべては、不愉快で邪魔なだけ。もちろん、興味深いゲームをしているなら別だけど」レオーナは暗がりでにっこり笑い、片方の脚をデヴィンの脚に押しつけた。

デヴィンはぱっとその脚を離した。「やめないか、レオーナ」

「どうしてそんなに機嫌が悪いの？」レオーナは口を尖らせた。「あのアメリカ女に、結婚を断られたから？　心配いらないわ。あなたがその気になれば、彼女を取り戻すのは簡単なことよ。もっと魅力を使いなさい」

「ばかばかしい」

「取り戻したくなんかあるもんか！」彼は鋭く言い返した。

「あら、デヴ……わたしのためでも？」レオーナはふっくらした唇をかわいらしく尖らせた。

「きみがあの女に会っていたら、こんなにしつこく説得する気にはならないだろうよ」デヴィンはうなるように言った。

「そう？　植民地から来た金の卵を産むがちょうに、わたしが焼きもちを焼くべきだというの？」レオーナは自信たっぷりに笑った。「その競争には勝てると思うけど」彼女は片手をデヴィンの腿に置いて、ほっそりした指をじりじり上に這《は》わせはじめた。「莫大《ばくだい》な持参金が手に入るのよ、すてきじゃない？　ふたりでなんでもできるのよ」彼女の手が少しずつ、腿の付け根に近づいてくる。

「くそ、やめろったら！」デヴィンはぱっと立ちあがり、驚いて彼の後ろ姿を見つめるほかの男たちを残して大股にボックス席を出た。


デヴィンが出し抜けにレディ・ヴェイジーのオペラボックス席を出ていくのに気づいたミランダは、好奇心に駆られて立ちあがると、静かにボックスを出た。彼は廊下のいちばん奥にある階段を駆けおりていく。黙ってあとをつけると、外に出る大きなドアを押し開けて、夜のなかに出ていくところだった。なぜそんなことをする気になったのか自分でもよくわからぬまま、ミランダもドアへと向かい、押し開けた。彼に声をかけて呼び戻したかったが、唇をぎゅっと結び、どうにかその衝動をこらえて立ち止まった。

デヴィンは外階段のいちばん下に座っている花売りの少女の何段か手前で足を止めた。少女の左右には、花を入れた大きなバケツが置いてある。オペラが終わったあと、紳士たちがレディに捧《ささ》げる小さな花束を買ってくれるのを願って、そこで待っているのだ。まだ十歳か、せいぜい十二歳のその少女は、痛々しいほど痩せていた。艶のない髪を顔の片側に垂らし、みすぼらしい服の下から痩せたくるぶしをのぞかせている。かわいそうに。花売りや食べ物を売る子供たちを見るたびそうなるように、ミランダの胸はずきんと痛んだ。

デヴィンがポケットに手を入れて何枚か硬貨を取りだすのを見たとたん、激しい嫉妬に駆られた。彼は花束を買ってなかに戻り、レディ・ヴェイジーに捧げるつもりなの？　だが彼は、少女のかごに硬貨を投げ入れただけで、そのまま通りすぎていく。彼の優しさがうれしくて、ミランダはそっと笑みを浮かべた。

そのとき、明らかに酩酊《めいてい》した立派な身なりの男が、オペラ座の階段をふらふらと斜めに下りていった。男は少女の近くでつまずき、バケツをひっくり返して、なかの花を階段の上にまき散らした。少女は大事な花が飛び散るのを見て、悲しそうな声をあげたが、酔った男はなんの注意も払わずに花を踏みつぶし、そのほとんどをだめにしていく。

ミランダは腹を立て、ドアの外に出て男を呼び止めようとした。するとデヴィンが男に歩み寄り、上着の胸倉をつかむのが見えた。彼は男の体をくるりとまわし、何か言いながら、めちゃくちゃになった少女の花に顎をしゃくっている。だが、男は自分がしでかした不始末を見ても、せせら笑いを浮かべただけだった。

デヴィンが男のみぞおちに一発めりこませた。体をふたつに折った男の襟をつかんで頭を上げさせると、ふたたび何か言っている。男はポケットに手を突っこんで紙幣を一枚取りだして少女に渡し、デヴィンがうなずいて襟を放した。男はそのまま歩み去った。少女はもらった紙幣を急いでポケットに入れながら、優しい紳士に何度も感謝している。デヴィンはにっこり笑って歩み去った。

ミランダは目をきらめかせ、口もとに笑みを浮かべて、デヴィンの後ろ姿が見えなくなるまでその場にたたずんでいた。それからきびすを返して、家族がいるボックス席へと戻った。

# 8

デヴィンは苛立《いらだ》ちにまかせてオペラ座から何ブロックか離れたあと、ようやく立ち止まった。さて、どこへ行こう？　家に戻るのは早すぎるし、スチュアートと友達は、レオーナと一緒にオペラ座に残っている。くそ、彼女を残してあんなふうに出てきたのはまずかった。レオーナのことだ、きっとあとでこのつけを払わされるだろう。彼はまだむしゃくしゃしながらそう思った。

たとえスチュアートたちと遊べるとしても、今夜は彼らと合流する気になれなかった。いつもの居酒屋や賭博場、売春宿に足を向ける気にもなれない。そういう場所で楽しむ気分ではないのだ。目下の望みは……なんなのか、自分でもわからない。たぶん、しつこくつきまとう悪魔から自由になりたいのだ。彼を脅かす貧困と破滅。彼を軽蔑している女性との愛のない結婚。この無意味な人生を死ぬまで歩み続けねばならない、わびしい見通し……。

そんな暗い思いが、義理の弟リチャードが住む宮殿のような邸宅へとデヴィンの足を向けさせたのかもしれない。デヴィンはほどなく、邸宅の門にたどり着いた。その向こうに広がる、高い石壁にぐるりと囲まれた公園のような敷地は、ロンドンの一等地の大きな部分を占領している。

何百年か前、この石塀と門はクレイボーン公爵の抱える兵士たちに守られていた。だが、いまは門番がひとりいるだけだ。その門番が門のなかにある番小屋から出てきて、鉄の棒のあいだから外を見た。「ああ、これは！　伯爵様、お久しぶりで。ちょっとお待ちください」

門番は急いで鍵束を取りだし、門の鍵を開けると、大きな門をデヴィンが通れるだけ引き戻しながらうれしそうに言った。

「伯爵様のお顔を見たら、公爵様がどんなに喜ばれますことか」リチャードの使用人はみな主人を心から愛し、このうえなく忠実なことで有名だ。デヴィンの母はなれなれしすぎると批判するが、デヴィンはむしろ好ましく思っていた。この国で最も古い、最高位の称号を持つリチャードが、デヴィンの知るほかの貴族の誰よりも気さくなのは、少しばかり奇妙なことだ。

デヴィンのノックに応じて玄関を開けた使用人も、もちろんデヴィンを知っていた。彼は門番よりさらにうれしそうな顔で挨拶すると、即座にデヴィンをリチャードの書斎へ案内した。

デヴィンが入っていくと、リチャードは暖炉のそばに座り、炎を見つめていた。部屋にはほかの明かりはひとつもなく、暖炉の炎で奇妙な具合に照らされた彫りの深い顔が、ふだんよりもっと陰気に見える。

足音を聞きつけたと見えて、リチャードはしゃがれた声でこう言いながら振り向いた。「いったい……」だがデヴィンの姿が目に入ると、大きな笑みを浮かべた。「やあ、デヴィン！　そんなところに立っていないで、さあ、こっちに来てくれ」リチャードは立ちあがって使用人に手を振った。「ランプに火をつけてくれないか、ハーパー」

「はい、公爵様」ハーパーはにこやかに答え、壁沿いに歩きながら壁の燭台《しょくだい》の火を灯《とも》してまわり、主人の椅子のそばの小テーブルに置かれた灯油ランプにも火をつけた。

ようやくデヴィンにも、ハーパーが自分を見て喜んだわけがわかった。どうやらリチャードは、またしても落ちこんでいるらしい。忠実な主人思いのハーパーは、おそらくデヴィンの訪れが主人の憂鬱を払ってくれることを願っているのだろう。デヴィンほど享楽主義ではないが、昔のリチャードは人生を謳歌《おうか》していた。ときにはパーティにも出かけ、友人と居酒屋を梯子《はしご》して夜を過ごしたものだ。だが、四年前に妻子を亡くしてからというもの、まるで世捨て人のようになってしまった。恐ろしい事故が起こった領地の邸宅を避け、ロンドンの公爵邸で暮らしているが、にぎやかな大都会にいるというのにめったに外へ出かけず、誰にも会おうとしない。たまに訪ねてくる親しい友人やデヴィンのような親戚にさえ、会いたがらないときもあるくらいだ。召使いたちはそんな主人を心配し、常々心を痛めているのだった。

デヴィンはもう何週間もリチャードを訪ねていなかったことを思い出し、少しばかり後ろめたくなった。そういえばリチャードの落ちこみようは、悲劇から時がたつにつれて、よくなるどころかますますひどくなっているみたいだとレイチェルが心配していた。リチャードはたいていの男たちと同じで、自身の悲しみを言葉にして吐きだすタイプではない。そのためデヴィンも、リチャードの前ではキャサリンの死をあまり話題にしなかった。彼とリチャードは、この世でほかの誰よりもキャサリンを愛したふたりの男だというのに。

デヴィンはキャサリンの肖像画に目をやった。未来の夫に贈りたいから描いてほしいと本人に頼まれ、妹がリチャードと結婚する少し前に描いたものだ。以前は領地の広間の暖炉の上にかけられていたのだが、リチャードがここに運ばせ、いまは書斎の壁のひとつを占領している。絵のなかのキャサリンは、あの独特な、夢見るような笑みを浮かべていた。薔薇《ばら》色の人生を期待してうっとりとほほえむキャサリンは、開きかけた大輪の花を思わせる。デヴィンの妹は、結婚式に着る予定だった優雅なサテンのドレスに身を包み、大きなエメラルドがさがった、クレイボーン家に伝わるエメラルドとダイヤモンドの首飾りをつけていた。イヤリングもお揃《そろ》いのエメラルドで、優美なティアラにさえ、五つの大粒のエメラルドがきらめいている。まだ二十歳前の若い女性がつけるには豪華すぎる宝石だが、アインコート家の人間特有の、長身で華やかな美しさを誇るキャサリンは、ちっとも宝石に負けていなかった。負けるどころか、漆黒の髪と純白の肌を飾り、美しい青い瞳を引きたてるたくさんのエメラルドをつけた姿は、まるで女王のようだった。

デヴィンは妹の喜びだけでなく、その笑みと瞳に浮かぶ得意げな表情すらとらえていた。キャサリンは自分がすばらしい相手を射止めたこと、その男に誰よりも愛され、敬われていることを知っていたのだ。すぐ横の窓からそそがれる明るい光に、美しい白い肌が輝き、青い瞳も生き生きときらめいている。いまにもキャサリン独特の、少女のようなくすくす笑いが聞こえてきそうだ。

「これはぼくが持っているなかで、いちばん美しい彼女の肖像画だ」デヴィンの視線をたどり、リチャードが言った。「だからここに持ってきたんだ。いちばん目に触れる場所に」彼は亡き妻の肖像画の隣にかかっている、それよりも小さな、少女の肖像画に目をやった。「きみがアラナの絵も描いてくれていたら、と残念でしかたがないよ。この画家はちっともアラナのよさをとらえていない。知っているだろう？　あの子はいつも動きまわっていたんだ」

デヴィンも姪《めい》の肖像画に目をやった。おそらく事故の少し前に描かれたのだろう、絵のなかのアラナは四歳ぐらいだった。リチャードの言うとおり、画家はアラナの外見を正確に写してはいるものの、あの子を輝かせていた躍動感をとらえそこねていた。愛らしい笑みも描かれてはいない。アラナが入ってくると、どんな部屋でもぱっと明るくなったものだ。デヴィンなら、アラナを外に連れだし、太陽のもとで笑いながら犬や猫と遊んでいる姿を描いただろう。だが、アラナが四歳になるころには、彼は絵を描くのをやめてしまっていたのだ。

「もう一度描こうと思ったことは？」リチャードが尋ねた。

「絵を？」デヴィンは驚いて義弟を見た。「いや。もうとっくに卒業したよ。もともとただの趣味だったんだ。若いころは好きだったが……」

「そうか？　何か飲まないかい？」リチャードは廊下に向かって、わずかに声をあげた。「ハーパー！　おまえのことだ、まだそこをうろうろしているんだろう？　ウイスキーのボトルと、グラスをふたつ持ってきてくれ」リチャードはデヴィンに顔を戻し、暖炉の前に置かれたふたつの椅子を示した。「特別興味深い顔にでくわしても、描いてみたくはならないのか？　さもなければ、すばらしい景色を見たときとか」

デヴィンは肩をすくめたものの、なぜか脳裏に、ミランダ・アップショーの顔が浮かんだ。いかにも意志が強そうな大きめの口はとても美しいとは言えないが、澄んだ灰色の瞳と、勝ち気な性分がよく表れている顎がとても個性的で、思わず彼女に目をやらずにはいられない。あの目を描ききるのはむずかしいだろうな、とデヴィンは思った。不可能ではないとしても、かなりむずかしい。

「興味を失ってしまってね」デヴィンはそっけなく言った。「おそらく、いまでは腕も錆《さ》びついてしまったに違いない。父がよく言っていたように、画家の真似《まね》なんて、紳士のすることじゃないからね」

「なるほど。確かに、飲酒と賭事《かけごと》は紳士のすることだな」

デヴィンはリチャードをちらりと見た。義弟は口もとにかすかな笑みを浮かべ、彼を見ている。デヴィンは苦笑した。

「ぼくのことをよくわかっているな。だが、父はそれも紳士にふさわしいことだとはみなしていなかったと思う。父の考える〝紳士らしい生活〟とは、朝も、昼も、夜も祈ることだった。そのあいだに罪人を少しばかり非難し、三度の食事をたっぷりとる。きみも覚えているだろうが、父は食べることを愛していた。創造主に祈りを捧《ささ》げるときにも、めったに膝をつかなかったのはそのせいだ。ひざまずいて祈ったりしようものなら、そのあと立ちあがるのに、ふたりの手が必要だったからね」

「ああ、老独裁者のことはよく覚えている。一度こう言われたことがあった。娘を嫁にやるには、きみはあまりに世俗的すぎる、とね。さいわい、あのころはすでに父が病にふせっていたから、ぼくが遠からず公爵になることはわかっていた。どうやらそれが、ぼくの罪を埋めあわせてくれたらしい」

「間違いなくね。ついでに金貨がぎっしりつまったきみの金庫も、かなりの埋めあわせになったはずだ」

ハーパーがボトルとグラスをのせたトレーを手に部屋に戻ってきた。トレーを公爵のかたわらにある小テーブルに置き、黙って部屋を出ていこうとする。

「ハーパー、ちゃんとドアを閉めていくんだぞ。それからもう休むんだ。廊下に立って、ぼくを見張っている必要はまったくない。少なくともデヴィンがいるあいだは、自分の命を断つようなことはしないと請けあうよ」

「それを聞いてほっといたしました、公爵様」ハーパーはほとんど表情を変えずに答え、お辞儀をして部屋を出ていくと、きちんとドアを閉めた。

デヴィンは眉を上げてリチャードを見つめた。「彼らは、きみがもうすぐ自殺すると思っているのか？」

リチャードは顔をしかめ、酒をつぐためにボトルに手を伸ばした。「暇がありすぎるんだろう。だから、なんともばかげた恐れを抱いては、あれこれ気をもむんだ。しかもあろうことか、きみの妹にまでそう吹きこんだものだから、レイチェルはこの二週間で三回もやってきたよ。たいていはこれといった用事もなしに。執事のボールドックが、自分の不安をレイチェルに打ち明けたらしい」

デヴィンは少しのあいだ黙って酒を飲んでいたが、やがてさりげない調子を装って尋ねた。「きみは近々、死ぬつもりなのか？　前もって警告しておくが、ぼくの予定には、葬儀に参列する時間など入っていないぞ」

　リチャードはかすかな笑みを浮かべた。「いや。きみの予定を乱すつもりはないよ」

「ありがたい」

ふたりはグラスの中身を空け、リチャードがお代わりをついだ。彼はデヴィンに向かってグラスを上げた。「忘れていたよ……おめでとう、デヴィン。もうすぐ結婚するらしいじゃないか。お祝いに乾杯すべきだろうな」

「もうすぐ……なんだって？」デヴィンは口に運ぶ途中でグラスを持った手を止め、リチャードを見つめた。「いったいどこからそんな話を聞いたんだ？　ああ……レイチェルだな、もちろん」

「そのとおり。レイチェルは月曜日にここに来て、尊敬すべきミス・アップショーのことをすっかり話してくれた」

「結婚なんてするもんか。だから乾杯する必要はない」

「そうか？　レイチェルはとても期待しているようだったが」

「妹はね。それに母も。だが、どちらもがっかりすることになるだろうな」

「どうして？　よさそうな縁組じゃないか。確かに相手はアメリカ人で、古い家柄でも貴族でもないが……」

「わかってるさ。ぼくの立場では、あれこれ選ぶ余裕はない。金はすべてに勝ると言いたいんだろう?」

「いや。ただレイチェルの口ぶりからすると、ミス・アップショーは願ってもない伴侶になりそうじゃないか」

「ふん。もしもぼくが、あの気の荒いじゃじゃ馬に縛られてもいいという気になれば、だな」

「驚いたな。レイチェルの説明では、とてもそんな女性には思えなかったが」

「レイチェルはあの女と結婚するわけじゃない。ミランダ・アップショーは冷たくて、人を操るのが好きな、人間らしい感情などまったくない女だ」

「そうなのか?」リチャードは酒を飲みながら、グラスの縁から興味深そうな目でデヴィンを見た。「どうやら彼女は、きみに相当ひどい印象を与えたようだな」

「あの女ときたら、ぼくのことを、いちばん高い値をつけた相手に身売りしていると非難したんだ。いや、非難したとは言えないな。ぼくが身売りすることには、なんの抵抗もなさそうだったから。まるで、この国の貴族が毎日、競り売りされているかのように。〝裕福なアメリカ人のなかには、娘のために貴族の夫を買った人たちもいるわ。アメリカのわたしの同胞は、なぜか貴族の称号に魅せられているようだから〟」彼はミランダの物真似をした。「だから、ぼくは売り物じゃない、と言ってやったんだ」ため息をつき、暗い顔で手にしたグラスのなかを見つめた。「もちろん、実際には売り物なわけだから、いっそう腹立たしいんだ。ぼくがこれまで送ってきた生活を続けられるだけの金と引き換えに、伯爵という称号が、当の伯爵のおまけ付きで売りに出ているんだ」

「それだけではなく、ダークウォーターを立て直す金も」リチャードが指摘した。「あそこだって些細《ささい》な金では修復できない。ぼくが聞いたかぎりでは、ひどい状態らしいからな。それも館だけじゃない。きみと家族には、何人もの人々の生活がかかっている。きみには一族と、長年伯爵家に頼って生きてきた人々に対する義務があるんだ。しかしまあ、アメリカ人がこの義務を理解するのはむずかしいだろうな。彼らにはわからない封建的な要素があるからね」

「ぼくは聖人君子じゃないよ、リチャード。それはきみも知っているはずだ」デヴィンはグラスの残りを飲みほし、もう一杯ついだ。「もしも彼女と結婚するとしたら、それは、債務者の入る監獄にぶちこまれたくないからだ」

「ああ、ぼくも監獄に入るのはごめんだ。なあ、デヴィン、金がいるなら――」

「わかってるよ。きみは気前のいい男だ。あいにく、いまのぼくは少しぐらいの金では追いつかない瀬戸際に立たされているんだ。一時的に財布が膨らんだところで、とても間に合わない」デヴィンはため息をついた。「ルパート伯父が言うには、領地からはもうどうやっても収益を搾りだすことができないそうだ。伯爵領は金を生みだすどころか、それを食っている。将来、そこから収益を上げるためには、莫大《ばくだい》な額の金を投入する必要があるらしい。館は崩れかけ、まわりには草と茨が生い茂り……」

「……と、自分の財布のことしか考えていないはずの男は言う」

デヴィンは顔をしかめた。「ダークウォーターがどうなろうと、いっこうにかまわないさ。だが、母は死ぬまでそのことでぼくをいびり続けるに違いないからな」

「だったら、どうしてその女相続人と結婚しないんだ？　金は手に入るし、レディ・レイヴンスカーにはもういびられずにすむ。一石二鳥じゃないか？　ほかに結婚したい相手はいないんだろう？」

「ああ、いない。先に言っておくが、どっちにしろ由緒ある家柄の娘は誰ひとりぼくのような男と結婚してくれない、と教えてくれる必要はないぞ。みんな嬉々《きき》として指摘してくれる」

「レイチェルの話では、そのアメリカ女性は魅力的だし、とても愛すべき人柄だそうじゃないか」

「確かに魅力的だが、〝愛すべき人柄〟だって？　ぼくなら、そうは言わないな。思ったことをぽんぽん口にする、まったく癪《しゃく》に障る、とんでもない女だ」

リチャードは眉を上げ、唇に浮かんだ笑みを隠すために、急いでグラスを口に運んだ。

「そうか？　どうやら彼女は、間違いなくきみの人生を惨めなものにしそうだな」

デヴィンは肩をすくめた。「結婚したあとでダークウォーターに送りだしてしまうことはできる、とみんなは言うんだ」

「みんなというのは？」

「レオーナに、スチュアート、ルパート伯父さ。だが……」

「だが、なんだい？　金だけもらって、彼女をひとりでダークウォーターに閉じこめてしまうのは良心が痛む？」

「少しね」デヴィンは認めた。「とはいえ、結婚すればそうするしかない。あんな魔女と一緒に暮らせるものか」

「どうして？　彼女はどんな魔法を使うんだ？」

デヴィンはもぞもぞと体を動かし、それからいっきにまくしたてた。「知るもんか！ただ、あの女は……ぼくを軽蔑の目で見るんだ。それに、礼儀正しい連中なら決して言わないことをずばずば言ってのける。温かみなんかこれっぽっちもないし、氷のような女だ」

「まあ、彼女のベッドをしょっちゅう訪れる必要はないさ」リチャードは言った。

義弟の言葉に心ならずも体が反応し、デヴィンは眉をぐっと寄せた。「そういう意味で冷たいわけじゃない。実際、その点はとても……」頭をはっきりさせようとして首を振った。「とにかく、彼女はぼくを混乱させるんだ。頭に取りついて離れない。気がつくと、決まって彼女のことを考えている。今夜もオペラ座で会ったら、まるでぼくのことを……

面白がっているような目で見た。こちらの心の底まで見通すような灰色の瞳で。まったく、腹が立つったらないよ。結婚すれば、顔を合わせるたびに言い争うはめになるに違いない。何しろ、会うたびに喧嘩《けんか》しているんだから。しかも、ぼくの申し込みを断ったんだぞ。わざわざ訪ねていき、結婚してくれとあの女に言ったんだ。そうしたら、そっけない顔でぼくを見て、あっさり〝いやだ〟と断った。次に会ったときには、レイヴンスカーの名を持つ相手と結婚する利点は確かにあるが、自分はそういうものをたいして欲しいと思わない、と言ってのけた。ただし、修復の必要なダークウォーターには心をそそられる。何よりも、妹をロンドンの社交界でデビューさせられるのは魅力だ、とね。しかも、ぼくは放蕩《ほうとう》のかぎりを尽くした酔っ払いの好色男だから、名もないアメリカ人ぐらいしか、結婚相手を見つけるのは無理だ、とまくしたてた」

リチャードは飲んでいた酒にむせて、咳《せ》きこんだ。「実際にそのとおりのことを言ったのか？」

「驚くだろう？　だが、さっきも言ったように、彼女は頭に浮かんだことをそのまま口にするんだ。少しでも長く彼女と話したら、母は驚きのあまり卒倒しかねないな」デヴィンはその光景を想像してにやっと笑った。「その場面を見るためだけでも、結婚する価値があるかもしれない」

「なるほどな。その娘をつかんで放さないほうがいいぞ、デヴィン。アルマックに同伴したら、どんな騒動が起こることか」

デヴィンはくすくす笑った。彼らはそれぞれの思いにとらわれ、少しのあいだ黙ってグラスを傾けていた。

「なあ、デヴィン」やがてリチャードが沈黙を破った。「結婚はそんなにひどいものじゃないかもしれないぞ。たとえ相手がミス・アップショーだとしても」

「結婚すれば、ぼくがまっとうな人間になると思っているのかい？　レイチェルはそう思っているんだ。もちろん、きみほどあからさまには言わないが」

「いや」リチャードは静かな声で答えた。「きみはいまだってまっとうな男だよ。いくらそうではないと、みんなを説得しようとしてもだめだ。だが、ミス・アップショーのような女性を妻にすれば、人生が少しばかり……興味深いものになりそうだ」

「すると、きみもあの女と結婚すべきだと言うのか？」

「ぼくは、きみが最善だと思うことをすべきだと思うだけだよ」リチャードは肩をすくめた。「もっともこの状況では、あまり選択の余地はないだろうね。きみは彼女に断られたんだから」

デヴィンはちらりと横目でリチャードを見た。「ぼくがその気になりさえすれば、相手の気持ちなんていつでも変えられるさ」

リチャードは大声で笑った。「ああ、たぶんきみならできるだろう」

「暗い話はもうたくさんだ」デヴィンはグラスの残りを空けながら言った。「それを飲んでしまえよ。エカルテでもやろうじゃないか」

「やれやれ。これできみはもうすぐ借金をすっかり払えるぞ。ぼくから有り金を巻きあげるに違いないからな。では、遊戯室に行くとしようか」リチャードは立ちあがり、片手でボトルをつかむと、デヴィンとふたりで長い夜を酒とカードに興じるために、書斎をあとにした。


ミランダがその夜オペラ座から戻ると、驚いたことに継妹が彼女の部屋の椅子に丸くなって座り、ぐっすり眠っていた。

「こんな時間にここで何をしているの?」ミランダはからかうように訊《き》きながら、ヴェロニカの肩に触れた。

ヴェロニカはびくっとして体を起こし、眠そうにまばたきしながらミランダを見上げた。

「おかえりなさい! お姉様を待ってたのよ。オペラの話が聞きたくて」ヴェロニカは伸びをして、首をもんだ。「あたしは何ひとつ楽しいことができないんだもの! お母様は初お目見えするまでは、オペラにも行けないって言うのよ」

「そういうことは、わたしよりあなたのお母様のほうがずっとよく知っているに違いないわ」

「それだけじゃないの、舞踏会にも行けないのよ。例のレイヴンスカー伯爵にだって、あたしはまだ一度も会ったことがないんだから。それに、お姉様は舞踏会でのことを、なんにも話してくれなかったし。だから、今夜こそは眠らないで待ってて、最新の情報を教えてもらおうと思ったの。だけど、そのうち眠くなっちゃって」

「いいわ」ミランダはほほえんだ。「メイドの代わりにドレスを脱ぐのを手伝ってちょうだい。そうすれば、ロージーを起こさずにすむもの。お返しにオペラのことをみんな話してあげる」

「舞踏会のこともよ」

「ええ、舞踏会のことも」

ヴェロニカは勢いよく立ちあがって、ミランダのドレスの背中に一列に留まっているボタンを外しはじめた。ミランダはオペラ座やオペラの音楽のこと、それを観《み》に来ていたレディたちのドレスや宝石について話しはじめた。舞踏会でのことも、思い出せるかぎり事細かに話してあげた。そこに飾られていた花や、美しいドレス、あらゆる場所をまばゆく照らしていた照明、演奏されていた曲について。ヴェロニカはミランダの描写するものを想像しながら、目を輝かせて耳を傾けていた。

「伯爵はどんな人？」ミランダが言葉を切ると、ヴェロニカが尋ねた。「まだお話は終わってないわ。レイヴンスカー伯爵のことも教えてよ。今夜も彼に会ったの？　舞踏会では一緒に踊った？」

「ええ、会ったわ。それに踊ったわ」

「もっと詳しく教えて！」ヴェロニカが叫ぶ。

「何を知りたいの？　彼はまあまあハンサムな男性よ」

「それだけ？」

「わかったわ。瞳の色は陽《ひ》の光を浴びたガラスのような緑で、髪は漆黒。頬骨のこのあたり、目に近いところに、小さな傷があるわ。背が高くて、肩幅が広く、罪深いほどハンサムよ。それに、あなたのような若い娘が、うっとり空想してはいけないたぐいの男ね」

「でも、お姉様は彼と結婚するの？」ヴェロニカが尋ねる。

ミランダはためらい、つかの間、目の前の一点を見つめた。それから継妹に目を戻して、こう言った。「ええ……するかもしれないわ」

# 9

「旦那様、旦那様……」低い声に繰り返し呼ばれ、デヴィンはようやく目を覚ました。片目を開けると、執事が困り果てた顔で、両手を絞りながら覆いかぶさるように立っている。

デヴィンは同時にふたつのことに気づいた。ひとつは体が、特に首がひどく凝っていること。もうひとつは頭が割れるように痛むことだ。後者の理由は考える必要すらなかった。前の晩に相当な量の酒を飲んだ翌日は、決まってそうなる。まるで千もの小さな妖精が内側から金槌《かなづち》でがんがん叩《たた》いているかのように、頭が腫れあがり、かすめるように触れただけでも痛む。

ふだんより首と体が凝っているわけも、すぐに明らかになった。ベッドではなく、書斎の机に突っ伏し、片腕に頭をのせて眠ってしまったのだ。そのせいで、首は永久に曲がってしまったかのようだし、片手と腕は完全にしびれて感覚がない。

デヴィンは明るい光に目をしばたたき、うめくような声をもらしながら、書斎で何をしていたのか、なぜそこで眠ってしまったのかを思い出そうとした。

「旦那様」執事がふたたび呼んだが、デヴィンは警告するように片手を上げた。

「よせ」

執事は即座に口をつぐみ、そわそわと足を踏み替えた。主人を見て、ドアを見て、ふたたび主人に目を戻す。

「まだ生きているかどうか確かめるから、一分待ってくれ」デヴィンはつぶやいた。「ここは煉獄界《れんごく》かもしれないな」

「なんでございます?」執事の心配そうな顔に混乱が加わった。この男は、何年もデヴィンの執事をしていた男ではなかった。あの気のいい執事は、デヴィンよりも給金をはずんでくれるという申し出を受け、どこかの家に移ってしまったのだ。レイヴンスカー伯爵家で働きはじめてから、まだほんの二カ月にしかならない彼は、伯爵家の執事の仕事は楽だが、頻繁に取り乱すような事態が起こることをすでに発見していた。寛容な主人のもとでのんびり働けるという利点はあるものの、そのために午後遅く起きて夜明けに戻るという主人の生活時間や、あまり感心できない輩《やから》がしょっちゅう出入りするのを我慢するだけの価値があるかどうかを決めかねていた。

「いや、なんでもない。水を一杯頼む。待ってくれ、コーヒーにしよう。いや、その両方だ」

「承知いたしました。でも、その前に、実はたいへん――」

デヴィンはうめいた。昨夜の記憶が少しずつ戻ってくる。昨夜はオペラを観《み》に行き、レオーナを置き去りにしていきなり席を立ったあと、リチャードを訪ねたのだった。ふたりでカードをしながらボトルを一本空け、もう一本に手をつけたあと、ようやく公爵邸を辞した。ふらつきながら家に向かって歩きだしたときには、すでに東の空が明るみはじめていた。良識のある男なら、そのままベッドに直行したに違いない。だが、彼は良識も理性も持ちあわせない男だ。まだ少し残っている二本目のボトルを持って帰ってきたと見え、それを書斎に持ちこみ、飲み続けた。

しかも思い出したくもないが、スケッチの腕が衰えてしまったかどうかを試そうともした。リチャードの言葉で、なぜかむしょうに描きたくなった。まだ人間の顔を紙の上に再現できるかどうか、確かめたくなったのだ。もちろん、まったく無駄なあがきだった。だが、酔って無意味なことをするのはいつものことだ。

デヴィンは引き出しをかきまわして紙と鉛筆を見つけ、顔を描こうとして一時間か二時間無駄にした。特に、このところ頭のなかから追いだすことのできない顔を。それを紙の上に再現し、悪魔祓《ばら》いをしようと思ったのだが、ものの見事に失敗した。ごみ箱のなかとその周囲に散らばっている丸めた紙がその証拠だ。どれほど必死に描いても、彼はミランダ・アップショーの顔に強烈な個性を与えている知的な瞳のきらめき、愉快そうな表情を、正確に再現することができなかった。

そして、途中で眠りこんでしまったと見える。デヴィンは椅子の背に背中をあずけてそり返り、執事をにらみつけた。「水とコーヒーを頼むと言ったはずだぞ。ほかのことはどうでもいい」

「ですが、旦那様、あのレディが……その、どうすればいいものか、わたしにはとんと……」

「あのレディ？」デヴィンはいまにも割れそうな頭を両手に埋《うず》めた。「どのレディだ？」

「外でお待ちのレディです。旦那様に会いたいとおおせで。どう申しあげても、頑として譲りません。旦那様はお会いになれない、と申しあげたのですが、わたしの言うことを信じようとしないのです。どうしていいものやら……」

「そんな図々《ずうずう》しいあばずれは、さっさと追い返してしまえ」

「できればそうしておりますとも。ですが、旦那様、その方は……マダム・フェリエが仕立てたに違いないドレスと外套《がいとう》をお召しですし、話し方も振る舞いも……」彼はまるで秘密を明かすように声を落とした。「レディのように見えます」

「この愚か者が」

「いいえ、彼は愚かではないわ」戸口からはっきりした声が聞こえた。

デヴィンも執事も、ぱっと戸口に目をやった。急に動いたせいで、デヴィンの胃のなかのものが逆流しそうになった。

「ミス・アップショー！」明らかにショックを受けて執事が叫ぶ。

デヴィンはうめき、両手で頭を抱えた。「くそ、きみか」

「ごめんなさい」ミランダはデヴィンにというより、執事に向かって謝った。「でも、入り口で待っているのが退屈になったの。それに正直な話、あなたにレイヴンスカー卿《きょう》を起こすだけの勇気があるかどうか心配だったものだから。わたしの助けが必要かもしれないと思って」

「どういうつもりだ」デヴィンはうめいた。「きみは、あらゆる場所につきまとうつもりか？　ぼくの家のなかにまで？」

「ゆうべははめを外したようね」ミランダは同情のかけらもない声で言いながら部屋のなかに入ってくると、執事に指示を出した。「彼にはコーヒーが必要ね、たぶん。ミスター……ええと、なんて名前だったかしら？」

「シモンズです、お嬢様。シモンズとお呼びください」

「ええ、シモンズ。できるだけ早くコーヒーを持ってきてちょうだい。それに、いまからわたしが説明する酔い醒《ざ》ましも作ってくれたら、ご主人にはとても役立つはずよ。魔法のように効くの。父の会社で北西部を担当しているミスター・ホプキンスが、よく効き目を保証してくれたものだったわ。気の毒に、彼はお酒が大好きで、わたしたちがそこに出向くたびに、ひどい二日酔いに悩まされていたのよ。寂しさと降りやまない雪のせいで、ついお酒がすぎてしまうのね。でも、その特効薬をのんだとたんに、いつだってすっきりしゃっきりしたものよ。まず生卵をひとつ割って、それにつぶした黒胡椒《こしょう》をひとつまみと――」

デヴィンはまたしてもうめいた。「いや、どうか、頼むからそれ以上の説明はやめてくれ。そんなものを作らせたら、コックが暇を取ると言いだしかねない。シモンズ、ミス・アップショーはぼくにまかせて、コーヒーを頼む」

シモンズが出ていくと、デヴィンは立ちあがって髪を指で梳《と》かし、シャツの袖を下ろしながら机を支えにしてミランダと向きあった。そこで、自分が上着も、それどころかベストすら着ていないことに気づいた。どちらも朝方早く、椅子の上に投げ捨てたままだ。アスコットタイも椅子の上。なんともだらしのない格好だ。シャツの裾はズボンから引きだしたままで、襟もとのボタンも外れている。とても訪問客を、それも女性の訪問客を迎えられるような状態ではない。

「ミス・アップショー、これはとんでもなく不適切なことですよ」デヴィンは言いはじめた。「アメリカ人がどんなふうに暮らしているのか知らないが、ロンドンではレディが付き添いも連れずに、独身男性の住まいを訪れることなどありえない。街角に立つ女ならいざ知らず……」ごみ箱のまわりに落ちている丸めた紙が目に入り、デヴィンは急いでそのいくつかを机の下へ蹴り入れた。

「アメリカでも同じように不適切なことよ、レイヴンスカー卿」ミランダはそう言いながら彼の視線をたどり、ごみ箱のなかとその周囲に散らばっている丸めた紙に目をやった。何が書いてあるのだろう？　デヴィンの落ち着かぬ様子と後ろめたそうな表情が、ミランダの好奇心を刺激した。「でも、あなたに話したいことがあったの。それなのに、もう一度会いに来てくれることを願って、さもなければオペラ座か劇場かどこかのパーティで偶然でくわすのを願って、ただ座って待つのはばかげているわ」

「ぼくに会いたいという手紙を届けることもできたと思うが」

「そうしたら来てくださった？」ミランダは懐疑的に片方の眉を上げた。「とにかく、わたしは待つのが嫌いなの。ほかの人たちや運にまかせるのではなく、自分の運命はこの手で切り開くのが好きなのよ。そこで、みずから出向いたというわけ。まだ十二時半になったばかりだから、あなたには少しばかり早すぎるのはわかっていたけれど、出かける前につかまえたかったんですもの」

「出かける？　どこに？」

「そんなこと知るもんですか。どこへでも、今日、出かける予定の場所によ。よかったら、キッチンに行ってさっき説明した二日酔いの特効薬を作ってあげましょうか？　なんだかわたしの話を理解するのがむずかしそうだもの」

デヴィンはミランダをにらみつけた。

ミランダは少しもたじろがず、笑みを浮かべたまま彼を見返した。デヴィンはひどい顔だった。それにとてもだらしのない格好だ。ほとんど気が変わりそうになるくらいに、ひどい。とはいえ、ミランダはいったん決めたことを簡単に変えるたぐいの女ではなかった。ちょうど今朝のように、一睡もせずに熟慮を重ねて最終的な決断をくだしたあとで、それを翻すことはめったにない。この決断には確信がある。前に進む準備もできている。だからみずから伯爵の住まいを訪れ、物事を進めることにしたのだった。

自分が欲しいものは、はっきりとわかっていた。それが欲しい理由もわかっている。残る問題はただひとつ、どうやってそれを持ちだすかだ。だが、ミランダにはデヴィン・アインコートの気持ちを変えられる自信があった。

「ミス・アップショー、きみにならって、率直な言い方をさせてもらってもいいかな」

「ええ、どうぞ」

「ここで何をしているんだ？」

「単純明快な理由よ。あなたの申し込みを受ける決心をしたと伝えに来たの。わたし、あなたと結婚するわ」

デヴィンは何も言わなかった。ミランダの前に立ちつくし、あっけに取られて彼女を見つめていた。ひょっとして、二日酔いのせいで耳がどうかして、聞き違えたのではないか？　彼はぼんやりそう思った。昨夜はかなり飲みすぎたから、ありうることだ。

「なんだって？」

「気が変わった、と言ったのよ。あなたの申し込みをお受けするわ」

「そんなことはできない」デヴィンは抗議した。「この前も言ったように、たとえ債務者の監獄にほうりこまれることになっても、きみと結婚する気はない」

「でも、あなたはわたしに結婚を申し込んだわ」

「だが、きみは断った」

「女は気が変わりやすいの。それは女の特権よ」ミランダは澄ました顔で言い返した。「それに、一度した申し込みを撤回するなんて、信じられないほど紳士らしくないことよ」

「いや。いや、だめだ」デヴィンは机をまわってミランダに近づいた。「申し込みは一度。チャンスも一度。それだけだ。きみは断った。だから、あの申し込みはなくなった」

そのとき執事がふたたび部屋に入ってきた。執事は主人の剣幕に恐れをなし、そのまま出ていきそうになったが、ミランダは目顔で彼を止めて片手を振った。

「あら、コーヒーね。机に置いてちょうだい、シモンズ」それからデヴィンに言った。「ついであげましょうか？」

「いや！」デヴィンは恐ろしい顔で執事をにらみつけた。「トレーはソファの横のテーブルに置いてくれ、シモンズ。ぼくが自分でつぐ」

「はい、旦那様」シモンズは急いで言われた場所にトレーを置き、そそくさと部屋を出てドアを閉め、巧みにほんのわずかに開けたままにした。

ミランダはドアのところまで執事のあとに従い、かちりと音をさせてそれを完全に閉めた。デヴィンが小さなテーブルに向かい、熱いコーヒーをカップにつぎはじめると、ミランダはこのチャンスを逃さず、足音をしのばせて机に近づき、片足の爪先をその下に伸ばして、先ほどデヴィンが隠そうとした紙のひとつを手前に動かした。彼が背を向けているあいだにすばやくかがみこんでそれを拾いあげ、ポケットに突っこむ。デヴィンが向き直ったときには、両手を体の前で組み、落ち着いた表情で彼を見ていた。

「コーヒーを一杯いかがですか、ミス・アップショー?」

「いいえ、結構ですわ。あなたのほうがわたしよりも、はるかにコーヒーが必要に見えますもの」ミランダはデヴィンの堅苦しい調子を真似《まね》て答えた。

デヴィンはコーヒーをひと口飲み、少し待った。胃が反乱を起こさないのを確かめてから、もうひと口飲む。カップ一杯のコーヒーがなくなるころには、ミランダにも対処できそうな気がしてきた。

「さてと……」まだ頭が破《わ》れ鐘のように痛むにもかかわらず、デヴィンは無理してにこやかな笑みを顔に張りつけようとした。「ミス・アップショー、どうしてきみの気が変わったのかはよくわからないが、少し考えれば、ぼくらの結婚はまったくうまくいかないことに気づくはずだ。五分も同じ部屋にいると、必ず言い争いになる。そんな相手と結婚生活が送れるはずがない」

「結婚したら、仲良く暮らす必要があると考えていらっしゃるの？　だとしたら、あなたはわたしとはまるで違うご夫婦を知っているに違いないわ」

「きみはぼくを軽蔑しているじゃないか！」

「あら、軽蔑という表現は少し強すぎるわ。あなたを軽蔑しているなんて、口にした覚えもないし」ミランダは考えるような顔つきになった。「傲慢で、あまり好感を持てないタイプだとは言ったけど。でも、相手を実際に好きになるのは、結婚の前提条件とは言えないわ。わたしに対するあなたの気持ちも、間違いなく同じようなものだと思うけど」

「だとしたら、新婚旅行が終わらないうちに、どちらかが死ぬことになりそうだな」デヴィンは皮肉たっぷりに言い返した。

ミランダはかすかな笑みを浮かべた。「ご心配にはおよばないわ、伯爵。人を殺すのは特に好きじゃないの。もちろん、自分の身はちゃんと守れるわ」

「ばかばかしい」デヴィンは空のカップをテーブルに置いた。

「いいえ、ちっとも。これは熟考を重ねたうえでの結論よ。ゆうべひと晩、この件についてじっくり検討したの。念のために教えてあげるけど、わたしが間違った結論をくだすことはめったにないのよ」

「どっちが傲慢なんだか……」デヴィンはつぶやいた。彼は机の端に寄りかかると、長い脚を前に伸ばして胸の前で腕を組み、少しばかり目が充血しているにせよ、辛抱強い表情でミランダを見据えた。「いいだろう。その熟考の結果とやらを聞かせてもらおうじゃないか」

「この前の夜も言ったように」ミランダは話しはじめた。「契約みたいな結婚をするつもりはなかったから、慣れるまでに少し時間がかかったの。けど、あなたが申し出た〝お見合い結婚〟の利点に気づきはじめたのよ。あなたにとっては、その利点は明らかね。どれほど気に入らないとしても、事実は事実よ。伯爵家の財政状態に目を通させてもらったわ。あなたが破滅の瀬戸際にいるのは一目瞭然ね」

「ぼくの財政状態に目を通した？」デヴィンは驚いて訊《き》き返した。

「あなたの伯父様が、わたしたちのところに送ってくださったの」

「それはまた、奇特なことだ」

「ええ、ほんとに。いずれにせよ、この窮地を切り抜けてアインコート家の領地を立て直したければ、あなたは資産家の娘と結婚する必要がある。それも、できるだけ早く。わたしはその条件に最もかなう相手よ。たとえ植民地から来た名もない平民を妻にしなくてはならないとしても、債務者の監獄で残りの一生を過ごすよりはましでしょうね」

「債務者の監獄になど入るつもりはない」

「ええ、そう、そのとおりね。あなたには蛭《ひる》のようにお金を吸い取れる、妹さんとお母様がいるわ」ミランダはデヴィンの怒りに燃えるまなざしを無視して続けた。「とはいえ、そのふたりがドレスを買うお金の一部を割いてあなたにくれるお金で、これまで送ってきた放蕩《ほうとう》三昧の生活を続けられるとは思えない。違うかしら？」

「ほかの選択肢もある」

「どんな方法？　賭事《かけごと》？　それとも、間抜けなかもを誘いこんで、賭博場からお金をもらうの？　いいえ、あなたが必要な額のお金を手に入れるには、結婚という方法しかないと思うわ。ところが、これまでの悪行がたたって、この国では相手を見つけることができない。裕福な貴族は自分の立派な家名をスキャンダルにまみれたあなたの名前と結びつける気にならないからよ。そうでしょう、レイヴンスカー伯爵？　それとも、この窮地を救えるほどのお金を持った結婚相手のあてが、ほかにあるのかしら？」

「そんな相手がいないことはわかっているくせに」

「そうなると、わたしはあなたのいちばんの望みであるばかりか、唯一の望みだということになるわね」

「きみは自分の考えを、ずいぶんと巧みに表現できるんだな」

「あら、あなたは率直に話すのが好きじゃなかったの？　これは言わばビジネスの取り決めよ。父とわたしは結婚を条件に、持参金としてかなりの額をさしあげるわ。ただし、あなたが願うほど大きな額ではない。あなたはたいへんな浪費家で、あっという間に大金を使い果たすそうだから。それに加えて、あなたの債務もすっかり返済するわ。もちろん、毎月じゅうぶんな額のお小遣いも渡すつもりよ。領地館の維持費はわたしが払うし、父とふたりでダークウォーターの修復も手がける。館だけでなく、領地自体もひどい状態だそうだけど、その修復も引き受けて必要なお金を投じ、軌道に乗るように努力するわ。遠からぬ将来、領地から収益が上がりはじめたとしても驚かないでしょうね。管理能力には自信があるの」

「ミス・アップショー」デヴィンは目を細めて体を起こした。「ぼくの将来に関する計画をいろいろと立てているようだが、ひとつ断っておく。ふたりが結婚したら、そういうことはすべてきみの手を離れる。結婚したあとは、きみの金はすべてぼくのものになるんだ。きみには自分名義の資産を持つ権利すらない。小遣いその他を決めるのは、ぼくのほうだ。親愛なるミランダ、きみはぼくに支配されることになるんだよ」彼はミランダに近づき、厳しい表情で威嚇した。「この国では、夫がすべてを決め、妻はそれに従う。ささやかな計画を立てるとき、その点をきちんと考慮したのかい？　ぼくはきみをダークウォーターに閉じこめ、ロンドンに戻ってきみの金を好きなように浪費することもできるんだ」

デヴィンは目をぎらつかせ、のしかかるように彼女を見下ろしていたが、ミランダは一歩もあとに引かなかった。「レイヴンスカー卿、いいことを教えてあげましょうか。昔、父と未開地で毛皮を買いつけていたときに、大きな黒熊にでくわしたことがあるの。わたしを怖じ気《おけ》づかせるつもりでしょうけど、その熊に比べれば、あなたの威嚇なんてちっとも怖くないわ」ミランダは一歩横に寄って、彼から離れた。「あなたがどう思っていようと……」振り向いて、少し離れたところから落ち着いた声で続ける。「わたしはばかではないのよ。父だって、ああ見えてもお金に関してはしっかりしているの。まず、財産の大部分は父の名義だわ。父は自分が適切だと思うだけの額を、適切だと思うものに投資するでしょう。あなたの債務を返済し、ダークウォーターを修復する。その点に関して、父は自分の気に入るとおりにするはずよ。どうやらあなた方は、アメリカ人はみな愚かだと思っているようだけど、それこそ愚かな誤解だわ。それとも、あの愛想のいい態度のせいで、父のことを救いがたいお人好《ひとよ》しだと勘違いしているのかしら？　信じて、あなたは父が渡すつもりの金額よりも一ペニーだって多くはもらえないでしょうね。わたしの個人的な財産についてもひと言説明しておくと、この十年せっせと働いて貯《た》めたお金を、あなたと結婚するという喜びのためだけにあっさり手放すと思っているとしたら、大きな間違いよ。結婚する前に、わたしのお金は保管人に委託するつもり。父と弁護士とハイラム・ボールドウィンのことよ。この三人がわたしの指示に従ってそれを投資し、わたしの指示に従ってその利益を配分する。したがって、わたしをどこかへ閉じこめるなどという愚かな真似をすれば、たとえ運よく閉じこめられたとしても、まもなくあなたにはお金が入らなくなるでしょうね」

デヴィンは緑色の目に怒りを閃《ひらめ》かせ、全身をこわばらせた。「そうやってぼくを支配できると思っているのか？　ぼくが金できみの思いどおりに踊るとでも？」すばやく二歩前に出てふたりのあいだの距離をつめると、ミランダの腕をつかみ、にらみつけた。ミランダが彼の放つ熱を感じられるくらい近くに立ち、まるでつかめそうなほどに激しい怒りを放ちながら、彼は荒い息をついてきっぱりと宣言した。「ぼくは誰のものでもない。まして、きみのものではない！」

ミランダの全身を快感に似た震えが駆け抜けた。正直に言えば、彼女はよく男を怖がらせる。自分をまったく恐れない男とこうしてにらみあうのは、ぞくぞくするほどスリルがあった。ミランダは同じように体をこわばらせ、負けずににらみ返した。

「金を委託すれば、安全だと思うのか？」デヴィンは言葉を続けた。「きみの父親やほかの男たちは、きみが跳べと言えば跳んでみせるかもしれないが、ぼくは違う。きみの思いどおりになどなるものか。ぼくのさまざまな欠点を挙げるのに忙しくて誰も指摘しなかったかもしれないが、ミス・アップショー、ぼくには得意なことがいくつかある。なかでも射撃の腕はかなりのものだ」

ミランダは落ち着き払ってデヴィンを見返した。「わたしを脅しているの、レイヴンスカー卿？　そのうちいつか、ふたりで腕前を競いあうのもいいわね。父と一緒に毛皮の買いつけに出かけたころは、北アメリカ大陸で最も危険な場所にもよく行ったものよ。誰も法律を守ろうとしない無法地帯に。わたしは子供のころに銃の使い方を覚えたの。実際、アメリカでも屈指の腕前を持つ男に教えてもらったのよ」

デヴィンはミランダを見つめ、やがてあきれ返って笑いだした。そして彼女の腕を放すと、そばを離れた。「そうだろうな、ミス・アップショー。すご腕の女拳銃使いか。まさしくきみにはぴったりだ。お次はなんだい？　まさか殴りあいの腕前もぼくと張りあうつもりじゃないだろうな」

「残念ながら、殴りあうのは得意ではないわ。このとおり小柄なうえに、力も足りないから。でも、毛皮猟師からナイフの使い方は習ったわよ。どうやって皮を剥ぎ、相手を殺すかを」

「それはすごい」デヴィンはすっかりあきれて首を振った。「きみは間違いなく、ぼくの知っている誰とも違うな」

「褒められたと思うことにするわ」ミランダはまだ少し息を切らしながらも、歯切れのいい口調でそれをごまかした。気に入らないが、デヴィンが近づいてくると、体が勝手に反応してしまう。でも、そのことを彼に教えるつもりはない。「あなたは誤解しているわ。あなたを支配するつもりなど、まったくないの。わたしが制限するのは、あなたが使うわたしのお金だけよ。しかもその制限はゆるやかなもの。それに、わたしは誰にも、自分の望みを押しつけるようなことはしないわ。そんなことをしなくても、きちんと説明するだけでたいていはわかってもらえるもの」

デヴィンは低い声で笑った。「そうやって、結局は思いどおりにするわけだ」

「ええ、ほとんどの場合は」ミランダは素直に認めた。「でも、押しつけるわけではないわ。相手が夫なら、なおさらよ。ただ、あなたと同じように、わたしも誰かに支配されるのはごめんなの。だから、そうならないためにいくつか手を打つ。それだけよ」

「なるほど」デヴィンはうなずいた。

「まだ腹が立つ？」

「もちろん」緑色の瞳が愉快そうにきらめいた。「いや、おたがいに侮辱しあうのが終われば、たぶん……ほっとするだろうな。もう察しはついているだろうが、ぼくは経済観念がまるでないんだ。いまの窮状がその証拠さ」

「しかたがないわ。あなたは芸術家ですもの」

デヴィンは嘲るように鼻を鳴らした。「とんでもない。時間だけはあり余るほど持っている、ただの紳士さ。乗馬や狩り、トランプといった〝紳士がすること〟以外は、特に秀でていることなどひとつもない」

「ええ、そういう遊びに秀でていることを、立派な紳士のしるしだとみなす場所は確かにあるわね」ミランダは言い返した。「それで、レイヴンスカー卿、先日の申し込みをまだ撤回したい？　それとも、結婚という〝契約〟を受け入れる？」

〝鼠《ねずみ》のような女相続人〟が実際はどんな女性か知ったら、レオーナはどう思うだろう？

デヴィンはちらっとそう思った。

「どちらも相手を縛りつけないんだな？」彼は考えながら言った。

「そうよ」

「では、同意できると思う」なんといっても、それが唯一思慮深い判断だ、とデヴィンは自分に言い聞かせた。結婚をしぶるのはプライドの問題。正直な話、彼がいま置かれている状況では、そのプライドは大きすぎる。どうあがいても、金持ちと結婚しなくてはならないのだ。ミス・アップショーは腹立たしい女性だが、リチャードが指摘したように、少なくとも彼女と暮らせば退屈せずにすみそうだ。それに彼女と跡継ぎをもうけるのは、わずらわしい義務どころか……。

「よかった。ふさわしい相手を探すために、また一から調べるのは面倒ですもの。父も――」

「その必要はない」彼女がほかの誰かと結婚するなど、とんでもない！　その可能性がもたらした不快感に自分でも少しばかり驚きながら、デヴィンは鋭くさえぎった。「先日の申し込みはまだ有効だ。ぼくと結婚してくれないか、ミス・アップショー」

「ええ、伯爵、結婚するわ」ミランダは即座に答え、こう続けた。「急いで式を挙げるほうがいいと思うけど、どうかしら？　だらだら待ってもあまり意味がないわ。さっさと債務を弁済し、館の修復に取りかかりたいもの。そのためにも、婚約期間は短くしましょう」

「ああ、かまわないよ」彼はミランダのたたみかけるような口調に、少しばかり呆然《ぼうぜん》とした。婚約という行為は、もっと何か……お祝いするとか、せめてキスぐらいはともなうべきだという気がする。

だがデヴィンが手を伸ばすと、ミランダはさっと体の向きを変えて彼から離れた。「では、細かいことを少し打ちあわせましょうか。式はロンドンではなく、あなたの領地で挙げたほうがいいと思うの。どうかしら？　たとえ婚約期間をできるだけ短くしても、噂《うわさ》の的になるのは避けられないでしょうから」

デヴィンは机のそばへと戻り、考えこむような顔でミランダを見つめた。彼女はキスをされるのを察して、うまく逃れたのか？　それとも、ぼくが何をするつもりか気づかなかったのか？「ひとつ訊いてもいいかな。この結婚は、ぼくにとってはいいことずくめだ。ぼくがきみと結婚する利点は、とてもはっきりしている。だが、きみはなぜぼくと結婚したいんだ？　傲慢で、虫の好かない男だと思っているのに」

「取り決めができるという点が気に入ったのよ」ミランダはデヴィンの向かいにある椅子に腰を下ろし、落ち着き払って説明を始めた。「あなたもご存じのように、最初はそれがいやだった。でもよく考えてみたら、愛のためでも情熱に駆られたからでもなく、実際的な理由で結婚するのは賢明な選択だという気がしてきたの。この前の夜にも指摘したように、わたしはあなたの領地にある館を修復したい。館と、領地をね。不動産を扱うのは楽しいものよ。土地を手に入れて、それが収益を上げるようにすることほど面白い仕事はないわ」

「そうかな？」彼にはとてもそう思えなかった。

ミランダは喉の奥で笑った。「わたしには面白いのよ。ダークウォーターをぜひとも昔のような美しい邸宅に戻したいわ。それにさまざまな手段を講じて、ふたたび利益を生みだすように領地の農場を近代化するのも、きっと楽しいはずよ」

「結婚する理由としてはおかしなものばかりだな。古い家を買って、それを修復するほうがずっと簡単だろうに」

「でも、それでは自分のものとは呼べないわ。その家に本物の、個人的なつながりを感じない。対象となる物件を特別なものにするのは、そういったつながりですもの。それに、あなたの社会的な地位という魅力もあるわ。義妹のヴェロニカがロンドンで社交界デビューを果たせれば、継母がどれほど喜ぶか。継母のためにそうしてあげられるのはうれしいことよ。ヴェロニカもとても喜ぶでしょうし」

「するときみは、数年後に妹をここでデビューさせるため、母上を喜ばせ、ダークウォーターを修復するために結婚するのかい？」

「それもあるわ。でも、すでに話したように、そういうことだけではあなたと結婚したいと思うじゅうぶんな理由にはならない。ところが、この取り決めはわたしにすばらしい自由を与えてくれることに気づいたの」

「自由？」デヴィンはけげんそうな顔になった。

「ええ。実はこれまで、ロンドンでもアメリカでも、わたしは常に財産目当ての男性につこくつきまとわれてきたの。その人が本当にわたしのことを好きなのか、それともお金が目当てなのか、いつも頭を悩ませなくてはならなかった。その点、あなたとの結婚の場合には、不確かな要素はまったくないわ。あなたに愛情がないことは最初からわかっているんですもの。実際、あなたはわたしを、変わっていて不愉快な女だと思っている。おかげで蜜のように甘い言葉を聞きながら、それが真実なのか偽りなのかと絶えず秤《はかり》にかけるよりも、はるかに楽だわ。わたしは単純なことが好きなの」

「愛がないほうが好ましいと言うのか？」

「自分がどういう立場にいるのか、把握しておきたいのよ。嘘《うそ》は大嫌い。わたしをだまそうとする人たち、欺こうとする人たちも大嫌いよ。たとえそれが不愉快なものでも、本心のほうがはるかにまし。少なくとも、どう対処すればいいか、どう応じればいいかわかるわ。真実を知っても、自分を愚か者だと思わずにすむし。それに、愛のない人生を送るつもりはまったくないの。ただこういう結婚の場合、愛は夫以外の誰かと見つけることになるでしょうね」

「なんだって？」

「結婚が契約に基づいている場合には、愛と結婚は別ものよ。そうとらえたほうがずっと簡単でしょう？　考えてみると、ヨーロッパの人たちのそういう生き方は、わたしたちアメリカ人の生き方よりもはるかに実際的だわ。あなたとわたしはそれぞれ実際的な理由で結婚する。そして、おたがいに別々の人生を歩むの。あなたは自分が望むことをして、好きなように生きる。わたしも同じように生きる。そうすれば、愛しあって結婚した場合につきものの嫉妬や失望とは無縁でいられるわ。あなたは恋人を持ち、わたしも恋人を持つ。あなたはきっと――」

「なんだと！」ゆったりと机に寄りかかってミランダの説明を聞いていたデヴィンは、ぱっと体を起こし、彼女をにらみつけた。「きみも恋人を持つというのは、どういう意味だ？」

「あら、言葉どおりの意味よ。何か問題かしら？　わたしたちは契約結婚について話しているのよ。あなたも最初からそのつもりでいるんじゃないの？　お金のためにわたしと結婚するけど、お楽しみのために、さもなければ愛のために、愛人は持ち続ける」

「もちろんそうするつもりだ」デヴィンは言い返し、それから自分の言葉がどう聞こえるかに気づいた。

ミランダは片方の眉を上げた。「わたしには、あなたとは違う行動を取れって言うの?」

「それは……そうとも」デヴィンは少しばかり狼狽《ろうばい》しながら認めた。「男がそうするのはともかく、女性は……」

「女性は?」

「結婚した相手以外の男と、関係を持ったりしないものだ」

「そうなの? でもレディ・ヴェイジーは結婚していると聞いたわ」

「レオーナ? レオーナはこの件とはなんの関係もない」

「でも、彼女はあなたの愛人でしょう?」

「なんだって?」デヴィンは一瞬、言葉を失った。「いったいどうして……どこでそんな話を聞いたんだ?」

「レイチェルからよ」

「レイチェルが?」デヴィンはあんぐりと口を開けた。「妹が話したって? レイチェルのやつ、いったいどういう――」

「あら、進んで話したわけじゃないわ。わたしがしつこく尋ねたの。あなたがレディ・ヴェイジーと一緒にいるのを見て、そう察したからよ。事実を突きつけられれば、認めるしかないでしょう?」

「そんなことはない！」デヴィンは鋭く言い返した。「レイチェルは社交界の決まりを知っているはずだ」

ミランダはまたしても眉を上げた。「わたしは知らないってこと？」

「ああ。さもなければ、そんな質問をして歩くものか。特に、その男の妹に。そもそも、レイチェルどころか、そういうことをぼくと話すべきじゃないんだ」

「どうしていけないの？」

「どうしてもさ。とにかく、そんな真似は誰もしない」

「ばかなことを言わないで」ミランダは顔をしかめてデヴィンの抗議を片手で払った。「わたしたちはおたがい率直に、正直に話しあうんじゃなかったの？　ビジネスのパートナーとして。ふたりとも、みんなが真実だと知っていることを、真実ではないふりをするほど愚かではないはずよ」

「それとこれとは話が違う」デヴィンは不機嫌な声で言い返した。

「だったら、何が問題なの？」ミランダは落ち着いた声で尋ねた。

「きみは愛人を作ることなどできない！　アインコートの名前をけがす行為は、ぼくが許さない」デヴィンは鋭く言い返した。「レディ・レイヴンスカーは愛人など持たない。ぼくの妻の名前が、ロンドンに暮らす噂好きの連中の口の端にのぼることはない」

「もちろん、誰にも知られないようにうまくやるわ」ミランダは請けあった。「アインコートの名を傷つけるようなことは絶対にしない。あなたが何年ものあいだ、とても注意深く守ってきた名前ですもの」

「いいとも、好きなだけ嘲笑《あざわら》うがいいさ。確かにぼくは品行方正だったとは言えない。家族の名前も評判も傷つけてきた。だが、それとこれとは話が違う！」デヴィンは繰り返した。

「傷つけたのがあなただから？」

「ぼくが男だからだ」彼は怒りをこらえて、くいしばった歯のあいだから言った。「女性がそうするのとは、まったく違う」

「どうして？」

「どうして？　こっちこそ訊きたいね。そんな質問がどうしてできるんだ？　誰でも知っていることだろう？」

「何を知っているの？」

「女性は、その……」

「男性よりも道徳観念があるから？　男性よりも高い基準を持っているから？」

デヴィンは苛立《いらだ》ってぎゅっと口を引き結び、ついに癇癪《かんしゃく》を起こした。「男がひとりかふたり非嫡出子を産ませても、誰も気にしない。だが、女性の不貞は地位の継承を危うくする」

「地位の継承？」ミランダはおかしそうに笑った。「あら、まるで一国の王様のような口ぶりね」

「ぼくが言った意味はわかっているはずだ。妻に恋人がいては、跡継ぎが生まれてもその子が本当に自分の跡継ぎかどうか――」

「さっきも言ったように、誰にも知られないようにうまくやるし、その点もじゅうぶん注意するわ。あなたは何ひとつ心配しなくてもいいのよ」

「きみの名誉を守るために、しょっちゅう決闘を申し込まねばならないとしたら、心配せずにはいられないさ！」

「ばかなことを言わないで。誰かと決闘する必要などまったくないわ。どうしてそんなに騒ぎたてるのかしら。わたしのことなんて、なんとも思っていないのに」

「ああ、もちろんだ」

「だったら、わたしのすることがどうして問題なの？　あなたはわたしに、自分やレディ・ヴェイジーと違う生き方を期待するほど不公平な人ではないはずよ」

「レオーナの名前を引きあいに出すのはやめてくれないか」

ミランダは肩をすくめ、かまわずに続けた。「それに、結婚したあと、ふたりとも禁欲を守るつもりでもないでしょう？」

「禁欲だって？　とんでもない話だ！　いったいどこからそんな考えが出てきたんだ？」

「だって、夫婦間の愛などまったくない、おたがいに好ましいと思っていない者同士の結婚なら、どこかほかの場所で歓《よろこ》びを求めなければ、禁欲するしかないわ。あなたがそんなつもりなどないことはわかっているんですもの」

「もちろん、そんなつもりはないとも。ぼくはまだ、どんなつもりもない。とにかく、きみが言っていることのひとつでも、いったい何をどう考えればそんなことが言えるのか、さっぱりわからないな」デヴィンは乱れた髪をかきあげてさらにくしゃくしゃにしながら、血走った目でミランダをにらんだ。

「どうやらあなたには、考える時間が必要らしいわね」ミランダは穏やかに言った。

「時間以上のものが必要さ。きみはつまり、その、ぼくたちは……」

「ベッドをわかちあわないつもりか？」ミランダは助け船を出した。「そのとおりよ。それも、こういう結婚の魅力のひとつだわ。わたしたちは初夜をともにして、婚姻を完成させる必要はない。いいこと、わたしを愛しているふりをして甘い言葉で口説けば、あなたはわたしを抱かなくてはならない。でも、相手になんの愛情も感じていないなら、それはとてもむずかしいことだと思うの。わたしたちのように、愚かなまやかしも嘘もないビジネスの取り決めを交わした場合、物事はとても単純で明快だわ。どちらも婚姻を完成させたいというふりをする必要などないんですもの。あなただってわたしと同じように、そんなことは考えるだけでもいやでしょう？」

デヴィンは呆然とミランダを見つめ、しばらくしてからようやくつぶやいた。「ああ、もちろんだ」

「ほら。その点も、今回の縁談がすばらしいことに気づいた理由のひとつなのよ。わたしたちは別々のベッドで眠り、別々の人生を歩むの」

「だが……跡継ぎはどうするんだ?」デヴィンはふと思いつき、少し明るい顔になった。「なんといっても、レイヴンスカー伯爵として、跡継ぎをもうけるのはぼくの重要な義務だ。爵位を継いでくれる男子をもうけなくては」

「そんなに重要なことなら、そのうちなんとかするしかないわね」ミランダは考えこむように言った。「その件はあらためて考えましょう、でも、まだずっと先のことよ。いまから心配する必要はまったくないわ」

「もちろんだ」デヴィンは机をまわって椅子に戻り、沈みこむように座った。まるで大きな渦に巻きこまれたような、いや、どこかの詐欺師にまんまとはめられたような気分だ。だが、あまりに巧みに丸めこまれたので、正確にいつ、どうやってそうなったのか、指をさすことさえできない。

「よかった。では、これで決まりね」ミランダはてきぱきした声で言い、立ちあがった。「父が喜ぶわ。それに継母も。さっそく準備にかかるとしましょう。大丈夫、あなたはなんにもしなくていいし、あっという間に終わるわ。さしあたっては、ラヴェンダーに浸した布を額にあてて、少し横になるのね。なんだか具合が悪そうよ」

ミランダは呆然としているデヴィンを残し、ドレスの裾を翻して部屋を出た。そして邸宅を出て階段を下り、待っていた馬車に乗りこんで柔らかい座席に腰を下ろすと、ようやくそれまで必死に抑えていた笑みを浮かべた。

デヴィンの部屋では、最初から最後まで嘘八百を並べたてたが、そのことには少しも悔いを感じなかった。昨夜、眠れずにあれこれ考えながら、彼女は重要な結論に達したのだった。あらゆる根拠と道理に反して、デヴィン・アインコートこそが自分の求める、運命の相手だと。そう確信したあとは、すべてが自然とあるべきところにおさまった。ミランダは自分の直感を疑うような女ではなかった。デヴィン・アインコートと結婚するのだ。もちろん、レディ・ヴェイジーとも、ほかの誰とも、彼をわかちあうつもりはない。デヴィンに求められていることは、彼のキスや抱擁からわかっている。それに、彼が結婚に同意することもわかっていた。そこから先、彼の愛を勝ち取れるかどうかは自分の腕しだいだ。

その目標を頭に置き、どういう具合にことを運べばいいか、朝までまんじりともせずに策を練ったのだ。これまでのところ、すべてが計画どおりに運んでいる。デヴィンを混乱させ、かすかな嫉妬をかきたて、間違いなく欲求不満を抱かせた。なかなかいい滑り出しだわ、とミランダは自分を褒めた。次のステップはロンドンとレディ・ヴェイジーの魔の手からデヴィンを解放し、結婚式のために一日も早く彼をダークウォーターへ連れ去ることだ。それは父とレディ・レイヴンスカーが手を打ってくれるだろう。

ミランダはポケットに手を入れ、あの部屋に入ったときに彼が机の下に隠そうとした紙を取りだした。いったい何が書いてあるのか、彼と話しているあいだも知りたくてたまらなかった。紙を開き、注意深くしわを伸ばすと、そこにはミランダの顔が描かれていた。半分だけのスケッチだが、自分だということは簡単にわかる。

ミランダは長いことその絵を見つめていた。デヴィンは昨夜、彼女の顔を描こうとして、そのまま机に突っ伏して眠ってしまったのだ。彼が机の下に蹴り入れた紙はほかにもたくさんあった。ごみ箱も紙でいっぱいだった。ミランダは満ち足りた気持ちでほほえみ、ゆったりと座席にもたれた。

何もかも、計画したよりうまく運んでいた。

# 10

レイヴンスカー伯爵と結婚することにしたというミランダの報告を聞いて、思ったとおり、父は手放しで喜んだ。ヴェロニカもこの知らせに歓声をあげたが、エリザベスはあまりうれしそうには見えなかった。

継母はミランダの気持ちを汲《く》み、幸せになってほしいと願ってはくれたものの、心配そうに手を取って真剣な顔で尋ねた。「本当にそうしたいの？　気が進まなければ、ジョーゼフのことですもの、すぐに別の邸宅を持つ、別の貴族を見つけてくれるわ」

「でも、彼と結婚することに決めたのよ」ミランダは秘密めかした小さな笑みを浮かべた。「大丈夫よ、エリザベス。心配してくれるのはとてもうれしいけど、わたしは彼と結婚したいの。わたしがこれまで、気に染まないことをしたためしがある？」

「いいえ」エリザベスは率直に答えた。「あなたはいつだってとても自信たっぷりよ。でも、ときには……レイヴンスカー伯爵はあなたよりもずっと……洗練されているわ。それに年も上だし、これまで放蕩《ほうとう》のかぎりを尽くしてきた人よ。あなたがうまく丸めこまれてしまったんじゃないかと、それが心配なの。実際の彼とは違う男性だと思いこんでしまったんじゃない？　あなたが傷つくところを見たくないのよ」

ミランダは優しい笑みを浮かべると、さして年の違わない継母を抱きしめた。「ねえ、エリザベス……レイヴンスカー伯爵がどういう人か、わたしはちゃんと理解しているつもりよ。何も知らずに彼と結婚するわけではないの。それに、これはお父様のためでもないわ。わたしが望んでいることなの。どうかわたしを信じて、心配しないでちょうだい」

継母はおとなしく同意したものの、まだ顔を曇らせたままだった。

ミランダが予測したとおり、父のジョーゼフはさっそくロンドンの顧問弁護士を訪ね、デヴィンの弁護士と会う段取りを取りつけた。事務的な手続きに関しては、父にまかせることにした。結婚式はごく内輪でするつもりだが、その前にしなくてはならない準備が山ほどあって、あまりに忙しすぎたからだ。とりわけ、式の前のかぎられた時間内に、ウエディングドレスと嫁入り道具一式を揃《そろ》えるのは大仕事だった。結婚式当日と、それからしばらくのあいだは、これまでの人生でいちばん美しく輝いていることが何よりも肝心なのだ。ロンドンに着いてすぐにドレスを何着か作り、その前にはパリでいちばんのファッションデザイナーの店を訪れていたものの、結婚したあとの数週間、一日のあらゆる時間に着る衣装にはとても足りない。

レイチェルはドレス選びをふたつ返事で手伝ってくれた。ヴェロニカとエリザベスも同じだった。ミランダの継母はデヴィンとの結婚に必ずしも賛成ではなかったが、それはさておき、花嫁が新婚生活で着る美しいドレスを選ぶ仕事には喜んで参加した。また、継母やヴェロニカ、レイチェルが式に着るドレスを新調する必要もあった。四人はマダム・フエリエの店で何時間も過ごし、そこにあるデザイン画をじっくり検討して、素材や色をあれこれ話しあった。即金で払ってくれる顧客が、ひとりでこれほどたくさんのドレスを買ってくれることにすっかり興奮し、マダム・フェリエはときどきうっかりフランス訛《なま》りを忘れて、ヨークシャー訛りが飛びだすほどだった。ドレスの注文がすみ、マダムが縫い子を急《せ》かして式に間に合うように仕立てはじめると、次はそれぞれのドレスに合わせてアクセサリー、手提げ袋《レティキュール》、ショール、リボン、靴、帽子、パラソルなどの小物選びが待っていた。

ミランダがデヴィンの求婚を受けてから二日後、レディ・レイヴンスカーはパーティを催し、ふたりの婚約を発表した。これは必然的に内輪だけのパーティとなった。デヴィンの母にはそもそも大きなパーティの準備をするだけの時間がなかったうえに、ごく親しい人々だけを招くことで、あまり大きな噂《うわさ》にならずにすむのを願ったからだ。ロンドン社交界でこの縁談が噂になるのはもちろん避けられないことだが、かしましい噂を最小限に抑えられれば、それに越したことはない。

伯爵夫人のパーティは、小規模で、エレガントではあったが、退屈きわまりないものだった。伯爵夫人と、ミランダよりも退屈そうなその息子に挟まれて、ミランダは礼儀正しい微笑を浮かべ、伯爵夫人が紹介してくれる人々に挨拶を続けた。客の到着がとぎれ、入り口から離れてもかまわないという未来の母のお許しが出るころには、どこでもいいからここ以外の場所に行きたいという気持ちから、ミランダは突拍子もないことを思いついていた。

ミランダはデヴィンに顔を向け、扇で口もとを覆ってささやいた。「ふたりでここから消えたりしたら、まずいかしら?」

デヴィンはその夜初めて興味深そうな笑みを浮かべ、眉を上げた。「みんな、ぼくたちが退屈のあまり空中に蒸発してしまったと思うだけさ。なぜだい、何か気晴らしを思いついた?」

「この国に来てから、ヴォックスホール庭園の話をとてもよく聞くの」ミランダはデヴィンの腕を取り、ほかの人々から離れながら言った。「ぜひ一度は行くべきだ、と何度も勧められたわ。でも、レディがエスコートも連れずに行ってはいけない場所らしいの」

「ああ、ひとりで行くなんてとんでもない話だ」デヴィンはうなずいた。「だが、男性の家族か親戚、あるいは婚約者が一緒なら、なんの問題もない」

「ええ、わたしもそう思ったの」ミランダは笑みを浮かべてデヴィンを見上げた。

デヴィンはちらっと室内を見まわした。彼らふたりに注意を払っている客はひとりもいないようだ。今夜の客のほとんどは、レディ・レイヴンスカーを取り囲んでいる。

デヴィンはミランダを連れてすばやく部屋を出ると、廊下を玄関へと向かった。伯爵夫人の息子の奇行にはとうに慣れっこになっている使用人は、まったく表情を変えずに玄関のドアを開けた。ふたりは勉強を免れた子供のように笑いながら、表の階段を通りへと下り、そこでデヴィンが辻《つじ》馬車をつかまえた。

「ドミノとマスクが必要だな」それらは、庭園に行く途中で彼の家に立ち寄れば、簡単に都合がつくだろう。

ヴォックスホールはミランダが聞いたとおり、華やかでけばけばしい、活気に満ちた場所だった。庭園内の歩道沿いに並ぶボックス席は、お楽しみを求めてやってきた人々で満ちていた。彼らのほとんどが、ミランダやデヴィンと同じように仮面をつけている。ミランダの見るところ、あまり徳の高いとは言えない女性たちがそぞろ歩き、ボックス席のなかから彼女たちをじろじろ眺め、口笛を吹く若い男たちに向かってくすくす笑ったり、ウインクしたり、手を振ったりしている。なかには誘い寄せられて、大胆にもキスされている女性もいた。

ミランダはすっかり魅了され、目をみはってそのすべてを見守った。もっと暗い、人の少ない小道へとさりげなく入っていく男女も多い。彼らの目的を推測するのは少しもむずかしくなかった。どうやらヴォックスホールには、密会を楽しむ恋人たちがたくさんいるようだ。

遊歩道を通るパレードや真夜中の花火を見るために、デヴィンはボックス席を借りた。ミランダは目の前を行く人々について尋ね、彼らが何をしているか尋ねた。あまりに率直な質問に、デヴィンは声をあげて笑いながら、振り向いてミランダを見つめた。「きみには驚いたよ、ミス・アップショー」

「どうかミランダと呼んで。もうすぐ結婚するんですもの、そのほうがしっくりくると思わない？」

「いいとも、ミランダ。きみは今夜、ぼくを驚かせた」

「どうして？　婚約パーティを抜けだしたがったから？」

デヴィンはうなずいた。「きみがぼくと結婚するのは、ああいう社交行事に出るためだと思ったのに」

ミランダはおかしそうに笑った。「とんでもない。退屈なパーティなら、ニューヨークでいくらでも見つかるわ。言ったはずよ、結婚が与えてくれる自由が、わたしには魅力的なの」

デヴィンは考えこむような顔でしばらくミランダを見つめていたが、いきなり身を乗りだしてテーブル越しにキスをした。「これはどう？　いまのキスは、きみの計画に含まれている？」

キスをされたとたん全身に震えが走ったことを知られまいとして、ミランダはどうにか屈託のない笑みを浮かべた。「含めるべきかしら?」彼女は言い返し、立ちあがった。「また少し歩いてみたくなったわ。かまわない?」

「もちろん」ミランダがロマンティックなムードを急いで断ち切ったことには触れずに、デヴィンも立ちあがった。

彼らはふたたび広い遊歩道をゆっくり歩いていった。今度はその外れまで行き、きびすを返して戻ろうとすると、男がひとり、暗がりのなかから近づいてきた。

男は仮面をつけていなかったため、遊歩道からこぼれてくる明かりではっきりと顔が見えた。ふたりに向かってくるその男がナイフを手にしているのに気づくと、ミランダは鋭く息をのんだ。

デヴィンもミランダと同時にナイフに気づき、とっさに体をひねって男から離れながら、すばやくミランダを自分の後ろに隠した。男のナイフは、デヴィンのドミノのたっぷりしたひだを切り裂いただけで、実害はなかった。デヴィンはミランダの手を放し、男の手首をつかもうとしたが、男は身を翻して彼の手を逃れ、走り去った。

デヴィンは男のあとを追おうとして、ミランダを振り向き、苛立《いらだ》った表情を浮かべつつも足を止めた。いまの男をつかまえて殴り倒したいのはやまやまだが、ミランダをひとりでここに置き去りにするわけにはいかない。

「そろそろ戻ろうか」デヴィンはミランダの手を取り、ヴォックスホール庭園の出口へと向かった。

「あなたのまわりでは、こういうことがしょっちゅう起こるの？」デヴィンがつかまえた辻馬車のなかに腰を下ろすと、ミランダは穏やかな声で尋ねた。

彼はミランダを見て、あきれたように首を振りながら笑った。「ぼくが知っているほかの女性なら、いまごろヒステリーの発作を起こしているだろうに」

「わたしにもそうしてほしい？」ミランダは澄まして尋ねた。「その気になれば、起こせると思うわ」

「いや、いまのままのほうがずっといい」

「さっきの質問の答えがまだよ」ミランダは指摘した。「あなたはよく追いはぎに襲われるの？」

「いや、いつもはない。ひょっとすると、あれはきみを狙ったのかもしれないぞ」

ミランダは片方の眉を上げた。「あら、言い逃れようとしてもだめよ。さっきの男は、債務者の誰かが送ってきたのかしら？　心あたりがあれば、お父様に言ってその人の債務を先に払ってもらうべきかもしれないわね」

デヴィンはミランダの落ち着き払った発言に噴きだした。「だったら、わざわざナイフなど閃《ひらめ》かさなくても、雇主の名前を言ってくれればよかったのに。だが、何も言わずに逃げてしまったからな。あいつが誰に雇われたのか、ぼくには見当もつかない」

「じゃあ、あなたがまもなくダークウォーターに発《た》つのはいいことね」

「ああ」デヴィンはミランダを見た。「ぼくのいないあいだ、厄介な事件に巻きこまれずにいられるかい?」

「もちろんよ、伯爵様。わたしをもめ事に巻きこむのは、いつもあなたですもの」

その二日後、アインコート一家はダークウォーターに向けて出発した。レイチェルとレディ・レイヴンスカーは、まもなく行われる結婚式のために館の準備をする必要がある。そしてミランダは、必ずデヴィンを一緒に連れていくようにとレイチェルの耳もとでささやいたのだった。デヴィンをロンドンとレオーナから引き離すのは、計画の一部だった。それにダービーシャーにあるアインコートの領地は、その必要を完璧に満たしてくれる。それにデヴィンがそばにいると、気が散ってしかたがない。彼といるときは、落ち着いた態度をとるために全神経を集中しなくてはならないが、こんなにたくさんの用事があっては、なかなかそれができない。そうでなくても、何をしていても彼のことが頭に浮かび、ちっとも仕事がはかどらないのだ。

アインコート一家がロンドンを離れてから、二週間があっという間に過ぎた。ドレスの仮縫いや、付随する数えきれないほどの品物を買わなくてはならないほかにも、必要な手紙を書き、帳簿に目を通すなど、ふだんから行っている仕事もある。ほとんどはハイラムが引き受けてくれたものの、父が結婚の取り決めに関する弁護士たちとの打ちあわせに頻繁に顔を出さねばならず、ミランダの采配が必要なこともあった。加えて、ダークウォーターまで旅をするために、家族全員の荷造りも進めなくてはならない。まもなく花婿になるデヴィンのために、結婚の贈り物を買う必要もあった。型どおりの品物だけでなく、もっと心をこめた贈り物も選びたいと思っていた。

ダークウォーターへ出発する二日前、ミランダが書斎の机に向かって執事を相手に荷造りの最終リストを検討していると、召使いのひとりが入ってきた。名刺ののった小さな銀のトレーを差しだし、彼女に会いに来た紳士がいると告げた。

「誰なの？」ミランダはけげんそうな顔で名刺を見下ろした。「エリザベスかお父様に代わりに会ってもらうわけにはいかないかしら？」

「はい、お嬢様。旦那様はお出かけされており、奥様は二階で横になっておいでです。今日はご気分がすぐれないとかで」若い召使いは言葉を切り、それからつけ加えた。「お嬢様はお忙しいと申しあげたのですが、重要な用件だ、必要なら午後いっぱい待つとおっしゃいまして。会わずには帰らないおつもりのようです」

「しかたがないわね、客間にお通ししてちょうだい」

ミランダは客間へと向かいながら、袖を下ろしてボタンを留めた。客間に入るとすぐに、先ほどの召使いがひとりの男を連れてきた。

「ミスター・コールフィールドです」召使いは客の名前を告げ、ミランダを見知らぬ男と残して客間を出ていった。

ふたりはつかの間黙って、おたがいを観察していた。ミランダを訪ねてきた紳士はかなりの年配で、豊かな髪は白く、両手がかすかに震えている。仕立てのいい服からすると、昔かたぎの老紳士というところか。背筋をまっすぐ伸ばし、金の握りがついた杖《つえ》と帽子を手にして立っている。青い目には、ミランダが少しばかり不安になるほど強い光が宿っていた。

「ミス・アップショー」男は白髪の老人にしては驚くほどしっかりした声で言った。「あなたに警告しに来たのです」

「警告？　なんの警告ですか？　申し訳ありませんが、ミスター・コールフィールド、あなたとはお会いするのも初めてですわ」

「ああ、そのとおり」男はうなずきながら、前に進みでた。「こんなふうに突然訪れたのは僭越《せんえつ》だったかもしれんが、警告せずにはいられんのです。あなたがあの悪魔と結婚するのを黙って見ているわけにはいかない」

「なんですって？」

「レイヴンスカー卿《きょう》のことです。あなたはあの男と結婚すると聞いたが。噂は広まるものでしてな。ブライトンのような遠いところまでも。レイヴンスカー伯爵の噂は特に。あなたがみすみす不幸になるのを、ただ見ているわけにはいかない。けがれのない若い女性がまたしてもやつの毒牙にかかるのを、見過ごすことはできないのです」

「ミスター・コールフィールド」ミランダは冷ややかな声で言った。「ご心配は感謝します。でも、あなたが未来の夫を誹謗《ひぼう》するのを、黙って聞いているわけにはいきません。どうぞ、このままお引き取りください」

「用件を伝えるまでは帰りませんぞ！」老紳士は大声をあげ、鮮やかな青い目に怒りを燃やし、自分の言葉を強調するように杖で床を叩《たた》いた。「あの男は人殺しだ！」

ミランダは驚いて老人を見つめた。急に膝の力が抜け、手近な椅子に腰を下ろした。喉がふさがり、少しのあいだは話すことができなかった。

「おお、いまの言葉はさすがにこたえたかな。そうあるべきだ」老人はうれしそうに言った。

「失礼」こみあげる怒りが、ミランダに言い返す力を与えてくれた。「いまの非難は聞き捨てにはできません。レイヴンスカー卿が誰かを殺したとおっしゃるんですか？」

老人は鼻を鳴らした。「いや、あの男は自分の手を汚したりしなかった。警察が逮捕できるような、そういう不祥事ではなかったのだ。しかし、あいつはわたしの孫娘を殺したのも同然だ。殺して、自分の手で海に投げこんだようなものだ」

「ミスター・コールフィールド」ミランダはきっぱりした口調で言い、立ちあがった。

「黙って座ったまま、あなたがわたしの婚約者をあしざまに罵るのを、これ以上聞いているわけにはいきません。あなたは彼が人殺しだとおっしゃる。でも、彼は実際に誰かを殺したわけではない。いったい何をおっしゃりたいんですか？　彼は何をしたんです？」

「あの男はわたしの孫を誘惑したのだ！　孫は恥に耐えかねて、海に身を投げた。あの男のせいで！」コールフィールドは目をぎらつかせ、拳を振りたてた。「わたしは決闘を申し込んだが、あの臆病者はそれに応えようともしなかった」

ミランダは同情に胸を突かれた。「ミスター・コールフィールド、お孫さんのことはとてもお気の毒でした。でも、あなたのお話だと、お孫さんは自殺されたようですわね」老紳士の話はどこまで本当なのか？　どこまでが自身の悲しみと罪悪感を和らげるために頭のなかで作りだしたものなのか？　もしもこの老人が実際にデヴィンに決闘を申し込んだのだとしたら、デヴィンが応じなかったのは、臆病だからではなく憐《あわ》れみからだったに違いない。

「あの男のせいだ！　あいつが孫を追いこんだんだ。あの男に会うまでは、申しぶんのない立派な娘だったのに、あいつが孫を堕落させたんだ！」

ミランダはなんと言えばいいのかわからなかった。危機に直面して、そこから逃げるために死を選ぶ人間が、彼女には許せなかった。自分が楽になるために、この紳士のような彼女を愛している人々を残し、苦しめる——そんな勝手な行動には納得できない。孫は誘惑されて自殺したというコールフィールドの話の行間を読めば、その娘は妊娠したのだろう。どんな愚かな若い娘でも、ただ誘惑に負けただけで死を選ぶとはとても思えない。誘惑に負けるのは、人間にはありがちなこと。死のうと思いつめるのは、妊娠したことが祖父や世間に知られるのを恥じたからだろう。だが、デヴィンが徳のある若い乙女を誘惑し、妊娠していると知って結婚を拒むような男だとは思えなかった。レイチェルが言ったように、これまでのだらしのない生活ぶりにもかかわらず、デヴィンのなかには忠誠心と名誉心があると、ミランダは思っていた。彼は自分の子供を身ごもっている女性に背を向けるような男ではない。相手が、彼に会うまで男性を知らなかった娘ならなおのことだ。それにはっきり言って、デヴィンは徳のある若い女性を誘惑してまわるような男にも見えなかった。どちらかといえば、すぐに頬を赤らめるような乙女ではなく、レディ・ヴェイジーのように〝洗練〟され、世知に長《た》けた女性と過ごしてきたのではないか。

おそらくミスター・コールフィールドの孫娘は、祖父が信じたがっているような徳のある乙女ではなかったのだろう。ミランダはそう思ったが、目の前の老人にそんなことは言えない。それにまた、祖父が思いやりのある寛容な人間なら、孫娘も死なずにすんだかもしれない、とも言えなかった。

「そして今度は、お嬢さん」老人はミランダに人差し指を向け、警告するように振りたてた。「あの男はきみを餌食にしようとしている。きみに財産があるからだ。あの男の目当ては金なのだよ。その金を手に入れてしまえば、何が起こると思う？　きみに用がなくなったあとは？　ロンドンのけばけばしい女たちのもとに戻るだけなら、まだ運がいいだろうな。あいつのことだ、妻などという厄介なお荷物にわずらわされるのはごめんと思うかもしれん！」

ミランダは激しい怒りを覚えた。「もうじゅうぶんですわ、ミスター・コールフィールド。明らかにお孫さんを亡くされた悲しみのせいで、あなたは取り乱していらっしゃる。その点を思いやって我慢していましたが、さすがに言いすぎです。レイヴンスカー卿はわたしを亡き者にするつもりなどありません。あなたに、ばかげた脅しでわたしを怖がらせる権利はありませんわ」

「わたしはきみを助けようとしているのだ！」彼はぎょっとするほど顔を真っ赤にして叫び、手にした杖でまたしても床を叩いた。

「いいえ。あなたは彼を傷つけようとしている。そのふたつは同じことではないわ。どうか、具合が悪くなる前にお帰りになってください。すっかり興奮していらっしゃるじゃありませんか」

ミランダは呼び鈴の紐《ひも》を鋭く引いて、召使いを呼んだ。その後ろではコールフィールドが意味不明なほどにわめき散らしてデヴィンへの憎しみを吐きだし、彼と結婚すればミランダの身に恐ろしいことが起こると警告しはじめた。

コールフィールドを案内してきた召使いは戸口に姿を見せると、怒り狂っている老人を見て目をみひらいた。

「お客様を玄関までお送りしてちょうだい」ミランダは手短に命じた。

「もちろんです、お嬢様、申し訳ございません。こういうことになるとわかっていたら、決してお通ししなかったのですが……」

「ええ。もちろん、あなたの落ち度ではないわ」

召使いはほっとした顔で老人の腕をつかみ、力をこめて引っ張りながら部屋から連れだした。興奮した老人が立ち去るのを確認するために、また召使いが彼をあまり手荒く扱わないように、ミランダは玄関ホールまで行き、召使いが老人を外に押しだしてドアを閉めるのを見守った。きびすを返して書斎に戻ろうとしたが、もう荷造りのリストを検討する気にはなれなかった。あの老人に心を乱されたのだ。彼の話が真実とも思えないが、デヴィンの評判を考えると、ばかばかしいと忘れてしまうこともできない。心のなかの葛藤のせいで少し吐き気がした。

ふと顔を上げると、蒼《あお》ざめ、目をみひらいたエリザベスが階段の上に立っているのが見えた。「いまのは誰？」エリザベスはすっかり震えあがって尋ねた。

「年配の紳士よ。少し取り乱していたの。でも、もうお帰りになったわ。あなたが心配することはひとつもないのよ」ミランダは階段を上がっていった。

「でも、どうしてここにいたの？　何をわめいていたの？」エリザベスはミランダの腕を痛いほど強くつかんだ。「とても怒っているようだったわ」

　ミランダはなだめるように継母の腕に手を置いた。そうでなくても、この結婚に不安を感じているエリザベスにあの老人の話を伝えたりしたら、間違いなく気が狂うほど心配するに違いない。

「なんでもなかったの。きっと少し気持ちが不安定なのね。なんの話をしているか、よくわからなかったわ。安心してちょうだい、召使いたちはもう二度とあの紳士をこの家に入れないわ」ミランダはにっこり笑ってつけ加えた。「それより、相談に乗ってくれる？　マダム・フェリエのところからドレスの残りが届いたの。でも、わたしたちが買ったリボンが、緑のキャンブリックで作った昼間の服と本当に合うかどうかわからなくて」

「あの緑？　あれはちょうどいい色合いだったはずよ。ちょっと見てみましょうか」エリザベスは話題が変わったことを喜ぶかのように、ほっとした顔でミランダと連れだって廊下を歩きだした。


　ロンドンからダークウォーターまでは三日もかかった。アップショー家が乗った四輪馬車のほかに、荷物を積んだ幌《ほろ》馬車も一緒だったせいだけではない。エリザベスが乗り物に酔いやすいため、敏感な胃を刺激しないようにゆっくり走らねばならず、そのうえ頻繁に馬車を止めなくてはならなかったのだ。父のジョーゼフは、旅のほとんどを馬上で過ごし、馬車のすぐ横をゆったりと馬に揺られていた。父はその馬のほかにもう一頭買っていたから、ヴェロニカとミランダも交代で狭い馬車のなかを逃れた。おかげで長旅も少しは耐えやすかったが、それでもミランダにとっては苛々するほど長い道のりだった。デヴィンと最後に会ってから、もう二週間近くになる。ミランダは彼に会いたくてたまらなかった。だが、その気持ちを家族に知られることはできない。三人のうちの誰かがうっかりデヴィンに告げようものなら、彼の愛を獲得する作戦に狂いが生じる。そのため、はやる心を抑えて落ち着きを装い、のんびり旅を楽しんでいるふりをしなくてはならず、それがいっそうの欲求不満をもたらすことになった。

車輪の音を響かせ、ついに馬車がダークウォーターへ続く道に入ったときには、どれほど深い安堵《あんど》を感じたことか。窓から身を乗りだすと、遠くに壮大な古い邸宅が垣間見えた。馬車がカーブをまわると、小高い場所に立っているその家が正面に見えてきた。館の壮観をそこなわないように、まわりの樹木はほとんど切り払われている。

ミランダは館を見たとたん、思わず息をのんだ。父も馬を止めて、言葉もなく見つめている。沈む夕陽《ゆうひ》にダイヤの形をした縦仕切りのある小さな窓がきらめき、石灰岩の外壁が蜜のような温かい金色に輝いている。ダークウォーターは圧倒されるほど大きかった。エリザベス女王の統治時代に人気のあった優美な左右対称のE字形の建物を、高い塔や、張り出し窓、精巧な造りの煙突が飾っている。なんと美しい館だろう。ミランダはひと目で館に惚《ほ》れこんでしまった。薄れていく光のなか、こうして遠目から眺めているだけでは、館の荒廃ぶりはさほど目立たない。ただ長い歳月の重みを感じさせる、美しい大邸宅に見えた。

「こんなすばらしい建物を見たことがあるかい、ミランダ?」畏敬の念と喜びに満ちた父の顔が、馬車の窓からのぞいた。「実にすばらしい」

「ええ、お父様。ほんとに美しいわ」ミランダの胸には、思いがけなく大きな誇りと喜びがこみあげてきた。この美しい古い館が、いまではわたしの家なのだ。そう思うと、これまではどちらかというと客観的にすぎなかった関心が、突然、矢も盾もたまらずこの土地を昔の美しさに戻したいという気持ちに取って代わった。

父と一緒に馬の背に揺られていたヴェロニカが、今度は窓から馬車のなかをのぞきこんだ。「本物のお城よ! あたしたち、ほんとにここに住むの? お母様、見て!」

ミランダの隣に座っていたエリザベスさえ、反対側のカーテンを開けたとたんに目をみひらき、かすかに頬を上気させてささやくようにつぶやいた。「まあ……まさかこんなに……」

「とっても大きくて、エレガントね」ヴェロニカはうれしそうに言葉を続けた。「まるで王様が住んでるみたい」

エリザベスはうなずいた。「ええ、そのとおりね」

「あたしの部屋を見るのが待ちきれないわ」ヴェロニカがはしゃいだ声で続ける。「お姉様、あたし、好きな部屋を選んでもいい？」

「ええ、もちろんよ。でも、せめて今日だけは、レディ・レイヴンスカーが決めた部屋で寝るのが礼儀でしょうね。そのあとは、あなたが好きな部屋を選んでかまわないと思うわ」

「こちら側を見られる窓のある部屋がいいな。ここを訪れる人たちを見たいの。そうすれば、お姉様がパーティを開いて、あたしがまだそれに出られる年になっていなくても、窓から到着する人たちをひとり残らず見られるもの。お願いだから、たくさんたくさん舞踏会を開いてね？　ここにはきっと大きな舞踏室があるに違いないわ」

「ええ、きっとあるでしょうね。でも、このあたりにたくさんの舞踏会に顔を出す人たちがどれくらいいるかは疑問ね」ミランダは、すっかり興奮している妹に優しい笑顔を投げた。

「あたしもここで、いくつかパーティに行ってもいいんでしょう？　領地にいたときは、まだ初お目見えする前でもときどき内輪のパーティに出かけたって、お母様が言ってたわ」

「ええ、かまわないと思うわ」ミランダはうなずいた。「そういうことに関しては、あなたのお母様のほうがわたしよりもずっとよく知っているもの」それに十五歳のときから父が催すパーティのホステス役を務めてきたミランダも、社交界のルールを厳密に守ってきたとはとても言えない。

ヴェロニカがこの興味深い問題についてはっきりさせるために、母が座る馬車の反対側の窓へと移動すると、ミランダはしだいに近づいてくる館を見つめながら、ようやく自分だけの思いに浸ることができた。まもなく彼女の思いは、目の前の館から夫となる男のことに移っていた。ロンドンからの長かった三日のあいだ、ミランダはデヴィンのことしか考えられなかった。その彼にもうすぐ会えると思うと、胸がはち切れそうなほどのときめきを覚えた。デヴィンもわたしのことを考えていたかしら？　この数日、いつ到着するのかとじりじりしながら待ち続けていた？　それがわかるなら、何を手放しても惜しくないくらいだ。でも、いまはまだそこまで望むことはできない。この作戦はゆっくり進める必要がある。だが……そうであることを願わずにはいられなかった。

四輪馬車が館の正面で止まると、召使いが急いで出てきて、馬車の扉を開け、ミランダたちが馬車から降りるのに手を貸した。馬車を降りながらちらりと左に目をやると、馬が一頭、低い生け垣沿いに疾走してくるのが目に入った。馬にまたがっているのがデヴィンだと気づいたとたん、ミランダの胸は早鐘のように打ちはじめた。彼は速度を落として正面の庭をまわりこみ、彼らから二、三メートル離れたところで馬を止めた。

「ミランダ！」デヴィンは流れるような動きで馬を降り、手綱を召使いに投げた。「いや、ミス・アップショー」

デヴィンはミランダだけを見つめて近づいてきた。耳のなかで血管が脈打ち、ミランダはほとんど何も聞こえなかった。暖かい陽射しのなか、馬を走らせてきたせいでかすかに額が汗ばみ、緑色の瞳をきらめかせたデヴィンは、記憶にあるよりもハンサムだった。ミランダは少し膝《ひざ》の力が抜けるのを感じた。

「レイヴンスカー卿」自分の声が落ち着いているのを聞いてほっとしながら、ミランダは答えた。デヴィンが彼女を出迎えるためにあんなに馬を飛ばしてきたのは、いいしるしに違いない。

「きみの馬車が近づいてくるのが見えたから、途中で追いつこうとしたんだが」デヴィンはミランダのすぐ前で足を止め、長いこと彼女を見下ろしていた。明るい光のなかでこれだけ近くに立つと、緑色の瞳のまわりにある金色の縁取りまで見て取れる。まるで日輪形の宝石のようなその小さな環《わ》に、ミランダは魅せられた。デヴィンが乗馬手袋を取り、手を差しだす。ミランダはどうにか理性を取り戻し、手を重ねた。彼はその手を握り、口もとに運んで、手の甲を唇でかすめた。「ダークウォーターにようこそ。いつ着くのかと思っていたところだ。母はきみたちが昨日着くと思っていたようだ。レイチェルも、結婚式に間に合わないのではないかと気をもんでいたよ」

「あなたは?」

彼は魅力的な笑みをきらめかせた。「きみのことだ、到着すべきときに着くことはわかっていたさ。早すぎもせず、遅すぎもしない、正確にその必要があるときに」

ミランダは低い声で笑った。デヴィンは彼女の手をなかなか放そうとしない。適切なことではないが、ミランダも放してもらいたくなかった。「そんなに信頼してもらってうれしいわ、伯爵」

「いや、これは事実だよ、ミス・アップショー。単なる信頼ではなく」デヴィンはもう一度彼女の手をぎゅっと握ってから放し、一行の残りと向かいあった。「ミセス・アップショー、ミスター・アップショー、ダークウォーターにようこそ」彼はふたりから、まだ馬にまたがっているヴェロニカに目を移した。「それに、この美しいお嬢さんはどなたかな?」

「あたしはヴェロニカ」ヴェロニカはつんと澄まして答えた。「まだ若すぎて、あなたに一度も会わせてもらえなかった、お姉様の妹よ」

「美しすぎて、の間違いだろう?」デヴィンはにやっと笑ってそう言い、ヴェロニカが馬から降りるのに手を貸そうと進みでた。「きみのご両親は、まだしばらく誰にもきみをさらわれたくないんだと思うな」

ヴェロニカはうれしそうにくすくす笑った。どうやらデヴィンは優しく話しかけて、妹の好意を苦もなく手に入れてしまったようだ。ミランダの彼に対する評価は、このやり取りを見てまた少し上がった。デヴィンが家族に対しても、以前自分にとったような貴族特有の傲慢な態度をとるのではないか、特にちょうど思春期に差しかかったヴェロニカの心を傷つけるのではないかと、ひそかに恐れていたのだ。ところが彼は、ヴェロニカの心をくすぐるような賞賛と親しみのこもった態度で、ミランダの恐れを取り去ってくれた。

「きみが馬車ではなく、馬に乗っていたのは意外だったな」デヴィンはヴェロニカに言った。

「あら、乗馬は大好きなの」ヴェロニカはうれしそうに答えた。「それに狭い馬車のなかに閉じこめられているには、美しすぎるもの」

「そのとおりだ」デヴィンはうなずいた。「乗馬が好きなら、きっとここが気に入るよ。馬を乗りまわす場所はたっぷりあるし、傲慢に聞こえるかもしれないが……」彼は愉快そうに目をきらめかせながらミランダを振り返った。「うちの馬屋には、この国でも指折りの馬が揃っているんだ」

「すてき！　馬を見に行ってもいい？」ヴェロニカがせがんだ。

「もちろんだとも。明日にも案内してあげよう」

馬の世話をするために召使いたちがやってきた。先ほどミランダたちが馬車から降りるのを手伝った召使いは、玄関の扉を開けて待っている。デヴィンは一行を家のなかに導いた。ミランダたちがなかに入ると、糊《のり》の利いたお仕着せ姿の背筋をぴんと伸ばした召使いたちが、ずらりと入り口のホールに並んでいた。

デヴィンは身をかがめ、ミランダの耳もとでささやいた。「みんな新しい女主人に会うのを待ちかねていたんだよ。きみがどれほど人使いが荒いか見定めようとしているんだ。彼らのスリルを奪いたくなかったから、きみが独裁者だということは黙っていた」

ミランダは腹を立てて彼を見上げた。「わたしは独裁者なんかじゃ……」彼の目がいたずらっぽくきらめいているのを見て、言葉を切った。「召使いには、とても思いやりのある女主人よ」つんと澄ましてささやき返した。「こき使うのは、もっと高い地位にある人たち」

「それは怖いな」だが、そう言ったデヴィンの顔には、言葉とは裏腹に笑みが浮かんでいた。彼は先頭に立っている男に顔を向けた。「ミス・アップショー、召使いたちを紹介させてくれないか。彼はカミングス、うちの有能な執事だ。それから家政婦のミセス・ワトキンスに……」

デヴィンは列に沿って進みながら、使用人をひとりひとり紹介していった。ミランダはデヴィンが彼らのほとんどの名前を知っていることに驚き、感銘を受けた。彼が知らないのは、いちばん新しい、若い召使い数人だけだった。デヴィンのような男は、せいぜい執事と家政婦の名前ぐらいしか知らないと思っていたのに。もう長いこと、ほとんどこの家に戻っていなかったことを考えればなおさらだ。デヴィンがアップショー家の残りにも使用人たちを紹介し、その場を離れて歩きだすと、彼女はこの事実に触れてみた。

「ぼくが、一緒に育った人々の名前さえ覚える気にならないほど傲慢な男だと思ったのかい、ミス・アップショー？」

「その思い込みが間違っていてうれしいわ」

デヴィンは肩をすくめた。「だが、ぼくの使用人との関係は、決して立派なものだとはみなされなかった。父はいつも、それもまたぼくの卑しい性格の表れだと非難していたよ。ぼくは息がつまりそうなほど退屈な地元の紳士階級の息子や娘たちよりも、別当や狩猟長や同年代のその子供たちと一緒に過ごすのが好きだったからね」

「筋が通っているように聞こえるけど」

「父には許しがたいことだったんだ」

デヴィンの母と妹は、客間で一行を待っていた。そこは一世紀前の白と金色の家具調度が置かれた、広くて優雅な部屋だった。だが、何度か見直すと、厚手の青いカーテンやひとり掛けの椅子、ソファの青いベルベットがすり切れかけ、足もとのどっしりしたペルシャ絨毯《じゅうたん》のところどころに穴が空いているのがわかる。

ミランダたちを見て、レディ・レイヴンスカーとレイチェルは礼儀正しく立ちあがった。レイチェルは前に進みでて、温かくミランダを歓迎してくれた。彼女も兄のデヴィンと同じように、優しい心遣いを示してヴェロニカに話しかけた。レディ・レイヴンスカーはこれまでと同様に堅苦しく、エリザベスとヴェロニカにはほとんど注意を払わなかった。この人はわたしたちを好いているというよりも、わたしたちがアインコート家を貧困から救うから礼を尽くそうと努力しているんだわ。ミランダはそう思わずにはいられなかった。レディ・レイヴンスカーにはこの先も親しみを持てそうにない。

部屋にはもうひとり男がいた。長身でほっそりした、ブロンドの髪と灰色の瞳の、物静かでハンサムな男だ。「ミス・アップショー、義理の弟のウェスサンプトン卿だ」デヴィンが紹介すると、ブロンドの男は微笑を浮かべて進みでた。

「はじめまして、ウェスサンプトン卿」つまり、これがレイチェルの旦那様。ほとんど別居状態だという相手ね。ミランダは好奇心に駆られながら挨拶した。

「ミス・アップショー、お会いできるのを楽しみにしていました」彼は優しい笑顔でミランダを見下ろした。「妻は、すっかりあなたに夢中ですよ」

「ありがとう」

「みなさん、長旅のあとの疲れを落としたいでしょうね。夕食の前に少し横になりたいかもしれませんわね」レディ・レイヴンスカーが言った。「レイチェル、アップショー家のみなさまを、それぞれの部屋にご案内してちょうだいな」

「ええ、喜んで」

「ミス・アップショーはぼくが引き受ける」デヴィンは妹にそう言って、ミランダに腕を差しだした。

レイチェルはほかの三人を連れて客間を出ると、階段を上がり、彼らのために用意した部屋へと導いていく。デヴィンとミランダはいちばん後ろから従っていった。この大きな館のすべてを見て取るのはとても無理だ。デヴィンがすぐそばにいて、ともすればそちらに気を取られるせいで、家のなかをじっくり見るどころか、落ち着いた態度を維持するだけでもむずかしかった。

階段を上がりきると、レイチェルはヴェロニカとエリザベスと父の三人を連れて右手に曲がった。だが、デヴィンはその反対、左手に折れながら、ミランダに言った。「きみの部屋はこっちだ。すぐに式を挙げるんだから、また部屋を変えるのは無意味だと思ってね」彼は広い部屋の戸口で足を止めた。「ここが伯爵夫人の部屋だ」

ミランダはなかをのぞき、けげんそうに尋ねた。「つまり、あなたのお母様の部屋ってこと？」

デヴィンは彼女の脈がいっそう速くなるような笑みを浮かべた。「いや、ミス・アップショー、この部屋はぼくの寝室に通じているってことさ」

「ああ」ミランダは頬が染まるのを感じ、それを隠すためにデヴィンの前を通りすぎて部屋のなかに入った。

背の高い窓がふたつ裏庭を見下ろしている、広い部屋だった。居間として使うためか、ソファと椅子を置いた箇所がその四分の一を占めている。ソファの先にドアがあり、さらに先には装飾を施した大理石の暖炉がある。部屋の調度は重厚なマホガニー製で、なかでもひときわ目立つのが、濃緑色のベルベットのカーテンがさがった天蓋付きの大きなベッドだ。ひとつの壁には、大きな中世のタペストリーがかかっている。確かに伯爵夫人にふさわしい、印象的な格式の高い部屋だと、ミランダは全体を見まわしながら思った。ここにいるレディ・レイヴンスカーは容易に想像できる。でも、ミランダはそれほど魅力を感じなかった。

「もちろん、きみのことだ。模様替えをしたいだろうな」デヴィンはミランダの後ろから入ってくると、後ろ手にドアを閉めた。

ミランダはうわの空でうなずいた。これからこの部屋で暮らすのだと思うと、とても奇妙な気がする。ロンドンやほかの場所に出かけたときをのぞけば、一生をここで過ごすことになるのだ。永遠に。それが意味する重みに息を止めながら、ミランダは横にいるデヴィンを見つめた。わたしは彼のことをほとんど知らない。知らない国の知らない家で、知らない男と暮らす……。花嫁は誰もがみな、こういったかすかな恐怖に駆られるものかしら？　それとも、わたしだけが特別なの？　これが〝契約結婚〟だから？

めったに感じたことのない不安を隠すためもあって、ミランダは部屋を歩きまわり、衣装だんすや化粧台を見てまわった。ついでに暖炉の手前にあるドアも開けてみた。その向こうにはもうひとつ、ここよりももっと広い、明らかに男性が使っている部屋があった。

「ぼくの寝室だ」デヴィンがすぐ後ろに来て言った。

ミランダはびくっとして飛びあがり、急いでドアを閉めた。「ええ、もちろん」

彼女はデヴィンから離れたかったが、彼は目の前に立ちふさがり、ミランダの後ろにあるドアに片手を置いて逃げ道をふさぐと、身をかがめた。

「この二週間ずっと考えていたんだ。その時間はたっぷりあったからね。これを偽物の結婚にするのは、ばかげているよ」

「偽物じゃないわ、伯爵。わたしはこの結婚を、きわめて現実的なものだとみなしているわ。ただ……ロマンティックなものではないだけ」

「ことさらロマンスを取りのぞく必要もないさ」デヴィンが言う。「ぼくはきみに惹《ひ》かれている。きみもぼくに惹かれているはずだ。否定してもだめだよ。きみが欲望を感じたのはわかっているんだ。ふたりとも同じ気持ちなのに、なぜそれを否定するんだ?」

彼の顔が近づき、ミランダは息をするのもむずかしくなった。理性的に考えることさえできない。デヴィンがそっと彼女の唇をかすめると、ちりつくような快感が体を走った。

「ぼくたちにはこのドアがある」彼はつぶやいた。「これを有効に使うほうが理にかなっていると思わないか?」

つかの間、デヴィンの口がミランダの口のすぐそばにとどまった。温かい吐息が顔にかかり、彼の体温すら伝わってきた。肌が敏感になり、彼のキスのことしか考えられなくなった。キスしてほしい、その思いが頭を占領する。

だが、デヴィンの唇が触れる直前に、ミランダはぱっと脇に飛びのいた。彼に聞こえないのが不思議なほど激しく心臓があばらを打ち、両手が震えていたが、どうにか落ち着いた表情を張りつけた。「いいえ、伯爵、そうは思わないわ。わたしたちの取り決めに感情を持ちこむのは愚かよ。そんなものがなくても、絶対にうまくいくんですもの」

ミランダはそっけない笑みを浮かべ、片手を後ろに伸ばして、ふたりの部屋をつなぐドアに鍵をかけた。

「ほら、これでこの部屋はずっと使いやすくなったわ」

# 11

デヴィンは書斎に入り、力まかせにドアを閉めた。書斎の奥で本を読んでいたウェスサンプトン卿《きょう》が顔を上げ、問いかけるような顔でデヴィンを見た。

「虫の居所が悪そうだな」

デヴィンは顔をしかめた。「やあ、マイケル。ここにいるとは知らなかった。ぼく以外の人間は、ひとり残らず寝てしまったと思ったよ」

真夜中に近いいま、明かりをほとんど消した館は、闇に沈んでいる。デヴィンは寝室で横たわりながら、鍵のかかったドアの向こうにいるミランダのことを考え、眠れずに下りてきたのだった。

「寝る前に、少し本でも読もうと思っただけさ」マイケルは答えた。「すまない。きみの書斎を借りるつもりはなかったんだ。失礼したほうがいいかな?　それとも、そんな顔をしているところを見ると、誰かに愚痴を聞いてもらいたいかい?」

「それよりも自分の人生を変えたいね」デヴィンは吐き捨てるように言って、窓の下にあるチーク材のサイドボードに歩み寄り、扉を開けた。「ウイスキーはどうだ？　ほかのものがよければ、ブランデーもある」

「ウイスキーで結構だ」マイケルは答えた。「で？　正確には、人生の何を変えたいんだ？」

「それを生きることかな。わからない。ああ、くそ」デヴィンは上等のクリスタルグラスふたつにウイスキーをついで、義理の弟にそのひとつを手渡し、もうひとつの中身をいっきに半分ほどあおってため息をついた。「あの女と結婚するなんて、いったい何を考えてるんだ？　結婚に同意したときには、きっと頭がどうかしていたに違いない」

「ぼくはむしろ、きみにはほかの選択肢がなかったという印象を受けたが」マイケルは穏やかに指摘した。「それに、ぼくはもうすぐきみの花嫁になる女性が気に入ったな。とても……変わった人だ」

デヴィンは顔をしかめた。「ああ、そういう言い方もある」

「女性の教育に関する彼女の意見は、間違いなく、夕食の会話を刺激的なものにしてくれた」

ミランダが夕食の席で、女性も大学に入るのを許されるべきだと主張したときの母の顔を思い出すと、口もとがほころんだ。「確かに、いつもより楽しい夕食だった。だが、そのひとつを取っても、ぼくの言いたいことがわかるはずだぞ。ミランダは午後四時にダークウォーターに着いた。それから半日とたたないうちに、ここでの生活のすべてをかきまわしている。あの女は脅威だ」

「そんなふうに感じているなら、結婚を取りやめにするという方法もあるぞ」

「取りやめる？　冗談じゃない。結婚式は明後日《あさって》なんだぞ。それに、紳士たるもの、一度婚約したら翻すことなどできないさ。それはきみもよく知っているはずじゃないか」

マイケルは眉を上げた。「ああ。そんなことになれば、きみの評判は台なしだな」

デヴィンはうんざりした顔で義弟を見た。「くそ、マイケル。皮肉はやめてくれ。結婚を取りやめられないことは、よくわかっているくせに。ぼくには彼女の金が必要だ。それに愛する相手と結婚するなどという贅沢《ぜいたく》は、アインコート家の人間には一度だって許されたためしがない」

「ああ、わかっているよ」マイケルは静かに答えた。

「そうだな。つまり、きみとレイチェルも……きみたちも同じような〝契約結婚〟をしたんだから。だが、きみの場合はぼくとは違う。きみたちはふたりとも、理性的で、上品で、洗練されている。思いやりを持って、仲良く暮らすことができる。おたがいに好きなことをして、別々の人生を歩める」

「ああ、ぼくらはそうしているよ」

「だが、ミランダは違うんだ！　まったくおかしな女なんだ。なんにつけても、突拍子もない考えを持っている」

　マイケルはうなずいて、デヴィンの次の言葉を待った。

　デヴィンはウイスキーの残りを飲みほし、大きな音をたててグラスをテーブルに置いた。

「くそ、彼女はプラトニックな結婚生活を望んでいるんだ！」

　マイケルが目をしばたたいた。「なんだって？」

「そんな話、聞いたことがあるか？　ミランダはこう言うんだ。ぼくらはおたがいに愛しあって結婚するわけじゃない。だから別々の人生を歩むべきだ。おたがい、好きなことをすべきだ、と」

　マイケルはためらい、それから口を開いた。「そんなものわかりのいい妻は、きみにはむしろ願ったりじゃないのか？」

「ものわかりがいい？　ミランダほど〝ものわかりのよくない〟女性には、会ったこともないよ。おたがい、別の相手に愛を求めるべきだと思っているんだ」

「なるほど。きみはそれに反対なんだな」

「レイヴンスカー伯爵夫人が、どこの馬の骨ともわからない相手と関係を持つことに？　ああ、反対だ」

「すると、きみはふたりとも真の結婚生活を送るべきだと思うのかい？　おたがいに貞節を守り――」

デヴィンは義弟をにらみつけた。「ぼくを嘲笑《あざわら》うのはやめてくれないか、マイケル。ぼくが貞節な夫になるつもりなどないことは、わかっているはずだ。もちろん、ぼくは自分の好きなようにしたい。恋人を持ち続け……ただ、彼女も同じように望むとは思っていなかったんだ。ミランダは娼婦《しょうふ》に負けず劣らず、厚かましくて安っぽい女だ」

「そうかな？　ぼくには洗練されているように見えたが。確かに少し率直すぎる印象だけど、むしろ新鮮だったな。下品だとはちっとも思わなかった」

「もちろん彼女は下品なんかじゃないさ。冗談じゃない。どうしてそんなことを考えたんだ？」

「きみが〝娼婦に負けず劣らず、厚かましくて安っぽい女〟と言ったからかな？」マイケルはデヴィンの言葉を繰り返した。

「どういう意味か、わかっているくせに」デヴィンは立ちあがって、もう一杯ウイスキーをついだ。「ミランダはこの館を修復したがっている。関心があるのはそこなんだ。それと、領地の運営を軌道に乗せること。ぼくと結婚したのはそのためなのさ。新婚旅行はどこに行きたい、パリか、ウィーンか、イタリアか、と尋ねたら、なんと答えたと思う？」デヴィンは甲高い声でミランダの真似《まね》をした。「〝あら、特にどこにも行きたくないわ、伯爵。それより、すぐにもこの館の修復に取りかかりたいの。父とふたりで、建築家にここを見に来てもらうことにしたのよ〟ときた。きみが知っているなかで、こんなことを言う女性がいるか？」

「いや、いない」マイケルは認めた。

「ほかの女性は新婚旅行に行きたがる。赤ん坊やドレスを欲しがり、パーティを催したがる。ところがミランダは、この館に手を入れ、領地の運営を軌道に乗せたがっているんだ。まったくどうかしているよ」

　デヴィンは陰気な顔で椅子に沈みこんだ。彼の向かいで、マイケルはそっと笑みを隠した。

「ミランダはドアに鍵をかけたんだ」デヴィンが突然言った。

「なんだって？」

「ぼくらの部屋のあいだにあるドアに。プラトニックな結婚生活を送るなんて、ぼくは信じていなかったんだ。ここに来れば気持ちが変わると思っていた」彼は肩をすくめ、今度は先ほどよりもゆっくりウイスキーを飲んだ。「その鍵も、〝別々の人生を歩む〟という彼女の考えの一部なんだ。それが完璧な解決法だと言うんだよ。ぼくらは愛しあっているふりをしなくてもすむ。結婚を完成させる厄介な〝儀式〟も行わずにすむ。まったく違う人生を生きることができる、と」

「だが、きみはそう望んでいない？」

「跡継ぎはどうなる？　できないじゃないか。そうだろう？」

「ああ。跡継ぎを作るのは、きみにとって大事なことだな」

デヴィンは懐疑的な目で義弟を見た。「面白がっているのか？」

「いや。その、少しはね。どうもよくわからないんだよ、デヴィン。きみが彼女を好きでなければ、まあ、ぼくにはその正反対に見えるが……いったいなぜ彼女がきみのベッドに来ないことを気にするんだ？　これまできみは跡継ぎのことなどまるで心配していなかったじゃないか。彼女が慎重にことを運ぶかぎり……」

「だが、ミランダはぼくが何をしようと、まるで平気なんだぞ。これっぽっちも焼きもちを焼こうとしないんだ」デヴィンは不平をもらした。「これが正常なことか？」

マイケルは肩をすくめた。「なかには嫉妬深くない女性もいるさ」

「ああ、相手にまったく好意を持っていなければね」

マイケルが目をそらした。「きみは彼女に好意を持ってもらいたいのか？」

「冗談じゃない」デヴィンは顔をしかめた。「ああ、くそ！　ぼくはただ、彼女に拒まれるのが気に入らないんだ」

「なるほど、プライドの問題だな」

「腹立たしいことこのうえないよ。ミランダはぼくがこれまでに会ったどの女性ともまったく違う。それに、美しくすらない」

「そうだな」マイケルは同意した。

デヴィンは鋭い目で義弟を見た。「きみは彼女がかわいくないと思うのか?」

マイケルはつかの間唇をぎゅっと結んで笑みがこぼれそうになるのをこらえ、咳払《せきばら》いをひとつしてごまかした。「いや、とてもかわいいと思うよ。ただ美しくはない」

「しかし、ミランダの目には何かがある。気がついたか? あの灰色の瞳は……何ひとつ見逃さない。彼女に見つめられると、ときどき、心の底まで見通されているような気がする」

「それは気味が悪いな」

「ああ。だが……」

「だが?」

「そそられる。そう思わないか? それに、髪もすてきな色だ」

「ああ、栗《くり》色に近いね。とてもきれいだ」

「話したかな? 初めて会ったとき、ミランダはぼくを助けに駆けつけてくれたんだ」

マイケルはちょうど口に入れたウイスキーにむせて、ひとしきり咳《せ》きこんだ。しばらくして咳の発作がやむと、かすれた声で尋ねた。「なんだって?」

「男が三人、いきなり路地から飛びだして襲いかかってきた。ミランダは馬車のなかからそれを見て、御者に馬車を止めさせてぼくを助けに走ってくると、手にした傘を男のひとりに振りおろしたんだ」

「ほう」

「そんな女性には会ったことがないよ」

「ああ、そうだろうな」

「つまり、ミランダは……ぼくの興味を惹《ひ》くんだ」デヴィンは義弟をまっすぐに見た。「金のために結婚した女性とベッドをともにしなくてすむんだから、ほっとすると思うだろう？　だが、ほっとするどころか……彼女のことが頭から離れない。ここに来てからの二週間というもの、彼女のことばかり考えていた。まあ、その理由は理解できるんだ。ここは死ぬほど退屈だからな。でも……どうして彼女なんだ？　それに、彼女を抱く必要がないと思えば思うほど、抱きたくなる。この考えは理屈にかなうか？」

「悲しいことに、かなうな」

「長続きはしないと思っていた。ミランダが〝形だけの結婚〟という考えに固執するとは思いもしなかった」

「ドアに鍵をかけるまでは」

「そのとおり」

「きみの魅力で彼女の気持ちを変えられると思っていたわけかい？」

「まあ……そうだ。つまり、ぼくはひどく醜いわけじゃない。女性はぼくを好いてくれる」

「要するに、少しばかりプライドが傷ついたのかな?」

デヴィンはためらった。「ああ、たぶん。ほかに理由などあるはずがない」

「だろうね」マイケルはすばやくグラスを傾け、口もとに浮かぶ笑みを隠した。「なあ、デヴィン、どうやらこれは、非常に興味深い結婚になりそうだな」

「まあ、そう言うこともできるだろうな。〝いまいましい〟と言うほうが近いが」

「式が終わったらすぐに帰るつもりでいたんだが」マイケルは考えこむような顔で続けた。「しばらく滞在してみるかな」


翌朝ミランダが食堂に入っていくと、そこにはウェスサンプトン卿しかいなかった。彼は目を上げて、温かい笑みを浮かべた。「ミス・アップショー、どうやらきみは早起きするタイプらしいね」

「悲しい習性ね」ミランダはにっこり笑った。「でも、どうしても目が覚めてしまうの」

マイケルは立ちあがってテーブルをまわり、ミランダのために椅子を引いた。「食べるものはサイドボードの上にある。紅茶のポットもそこに用意してあるが、召使いを呼んで、コーヒーを持ってこさせようか? アメリカ人のほとんどはコーヒーが好きだそうだから」

「ええ。わたしもそのひとりよ。頼んでくださるとうれしいわ」ミランダは立ちあがって、エレガントな濃い色のサイドボードに沿って歩きながら、そこに並んでいるたくさんの料理を見ていった。「これを毎朝食べていたら、すぐに動けないほど太って、廊下を転がしてもらうことになりそうね」

　ミランダはあまり好きとは言えないキドニーパイをのぞいて、そのほかのいろいろな料理を少しずつ皿に取った。皿を手にテーブルに戻って腰を下ろすと、召使いがトーストをのせたラックを運んできた。召使いはラックをミランダのすぐ横に置いて、コーヒーを取りに戻っていった。

「明日は間違いなく、コーヒーのポットがきみを待っているよ」マイケルが請けあった。「カミングスは有能な執事だ。あの男は長いこと、この館をきちんと維持するだけの召使いを使えなかったことに、相当苦しんできたに違いないな」

「ええ。あとで彼と話さなくちゃ。しなくてはならないことが山ほどあるわ。この館と、庭園と、領地を修復するつもりなの」ミランダはたいへんな仕事にまったくひるむ様子もなく、にっこり笑ってそう言った。

「デヴィンの話では、きみはダークウォーターを修復することに、とても関心を持っているらしいね」

「ええ、そうなの。父も同じよ。ひょっとすると、わたしより熱心かもしれないわ」

「ぼくにも手伝えることがあったら、どうか遠慮なく訊《き》いてくれ。長年のあいだに、ぼくの館もあちこち修復する必要があったから」

「まあ、ありがとう。警告しておくけど、父にそんなことを言ったら、きっといやになるほど延々と質問されるはめになるわよ」

「かまわないさ。古家の修復に興味を持っている人間に会えるなんて、めったにないことだ」

ふたりはそれから古い館の持つ問題について話しあった。しばらくして、ミランダのためにコーヒーのポットを持って召使いが入ってきた。召使いが立ち去ったあと、短い沈黙が訪れた。

それからマイケルが切りだした。「ひとついいかな、ミス・アップショー……デヴィンのことなんだが。彼は必ずしも、外見どおりの男じゃないんだよ」

「そうなの？」ミランダは無邪気な顔でマイケルを見つめた。

「ああ。実は……ほとんどの人々が思っているよりも、ずっといいやつなんだ。ぼくは彼のことがとても好きだ。彼が傷つくところは見たくない」

ミランダは穏やかな表情でマイケルを見返した。「結婚式に参列する人々はみんな、わたしたちふたりを見ても、レイヴンスカー卿が傷つくことを心配したりはしないでしょうね」

「もちろんきみの言うとおりだ。デヴィンは世間知らずでもないし、純真な男でもない。

だが、ひどいろくでなしでもない。本人はできるだけ隠そうとしているけれど、傷つくこともあるんだ。しかし、ふさわしい相手と結婚すれば、とても幸せになれる可能性もある」

「あら、それは幸運ね。なかには、どんな状況に置かれても、幸せになれない人もいるもの」ミランダはフォークを置いてから続けた。「ウェスサンプトン卿、あなたが何をおっしゃりたいのか、わたしにはよくわからないわ。わたしがレイヴンスカー卿にとってふさわしい相手ではないと考えているのなら、残念ね。あなたはこの結婚に口を挟む権利をまったく持っていないんですもの。わたしが彼にとってふさわしい相手かどうか確かめようとしているなら、わからない、と答えるしかないわ。人生においては、すぐには答えの得られないことが多いものよ。わたしたちは、どんな結果になるか待たなくてはならない。ただ、わたしは危険があるからといって顔をそむけるようなことはしたくないの。それだけは申しあげておくわ。三つ目の可能性もあるかもしれないわね。あなたが言おうとしたのは……デヴィンを幸せにしたいと願うなら、わたしが変わる必要がある、ってことかしら？　でも、それはきっと起こりえないわ。彼はああいう人。わたしはこういう人間よ。あなたの心配にお答えすることができたかしら、伯爵？」

マイケルはほほえんだ。「そのようだね、ミス・アップショー。きみは非常に満足な答えをくれた。デヴィンの相手には特別な女性が必要だと、ぼくはずっと思っていた。どうやら彼はその女性を見つけたようだ」

ミランダはほほえみ返した。「わたしもそう思いたいわ」

そのあと、ふたりはほかの話題に移った。マイケルはとても博学だった。しかも彼の知識は多方面におよんでいて、話すのはとても楽しかった。辛口のユーモアにひねりの利いた答え。ときどきそのひねり具合がとても絶妙なために、彼がどれほど鋭く批判したか少しのあいだ気づかないこともある。

自分の館の手すりや階段の柱を木食い虫に荒らされた話をしている途中、マイケルはふと顔を上げ、言葉を切った。その瞬間、何かがハンサムな顔を横切ったが、ほんの一瞬のことだったので、ミランダにはその表情が何を意味しているのか読み取れなかった。

「マイ・ディア」マイケルは堅苦しくそう言って立ちあがった。「おはよう。一緒に朝食をどうかな？」

ミランダが振り向くと、レイチェルが戸口に立っていた。シンプルな緑色の普段着が瞳の色を引きたて、頬はかすかに上気し、今朝はとりわけ美しく見える。その原因はすがすがしい空気のせい？　兄が結婚するという喜びのため？　それともほかにまったく違う理由があるのかしら？　ミランダはちらっとそう思った。

「おはよう」レイチェルは同じように堅苦しい声で答えた。「お邪魔をしてしまったかしら？」

「あら、とんでもない。ご主人と古い館の修復について話していたの。わたしはとても面白かったけれど、彼はあなたが来てくれてほっとしているに違いないわ」ミランダは明るい声で言った。

「そんなことないと思うわ」レイチェルはミランダに向かってほほえみ、それからちらりと夫を見た。

「もちろんだ」マイケルは抗議した。ほんの少し前まではあれほど自然で、温かかった笑顔が、なぜか無理して作ったように見える。「レイチェルに訊けばわかるでしょうが、ぼくはほとんどの人間が退屈だとみなすことがとても好きなんだ。こちらこそ、つまらない話につきあってくれてありがとう」

これほど好感の持てる者同士が結婚して、しかも何年もたつというのに、まだこんなにぎこちない態度しかとれないことがミランダにはとても奇妙に思えた。レイチェルが話してくれた結婚のいきさつには、ほかにも隠された事情があるのではないかしら？　ミランダはそんな気がした。

マイケルはレイチェルの椅子を引くためにテーブルをまわり、それから言った。「さて、女性だけにしてあげるから、ゆっくりおしゃべりするといい。ごきげんよう、ミス・アップショー、レイチェル」彼は軽く頭をさげ、食堂から出ていった。

「とてもすてきなご主人ね」ミランダは言った。「一緒に話していて、すごく楽しかったわ」

レイチェルはかすかな笑みを浮かべた。「ええ、そうよ。マイケルはいつだって頼りになる人」彼女は立ちあがって、皿に料理を取りわけはじめた。「ゆうべはぐっすり眠れたかしら?」

「ええ、ありがとう」ミランダは話題が変わったことを黙って受け入れた。

「わたしたちがしたお式の準備を確認なさる?」レイチェルは尋ねた。「それとも、教会に下見に行く?」

そのどちらにもミランダはあまり心を惹かれなかった。「あなたとお義母様《かあ》の判断を全面的に信頼するわ」レイチェルのけげんそうな顔に気づいて、ミランダは続けた。「関心がないわけじゃないの。もちろん、ひととおり状況を聞いておきたいわ。でも、もう少しあとでね。今朝はデヴィンが父とわたしに、館のまわりを案内してくれることになっているの」

「今朝?」レイチェルは驚いたように訊き返した。

「ええ。彼はそう言ったわ」

「まあ。あなたはもう兄にいい影響を与えているわ」

ミランダはくすくす笑った。「いいえ、退屈しているんだと思うわ。ここではすることが何もないから、田舎の生活に合わせるしかないと言っていたもの」

「でも、わたしたちとここに来てから昨日までは、午前中に兄の姿を見たことなど一度もなかったのよ」

実のところミランダは、デヴィンが約束をすっぽかすかもしれない、とひそかに疑っていた。しかし、彼はレイチェルがまだ朝食をすませないうちに食堂に入ってきた。そしてまだ眠気の残る少しぼんやりした顔で、驚いたように尋ねた。「きみはいつもこんなに早く起きるのかい？」

「ふだんなら、もう仕事に取りかかっているころよ」ミランダは笑いながら答えた。「最初はウェスサンプトン卿と、そのあとでレイチェルと、一時間近くも話しこんでしまったの」

「なんてこった」デヴィンはミランダの言葉にショックを受けたような顔で、紅茶をつぎに行った。

朝食をとり、お茶を何杯か飲むと、デヴィンもいくぶんしゃっきりした顔つきになった。声をかけたもののレイチェルは古い館の探検には参加しないと言うので、ふたりはミランダの父を捜しに行った。

ミランダはツアーを始める前に、領地の管理人と会うことにした。そこで、彼らはまず管理人のオフィスに立ち寄った。それは館の横手にある庭の先、管理人の住まいも兼ねた小さな石造りの家のなかにあった。

「レイヴンスカー卿！」デヴィンがドアをノックして入っていくと、管理人は驚いた顔で声をあげた。

「おはよう、ストロング」デヴィンはちらっとオフィスを見まわした。

「メモをくだされば、わしのほうから母屋のほうに出向きましたのに」領地の管理人は落ち着きなく動きまわり、椅子のひとつから書類を移動させ、もうひとつの椅子を机の近くに引いてきた。ストロングは小柄だが、がっしりした体格の男だった。後頭部がはげているせいで、修道僧を真似て剃髪《ていはつ》しているように見える。

「ミス・アップショーが、きみのオフィスを見たがってね」デヴィンは説明した。「ミス・アップショー、領地の管理をまかせているミスター・ストロングだ。ストロング、まもなくレディ・レイヴンスカーになるミス・アップショーだ」

「はじめまして。お会いできてうれしいですよ」ストロングはすばやく最初の驚きを隠して笑みを浮かべると、さっとハンカチを取りだして背もたれのまっすぐな椅子の埃《ほこり》を払った。

「ありがとう」ミランダは右手を差しだし、ストロングと握手した。「父のジョーゼフ・アップショーよ」父がストロングと握手しているあいだに、彼女は椅子に腰を下ろした。

ストロングは机の後ろに戻り、ちらっとデヴィンを見やった。おそらく、管理人と握手する伯爵夫人を相手にするのは不慣れなのだろう。「伯爵様、ご結婚のお祝いを申しあげます」へつらうように言う。「お幸せをお祈りします、マダム」

「ありがとう。きっと幸せになると思うわ」ミランダは歯切れのいい口調で答えた。「さっそくだけど、今日の午後、領地について話したいの。館を見てまわったあとでね。どういう問題があるのか、だいたいの様子をつかんでおくために。それと、もう一度収益を上げるためには、どんな手を打つ必要があるかをね。もちろん、具体的な数字に目を通すのは結婚式のあとになるでしょうけど」

　ストロングはぽかんとした顔でミランダを見返し、ひとしきり目をしばたたいてから、ようやくこう言った。「あなたが……わしとお話ししなさるんですか、ミス・アップショー？」

「そうよ」この人は少し頭のめぐりが悪いのかしら？　ミランダはちらっとそう思った。だとしたら、領地の収益がここ数年さがり続けてきたのも無理はない。「レイヴンスカー卿の所有している領地のことで」

「しかし……そいつは……」ストロングは口ごもり、助けを求めてデヴィンを見た。

「このふたりは、領地の問題を解決してくれるんだよ」デヴィンが説明した。「聞いていないのか？」

「それは、聞いてます。あなたの伯父様が手紙をくださいましたからね。つまり、わしは、その……」彼はミランダに目を戻し、どう言えばいいのかわからないように言葉を切った。

「わたしたちがお金を出すと思った？」ミランダは礼儀正しく尋ねた。「ええ、そういうことになるでしょうね。でもその前に、どういう手立てが必要か検討する必要があるわ。違うかしら？」

「わしは……その件については、ミスター・ダルリンプルと話していただかないと。つまり、資産の保管人はミスター・ダルリンプルですから。金のことは、すべてあの方が扱ってらっしゃるんで。たしか今夜には来られるとうかがってますが」

ミランダはデヴィンに目をやった。

「ああ。ルパート伯父なら今夜到着する予定だ。だが、ストロング、きみが仕事をする相手は、もうルパート伯父じゃないんだ。これからはミス・アップショーがすべてを取り仕切る。いや、レディ・レイヴンスカーと言うべきだろうな、まもなくそうなるんだから」

領地の管理人は、まるでミランダの頭が突然ふたつになったかのように、あんぐり口を開けて彼女を凝視した。

「ゆっくり始めましょう」ミランダはなだめるようにそう言った。ストロングとのやり取りに関しては、ハイラム・ボールドウィンにも手を貸してもらう必要がありそうだわ、と彼女は思った。少なくとも、しばらくのあいだは。ストロングは今にも気を失いそうなほど動転しているようだ。「今日の午後は、だいたいの目安をつかみたいだけなの。まだ個々の数字を見る必要はないわ。いまのところはね。でも、領地についてまったく知らないんですもの。どんな種類の土地なのか、どんなふうに使われてきたのか、それが最良の使い方なのかもわからない。詳細については、あとでじっくり検討しましょう。そのときには、領地の地図と、ここ数年の帳簿が必要ね。場合によっては、もっと昔までさかのぼる必要があるでしょう。もちろん、領地をまわってこの目ですべてを確認する必要もあるわ」

「領地全体を、ですか?」ストロングは目をむいて尋ねた。

「ええ。一度にまわるつもりはないのよ」ミランダは請けあった。「まず、館のなかと、そのまわりを見てまわるわ。デヴィンがこれから案内してくれるの」

「レイヴンスカー卿が?」ストロングはミランダが領地を切り盛りすると聞いたときのように、懐疑的な表情になった。

「何がどこにあるか、ちゃんと覚えているよ、ストロング」デヴィンがそう言うのを聞いて、ミランダは笑みを隠した。

「もちろんです、旦那様。わしは別に……」ストロングは心配そうに両手をこすりあわせた。「旦那様なら、案内役にはうってつけに違いありません」

やがて三人は立ちあがり、オフィスをあとにした。おそらくドアが閉まったとたん、ミスター・ストロングは急いでウイスキーをつぎに行ったに違いない。

ミランダは考えこむような顔で言った。「ミスター・ストロングは少しばかり鈍いのかしら？　わたしが何を望んでいるか、理解できていないようだったわ」

デヴィンは笑いをこらえるように目をきらめかせた。「きみは、ふつうの男には少々……威圧感があるんだよ。ストロングはいきなりオフィスに入ってきて、帳簿を見たいと言う伯爵夫人に慣れていないだけさ。きみの人柄に慣れてしまえば、問題はないはずだ。このショックから立ち直る時間をあげてくれ。おそらくルパート伯父から説明してもらえば、彼の対応ももう少しましになるだろう」

三人はまず荒れ放題の敷地や庭、建物の外まわりを見てまわった。デヴィンはキッチンのある側の家の横に広がるハーブの菜園と、裏のテラスにある優雅な庭園を示した。花はまだところどころに咲いているが、手入れの行き届かぬ薔薇《ばら》はもつれ、あずまやの蔦《つた》はすっかり伸び、戸口のなかへと垂れている。伸び放題の花壇には野性的な趣があるものの、テラスの下の剪定《せんてい》されていない生け垣は、まるで茨の茂みのようだった。砂利を敷いた小道はぬかるみ、あちこち穴だらけだ。

「ここ何年か、ペティグリュー老人とその孫息子しかいなかったからね。敷地のすべてを手入れするのはとても無理だ。一、二度、花瓶に活《い》ける薔薇を確保するために、カミングス自身が薔薇園で雑草を刈っているのを見たことがある」デヴィンは言った。「ぼくが子供のころにはもう、テラスのそちら側は迷路のようになっていた」彼は草に覆われたあたりを指さした。「昔はきちんと手入れされていたに違いないが、ひと世代ですっかり草だらけになっていた。それで父は、根こそぎ生け垣をなくしてしまったんだ。子供たちが生け垣のなかに這《は》いこんで、出られなくなってしまうのを恐れてね」

「ここの庭はケイパビリティ・ブラウンが設計したと読んだことがあるが、本当かね？」

ジョーゼフが尋ねた。

「ええ、ぼくが知っているかぎりでは本当です。館までの並木道に交互に立っている楡《にれ》とぶなの木は、彼が植えたものだそうです。それに、向こうは……」デヴィンは迷路だったと形容した生け垣とは反対の、木立が残っている方角を示した。「とても立派な果樹園だったと、父が話してくれたことがあります。父の祖父が植えた果物の木が、整列した軍人のように並んでいたそうです。春になるとピンクと白の花が満開になって、それはきれいだったとか」

「わたしの雇った造園家が、来週来ることになっている」ジョーゼフは満足そうに言った。「庭はすぐにもとどおりになるとも。造園のときの設計図はもう残っていないだろうね？」

デヴィンは肩をすくめた。「さあ。図書室かぼくの書斎にあるかもしれません。捜してみましょう」デヴィンは向きを変え、まぶしい陽射《ひざ》しをよけるために額に手をかざして建物を眺めた。「外壁に使われている石はかなりいい状態ですね。だが、ところどころひびが入ったり、欠けたりしているし、彫刻の一部は落ちてなくなっている。屋根は間違いなく修復する必要がありますね。西の棟は雨漏りがひどくて、完全に閉めてあるんです。煙突のほとんどはつまっているし、手すりや階段の柱の大部分は木食い虫にやられている。乾燥してぼろぼろになっているところもあれば、湿気で腐っているところもある。西棟の床の一部は、安全だという確信すら持てません」

デヴィンはジョーゼフからミランダに目を移し、それからまたジョーゼフを見た。

「それでも、この古い石のかたまりを修復するつもりですか？」

「あら、いまの説明は、父のやる気をいっそうあおっただけよ」ミランダはそう言って笑った。「さあ、次に行きましょう」

彼らは館のなかに戻り、ひとわたり見てまわった。中央の棟にあるかつて大広間だったスペースは、広いエントランスホールに改造され、真ん中には踊り場まで優雅な弧を描く階段があった。階段はそこから二階へと左右にわかれている。ホールの床と同じように、階段も大理石でできており、手すりを支える細い柱には樫《かし》材が使われていた。ミランダはすでに今朝階段を下りてくるときに、手すりに無数の小さな穴が空いているのに気づいていた。木食い虫が食い荒らしている証拠だ。

「少なくとも、死番虫はいないよ」デヴィンは階段を上がりながら言った。「いるとしても、彼らがノックする音はまだ誰も聞いたことがない」木食い虫よりも大きな、したがってもっと大食漢で破壊力の大きな死番虫は、木の内部で叩《たた》くような音をたてることで知られていた。

「よかったわ」

「ここにあるのは、保存状態が最もいいタペストリーです」デヴィンは祖先の大きな肖像画と並んで広間の壁を飾っている、色褪《いろあ》せた巨大な織物を示した。その多くが長い歳月を経て黒ずんでいる。「母はいちばんいいものをほかの部屋からここに集めたんです。訪れた客の目に真っ先に入るように」

次にデヴィンはミランダたちを、広いキッチンと小さく区切られた食料貯蔵庫、それから召使い用のスペースへと案内した。続いて、広々とした大理石の床が中央棟の一階のほとんどを占領している、大舞踏室にともなう。そのあとは階段を上がり、いちばん上の階から見ていった。彼らは屋根裏部屋の窓を開け、濃い青鼠《ねずみ》色の屋根のタイルとその傷み具合を調べた。多くのタイルが割れているか、外れている。彼らは雨水がもたらした損傷も調べた。そこから階下に下り、廊下を往復して、すべての部屋をのぞいていった。家族の寝室がある二階に達するころには、昼食の時間をとうにまわっており、三人ともお腹《なか》をすかせ、埃だらけになっていた。

それでもジョーゼフとミランダが最後まで見てまわりたいと言うので、デヴィンは彼らを連れて廊下を進み、〝朝の間〟と呼ばれる部屋を見せた。そこの壁には、真鍮《しんちゅう》の鋲《びょう》を使って暗赤色のコルドバ革が張ってあった。昔は美しかったに違いないその革も、いまでは色褪せ、ひび割れている。次は音楽室と、廊下の向かいにあるデヴィンが〝小舞踏室〟

と呼ぶ部屋を見た。大きさは、階下の大舞踏室のちょうど半分ぐらいだ。その先には、大きくて薄暗い図書室があった。

だが、デヴィンが窓際に歩み寄って分厚いカーテンを引くと、南に面した背の高い窓から明るい陽射しが降りそそぎ、二階ぶんの高さがある部屋のなかを照らしだした。壁沿いに置かれた書棚には、ぎっしりと本が並んでいる。

「まあ……」ミランダは息をのんだ。「なんてすばらしい部屋かしら！」

中央にはテーブルがふたつに、座り心地のよさそうな布張りの椅子が置かれていた。巨大な地球儀をのせた台と、大きくて古い革表紙の聖書をのせた台もある。高さ二メートル近い造り付けの書棚がぐるりと部屋を取り巻き、ひとつの壁のほぼ全体を、両開きの窓が占領している。ほかのふたつの壁の書棚の上には、タペストリーと肖像画がかかっていた。残った壁にはバルコニーのような幅一・二メートルほどの木製の通路が造られ、木の階段でそこにのぼると、壁沿いに並んだ書棚の本が見られるようになっている。

ここを居心地のいい、美しい部屋にするにはどう模様替えすればいいか考えながら、ミランダは図書室のなかを歩きまわった。何もかも、ため息が出るほどすばらしい。ここはわたしのオフィスとして使うことにしよう、とミランダは決めた。一日の大半を過ごす部屋にしよう、と。「気に入ったわ」

ミランダは木の階段を〝バルコニー〟へと上がった。ここの手すりも木食い虫が食い荒らしているらしく、針のような穴が空いている。上の階に達すると、彼女は書棚の本を賞賛しながら通路を歩いていった。

「あら、見て！　この館に関する本が何冊もあるわ。全部のタイトルは読めないけど。このなかに庭園の設計図もあるのかしら？」いちばん上の棚にある本をもっとよく見ようと、ミランダは一歩さがった。「スツールが必要ね」

なんとか書名を読もうと爪先立って首を伸ばし、後ろに手を伸ばして体を支えようとした。すると、その手の下で手すりが折れ、ミランダはバランスを崩して仰向けのまま落ちていった。

# 12

ミランダは悲鳴をあげ、体をひねって、夢中で何かをつかもうとした。片手が手すりの細い柱に触れると、必死にそれをつかんだ。下の階で、父が娘の名前を叫ぶのが聞こえ、あわただしく走る音がする。腕が肩から引きちぎれそうだ。指が柱を滑りはじめ、ミランダはもうひとつの腕でさらに何かをつかもうとした。しかし、つるつる滑る木の床しか見つからない。やがてつかんでいた柱が折れ、彼女は床へと落ちていった。

だが、ミランダが柱をつかんでいた数秒のあいだにデヴィンが真下に駆けこんでいて、落ちてきた彼女を抱きとめた。おかげでミランダは固い床に激突するのではなく、彼の胸の筋肉にぶつかっただけだった。デヴィンはその衝撃を受けて後ろによろめき、彼女を抱いたまま床に倒れた。少しのあいだ、ふたりは呆然《ぼうぜん》としてそのまま横たわっていた。デヴィンの腕にひしと抱きしめられているせいで、ミランダは息ができないほどだった。それから、自分も同じくらい強く彼にしがみついていることに気づいて、体を震わせながら目を閉じた。一瞬、もうだめかと思ったのだ。

「ミランダ！　大丈夫か？　なんてことだ、死ぬかと思ったぞ！」娘を上に引っ張りあげるために階段へと走っていた父が、急いでふたりのそばに戻ってきた。

「え、ええ」ミランダの声はデヴィンのシャツでくぐもった。

ジョーゼフは娘の腕をつかみ、彼女が立つのを助けた。デヴィンがようやくミランダを放し、彼女は立ちあがって両手でドレスの埃《ほこり》を払った。わっと声をあげ、デヴィンの固い胸に飛びこんでヒステリックに泣きじゃくりたかったが、そんな振る舞いは彼女らしくない。それに、デヴィンはたったいまわたしの命を助けてくれたのよ。そのお返しにしがみついてシャツを涙で濡《ぬ》らすなんて、気の毒だ。

ミランダは両手をぎゅっと握って震えを隠し、デヴィンと向かいあった。笑みを浮かべようとしたが、うまくいかなかった。「ありがとう。あなたに命を助けられたわ」

「どういたしまして。ぼくは……寿命が縮まったよ」

「ええ、わたしも」ミランダは打ち明け、今度はどうにか笑みを浮かべた。「もっと注意すべきだったわ。どこもかしこも木食い虫にやられていることはわかっていたんですもの」

デヴィンはうなずいて、頭上のバルコニーの、手すりが落ちた部分を見上げた。「あそこがそんなに傷んでいたとは知らなかった」

そのままじっとバルコニーを見つめ、彼は顔を曇らせた。

「午後はゆっくり休むんだな、ミランダ」娘に腕をまわしながら、ジョーゼフが言った。

「さあ、おいで。部屋まで連れていってあげよう」

「でもこのあと、ミスター・ストロングから話を聞くことになっているのよ」ミランダは抗議した。

「ストロングのことは心配いらないよ。きみと初めて会ったショックから立ち直る時間を与えられて、かえって喜ぶに違いない」デヴィンはそう言って微笑した。「彼には、話しあいは延期にしたというメモを届けておこう。ここはもう何年もひどい状態だったんだ。立て直すのが一日か二日遅れても大差はないさ」

ミランダは先ほどのショックの余波で脚が震えはじめているのに気づいた。これ以上とどまっていれば、全身が震えだすに違いない。そこで彼女はうなずき、父に支えられて図書室をあとにした。

デヴィンはつかの間立ちつくしたまま、開いている戸口に目をやった。彼の心臓はまだ狂ったように打っていた。ミランダがバルコニーから落ちてきたときのことは、死ぬまで忘れられそうもない。あの瞬間、まるで世界が止まったような気がした。

ミランダとジョーゼフが図書室を出ていくと、彼は階段を上がって、手すりが折れ、ミランダが落ちた場所まで歩いていった。そして折れた手すりの端をそれぞれ調べた。どちらも同じだ。そのほとんどが鋸《のこぎり》で切られている。ぎざぎざに裂けているのは、下の三分の一だけだ。つまり、誰かが罠《わな》を仕掛け、ミランダが危うくその犠牲になりかけたのだ。

　ミランダは、思わぬ落下事故のせいで結婚式を遅らせたりしたくないと拒んだ。その夜、ひと眠りして回復したあと、みんなの心配ぶりに少し当惑しながら、自分は大丈夫だと請けあった。

「傷ついたのはプライドだけよ。体重が重いってことですもの」ミランダは笑ってそう言った。「予定どおり式を挙げられない理由はまったくないわ。手首を少し痛めた程度で、けがはなかったんだし」

　翌日の午後、デヴィンとミランダは予定どおり村の教会で結婚式を挙げた。ミランダが望んだように、シンプルで短い式だったが、教会のなかは祭壇の両側に飾られた白薔薇《ばら》の香りでむせ返るようだった。古い石造りの教会はとてもくつろいだ雰囲気で、窓から射《さ》しこむ午後の光に金色に染まっていた。ミランダにとってはとても美しくて甘い、厳粛な時だった。胸のなかにこだまする牧師の言葉を聞きながら、ミランダはあらためて自分に言い聞かせた。これはわたしが望んだこと、正しいことなのよ、と。

　ミランダの体にしっかりとまわされているデヴィンの手は、とても温かかった。ハンサムな顔にはほとんどなんの表情も浮かんでいない。何を考えているのかしら？　ミランダはそれが知りたかった。悲しいのか、幸せなのか。それとも、自由を失うかもしれないと恐れているのか。レオーナのことを考えて、かたわらに立っているのがわたしではなく彼女だったらよかったと思っているのかしら？　だとしても、いつかレオーナへの思いを彼の頭のなかから追いだしてみせよう。ミランダはそう自分に誓った。

彼らは幌《ほろ》をたたんだ四輪馬車でダークウォーターに戻った。途中の沿道には笑みを浮かべた村の人々が並び、ふたりに向かって手を振り、お祝いの言葉を投げかけてきた。今夜は館の横にある庭で、村人たちも参加しての大きな祝宴が予定されている。アインコート家の友人たちや親戚は、小さなほうの舞踏室で祝うことになっていた。

ミランダがちらっと隣を見ると、デヴィンがウインクを返してきた。「何もかも、少しばかり中世みたいだろう？」

ミランダは低い声で笑った。「ええ、ほんと。でも、父はすっかり感激しているに違いないわ」

「お父さんを喜ばせるのは、きみにとってとても大事なことらしいね」

「父を愛しているんですもの。だからといって、そのためになんでもするわけじゃないけど」

「だが、彼を喜ばせるために結婚した」

「結婚したのは、自分自身を喜ばせるためよ」ミランダはつい口を滑らせた。

「そうなのか？」デヴィンはとたんに煙るような目になった。「だとしたら、ぼくがそうできるよう心から望むよ」

「自分の好きなようにすることが、自分を喜ばせることになるのよ」ミランダは急いで説明した。「たとえわたしみたいにものわかりのいい父親を持っている娘でも、結婚したほうが独身のままでいるよりもずっと楽なの。結婚していれば、どこへでも好きなところに行けるわ。付き添いの心配をする必要もない。ひとりで出かけても、誰もなんとも思わない。ドレスは白か淡い色だけで、鮮やかな色はだめだという愚かな制限もないわ。夫ではない男性とふたりきりでいても、世間の人々は恐ろしげにたじろいだりしない。それにもちろん、婚約したときに話したほかの理由もあるわ」

「覚えているよ」デヴィンはつかの間、ミランダをじっと見つめた。「きみはおかしな女性だな。ほとんどの女性が、結婚の話をするときは愛について語るのに」

「ほとんどの女性は、ひどい状況のなかで最善を尽くす必要性を感じるからよ」ミランダはあっさり切り返した。

デヴィンはその答えに驚き、笑いだした。「レディ・レイヴンスカー、きみは救いがたいほど率直だね」

「その名前で呼ばれると、なんだかすごく変な感じ」ミランダは低い声でつぶやいた。

「慣れたほうがいいぞ」

「ええ、そうでしょうね」

デヴィンは考えこむような顔になった。「もう悔やんでいるのかい?」

「いいえ」ミランダは目を上げ、にっこり笑った。「ただ、考えているだけ。わたしたちの結婚生活はどんなものになるのかしらって」

「めったにないものになりそうだな」

「そうかもしれないわね」

馬車が止まると、ふたりは小舞踏室へと上がった。そこには結婚を祝う豪華な料理が並べられていた。家族や親戚もすでに集まっている。このあたり一帯に住む、レイヴンスカー伯爵の結婚披露宴に呼ばれるだけの身分を持つ人々も訪れていた。ロンドンを始めとする都会で挙げる結婚式、あるいは何カ月もかけて準備をした結婚式は、これとはまったく違うものになったはずだとミランダは説明されていた。多くの人々がなんとかして招待状を手に入れようとするため、今夜ここに呼ばれている人々のほとんどは除外されることになるだろう、と。招待するのにふさわしい人々を決める詳しい基準については、ミランダにはあまり理解できなかった。そこには、富と地位と日ごろの関係と、社会的なつながりが微妙にからみあっているようだ。ミランダはデヴィンの母親の説明に黙ってうなずき、そのすべてに精通している義母に心から感謝して、すべておまかせしますと告げたのだった。

ミランダとデヴィンは、デヴィンの母とルパート伯父、レイチェルとその夫と一緒に、舞踏室の扉のすぐ内側に立ってゲストを迎えた。ミランダ以外はひとり残らず、どういう順番で並べばいいかわかっているようだった。言うまでもなく、ミランダの家族はその列のいちばんおしまいに立った。

ミランダはデヴィンとその母に挟まれていた。おかげでだいたいの会話はこのふたりが引き受けてくれた。歩み寄るゲストのほとんどはデヴィンが紹介してくれたが、ときどき彼が名前を思い出せないと、彼の母親がなめらかに助け船を出し、その相手をミランダに紹介した。

義母に紹介された医師と挨拶を交わしていると、かたわらでデヴィンが体をこわばらせた。それとほぼ同時に、ミランダの反対隣に立っている義母の腕が痙攣《けいれん》するように引きつった。ミランダは好奇心に駆られて、新しく着いたゲストに目をやった。そこに立ってデヴィンにほほえみかけているのは、年老いた女性だった。その後ろに、オペラ座でデヴィンと一緒にいた女性がいる。デヴィンの愛人が結婚披露宴にやってきたのだ。

「ミス・ヴェイジー」デヴィンはこわばった声で老婦人に挨拶すると、少しかがみこんで彼女の手を取った。「またお目にかかれて、こんなにうれしいことはありません。お久しぶりです」

「ええ。このごろはあまり出かけないものだから。レディ・ヴェイジーがここに同行してくれると申し出てくれて、とてもうれしかったのよ。レディ・ヴェイジーはご存じでしょう？　わたしの甥《おい》と結婚しているの」

「ええ、存じあげています」デヴィンは抑えた冷たい声でそう言ったが、ミランダは激しい感情が彼のなかに渦巻いているのを感じ取った。彼の気持ちが読めればいいのに、と痛切に思った。

デヴィンの母親のほうがどう感じているかは、手に取るようにわかった。レイヴンスカー伯爵夫人の体は、バイオリンの弦のように張りつめていた。できるものならいますぐレオーナにつめ寄って、平手打ちをくわせたいに違いない。

反対に、レオーナはまるでクリームをなめたばかりの猫のような顔をしていた。彼女は美しく装っていた。今夜、豊満な体を包んでいるのは、くすんだ緑色の控えめなシルクのドレスで、オペラ座で着ていたような胸もとを大胆に開けたデザインではない。だが、どういうわけかそのドレスは吸いつくように体に張りつき、金色の目と髪をすばらしく引きたてて、オペラ座で見たときと同じように人々の注目を惹《ひ》かずにはおかなかった。レディ・ヴェイジーは思わず目をみはるほど美しかった。こうして近くで見ても、髪も、目も、肌も、まばゆいほど輝いている。この完璧な容姿の女性を前にして、ミランダの胸に初めてかすかな不安が生まれた。彼女とデヴィンの愛を競って、勝つことができるのだろうか？

「レイヴンスカー卿《きょう》とわたしは古くからの友人なのよ、伯母様」レオーナはそう言って、笑いを浮かべた目でデヴィンの目をのぞきこむように見上げた。「そうでしょう、伯爵？ わたしがこのお祝いに呼ばれもしないのにやってきたことを、気にしないでくださるわね。伯母にはエスコートが必要だったんですもの。さもなければ、決して押しかけたりしなかったわ」

「もちろんですとも」デヴィンの母が氷のような声で割って入った。「レディは決してそんなことはしないものよ。こんばんは、レディ・ヴェイジー」

デヴィンの母の前へと移る途中で、レオーナの目がミランダに向けられた。その瞬間、レオーナはかすかに目をみひらき、体をこわばらせ、それから微笑を浮かべた。自分を見てレオーナがショックを受けたことに、ミランダは意地の悪い喜びを感じた。明らかにレオーナは、ミランダとは違うタイプの女性をデヴィンの花嫁として思い描いていたようだ。

「デヴィンの新妻を紹介させてちょうだい」レディ・レイヴンスカーが続けた。「ミランダ、こちらはレディ・ヴェイジーよ。ご主人の領地がここからさほど遠くないところにあるの。でも、わたしたちはヴェイジーご夫妻にはめったにお会いしないのよ」デヴィンの母はこうつけ加えた。「ふたりとも、ほとんどいつもロンドンにいるの」

ミランダは頭をよぎった疑問と不安を無視して、片手を差しだした。「お会いできてうれしいですわ、レディ・ヴェイジー。レディ・レイヴンスカーのお友達にお会いするのは、とても楽しいことですもの。あなたがこちらにいらしていると知っていたら、招待状をお送りしましたのに」

デヴィンの母親と同じ年代だと仄《ほの》めかされて、レオーナは少しばかりむっとした顔になった。しかし、この言葉に柳眉《りゅうび》を逆立て反駁《はんばく》するのは大人げないと判断し、礼儀を知らないアメリカの田舎者の失言だとみなすことにしたらしく、作り笑いを浮かべた。「ありがとう。とてもすてきだわ。ファッションセンスのいいお義母《かあ》様を持って幸せね。あなたの着るものは、さぞ選びがいがあったでしょうね」

ミランダはくすくす笑った。「面白いことをおっしゃるのね。レディ・レイヴンスカーに会う前のわたしは、何を着ていたと思っていらっしゃるのかしら？」

「残念ながら、わたしはミランダの買い物に同行するだけの時間がなかったわ」デヴィンの母親は、レオーナと見えない剣を交え続けた。「さいわい、この人のセンスはそれはすばらしいの。それだけでなく、何が適切で何がそうでないかも、よく心得ているのよ」

レオーナの頬がかすかに染まるのを見て、ミランダはデヴィンの母親に拍手を送りたくなった。彼女はいまの言葉で見事に一本取ったのだ。ミランダは何も知らない無邪気な花嫁のふりをして続けた。「どうか遊びにいらしてくださいな、レディ・ヴェイジー。ぜひいろいろ教えていただきたいですわ。まだ結婚したばかりだから、あなたのように長いこと結婚されているレディたちの助言が必要ですもの」

レオーナの顔を先ほどと同じかすかな表情がよぎった。屈辱と、猜疑心《さいぎしん》の入り混じった表情が。ミランダがすべてを承知したうえで自分を侮辱しているのか、それとも何も知らないせいでこんなことが言えるのか、判断がつきかねているのだろう。

「ええ、ぜひお邪魔したいわ」

「まあ、楽しみだこと」老ミス・ヴェイジーがうれしそうに言う。

ミランダは温かい笑みを浮かべた。「ええ、ミス・ヴェイジー、あなたもぜひいらしてくださいね」

「もちろんですよ。心からお幸せをお祈りするわ、レディ・レイヴンスカー」

レオーナがあとに続く。「わたしからも。お幸せにね……」そこで彼女はためらった。

おそらく、義理の伯母のようにミランダを〝レディ・レイヴンスカー〟と呼ぼうとして、その呼び名が喉につかえたに違いない。レオーナは騒ぎを起こしたくてここに来た。ついでにミランダがどんな女かひと目見るため、デヴィンに彼が本当に愛しているのは誰なのかを思い出させるために。だが、愛人の妻に挨拶し、彼女を祝福しなければならないことは、すっぽり頭から抜け落ちていたようだ。

「ありがとう、レディ・ヴェイジー」ミランダはわざと意地悪く、相手の名前を口にした。

「ええ、レディ・レイヴンスカー」レオーナはしぶしぶそう言うと、向きを変え、夫の伯母に従った。

ルパート伯父はレオーナにはほとんど声をかけず、恐ろしげにちらっと見ただけだった。レイチェルは氷のような目でにらみつけ、ウェスサンプトン卿は言葉少なに挨拶をすませた。ところが面白いことに、父のジョーゼフは、今夜ずっと示しているあふれるような喜びと満面の笑みで、レディ・ヴェイジーに挨拶をした。彼女の伯母と話し、レオーナが差しだした手をしきりに振りたてる。それからいつもの気のいい調子で、娘のこと、レイヴンスカー卿のこと、ダークウォーターのことを、伯母のほうと楽しそうに話し続けた。

デヴィンがミランダの反応を測るように、ちらっと彼女を見下ろした。そしてかがみこんで、耳もとでささやいた。「すまない。まさかこんなことをするとは、想像も——」

「わかっているわ」ミランダは落ち着いた声で応じ、明るい笑みを浮かべた。胸の内の嫉妬を吐きだすつもりはなかった。特にデヴィンの前では、絶対にそんなことをすべきではない。

並んでいるゲストはもうそれほど残っていなかった。列がとぎれると、デヴィンはミランダの手を取って、舞踏室の中央に向かった。舞踏室にいるすべての人々の目が、期待をこめてふたりに向けられる。彼らはふたりが踊る場所を空けるためにじりじりとさがった。デヴィンがうなずいて、部屋の奥にいる音楽家たちに合図を送る。ワルツの最初のメロディが始まると、彼はミランダと向きあい、片手を差しだした。ミランダはその手を取り、前に出て彼の腕のなかへ入った。そしてふたりはワルツを踊りはじめた。

ふたりだけで広間をまわるのは、ほんの少し恥ずかしかった。とはいえ、デヴィンの腕に抱かれ、背中にあてられた彼の手を感じ、まるで呼吸のように自然な彼のステップに合わせて踊るのは、夢のようだった。レオーナがこのワルツを見ていると思うと、ミランダはまたしても意地の悪い喜びを覚えた。あの女が結婚披露宴に押しかけようと決めたときに何を期待していたにせよ、それが裏切られたことを心から願った。

結婚したばかりのふたりが優雅な弧を描いて舞踏室をまわり、ゲストの目を惹きつけているあいだに、デヴィンの母は娘に目配せをしてそばに来させ、ささやいた。「あの女が今夜ここに来るつもりだったなんて、少しでも見当がついた？」

「まさか」レイチェルは嫌悪を浮かべて首を振った。「もちろん、想像もしていなかったわ。さもなければ、彼女をなかに入れないように召使いに告げておいたわ。彼女がヴェイジーパークに来ていることさえ知らなかった」

「すると、ここに来たのはそれほど前のことではないわね」レディ・レイヴンスカーは言った。「めったに訪れないけれど、あの女ときたら、ここに来るたびにたいへんな物議をかもすのよ。初めて来たときもそうだったわ」レディ・レイヴンスカーは、彼女にしては珍しく口もとをゆがめた。

レイチェルにはすぐにわかった。母はデヴィンが初めてレオーナに会ったときのことを言っているのだ。デヴィンはまだ十八歳で、レオーナの美しさに魅せられ、思春期の終わりに差しかかった若者だけが持つ激しさと性急さで、すっかりあの女の虜《とりこ》になってしまったのだ。

「少なくとも、ミランダがあの女のことを何ひとつ知らないのはありがたいわ」母が言った。「本当はあの女に思いきった言葉を投げつけたかったの。でもそれでは、レディ・ヴェイジーとデヴィンの関係を仄めかすことになるでしょう？　愛人が結婚披露宴に乗りこんでくるなんて、ミランダにとってはひどい侮辱だわ。だけど本人がそれを知らないかぎり、傷つかずにすむもの」

だが、レオーナがどんな女か、デヴィンの人生にどうかかわってきたか、ミランダはすでに知っているのだ。レイチェル自身がそれを話してしまったのだから。ワルツが終わるのを待って、レイチェルは急いでミランダに歩み寄った。

デヴィンとふたりでダンスフロアから戻るとすぐに、花嫁は幸せを祝う人々に囲まれた。デヴィンはエレガントなお辞儀をして彼女の手を放し、ゲストに譲り渡した。ミランダはロマンティックなワルツを踊っていたときの夢心地から醒《さ》めるのに少し苦労しながら、遠ざかっていくデヴィンの背中を目で追うまいと必死に自分を抑えた。彼はまっすぐ愛人のところに行くつもりだろうか？

口々に話しかけてくる見知らぬ客に精いっぱい礼儀正しく応え続けていると、ありがたいことに、レイチェルが現れてミランダの手を取った。レイチェルは、新しくできた姉を少しだけ独占させてちょうだい、と笑顔で断りながら、ミランダを連れだしてくれた。

そして巧みにミランダを舞踏室から廊下に連れだし、窓辺に置かれた椅子のある、誰もいないアルコーブへと導いた。「本当にごめんなさい」レイチェルはほかのゲストに聞こえないところまで来ると、すぐにそう言った。「あの女が領地に来ていることさえ、まったく知らなかったの。しかも、今夜ここに乗りこんでくるなんて。そこまで厚かましいとは思ってもみなかった！」

「かまわないのよ」ミランダは落ち着きを装って、正式に義理の妹となったレイチェルにほほえんでみせた。「結局のところ、すべてうまくいったと思うわ。それに、あのワルツはすばらしかったわ。いまはとても幸せで、レディ・ヴェイジーのことなんて心配する気になれないの」

「ほんと？」レイチェルはうれしそうに尋ねた。「ほんとに幸せなの？」

「ええ。これからのほうがもっと幸せになるでしょうけど」

「お兄様のことが好きなのね、そうでしょう？」レイチェルはミランダの腕に片手を置き、もうひとつの手を大きく振って自分のまわりを示した。「ダークウォーターを手に入れるためにお兄様と結婚したわけじゃないのね？」

ミランダは陽気な笑い声をあげた。「もちろんよ。これはみんなお金で買えるものだわ」

そう言って館に片手を振ってみせた。「でも夫になる人には、お金で買えるよりもはるかに多くの資質が必要よ。どれほど立派な館だって、単なる建物。それを手に入れるために、気に染まない相手に一生つながれるだけの価値はないわ」

「思ったとおりだわ！」レイチェルは満面の笑みを浮かべた。「あなたは兄をきっと幸せにしてくれる。わたしにはわかっているの」

「保証はできないけど」ミランダはそう言ったあとで、にっこり笑ってつけ加えた。「わたしなりに最善を尽くすわ」


ミランダの夫はそのとき、一見どこへ行く目的もないようにあちこちでゲストと言葉を交わしながら、それとなくレオーナの姿を捜して部屋を横切っていた。どうすれば、誰にも気づかれずに彼女をほかの人々から離し、広間から連れだせるだろうか？　ようやく、部屋の反対側で扉の近くに立っているレオーナの姿が目に入った。レオーナはデヴィンを見ていた。そしてふたりの目が合うと、それとなくうなずいてドアを示し、自分はひと足先に外に出た。デヴィンは祝いの言葉を述べるために呼び止めてきた牧師のいとこに断って、レオーナのあとを追った。

混みあった人々のあいだを縫うようにして進み、同じドアから外に出た。レオーナの姿はどこにも見えなかったが、廊下の少し先にある階段から裏庭に出ることができる。そこでデヴィンは、自分の勘を信じてそちらに向かった。急いで階段を下りて裏庭に出ると、思ったとおり、レオーナは官能的な唇にいたずらっぽい笑みを浮かべて彼を待っていた。

「ここに来るなんて、いったいどういうつもりなんだ?」デヴィンは怒りに駆られて声を荒らげ、彼女に近づいて手首をつかんだ。

「何を怒ってるの?」レオーナは口を尖《とが》らせた。「わたしに会えてうれしくないの?」

「今日はぼくの結婚式だぞ!」デヴィンはすばやく周囲を見まわし、庭のいたるところにある伸びすぎた生け垣の陰にレオーナを引っ張りこんだ。「正気を失ったのか? 何をしに来たんだ?」

「ねえ、デヴィン、そんなに怒らないで」レオーナはにっこり笑って彼を見上げ、なだめるように彼の胸に片手をあてた。「あなたに会いたかったんですもの」

つられて笑みを浮かべるどころか、デヴィンが石のような表情でにらみ続けていると、レオーナは金色の目に怒りを閃《ひらめ》かせ、片方の眉を上げて一歩さがった。

「ここに来なければ、どうやってあなたに会えばいいの?」彼女は吐き捨てるように言った。「ロンドンを発《た》つ前だって、訪ねてもこなかったじゃない。手紙をよこしてきただけで!」

「訪ねたさ。だが、きみは会おうとしなかった。忘れたわけじゃないだろう?」デヴィンは言い返した。「ぼくはきみの執事に三度も追い返されたんだ。うんざりしたよ」

「あんなふうにオペラ座にわたしを置き去りにしたんですもの。それくらいは当然でしょ」レオーナは指摘した。「それも、スチュアートたちが見ている前で！　ひどい侮辱だったわ」彼女は言葉を切り、つけ加えた。「昔はもっと忍耐強かったのに。そのうちわたしが機嫌を直すのはわかっていたはずよ」

「ああ。だが、ぼくはダークウォーターへ戻らなくてはならなかった。だから、きみのゲームにつきあう時間がなかったんだ。ぼくが何をしているか告げるために、手紙を届けさせたじゃないか。きみがここに姿を現すとは思いもしなかったよ」

「ほかにどうすればよかったの？　あなたの花嫁を見たかったんですもの。それに、二週間もダークウォーターに閉じこめられていたら、少しばかり……気晴らししたいんじゃないかと思って。だからしばらくのあいだ、ヴェイジーパークで休養することにしたの。あそこはわたしたちが初めて会った場所ですもの。あのころのことを覚えてる？」レオーナは魅惑的な笑みを浮かべ、デヴィンに近づいた。

　だが驚いたことに、デヴィンは表情を和らげもしなければほほえみ返しもせず、そっけなく言った。「もちろん覚えているさ。だが、いくらきみでも、今日ここに来るのがどれほど……間違ったことか、それくらいわかるはずだ。きみはみんなの前でぼくらの関係を仄めかしたんだぞ」

「あら、いつから、正しいとか間違っているとか、そういうことを気にするようになったの？」レオーナは爪先立って、デヴィンの唇にかすめるようなキスをした。「さあ、デヴイン、もう怒らないで。確かにわたしはみんなに、ちょっとした噂《うわさ》の種をあげたかもしれない。でも、いままでだってふたりとも、似たようなことをしてきたじゃない。それに……その気になれば、あなたの退屈をまぎらわせることもできるのよ。そうしたい？」レオーナは片手で彼の胸をなでおろし、ズボンのなかに滑りこませた。

「よせ！」デヴィンはぱっと離れた。「正気をなくしたのか？　今夜はゲストがたくさんいるんだ。いつなんどき、誰かが裏のドアから出てきて、ぼくらを見つけないともかぎらないんだぞ。きみがここにいるだけでも、妻にとってはひどい侮辱なのに」

レオーナは目を細めた。「あらあら。わたしたち、突然あの小柄な奥さんに義理立てするようになったのね。いつからそんなに野暮な男になったの？」

「やめてくれ、レオーナ。彼女はもうレディ・レイヴンスカーなんだ。彼女が侮辱されるのを許すわけにはいかない。何を期待していたんだ？　忘れたのか？　結婚しろとぼくをせっついたのはきみなんだぞ」

「あなたが突然、模範的な夫になるとは思わなかったのよ！」レオーナは鋭く言い返した。「いつロンドンに戻るかも知らせてくれずに、そそくさとダークウォーターに帰ってしまうなんて。それに、愚かしいにやけ笑いを浮かべて、植民地から来た田舎娘の横に立って、彼女を妻だと紹介しているなんて。いいこと、あなたは彼女と結婚して、すぐにわたしとロンドンでの生活に戻ってくるはずだったのよ」

「わかってるさ。いずれそうするつもりだよ。新婚夫婦にふさわしい期間をここで過ごしたら、折りを見てロンドンに戻る」デヴィンはそう言いながらも、ミランダをここに残してロンドンに帰るという考えに、奇妙な違和感を覚えた。

「ふさわしい期間、ですって？」レオーナはデヴィンの言葉を繰り返した。「あなたがそんなことを言うなんて、信じられないわ！　いつから〝ふさわしい〟とか〝受け入れられる〟ことを心配するようになったの？　いつからそんなにまともで、面白みのない男になってしまったの？」

「まともで面白みがない？」デヴィンはこらえきれずに低い声で笑いだした。「レオーナ、それは少しばかり的外れの非難じゃないか？　ぼくは結婚などしたくなかった。しろとせっついたのはきみだ。だが、結婚したからには、それなりにしなければならないことがある。妻を教会に置き去りにして、ロンドンに飛んで帰るわけにはいかないんだ」

「昔のあなたなら、そうしていたわ」

デヴィンは何も言わなかった。レオーナの言うとおりだからだ。何年も前なら、いや、ほんの数カ月前の彼でも、ダークウォーターから逃げだすときが待ちきれなかっただろう。この二週間を、レオーナのもとへ、ロンドンへ戻る日を夢見て過ごしたに違いない。だが実際には、そのどちらもデヴィンの頭にはほとんど浮かばなかった。彼の頭を占領していたのは、このうえなく苛立《いらだ》たしいミランダ・アップショーだった。

「あの娘は嫌いだと言っていたくせに」レオーナが口を尖らせた。

「実際、あんなに腹立たしい女性には会ったこともないよ」デヴィンは正直に答えた。だがミランダのことを口にするとき、彼の表情はおのずと和らぎ、口もとにはかすかな笑みが浮かんだ。

レオーナは顔をしかめた。「いったいどうしてしまったの？　まさかあの退屈な田舎娘を憎からず思いはじめたわけじゃないでしょうね！」

デヴィンはまたしても低い声で笑った。「ぼくなら、ミランダが〝退屈な〟女だとは、決して言わないだろうな。それはともかく、冗談はやめてくれ。彼女にそんな気持ちを持ってなんかいるもんか。喧嘩《けんか》をせずに、同じ部屋に二分といられたためしがないというのに」

ドアを隔てた隣の部屋に寝ている彼女のことを頭から追いだせず、夜も眠れないという事実は、黙っていた。ミランダに早く会いたくて、毎朝いそいそと階下に行くことも。レオーナはこれまで、デヴィンがほかの女性に性的な関心を持っても気にしたことはなかったが、なぜか今回はそれほど寛容になってはくれない気がする。

デヴィンの笑い声を聞いて、レオーナは少し安心した。デヴィンの欲望がどれほど強いか、彼女はよく知っている。なんといってもこの十五年あまり、自分がその対象だったのだ。彼が新妻に激しい欲望を向けているとしたら、その相手をこんなふうに笑うことができるとは思えない。

自分もかすれた笑い声をあげ、レオーナはデヴィンを見上げた。「いいわ。とにかく、わたしはヴェイジーパークにいるわ……あの娘の相手をするのに飽きたら、いつでも訪ねてきて」

「ああ、わかってる。さあ……頼むから、伯母さんを連れてヴェイジーパークに帰ってくれ」

レオーナはまたしても苛立った。今夜は期待外れのことばかりだ。アメリカ娘は、彼女が想像していた内気で鼠《ねずみ》のような女ではなかった。もちろん自分ほど美人ではないが、レオーナを見てもまったくたじろいだ様子はなく、エレガントなドレスを着て、ごく自然に、まるで当然のように、デヴィンのかたわらに立っていた。デヴィンにしても、あとに従って外に出てきたまではいい。だが、待ちかねたようにレオーナをつかんで、思いきって来てくれてどんなにうれしいか、どんなに彼女が欲しかったか、と喜ぶどころか、怒りに顔をゆがめ、よりによって結婚披露宴に顔を見せるとは新妻に対する〝侮辱〟だと彼女をなじった。

「いいわ、もう帰る」レオーナは鋭く言い返した。「そういう態度をとり続けるなら、さっさとロンドンに帰ってしまうかもしれなくてよ。あなたが領地でぐずぐずしているあいだ、喜んでわたしを楽しませてくれる殿方はいくらでもいるんですから！」

レオーナはその捨て台詞《ぜりふ》で激しい嫉妬をかきたてられたことに満足し、きびすを返して去った。これでデヴィンは明日にでも、あわててヴェイジーパークを訪れるに違いない。しかし、捨て台詞を聞いてデヴィンの頭にとっさに浮かんだ思いを知ったら、彼女はさぞ腹を立てたことだろう。領地にとどまってもめ事を起こす代わりに、レオーナがその脅しをさっさと実行に移して明日にもロンドンに帰ってくれればどんなにありがたいか――デヴィンはそう思いながら何分かその場にとどまったあと、館のなかに戻ってミランダを捜しに行った。

舞踏室に戻ったとき、ミランダがどんな顔をしていると予測していたのか自分でもよくわからないが、デヴィンは彼女がマイケルと妹を相手に楽しそうに笑っているとは思いもしなかった。ミランダはこれっぽっちの苛立ちも不信も見せずに、屈託のない笑みを浮かべて彼を振り向いた。「あら、やっと戻ってきたわね、デヴィン。どこに行ったのかと思ったわ」

嫉妬も怒りも感じられないことがあまりに意外だったので、一瞬、ミランダはレオーナと彼の関係を知らないのかもしれない、と思った。だが、そんなことはありえない。あのおかしな結婚の申し込みのときに、ミランダ自身がレオーナのことを口にしたのだ。それを思い出すと、デヴィンは彼女が怒らないことにいっそう当惑した。夫の愛人が結婚式に姿を見せたら、たいていの女性はまず間違いなくヒステリックにわめきたてるだろう。ぼくが浮気をしようと愛人を持とうと、ミランダは本当に気にかけていないのだ。デヴィンはこのとき初めて、それを思い知らされた。

ミランダの無関心をむしろ喜ぶべきなのはよくわかっている。これほど都合のいい取り決めは望めないくらいだ。だがデヴィンが感じたのは、喜びどころか、苦い怒りだった。

デヴィンには平気なふりをしてみせたが、一方のミランダは彼の姿を見て心からほっとしていた。正直に言えば、彼が戻ってきたことにほっとするあまり、苛立ちや嫉妬など押しやられてしまい、おかげで落ち着いた態度で彼を迎えられたのだった。レイチェルと一緒に広間に戻ってから、ミランダは目立たぬようにデヴィンの姿を捜した。そして彼がいないと知って、めったに感じたことのない心配と不安にさいなまれた。デヴィンは愛人と一緒に、披露宴を抜けだしたのではないか？　レオーナの顔を見て愛と欲望を抑えきれず、どこか秘密の場所へ一緒に消えてしまったのではないか？　レオーナの姿も見あたらないとわかると、その恐れはいっそう高まった。レイチェルも目のあたりをかすかに引きつらせ、さりげなく広間を見まわし続けているところを見ると、同じことを心配しているようだった。

だが、デヴィンが戻ったのを見て、ミランダは握りしめていた拳を開き、肩の力を抜くことができた。今夜、満ち足りた花嫁にはなれないだろうけど、少なくとも大勢の人々の前で捨てられた花嫁にもならずにすむ。レイチェルの笑みも、デヴィンがふたたび姿を現したことにどれほどほっとしているかを示していた。「お兄様、ちょうどいいところに来たわ。新婚さんはそろそろ広間を抜けだす時間じゃない？」

「あら、もう？」ミランダはぎょっとして抗議した。「でも、パーティはまだたけなわよ」

「ええ。だけど花嫁と花婿は、パーティがお開きになるずっと前に抜けだすのがならわしよ」レイチェルはきっぱり答えた。

「まあ」おそらくレイチェルは、デヴィンとミランダをレディ・ヴェイジーからできるだけ遠ざけようとしているのだろう。今夜ミランダが、もうレオーナと顔を合わせずにすむように。

ついさっきまでデヴィンの姿が見えなかったのは、彼がどこか人目につかぬ場所で、レオーナと会っていたからだろう。おそらく目的を達したレオーナは、すでに立ち去ったに違いない。だが、そのことについては考えたくなかった。今夜デヴィンは、あの女と一緒に姿を消してしまわなかった。いまのところ、それだけわかればいい。

いずれにしろ、早めにパーティを抜けだせるのはありがたかった。この何分か、内心の不安を押し隠して明るく振る舞っていた反動か、ミランダは急に疲れを感じた。大勢の見知らぬ人々から逃れ、安全で居心地のいい自分の部屋に引き取れるなら、それに越したことはない。

「じゃあ、行こうか？」デヴィンがミランダを見た。「誰にも告げずに抜けだそう。そうすれば騒がれずにすむ」

「ええ、それがいいわ」ミランダは正直に答えた。

「こういう集まりからこっそり逃げだすのはお手のものなんだ」デヴィンは請けあった。「簡単だよ。まず食べるものを手に入れよう」

「ええ」

ふたりは次々にかけられるお祝いの言葉にほほえみ、会釈しながら、一箇所に足を止めるのを巧みに避けて人混みのなかを縫っていった。そしてビュッフェ・テーブルでそれぞれの皿に料理をたっぷり取ると、ふたたびゲストのあいだをくねくねと進んだ。

「座って食べる場所を探しているようなふりをするんだ」デヴィンがささやく。「よし、ドアのすぐそばまで来たぞ。まわりを見たり、後ろめたそうな顔をしたりしてはだめだよ。でないと誰かの目に留まってしまう。あそこの席に向かっているように歩き続けて、それから……ドアの外に出る」

ミランダは開いているドアから滑るように廊下に出た。デヴィンがすぐあとに続く。

「こっちへ行くと、裏階段があるんだ」彼は廊下の先に顎をしゃくった。「おいで、ピクニックをしよう。ぼくはすっかり腹ぺこだ。今夜は何ひとつ口に入れていないんだから。

きみはどう？」

ミランダはうなずいて同意した。「どこへ行くの？」

「いい場所を知っているんだ」デヴィンは先に立って階段を上がり、廊下を進んで大きな部屋の前で足を止めた。ミランダに自分の皿をあずけると、廊下の燭台《しょくだい》を取って部屋のランプに火をつけ、それを持って彼女をなかに案内し、片手をさっと振って部屋を示した。

「テーブルに、椅子もある」

「子供部屋ね！」

「確かに少しばかりサイズは小さいが、なんとか間に合わせられるだろう」デヴィンは皿をふたつとも受け取り、ミランダの皿をまずテーブルに置いて、小さな椅子のひとつをうやうやしく引いた。「どうぞ、奥様」

ミランダはにっこり笑った。「光栄ですわ、旦那様」

ミランダが腰を下ろすと、デヴィンは自分の皿を彼女の向かいに置いた。ミランダは、彼がほとんど膝を顎にくっつけるようにして座るのを見て笑い声をあげた。デヴィンがふざけて顔をしかめる。「ぼくはこの館の主人だぞ。いいかい、ご主人様を笑うなんてとんでもない話だ」

「そんなこと絶対にしないわ」ミランダは真面目な顔で誓うと、フォークを手に取り、料理を食べはじめた。先ほどまでは、心配と不安のあまり何も口に入れる気になれなかったが、いまはとても空腹だった。

デヴィンは食事をしながら、子供時代の話をして彼女を楽しませてくれた。「小さいころ、ぱっと飛びだして妹たちを脅かすために、あそこに隠れたことがある」彼は戸棚のひとつを指さした。「いつの間にか眠ってしまってね。家じゅう大騒ぎでぼくを捜すはめになったよ。そのあとも、しょっちゅう人騒がせないたずらばかりしていたな」皮肉な笑みを浮かべてそう言った。

ふたりはウエディングドレスとモーニングという、子供部屋にはまるで不釣り合いな姿で小さな椅子に座り、笑いながら話した。ミランダにとっては、これは想像できるかぎり最も幸せな結婚式のディナーに思えた。

そのあとは中世の音楽家たちの回廊へと向かった。そこは階下の舞踏室の上に突きだしている、格子壁で隠された小部屋だった。格子のあいだから、下で催されているパーティを見下ろすことができる。音楽と笑い声と話し声が混じりあって聞こえてきた。

「子守りが眠ってしまうと、レイチェルとキャサリンと三人でよくここへ来ては、両親が催すパーティを見たものだ」デヴィンが言った。「特に面白かったわけじゃないが、参加させてもらえなかったから、面白く思えたんだろうな」

「ええ、禁じられると、実際よりもずっと面白そうに思えるものね」ミランダはうなずいた。

デヴィンはミランダの手を取った。まるでそれが、世界でいちばん自然なことのように。気持ちよくて温かい、この〝ピクニック〟の幸せな雰囲気の延長のように。だがミランダは、その下の熱い血潮の流れも感じ取った。ふたりの手が触れあうと、ほとんど知らないにひとしい、それでいていまでは夫となった男の体温とにおいが、彼女を包んだ。

ふたりは廊下をミランダの部屋へと歩いていった。デヴィンがドアを開け、彼女を通すために横に寄る。ミランダがおやすみを言おうとして振り向いたときには、彼はすでに部屋のなかに入ってくるところだった。

「な、何をしているの？」

デヴィンはドアを閉め、ミランダを見つめた。「今夜はぼくらの結婚初夜だよ」そう言って一歩前に出ると、彼女の肩に手を置いた。「そしてぼくはきみの夫だ」

# 13

喉のなかで息がつまり、ミランダは近づいてくるデヴィンをじっと見つめることしかできなかった。彼の手が肩をつかみ、優しく彼女の体をまわす。「今夜はきみのメイドは来ない。ぼくがきみのメイドになる」

デヴィンはそう言うと、ドレスの後ろに縦に並んだボタンを外しはじめた。彼の指が肌をかすめるたびに、全身に震えが走る。ミランダは必死に落ち着きを保とうとした。

「その必要はないと思うわ。呼び鈴を鳴らせば来てくれるはずよ」

「たぶんね。でも……ぼくがやるほうがずっと簡単だ」

ドレスが左右にわかれて背中を離れ、わずかにシュミーズに覆われただけの肌がむき出しになる。ミランダはあわてて片手を胸にあて、ドレスが落ちるのを防いだ。デヴィンはベルベットのようになめらかな唇をうなじのあたりに押しつけて、敏感になった肌に温かい息を吹きかけた。

「デヴィン……」彼の名前を呼ぶ声がかすれ、ミランダは言葉を切って喉の霞《かすみ》を払った。

それから背筋をぴんと伸ばすと、一歩前に出て、歓《よろこ》びをもたらす彼の唇から離れた。「やめて。もうじゅうぶんよ」

デヴィンは両手をミランダの背中に滑らせ、ドレスを押しやって肩をむき出しにすると、そこに手を這《は》わせた。彼が触れるすべての箇所が燃えあがり、目覚めていく。

「じゅうぶんなものか」デヴィンはミランダの言葉に異議を唱え、かがみこんで鎖骨から肩へとキスの雨を降らせた。「ぼくがきみを味わうまでは、じゅうぶんとは言えない。きみのすべてを」

「わたしたち、こういうことはしないと決めたはずよ」ミランダは声に非難をこめようとしたが、意図したよりもはるかに乱れた震え声になった。

「いや。そう決めたのはきみだけだ。ぼくは一度だって承知した覚えはない」

デヴィンは開いたドレスの脇から手を入れ、背中からお腹《なか》へとまわした。ミランダの肌とその手を隔てているのは、薄いシュミーズだけだ。ミランダはあえぐように息を吸いこんだ。デヴィンが低い声をもらし、彼女のうなじに唇を寄せる。

足の先まで震えが走り、ミランダは抑えられずにうめき声をもらした。

「これは正しいことなんだ。きみにもわかるはずだよ」デヴィンは低い声でつぶやき、温かい息でミランダの肌をくすぐった。「夫婦はこうなるべきなんだ」

彼は両手を豊かな胸へと這わせ、もみしだきながら、うなじと耳を唇と舌と歯を使ってくすぐるように愛撫《あいぶ》した。怖くなるほど激しい欲望が、ミランダの体を駆けめぐる。デヴィンのベッドで夜を過ごし、彼の手で女に生まれた歓びを教えられたいという願いが、心を満たした。この思いに屈し、歓びを味わうのはどれほどたやすいことか。

でも、最後に手に入れたいものを失うのもたやすいことだ。

「やめて」ミランダはきっぱりと言ってデヴィンから離れ、くるりと向きあった。「だめよ。これは取り決めに含まれていないわ」

デヴィンの目は情熱に翳《かげ》り、彼の顔にはむき出しの欲望が刻まれていた。「あんな取り決めなんてどうでもいい。それに縛られる必要がどこにある？　あんなものを破ったところで関係ないさ」

「いいえ、大ありよ。わたしたちが結婚したのは、あの取り決めがあるからですもの。おたがいにのめりこまず、自由に自分のしたいことを――」

デヴィンはミランダを抱き寄せ、激しいキスで残りの言葉を奪った。ミランダは大波のような欲望に襲われ、ぐったりと彼にもたれた。

彼はミランダの唇から口を離し、ゆっくり喉をたどりながら、敏感な肌に熱いキスを残していく。「結婚生活に情熱を加えるのは、ちっとも悪いことじゃない」軽く腕をさすりつつ、説得するようにつぶやく。「これがどれほどすばらしいことか、きみに教えたいんだ。どうか――」

巧みな言葉と愛撫に、突然ミランダはそれが何を意味するかに気づき、背筋をこわばらせて体を引いた。「いいえ、そうは思わないわ。確かにあなたは、誘惑するのがとても上手ね。でも、そんなに簡単にわたしを懐柔することはできないわよ。家では妻を抱き、外では愛人を持つ、そういう結婚生活には関心がないの。そんな生活は決してうまくいかない。少なくとも、わたしにはうまくいかないわ。結婚と愛はわけておくほうがいいの。わたしたちの結婚はあくまでもビジネスの取り決め、快楽はほかの場所で求めましょう」

デヴィンの目に怒りが閃《ひらめ》いた。「くそ！　ふたりが契りを結んでいけない理由は――」

「数えきれないほどあるわ」ミランダはすばやく言い返した。「あなたのその反応が、じゅうぶんな理由よ。すでに感情が入りこんでいる。わたしたちの結婚は、感情的なものではないのよ」

「ぼくたちがみな、きみのように冷たいわけでも、合理的なわけでもない！」

「残念ながらそのとおりね」ミランダはデヴィンに褒められたかのように、澄まして答えた。「だけど落ち着いてよく考えれば、わたしが正しいってことがあなたにもわかるはずよ。情熱を許せば感情が入る。そして感情が入りこめば、あらゆるたぐいの厄介な思いが生まれるわ。嫉妬や苦しみ、怒りが。どう考えても、そんな結婚生活はうまくいかない。情熱は夫よりも愛人に抱くほうが、はるかに好ましいわ」

鮮やかな緑色の瞳に火花を散らし、デヴィンは両手を痛いほど握りしめた。つかの間ミランダは、彼が怒りにまかせて暴力を振るうのではないかと恐れた。だが、彼は顎をくいしばって一歩さがった。「いいだろう、それがきみの望みなら。きみが夫にどんな感情も持ちたくないことはよくわかった。感情を持てば、自分の思いどおりに踊らせるのはむずかしくなるからな。そうだろう？　確かに、すべてを〝契約〟にしておくほうがいい。金で買われている人間には、たいして不満は言えないな」

「そういう意味で言ったわけじゃないわ！」ミランダはたまりかねて叫んだ。

「違うのか？」

「もちろん、違うわ。これはあなたが望んだ結婚でもあるのよ」

「望んだのはきみのほうだ」

「わたしはあなたが申し出た結婚に同意しただけよ。あなたは愛人を手放したくなかった。自分の好きなことをしたがった。妻に縛られるつもりなどなかった。それとも、突然気が変わったというの？」

「いいや。変わってなどいない」

「ほらね。わたしが求めるのも、そういう結婚よ」ミランダは言い返した。「だから、ふたりが同意に達した取り決めの話をしているだけ。名ばかりの結婚の話を」

「だからといって……結婚の持つ楽しみまで否定する必要がどこにあるんだ？」デヴィンは指摘した。「結婚がもたらす歓びを味わいながら、おたがいに相手を束縛せずに暮らすともできる」

ミランダは落ち着いた表情でデヴィンを見た。「わたしには無理よ。結婚の種類には、本物かうわべだけのものか、そのふたつしかないわ。わたしたちの結婚は後者。そこに情熱をもたらせば、すべてが変わるわ。わたしはもう客観的ではいられなくなる。嫉妬と胸の痛みに苦しむことになる。わたしが誰かを愛するときは、深く愛するの。自分にしか見えない傷口から血を流し、あなたがどこにいるか誰といるかを考えながら、家のなかで一生を過ごすのはごめんよ。そうならないための唯一の方法は、あなたを愛さないこと」

デヴィンは長いことミランダを見つめ、やがて小さくうなずいた。「おやすみ、ミランダ」

そして彼はきびすを返し、部屋を出ていった。

ミランダは長く寂しい夜をひとりで過ごした。そのあいだ一度ならず、デヴィンを拒んだことを悔やんだ。ふたりの部屋を隔てているドアを開け、わたしが間違っていた、どうか抱いてほしい、と懇願するために起きあがりかけたこともあった。だが、どうにか最初にした決心を守り抜いた。すでに彼のことを深く愛しているのを黙っていたことをのぞけば、ミランダがデヴィンに告げたことは、掛け値のない真実だった。デヴィンの愛を勝ち取るまで結婚の契りを交わさないと誓ったのは、単なる戦略ではない。契りを交わせば心を深く彼につなぐことになり、彼なしでは生きていけなくなるとわかっていたからだ。

翌朝、目を覚ましたときには、いつもの自信と楽観的な考えが戻っていた。そして、さっそくさまざまな計画に取りかかる気満々で、階段を下りていった。父が雇った造園家は午後にも到着する予定だ。建築家も翌日にはやってくる。そこでミランダは領地のあらましをまずはつかもうと、メモを届けさせ、仕事部屋にすると決めた図書室にストロングを呼んだ。父にも同席してもらうことにした。それから、いままで保管人を務めていたデヴィンの伯父にも。彼の同席が必要だから、というよりも、ルパート・ダルリンプルに敬意を払うためだ。デヴィンは伯父のことを好いているらしいが、領地の状態を見るかぎり、ストロングもルパートもあまり管理能力があるとは思えない。

彼らが図書室のテーブルを囲んで席に着こうとしていると、意外なことにデヴィンが入ってきて、ミランダの隣に座った。

彼はミランダの驚いた顔を見てかすかな笑みを浮かべ、小声で説明した。「退屈なんだ。ここに同席するか、母とレイチェルが居間で刺繍《ししゅう》するのを見ているか、選択肢がそれしかなくて」

「来てくれてうれしいわ」ミランダは答えた。「なんといっても、ダークウォーターはあなたの領地ですもの」

「おはよう、デヴィン」ルパート伯父がにこやかに声をかけた。「おまえが自分の財政状態を進んで見る気になったのは、初めてだな。ここにいる女性の魅力に引き寄せられたに違いない」そう言ってウインクした。

「伯父上やストロングを見るよりは楽しいですからね」デヴィンは気のいい調子で軽口を叩《たた》いた。「で、今朝は何をするつもりなんだい、ミランダ？」

「こんなにたくさん出席してくれると思わなかったわ」ミランダは正直に言った。「今朝はただ、領地の大まかな状態をミスター・ストロングから聞くつもりだったの。頼んだものを持ってきてくれたかしら？」

「え、ええ。できるだけ集めました、奥様」

「デヴィン、あなたと伯父様も、領地についていろいろと教えてくれるわね？」ミランダはまずデヴィンを、それから彼の伯父を見た。

「できるかぎりの手伝いはするとも、ミス――失礼、レディ・レイヴンスカー」デヴィンの伯父はにこやかに答えた。

「どうかミランダと呼んでください。もう親戚になったんですもの」

「では、わたしのこともルパート伯父と呼んでほしいね」ルパートはいたずらっぽく目を輝かせた。「しかし正直な話、少しばかり当惑しているんだ。われわれはここで何をしているんだね？　ストロングは昨日、すっかり取り乱して、これからは領地に関するいっさいをきみが取り仕切ることになった、と言ってきた。そんなばかなことはありえない、と彼には言ったんだが――」

「ええ、もちろん、実際の仕事を毎日管理するわけではありませんわ」ミランダは請けあった。「それでは時間を取りすぎるし、ミスター・ストロングがすべて円滑に運ぶよう管理してくれるはずですもの。わたしはただ、監督するだけです」

ルパート伯父は昨日のストロングと同じように、ぽかんと口を開けてミランダを見つめた。「きみが領地の管理を監督する？」彼は耳を疑うように、注意深く訊《き》き返した。「しかし……きみは若い娘だぞ」

「ありがとうございます。でも、実際は〝娘〟と呼ばれるほど若くはありませんわ」

「ミランダ……投資さえしてくれれば、領地の運営は軌道に乗るはずだ。きみが頭を悩ます必要はまったくないんだ。それより人生を楽しむべきだよ。新婚生活は、そんなに長く味わえるわけじゃないんだから。家のなかのことだけでも、いろいろ慣れなければならないことがたくさんあるだろうに」

「ええ、ミセス・ワトキンスやカミングスとも、もちろん話します。でも、家のなかのことに関してはふたりともまったく問題なく管理しているようです。有能な家政婦と執事がいれば、家事に関しては時間も労力もほとんど割かずにすむんですよ。そちらに時間を取られて、領地の運営をおろそかにしたりはしません。わたしのことは心配しないでください、ルパート伯父様。こういった仕事には慣れているんです。もちろん、これだけの規模の領地を運営した経験はありませんが、ほかのビジネスにおいてはかなりの経験を積んでいますの。だいたいのことはわかるつもりです」

「しかし……」ルパート伯父はすっかりとまどい、訴えるように甥《おい》を見た。「デヴィン……どうもよくわからんな」彼はミランダに目を戻した。「わたしが領地の保管人だということを知らないのかね？　もちろん、きみに領地に関して説明するのはやぶさかではないが――」

「実は違うんです。伯父様はもう保管人ではないんです」ミランダはできるだけ穏やかに言った。「長年、デヴィンのために領地を切り盛りしてくださったことは存じています。もちろん、デヴィンもそのことはとても感謝していますわ。でも実際には、彼の所有財産に関する委託は、五年前に終わっていますの。したがって、現在レイヴンスカーの領地には保管人はいないんです」

領地がひどい困窮状態に陥ったのは、こういうずぼらな取り扱いも原因のひとつに違いない、とミランダはひそかに思った。ルパート伯父は面倒がらずに手を貸してくれる気のいい人物に見えるが、領地から上がる収益をうまく運用するだけの商才がある証拠は、いまのところひとつも目にしていない。デヴィンがとてもこの男を好いていることを考えると微妙な問題だが、まるで才覚のなさそうな人間に、これまで同様すべてをまかせ続けるのは論外だ。

「確かに、厳密に言えばそうかもしれないが」ルパート伯父は認めた。

「伯父様は本当にご親切に、ずいぶん長いこと保管人の役目を果たしてくださいましたわ」ミランダは続けた。「でも正直なところ、すっかりわたしにまかせて肩の荷を下ろせれば、そのほうがよろしいのではありませんか？」

「まあ、それはそうだが、無責任にほうりだすことはできないからな」ルパートは異を唱えるように咳払《せきばら》いした。

「これまでの経験に基づいた助言をいただければ、とてもありがたいですわ。先ほどもお話ししたように、領地の運営はこれまでしたことがありませんの。わたしが投資してきたのは、ほとんどが土地と建物でしたから。ペンシルヴァニア州では、運河を造るのに投資しましたけど」ルパートのぽかんとした顔を見て、ミランダは説明した。「石炭の産地とフィラデルフィアとニューヨークの市場をつなげるための運河です。完成した暁には、石炭産業に革命的な繁栄をもたらすでしょうね。でも、いまの話とはなんの関係もありませんが」

「うむ……」ルパートはぼんやりした顔でうなずいた。「もちろん、喜んできみに手を貸すとも、ミランダ。実際そう言われてみると、領地の保管という重責から解かれるのはありがたいことだ」彼は思いがけなく与えられた自由に気づいたらしく、明るい顔で言った。

「年々収益がさがっていくのに、それを止める資金のめども立たないというのは、つらいことだったからな」

「ええ、お気持ちはお察しします」ミランダは同情をこめて言った。「ここはかなり広いですものね」

「五十キロ平方メートル近くあります」ストロングが口を挟んだ。「もちろん、その多くがローチーズです。岩だらけの、ほとんど役に立たない土地ですよ」

「ローチーズ？」

「ああ、そうだよ。神にさえ見捨てられた荒地だ」ルパートが言った。「ペニン山脈の尻尾の最端にあたる。ごつごつした岩の丘でね。ストロングが言ったように、まったく使い道がない」

「でも、なんとも言えない魅力があるところなんだ」デヴィンが口を挟んだ。「荒涼としているけど、なぜか心を惹《ひ》かれる。きみが自分の目で確かめられるように、そのうち案内してあげるよ」

「ええ、ぜひ見てみたいわ」ミランダはデヴィンに笑みを投げた。「領地全体を見たいもの。自分がこれから運営する場所がどういう状態なのか、この目で確かめたいの。あなたの小作人たちにも会いたいし」

「いいとも」

「喜んで案内するよ、ミランダ」ルパートが言った。「みんなで行くとしようじゃないか。

川沿いに馬を走らせよう。なあ、デヴィン？　あそこは美しい。ピクニックにはもってこいだ」

「ええ、伯父上」デヴィンも同意した。

「すばらしいわ」ミランダはデヴィンの伯父ににっこり笑うと、領地の管理人に顔を向けた。「さて、ミスター・ストロング、まず領地の地図を見せてもらえるかしら？　それと、ここの作物を教えてちょうだい。主に農業が行われているのね？」

「はい、奥様。小作人から賃貸し料が上がります。この数年は落ちる一方でして。畑が痩せて、作物の収穫高が落ちこんでいるもので」

「なるほど。それを回復させる方法を考える必要があるわね。ミスター・ジェファーソンは、自分がモンティセロの畑で行った近代的農法について、詳しく書いているわ。あの本を取り寄せるとしましょう。この国にも同じような方法を試してきた人たちがいるに違いないわね。それから、領地の帳簿にも目を通したいの。その件に関しては、父のアシスタントのハイラム・ボールドウィンに手伝ってもらうつもりよ。問題を特定するには、過去何年分かの帳簿が必要でしょうね。まずはそれくらいかしら」

「はい、奥様」ストロングは消え入りそうな声で同意した。

ルパートが低い声で笑いながら甥に目をやった。「やれやれ、デヴィン、おまえの花嫁はまるで竜巻のようだな」

「ええ」デヴィンは口もとに笑みを浮かべながらミランダを見つめた。「そのとおりです」

ミランダは自分でも驚くほどすんなりと、ダークウォーターでの生活になじんでいった。建築と造園の専門家が到着し、館とそのまわりを修復する件に関して、何度も話し合いが持たれた。うれしいことに、デヴィンは話し合いに頻繁に顔を出し、一度ならずどこをどう直すべきかについて自分の意見を述べた。その積極的な態度にミランダが驚きをもらすと、彼はいつものように軽い調子で〝退屈だからさ〟と言うだけだったが、ミランダにはわかっていた。ほかの人たちには認めたがらないけれど、デヴィンはこの古い館にとても深い愛着を抱いているのだ。また彼は、驚くほどよく館のことを知っていた。

ミランダは領地の財政についても調べはじめたが、すぐに気の毒なストロングがひどく気詰まりな思いをしているのに気づき、下調べの大半はハイラム・ボールドウィンにまかせることにした。ハイラムが発見した問題点を、あとで報告してもらおう。赤字の主な原因は、どうやら憂うべき作物不良が何年も続いていることと、土壌が痩せてしまったこと、小作人が思うように収穫できず、賃貸料が滞っていることらしい。

そうした打ちあわせ以外の時間に、レイチェルと話す時間もじゅうぶんあった。ミランダは日がたつごとに、新たにできた妹がますます好きになっていった。ヴェロニカと付近を探検に出かけるのも楽しみのひとつだった。ときにはデヴィンが一緒に来て、散歩の時間をいっそう楽しいものにしてくれた。デヴィンはヴェロニカとすっかり仲良くなり、ヴェロニカをからかっては笑わせた。雨が降って外に出られず、一日じゅう家のなかで過ごすしかない惨めな日にも、彼は何かしら興味深い遊びを思いついた。

デヴィンは初夜以来、ミランダとの〝取り決め〟については口にせず、彼女を誘惑しようともしなかった。その事実はミランダを少し不安にさせ、なんとなく落ち着かない気持ちにさせた。デヴィンがあまりにもあっさり妻の決断を受け入れたように見えることが、とても気にかかった。わたしにはほとんど欲望を感じないから、離れていられるのだろうか？　そう思うこともあった。しかもレオーナが、わずか数キロしか離れていないヴェイジーパークで彼を待っているのだ。デヴィンは生理的な欲望をそこで満たそうとするのでは？　こうした不安はミランダの心に影を落とした。

だが、夕食のあと音楽室で過ごすときや午後の散歩のとき、さもなければ夕食のテーブルに向かいあって座っているときですら、何気なくデヴィンを見ると、緑色の瞳にくすぶるような炎が垣間見えることもあった。そういうときは、ふたりのあいだに漂う空気までが低いうなりを発しているように思え、ミランダはデヴィンが自分に無関心ではないことを確信した。

実際のところ、デヴィンは無関心どころか、ミランダに対する欲望にますます激しく身を焦がしていた。最初のうち、彼はミランダの決心に甘んじて従おうと思った。ミランダとベッドをともにしたいのはやまやまだが、なんといっても、これまで多くの女性と寝てきたのだし、これからも多くの女性をものにするはずだ。いやがる妻と無理に関係を持つ必要はない。あんなにあっさり拒否されたことは少々気に障るとはいえ、ミランダの言うとおりだ。彼女が初夜に提案した結婚生活以外、関心がないのだから。好きなときに好きなことをして、好きな相手とベッドをともにする。デヴィンはそういう生活をこれからも続けていきたかった。しばらくすればダークウォーターを離れて、ロンドンとレオーナと、そこに残してきた生活に戻る。領地での暮らしも新婚生活もまだ死ぬほど退屈になりはじめてはいないが、いずれそうなることは目に見えていた。そしてここでの生活に飽きれば、あとは去るだけ。ミランダとベッドをともにするのは、言わばそのあいだの気慰みだ。どうしてもなくてはならぬものではない。それにミランダが夫に夢中になり、彼が離れるたびにめそめそ泣いてしがみつくようになるのは、望むところではなかった。

だからデヴィンは、妻をベッドに誘いこもうとするのをやめた。だが不思議なことに、ミランダから離れているのはむずかしかった。彼女のことが常に頭から離れず、彼女に会いたくて、一緒にいたくてたまらない。ミランダがそばにいないときは、ただ彼女のことを考えた。何度もペンと紙を手にしてミランダの顔をスケッチしようとしては、灰色の瞳に宿る彼女独特の魅惑的な表情を描きだせず、苛立《いらだ》った。

なんといっても、夜がいちばんつらかった。ベッドに横たわり、ドア一枚隔てた隣の部屋に眠るミランダのことを明け方まで悶々《もんもん》と考えて過ごさねばならないからだ。デヴィンの思いは、日を追うごとに熱に浮かされたようになっていき、しばしばじっとしていられずに起きあがって、部屋のなかを歩きまわるはめになった。階下の書斎に行き、酒で気をまぎらわせたことも一度や二度ではない。デヴィンはミランダへの欲望を断ち切ることができない自分に腹が立った。彼女のことを考えまいとすればするほど、考えてしまう。そんな自分がやりきれなかった。

それでもミランダを捜し求め、散歩に同行し、村を案内した。建築家との打ちあわせにも同席した。ある晩などは、われながらぞっとすることに、ミランダとその妹や、マイケルとレイチェルに加わって、ジェスチャーゲームにすら興じた。あんな退屈で陳腐なゲームをしているところをロンドンでよく一緒に過ごす友人たちに見られようものなら、涙を流して大笑いされるに違いない。だが、なぜかミランダがそこにいるかぎり、何ひとつ退屈でもなければ、陳腐でもなかった。ミランダは何につけても物事を明るくする興味深い考えを持っていたし、ユーモラスなひと言で場を明るくしてくれる。それに彼女を見ながら、その体を抱いたときの感触を思い出すという喜びもあった。デヴィンはまた、ミランダのキスの味もよく覚えていた。なめらかな肌の感触、仄《ほの》かな薔薇《ばら》の香りが混じった彼女の甘いにおいも。夜になると、そうした記憶に責めさいなまれ、ついにはベッドを出て、少しでも気をまぎらわそうと本や酒のボトルに頼ることになった。

　デヴィンの心にはさまざまな思いが入り乱れていた。レオーナを披露宴から追い払って以来しつこく居座っている罪悪感が、その状態をいっそう悪化させた。もちろん、あれはやむをえずにしたことだ。ミランダにとって大事な結婚式の日を、レオーナに台なしにさせるわけにはいかなかった。だが、あのときデヴィン自身がレオーナを追い払いたかったことが、後ろめたかった。彼はレオーナに腹を立てた。これは珍しいことではない。レオーナに腹を立てたことは何度もある。信じがたいほど苛立ち、激怒したときもあった。だが、これまでは常にその怒りに、わかちがたい欲望がからんでいた。レオーナに対する欲望が脈打っていた。実際そうした怒りは、彼女がかきたてるだけで満たしてくれなかった欲望がもたらすことが多かった。さもなければ、レオーナが夫と一緒にいるところを見たときや、ほかの男と戯れている姿を目のあたりにしたときの嫉妬がもたらしたものだった。どんな気持ちを持つにしろ、レオーナのそばにいるときは常に情熱があった。

　だが、結婚式の夜は、まったくレオーナを欲しいと思わなかった。レオーナが彼の気をそそろうとしたときでさえ、欲望は冷えたままだった。デヴィンが感じたのは冷たい怒りだけで、そこには情熱どころか欲望のかけらさえなかった。頭には、ただひたすらレオーナがもたらした侮辱からミランダを守りたいという欲求しかなかった。ほかの女性をレオーナよりも優先したのは、思い出せるかぎり初めてのことだ。ミランダは妻だとはいえ、デヴィンはそのことに後ろめたさを覚えた。だからといってレオーナへの愛情がなくなったわけではない――彼は自分にそう言い聞かせた。十代のころからレオーナだけを思い続けてきたのだ。彼女を愛さなくなった自分など、想像もできない。

ミランダに感じているこの気持ちは、一度でも彼女とベッドをともにすれば消えてしまう、ただの一時的な妄想だ。これまでも、同じようにほかの女性に夢中になったことはあるが、決して長続きはしなかった。ある女性を見て、心を惹かれ、追い求め、手に入れる。すると、それまでの情熱が嘘《うそ》のように消えてしまうのだ。そうしてほかの女性を求めているときも、レオーナに対する気持ちは決して変わらず、常に彼の内にある彼女への欲望が薄まることもなかった。

だが、デヴィンがミランダに感じている強迫観念のようなこの欲望は、そうした〝浮気〟よりもはるかに深くて激しいばかりか、奇妙なことに、レオーナに対する彼の気持ちまでも隠してしまうようだ。その点がこれまでとは違う。レオーナがヴェイジーパークで自分を待っているのはわかっている。彼女のもとを訪れる時間もたっぷりあった。昼過ぎにひとりでぶらりと出かけたって、誰ひとり〝どこへ行くのか?〟と問いただす者はいない。もちろん、腹立たしいほど無関心なミランダが、そんな質問をすることはありえない。それでも、デヴィンは行かなかった。ときどきふと思い出したようにその可能性を考えることはあっても、いっこうにそうする気になれなかった。

その事実はデヴィンを悩ませた。また、いまだにミランダを求めているのに、やめてくれと言われただけで彼女を誘惑するのをやめてしまったことも、同じように彼を悩ませた。女性を力ずくで抱くたぐいの男ではないが、これと思った相手がしぶっているというだけの理由で口説くのをやめたことは、いままで一度もなかった。むしろ欲望をかきたてられ、いっそう闘志がわいたものだ。しかしあの夜、〝誰かを愛するときは深く愛する〟と彼を見つめながら言ったミランダの表情が、彼をためらわせた。あのときデヴィンはミランダのなかに、愛と裏切りの可能性を垣間見た。そして無理やり誘惑すれば、彼女を深く傷つけることを知った。以来、まだ体内で燃え続けている情熱を抑えこみ、自分と同じ情熱を彼女のなかにかきたてないようにしてきた。

そんなふうに考えたことは、ただの一度もなかった。だが、ミランダを口説き落として快楽をむさぼれば、彼女に飽きてレオーナのもとに戻ったあと何が起こるかを考えずにはいられなかった。やがてレオーナのもとに戻ることは確かなのだ。だからデヴィンは愚か者のように、ミランダを死ぬほど欲しがりながらも決して手を出そうとせず、かといってすっかりあきらめることもできずに悶々としているのだった。結婚したせいで脳みそがふやけたのだろうか？　ときには本気でそう思うこともあった。最近の行動ときたら、まったく自分らしくない。

ミランダのことが絶えず頭から離れないのは、ここがあまりにも退屈なせいだ、とデヴィンは自分に言い聞かせた。ダークウォーターでは、座って考えるほかにはほとんどすることがない。そんな場所にいては、ともすればミランダのかきたてる欲望に思いが向かってしまうのも無理からぬことではないか。そして彼女のことを考えれば考えるほど、欲望はますます募っていく。おまけに気をそらすために何かをしようとしても、たいていはミランダがそこに含まれている。そのせいで、彼の体を焼いている欲望を静める役にはほとんど立たなかった。

結婚式から一週間ほどたったある日、デヴィンの母は牧師夫妻と地元の医者を夕食に招いた。これがロンドンなら牧師や医者が母の家に招待されることはまずないが、ダークウォーターではそうも言っていられない。その日は最初からあまり機嫌がよかったとは言えないデヴィンは、ミランダが夜のほとんどをブラウニング医師と話しこんでいるのを見て、いっそう不機嫌になった。

ブラウニング医師は、デヴィンが子供のころに村で開業していた医者の息子だった。老ブラウニングは数年前に病院を息子に譲り、いまではほとんどの時間を薔薇の手入れに費やしている。若きブラウニング医師は、三十代初めの、少々地味だがハンサムな男だった。着るものには無頓着なほうらしく、クラヴァットの結び方などデヴィンの従者が見たら蒼《あお》ざめるほどいい加減だが、なかにはブロンドの髪と青い目、いかつい顎の大柄なこの男を魅力的だと思う女性もいるだろう。ミランダは明らかに彼のすべてが気に入っているようだった。

夕食の席でミランダの隣に座ったブラウニングは、食事のあいだずっと彼女に話しかけていた。夕食が終わるころには、ふたりともすっかり会話に夢中になり、みんなで客間に移ったあともまだ話し続けていた。

ミランダがあれほど興味を持つなんて、いったいあの男は何を話しているのだろう？　デヴィンはそう考えずにはいられなかった。もしかするとこの医者こそ、ミランダが魅力的だと感じるタイプの男なのか？　生涯を立派な仕事に捧《ささ》げている、知性と教養にあふれた学識豊かな男は、いかにもミランダが好みそうだ。おそらくブラウニングの物事の考え方や、彼の知識に魅了されているのだろう。しかも外見も、自分ほどではないにせよ、並み以上だ。ミランダが伯爵夫人であるのに対してあの男は一介の医者にすぎないが、もしも彼を気に入れば、ミランダのことだ、身分の差などまったく気にしないだろう。ほとんどのアメリカ人と同じで、彼女は階級の違いというものを理解できないようだから。

実際、デヴィンにはあの医者が、ミランダが持とうと決めている〝恋人〟の申しぶんない候補者に思えた。ひょっとすると、彼女も同じことを考えているのではないか？　デヴィンは楽しそうにうなずいているミランダを探るように見た。くそ、医者があんなに若くてハンサムだなんて、とんでもなく間違っている。医者はその職業的な性質からして、老人であるべきだ。せめて、中年であるべきなんだ。

結局デヴィンは、夜のほとんどをふたりをにらみつけて過ごし、ついにいたたまれなくなって席を立った。

　ミランダはデヴィンが部屋を出ていくのに気づいて、内心首をかしげた。ひと言の挨拶もせずに、なぜ急に出ていってしまったのだろう？　ブラウニング医師と話すのにいい加減うんざりして、デヴィンが助けに来てくれるか、興味深いカードゲームでもしようと提案してくれるのを待っていたのに。いや、ブラウニングの相手をするのは、話すというより〝拝聴する〟と言ったほうが近い。彼はくどくどと冗漫な話し方をする男で、村人の診察に関する描写は、いつ果てるともなく続いていた。いま考えれば、夕食のとき、礼儀正しくブラウニングの仕事について尋ねたのが間違いのもとだった。彼は父親を尊敬しながら成長したこと、学校で医学をおさめたことを延々と話し続け、ミランダに逃げだすチャンスさえ与えてくれなかった。

　明日の説教の下準備があるからそろそろ失礼する、と牧師の妻が切りだしたとき、ミランダは心の底からほっとした。さいわい、ブラウニングもすっかり長居してしまったことに気づいてくれた。翌朝ダークウォーターを発《た》つ予定のマイケルが少し早めに引き取ると決めると、残りのほとんどが自分たちもそうすべきだと同意した。おそらく、誰もが退屈すぎて眠くなったのだろう。

　ミランダは部屋に戻り、メイドの手を借りて寝間着に着替えた。いったんは横になろうと思ったが、まだ眠るには早すぎる。思い直してガウンをはおり、灯油ランプを手に図書室へと階段を下りていった。途中でデヴィンの書斎を通りかかると、ドアが開き、廊下の絨毯《じゅうたん》に光が斜めに射《さ》していた。彼女は好奇心に駆られ、図書室ではなくそちらに足を向けた。

デヴィンはウイスキーのボトルとグラスを前にして、机の向こうに座っていた。上着とクラヴァットを取り、シャツのいちばん上のボタンを外して、袖をまくっている。彼は暗い顔つきで、片手ずつ交互にさいころを転がしていた。ミランダが見つめるなか、彼はウイスキーをあおり、さいころを別の手に移して、それを転がした。

「くそ」デヴィンは低い声でつぶやき、左手をにらんだ。「どうしようもないやつだな。おまえはもう、金貨百五十枚も負けてるんだぞ」

「ひとり言？」ミランダは明るくそう言って書斎に入った。

デヴィンは驚いて顔を上げた。「ミランダ！　ここで何をしているんだ？」

戸口に立っているミランダを見たとたん、デヴィンの体を鋭い欲望が貫いた。ドレッシングガウンの襟もとから、柔らかそうな素材の白い寝間着がのぞいている。すでにブラシをかけて肩に落としたシルクのような長い髪が、まるで愛撫を招いているようだ。デヴィンはついぞ覚えがないほどの熱い情熱に駆られた。

「図書室に本を取りに下りてきたの」ミランダが答えた。「途中でこの部屋の明かりが見えたから、ちょっとのぞいてみたのよ」

「右手と左手で賭《かけ》をしているんだ。左手は完全につきに見放されている」

全身を走るデヴィンの視線に気づき、ミランダは突然、寝間着の上にガウンしかはおっていないことを思い出した。ロンドンで新婚旅行のために作った、透けるようなガウンだ。

「遅くまで起きているんだな」

「まだそれほど遅くないわ。牧師夫妻が帰ったあとは、みんな早めに引きあげたの。もちろん、あのお医者様も」

「それは残念だったな」デヴィンは皮肉たっぷりに言って、グラスの残りを飲みほし、すぐさまもう一杯つごうとボトルに手を伸ばした。

ミランダは彼がグラスを満たすのを見守り、それから彼の手がかすかに震えているのに気がついた。

「ずっとここで飲んでいたの？」

デヴィンは肩をすくめた。「まあね」

「どうして？　なぜ、急にパーティを引きあげたの？」

「パーティ？　きみはあれをパーティと呼ぶのか？　ぼくには葬式みたいに湿っぽい会に思えたが。もちろん、あの善良なるドクターのすばらしい話は、残念ながらぼくには聞こえなかったんでね」

ミランダは驚いてデヴィンを見つめた。「なんですって？」

「あの医者だよ。ぼくはきみと違って、ひと晩じゅう彼と話しこむ恩恵は受けられなかったが」

「ちっとも楽しくなんかなかったわ、実際――」ミランダは本心を吐きだそうとしたが、デヴィンの次の言葉を聞いて口をつぐんだ。

「だが、間違いなく楽しそうに見えたぞ」デヴィンは怒りに燃える目でミランダをにらみつけた。「きみはひと言残らず聞き逃すまいと熱心に彼の話に耳を傾け、相槌《あいづち》を打っていた」

ミランダは驚いて眉を上げた。しかし、異議を唱えようとはしなかった。デヴィンはまるで嫉妬しているみたいだ。彼女はひそかな喜びに胸をくすぐられた。

「彼は自分が治療した病気について話していたのよ」ミランダは注意深く真実を口にした。

「へえ、そうかい？　ひょっとすると密会の約束でもしているのかと思ったよ」

「なんですって？　やめてちょうだい、デヴィン。そんなはずないでしょう？」

「どうかな。愛人を持ちたいと言ったのはきみだぞ」デヴィンのなめらかな声に、ミランダは少し不安を覚えた。彼はゆっくり立ちあがると、机に拳をつき、身を乗りだした。

「はっきり言ったらどうだ？　あいつがきみの最初の浮気相手になるのか？　地元の医者は、少しばかりわが家に近すぎやしないか？　どうだい？」

「そんなこと、考えもしなかったわ」ミランダは正直に答えた。

「彼みたいな男が好きなのか、ミランダ?」デヴィンは先ほどと同じ、ミランダが怖くなるほど静かな声で続けた。そして椅子を後ろに押しやると、机をまわって近づいてきた。「落ち着いた、勤勉な市民が? すばらしい行いできみを魅了できる男が?」

「確かに彼は、お酒を飲んでさいころを転がすよりも有益な行いに時間を使っているわね」ミランダは少々辛辣に言い返した。デヴィンがすぐそばにいるせいで息が乱れたが、それを知らせるつもりはない。

デヴィンはおかしくもなさそうに笑った。「やはりな。ぼくの親愛なる奥様は、最初の浮気相手を選んだというわけだ。せいぜい幸運を祈るとしよう。だが賭《か》けてもいいが、あいつはベッドの外と同じように、ベッドのなかでもでくの坊だぞ」

「そうかしら? まあ、答えはもうすぐわかるわ。そうでしょう?」

デヴィンはさっと手を伸ばしてミランダの腕を痛いほど強くつかんだ。「いや、そんなことはさせない!」

「わたしが会う相手を指図するつもりなの?」

「ぼくの目の前であんな男と寝ることは許さない、と言っているだけだ」怒りに燃える目が、鮮やかな緑色にきらめいた。「妻を寝取られて嘲られるのはごめんだ。確かにきみは膨らんだ財布を持っているかもしれないが、みんながきみの吹く笛に合わせて踊ると思ったら大間違いだ。これだけは言っておく。あの男と寝るのは許さない」

デヴィンの命令口調にはむっとしたものの、彼の瞳にきらめく熱い情熱にミランダの胸はときめいた。もちろん、この次に顔を合わせたときにはできるだけ話につかまらないようにする以外、ブラウニング医師とは何をするつもりもない。だが、デヴィンにそれを知らせる必要はない。

「わたしに命令しているの？」

「ああ、そうとも」デヴィンは答え、ミランダの喉に手を置いた。シルクを思わせるなめらかな柔肌に、彼は体を震わせた。「きみには指一本触れさせないぞ。わかったか？」

ミランダは息が乱れ、何も考えられなかった。デヴィンの手が置かれている喉もとに体じゅうの神経が集まり、その熱で焼かれるようだ。「すると、ふたりの合意を破るつもりなのね」

「そんな合意、知ったことか！　きみがほかの男と寝るのをぼくが許すと、本気で思ったのか？　ぼくがそんな見さげ果てた、弱い男だと？」

「だったらわたしはどうすればいいの？」ミランダは落ち着いた声で訊いた。

「こうするんだ」デヴィンはガウンの襟もとから手を滑りこませながら、ミランダの唇を奪った。

# 14

熱い唇が飢えたようにミランダの唇に重なった。胸の上をなでるデヴィンの手が、ミランダの肌を焼く。ガウンの襟が邪魔をすると、彼はそれをつかんで力まかせに引きおろし、薄い布地を引き裂いた。そしてあらわになったミランダの白い胸をつかみ、低いうめき声をもらしながら、重ねた口の角度を変えて、さらに深く彼女の口に埋《うず》め、舌を差しこんだ。そのあいだも、キスの激しさとはそぐわぬ優しさで指を使って胸をもみしだき、なでながら、頂を見つけてそれが尖《とが》るまで指先でかすめ続けている。

「ミランダ……」デヴィンは彼女の名前を呼び、頬に、耳たぶにキスの雨を降らせた。「頼む、きみを愛させてくれ。それがどんなにすばらしいことか、ぼくはきみに教えてやれる」デヴィンは耳たぶを歯で軽く挟み、鋭い快感をもたらした。

彼の唇は下へと動いていく。彼が触れた肌はどこもかしこも炎のように熱くなった。ミランダは体を震わせ、背中にまわされた彼の腕にぐったりともたれた。「デヴ……」

思いがけずミランダに愛称で呼ばれ、デヴィンの体を欲望の震えが走った。そこには親密さがあった。ミランダが自分に対して感じているとは思いもしなかった、親密さと愛情が。デヴィンはガウンの紐《ひも》を解き、前を開けて、その下に両手を滑らせながら彼女の体を持ちあげて自身に押しつけた。ミランダは柔らかかった。胸の蕾《つぼみ》が硬く尖り、彼を求めている。デヴィンは両手を背中から下ろし、ふっくらしたヒップに指をくいこませると、充血した欲望の証《あかし》に彼女を押しつけた。

ふたりの血管を燃えたぎるような血が走り、熱を放つ。ミランダは体の奥から突きあげる深い欲求に駆られて、本能的に腰を動かした。デヴィンは荒い息をしながら、歯と舌を巧みに使って彼女のうなじをついばんだ。

デヴィンはミランダを抱きしめ、彼女を持ちあげたまま机に戻った。ミランダもおのずと両脚をからめた。デヴィンはミランダを机に下ろすと、ほかのものを床に払い落とし、彼女を仰向けに寝かせて覆いかぶさった。固い体の重みが、なんとも言えぬ歓《よろこ》びをミランダにもたらす。情熱の証が彼女の下腹部にくいこんだ。デヴィンは両手で胸をつかみ、親指で頂をくすぐりながら、つかの間ミランダの顔に目を向け、彼女の瞳が情熱に翳《かげ》り、彼女の顔が自分の愛撫《あいぶ》に応えて柔らかく、甘くなるのを見つめた。

デヴィンはかがみこんで薔薇《ばら》の蕾のような胸の頂にキスをし、舌の先でそのまわりにゆっくり円を描いた。ミランダが低い声をもらしながら彼に向かって腰を上げると、もう少しで自制心を失いそうになった。彼は愛撫をやめ、突きあげる欲望と闘った。

まっすぐにミランダの目を見つめて、彼は尋ねた。「きみが求めているのはこれだろう？　これでじゅうぶんだろう？」

この瞬間は、まさしく彼の言うとおりだった。だが、ミランダはちりぢりになった自制心をかき集め、どうにか答えた。「あなたにはじゅうぶんなの？」

デヴィンは体をこわばらせ、くい入るように彼女を見つめた。「なんだって？」

「あなたは本当の意味でわたしの夫になりたいと言っているの？」

「そうだ」

「どちらも永遠におたがいに忠実になろう、と？」

そうだと言いかけたとき、レオーナのことが頭に浮かんだ。デヴィンの表情がかすかに変わったのを見て、ミランダはため息をついた。

「そういうことね。わたしは忠実になる。でも、あなたはならないのね」

ミランダは体を起こした。ミランダを机に押し戻し、いますぐこの場で彼女のすべてを自分のものにしたかったが、デヴィンは彼女を止めようとせずに一歩さがった。ミランダはガウンの前を合わせると、しっかりと紐を結んだ。

「ふたりとも、いまの取り決めを守るべきだと思うわ」ミランダはそう告げ、彼に駆け寄って身を投げだしたいのをこらえ、落ち着き払った足取りで書斎をあとにした。

翌朝、ルパート伯父がいつもよりも早い時間に朝食に下りてきて、ミランダに約束したローチーズの案内を買ってでた。

「ここに来てからもう一週間以上になるが、きみは村とこのまわりにある何軒かの農家だけで、まだどこも見ていない。川沿いに行ってみるとしよう。あそこは美しい道だ。そうだろう、デヴィン？　ゆうべ、あんなに退屈な夜を過ごしたあとだからな。楽しい遠出としゃれこもうじゃないか」

「まあ、すてき」ミランダは言った。本当は館にとどまり、山ほどたまっている仕事を少しでも片づけたかったが、おそらく領地保管人の任を解かれて内心は傷ついているに違いないルパート伯父の申し出を、むげに断るにしのびなかった。

「どう思う、デヴィン？　ジョーゼフ？」ルパートはミランダの父を振り向いた。「それにおまえはどうだ、デヴィン？　もちろん、ほかにも一緒に出かけたい者がいれば……」

ちょうどその場にいたマイケルとエリザベスは首を振った。一方、ミランダの父はふたつ返事で申し出に飛びついた。デヴィンもほぼ即座に同意した。

「コックに軽い昼食を用意するように言っておこう」ルパートは言葉を続けた。「シェイセンフォードで休めばいい。あそこの景色はきれいだからな」

彼らは十一時少し前に館の正面に集合し、馬に乗って鳩《ドーヴ》という古風な名前の川を目指した。これまでにミランダが見たのは、ヒースの茂る広大な荒れ地や、ゆるやかにうねる、ほとんど樹木のない緑の丘陵地帯だけだった。そのため、なだらかな坂道を下りていき川が目に入ったときには、美しさに不意を打たれた。浅い流れは、白い石灰岩の高い崖の下をゆったりとくねっていく。あちこちに亀裂や穴のある切りたった崖は、どこまでも続いていた。あの穴は多孔性の岩のなかにある迷路のような洞窟の入り口だ、とデヴィンが説明してくれた。細い川を挟んでいる緑の土手にも、大きな石灰岩が点在している。川のほとりにはとねりこと榛《はん》の木が優雅に枝を張り、暗緑色の水に影を落としている。そこは穏やかで美しい場所だった。静けさを乱しているのは人間の存在だけだ。

土手が細いため、彼らはふたりずつにわかれて進んだ。デヴィンは前方に移動し、楽しそうに伯父と話している。隣に並んだ父のジョーゼフが周囲の美しさに感激し、熱心にあちこちを指さすため、ミランダとジョーゼフは少しずつデヴィンたちから遅れていった。

ミランダはデヴィンの背中を見ていたため、父の言葉にはあまり注意を払っていなかった。ジョーゼフは頭上にそびえる石灰岩の崖をまたしても振り仰ぎ……突然、恐怖に駆られて叫んだ。「危ない！」そして馬の腹を蹴ってぐんと前に進みでると、ミランダの馬の横腹も叩《たた》いた。

前に飛びだす馬の背で、ミランダは驚いて振り向いた。空気の動きを感じるほど近くを大きな石灰岩が通過し、すぐ後ろの地面に落下する。その音にパニックを起こした馬がいきなり走りだし、ミランダを振り落とした。彼女は仰向けに落ちて背中をしたたかに打ち、息を吐いた。

そして空を見上げ、必死に息を吸いこもうとしながら、何が起こったか考えようとした。

前方から叫び声が聞こえ、馬が走ってくる音が続く。一瞬後には、デヴィンの姿が視界に飛びこんできた。

彼は恐怖を顔に浮かべてかたわらに膝をついた。「ミランダ！　なんてことだ、何が起こったんだ？　大丈夫かい？」彼はミランダを抱きあげて、震えながらひしと抱きしめた。

ありがたいことに、ようやく肺の筋肉がゆるみ、空気が入ってきた。ミランダはかすかにうなずき、ささやくような声で答えた。「だと思うわ」

「なんてことだ……もう少しであの岩の下敷きになるところだった。あと一秒遅ければ……」

「お父様は……？」

「父上なら大丈夫。馬を静めているところだ。ルパート伯父はきみの馬を捜しに行った」

デヴィンは片手でミランダの背中をさすった。「くそ！　死んでいたかもしれないんだぞ」

「ミランダ！」声のするほうに顔を向けると、父が馬を引いて土手沿いを走ってくるのが見えた。「大丈夫か？　肝をつぶしたよ。崖を見上げたとたん、あの岩が転がり落ちてきて……」デヴィンほど敏捷《びんしょう》ではなかったが、父も彼女のそばに両膝をついた。

「お父様のおかげで命拾いしたわ」

デヴィンがミランダを抱いている腕に力をこめ、髪に唇を押しつけた。ミランダは恐ろしい事故にすっかり動揺し、彼にしがみついた。

ルパートがミランダの馬を引いてくると、すばやく馬を降り、輪に加わった。「大丈夫か、ミランダ?」彼はミランダを見てから、地面に落ちたときの衝撃でまっぷたつに割れ、後ろの土手に転がっている大岩に目を向けた。「なんてこった! この岩がもう少しであたるところだったのか? つぶされなかったのは奇跡だな! 石灰岩というやつは、これだから怖い……前触れもなしに割れて、落ちてくるんだ。しかし、そういうことが起こるのはたいてい雨がたくさん降ったあとなんだが。まさか、今日みたいな日に落ちてくるとは……。たいへん申し訳ない。心から謝るよ。きみをこの道へ連れてきたのが間違いだった」

「落石はあなたのせいではありませんよ」ジョーゼフは膝をきしませて立ちあがった。「エリザベスが一緒でなくてよかった。妻がいたら、いまごろヒステリーの発作を起こしているでしょうからな」

「わたしも起こしそうだわ」ミランダは笑みを浮かべようとした。

デヴィンが鼻を鳴らした。「きみはヒステリーとは無縁だよ。ぼくの心臓はいまにもあばらから飛びだしそうだが、きみはいたって冷静だ」

「とにかく、無事だったんですもの。立てるかどうか試してみるわ」

デヴィンはミランダを抱いたまま立ちあがり、片方の腕をまわして支えながら、ゆっくり下ろした。彼の腕のなかにいるのは、とても心地がよかった。ミランダは必要なよりも少しだけ長くそこにとどまってから、彼から離れ、乗馬服の埃《ほこり》を払った。

「今日は引き返して、このまま館に戻るとしよう」ルパートが馬に乗りながら言った。

「わたしのことなら、どうぞご心配なく」ミランダは反対した。「もう大丈夫です。馬からほうりだされただけですもの。落馬するのはこれが初めてじゃないし、骨が折れたわけでもない。少しのあいだ息ができなかっただけで、それももうもとに戻ったわ。せっかく出かけてきたのに、些細《ささい》な事故で中止する必要はありませんわ」

「些細な事故だって？」ルパートは驚いて目をむき、叫んだ。

「ほらね、伯父上。ミランダはほかの女性とは違うんですよ」デヴィンは笑いながら言った。「無理にこの探検を続ける必要はないよ。たいして重要なわけじゃないんだ」

「戻る理由もまったくないわ」ミランダは指摘した。「昼食はあるんですもの。召使いの馬も逃げだしていれば別だけど」

「いや、召使いはここにいる」ルパートは困ったような声で言った。「食べ物もある」

「だったら、このあたりを見てまわりたいわ。別の岩がまたわたしたちの上に落ちてくる確率はほとんどないと思うの。そうでしょう？」

「まあ、確かにそうだが」

「それじゃあ」ミランダはスカートの埃を払った。「先に進みましょう」

そこで彼らは川沿いの、緑の牧歌的な景色のなかを川がゆるくカーブしているところまで進み、昼食をとるために腰を下ろした。ルパートと父のジョーゼフは、石灰岩の特性について話しはじめた。そのひとつは明らかに割れやすいことだ。ミランダはうわの空でふたりの話を聞きながら、座ってサンドイッチをかじり、神経が落ち着くのを待った。デヴィンがそばにいてくれるのもありがたかった。

「ロンドンは危険な街だそうだけど、ここはそれ以上ね」彼女は軽口を叩いた。

デヴィンが振り向き、目を細めて彼女を見た。「どういう意味だい？」

「ここに来てから続けざまに二度も事故が起こったんですもの。これまでそんな頻繁に事故に見舞われたことなんかなかったのに」

「なるほど」デヴィンはミランダをじっと見つめながら尋ねた。「どうして事故が続いたんだと思う？」

ミランダは肩をすくめた。「さあ。最初の事故はわたしの不注意ね。館の木部の大半は木食い虫に食い荒らされているとわかっていたのに、手すりに寄りかかったりしたんですもの。愚かで衝動的なミスだわ。でも、今日の事故は……落石を避ける方法なんてあるかしら。もっと頭上に注意を払うべきだったの？」

「きみのお父さんが、ちょうど崖を見上げてくれていて本当によかった。どうすれば避けられたかは、ぼくにもわからないな。とにかく、常に注意を怠らないことしかない。石灰岩はよく崖の表面を滑り落ちるんだ。いちばんいいのは、とにかく崖の近くに立たないようにすることだろうな」

「不吉な前兆や予兆とか、星まわりが悪いとか、そういうことは信じていないけど……こんなに短いあいだに二度も事故が起こるのは、ちょっと変ね」

「特別注意深く振る舞うに越したことはないな」デヴィンはそう言ってにっこり笑った。「万が一、ぼくらの頭上に邪悪なオーラを発する雲が垂れこめていた場合を考えて、これからは足もとに気をつけるとしよう。ダークウォーターは古いから、朽ちたり、腐ったりしているところが多い。事故が起こりそうな箇所は山ほどある。修復が終わるまでは、よほど用心する必要があるな。ヴェロニカとふたりで出かけるときや馬に乗るとき、きみがひとりで乗るときは、必ずぼくに声をかけてくれ。ぼくがいなければ、お父さんかルパート伯父に同行してもらうんだ。誰もいなければ馬番でもいいから」

　ミランダは奇妙な顔つきで彼を見た。「ずいぶん真剣なのね」

「ああ、真剣さ。きみは今日、死んでいたかもしれないんだ。これからはよけいに注意を払うと約束してくれるね」

　デヴィンが心配してくれるのがうれしくて、ほのぼのと胸が温かくなり、ミランダはにっこり笑って約束した。「ええ。じゅうぶん気をつけるわ」

その夜ベッドに入るころには、荒立っていたミランダの神経もすっかり落ち着いていた。もしかすると眠れないのではないか、悪い夢にうなされるのではないか、と心配していたが、実際は横になるとすぐに眠りに落ち、真夜中まではぐっすり眠ることができた。

それから突然、目をぱっと開けた。心臓が激しく脈打っている。どうして目が覚めたのかわからず、ミランダは少しのあいだ横たわったまま暗い部屋を見まわし、耳を澄ましていた。すると叫び声が聞こえた。たぶん、あれと同じような声に起こされたのだろう。

「だめだ！」しゃがれた叫び声は、ドアの向こうのデヴィンの部屋から聞こえてくる。

そこににじむ恐怖と差し迫った調子に急《せ》きたてられ、ミランダはガウンに袖を通す間も、スリッパを履く手間も惜しんで部屋を横切り、ふたりの部屋を結ぶドアを開けた。

デヴィンの部屋は暗かったが、大きなベッドに横たわっている彼の姿が見えるだけの月の光が、カーテンの隙間から射《さ》しこんでいた。デヴィンはシーツを体にからみつけ、ベッドの上でしきりに動いている。ミランダはデヴィンのそばに急いだ。彼は悪夢にうなされているらしく、ひどい汗をかき、顔をゆがめて苦しそうにうめきながら、いきなり片手を突きだした。ミランダはびくっとして飛びあがった。

彼女はその手を両手で包んだ。「デヴィン、デヴィン、目を覚まして！」

デヴィンがぱっと目を開ける。胸を激しく波打たせ、苦しげに息をしながら。それから、つかの間焦点の定まらぬ目でミランダを凝視した。

「デヴィン、わたしよ、ミランダよ。目を覚まして。あなたは悪い夢を見ていたの」

目の表情が変わり、焦点が戻った。デヴィンはミランダを見て、体を震わせた。「ミランダ？　いったい……」

彼はぼうっとした顔で起きあがり、大きなヘッドボードに寄りかかった。ミランダは彼の手を取ったまま、かたわらに腰を下ろした。「あなたは悪い夢を見てうなされていたのよ。その声で目が覚めたの」

「ああ」デヴィンは片手で顔をこすった。「そうか。すまなかった」

「謝る必要はないわ」ミランダはほほえんだ。「誰でも悪い夢を見ることぐらいあるもの。大丈夫？」

デヴィンがうなずく。「ああ。少し……混乱しているだけだ」

「どんな夢を見たの？」

デヴィンは肩をすくめた。「いつも見る夢だ。ぼくが……」髪をかきあげ、ため息をついた。「殺した娘の夢さ」

ミランダはびっくりしてデヴィンをまじまじと見つめた。「なんですって？」

「実際に手をくだしたわけじゃない。ナイフをつかんで心臓をひと突きしたわけじゃないが、それにひとしいことをしたんだ。彼女はぼくのせいで自殺したんだよ」

「まあ」ミランダはロンドンの家で彼女に向かってわめきたてた老人と、彼から聞いた悲しい話を思い出した。どうやら、その娘の自殺にいまでも苦しんでいるのは、あの老人だけではないようだ。「何があったの？」

「ぼくは彼女をベッドに誘った」デヴィンは自己嫌悪に駆られた声で言った。「ブライトンにいたときのことだ……たしか借金取りから逃れるために。そこでコンスタンスに会ったんだ。てっきり経験のある女性だと思っていた。レオーナの友人で、ほかの娘たちよりも年上だったからね。それで……とにかく、彼女が処女だとは気づかなかった。かわいい娘で、ぼくは彼女が欲しかった。そのころ、レオーナはぼくをじらし、意のままに操っていた。さんざんからかい、誘っておいて、最後には拒否する。それの繰り返しだった」彼は言葉を切り、後ろめたそうな顔でミランダを見た。「すまない。きみにするべきたぐいの話じゃないな」

「どうして？　わたしはあなたの妻よ」

「レディにはふさわしくない話題だ」

「でも、わたしは本物のレディじゃないわ。さあ、続きを話してちょうだい。聞きたいの」

デヴィンはうなずき、目をそらしてふたたび話しはじめた。「ぼくは欲求不満だった。そして、魅力的なコンスタンスがそこにいた。ぼくは彼女が欲しかった。レオーナのことはあきらめた。決して手に入らないと……いや、コンスタンスを誘惑した動機は、もっと卑しいものだった。心の底では、ぼくが別の女性を選べば、レオーナがぼくを意識するかもしれない、魅力的な男を手に入れるチャンスを逃しかけていることに気づくかもしれない、そうなってほしいと願っていたんだ。そこでぼくはコンスタンスを口説き、彼女を魅了した。それが……男と女のゲームだと、彼女もわかっていると思ったからだ。彼女はそれまでも、そういうゲームをしたことがある、と思ったんだ……ベッドをともにするまでは。いざそのときになって、自分が間違っていたことに気づいた。そこでやめるべきだったが、ぼくはやめなかった」デヴィンは唇をゆがめた。「快楽に身をまかせるほうが、はるかにたやすかった。レオーナはそのあとすぐにぼくのところに来た。結局、ぼくの企《たくら》みはうまくいったんだ。レオーナはぼくを欲しがった。だからぼくはコンスタンスに会いに行くのをやめてしまった。ぼくの弱さが原因だ。徳のある女性の処女を奪ったんだから、名誉心のある男なら結婚を申し込んだだろうが、ぼくは求婚しなかった。頭を占領していたのはレオーナだけだった。彼女しか見えなかったし、彼女しか感じられなかった」

レオーナに対する情熱を語るデヴィンの言葉に、ミランダは胸がよじれるような痛みを覚えた。しかし、その痛みを脇に押しやった。いまはデヴィンが感じている苦しみのほうが重要だ。

「ある朝、レオーナが手紙を持ってやってきた。コンスタンスを訪ねたが、姿を消してしまったと言うんだ。彼女はぼく宛の手紙を残していった、と」デヴィンは言葉を切り、震えながら息を吸いこんで、深い苦悩に翳る目でミランダを見上げた。「そこには、ぼくの子供を身ごもっている、恥とともに生きるのは耐えられない、と書いてあった。自分と非嫡出子として生まれる赤ん坊の名誉のために、海に身を投げるつもりだ、と」

「まあ、そんな！」ミランダはデヴィンの手をぎゅっと握りしめた。「なんてひどいこと」

デヴィンは顔をゆがめてうなずいた。「ぼくは夢中で彼女の家に走ったが、もちろん、コンスタンスはすでに姿を消したあとだった。レオーナが言ったように。ぼくたちは必死になってコンスタンスを捜した。しかし、遺体を見つけることはできなかった。彼女が岩の上に置いたショールと靴が見つかっただけだ。コンスタンスの祖父は絶望し、悲しみのあまり気が狂わんばかりになって、ぼくをなじった。誰もがぼくを責めた。ぼくの味方になってくれたのはレオーナだけだ。彼女がいなければ、ばかなことをしでかしていたかもしれない。そのスキャンダルが原因で、父はついにぼくとは絶縁すると宣言した。それまでもぼくがおかした多くの罪に目をつぶってきたが、今回だけは許せない、と言ってね。ぼくが無垢《むく》な乙女を誘惑し、死に追いやったことだけは」

「あなたひとりを責めるなんてひどすぎるわ」ミランダはデヴィンの手を自分の胸に押しあてた。「その出来事にかかわっていたのはあなたひとりではなかった。ふたりのあいだに起こったことは、コンスタンスにも同じように責任があったのに」

「どうして彼女はぼくのところに来なかったんだろう」デヴィンは長年の苦痛が染みこんだ声で、振り絞るようにつぶやいた。「ぼくは決して彼女を追い返したりしなかった。愛しているわけではなかったが、妊娠したことを知っていたら、義務を果たし、彼女と結婚していたはずだ。誓ってそうしていたとも」

「もちろん、あなたはそうしていたわ」ミランダはきっぱり同意した。「あなたのお父様は、あなたのことをよく知らなかったのね。でなければ、それくらいわかったはずよ」

「父はほかの大勢の人間と同じように、すべてがぼくのせいだと信じたよ。ぼくがそれまでしてきたことや、日ごろのぼくの態度から……みんな、ぼくが卑怯《ひきよう》な真似《まね》をしたんだとあっさり信じた。明らかに、コンスタンスもぼくが名誉心のある男だとは思わなかったんだろうな」彼はそう言って口の片端を引きつらせ、自嘲めいた笑みを浮かべた。「これできみもどんな男と結婚したか、よくわかっただろう」

「そんなこと、とっくにわかっているわ」ミランダは答えた。「それに、わたしの意見はいまの話で変わったりしないわ。あなたは間違いをおかした。でも、間違いをおかさない人間がどこにいるの？　あなたは決してひどい人ではないわ」

「きみがどうしてぼくを見ていられるのか、わからないよ。ときどき自分でも、見るに堪えなくなるんだ」

ミランダは衝動的に身を乗りだし、額を合わせ、デヴィンを抱きしめた。「過去の出来事で、もう自分を責め続ける必要はないわ。あなたがしたことは確かに間違っていた。でも、無理やり彼女の操を奪ったわけではないのよ。コンスタンスは大人の女性だった。実際、ほとんどの娘たちよりも年上だったのでしょう？　自分が何をしているか知っていたはずよ。何が起こりうるかも。それに、妊娠しているとわかった時点であなたに告げることもできたのに、あなたに間違いを正すチャンスすら与えようとしなかった。あなたのところに行くべきだったのに。少なくとも、赤ん坊のためにそうすべきだったわ。それにお祖父《じい》様だっていた。お祖父様にすべてを打ち明けて、助けてもらうこともできたのよ。でも、何ひとつせずに命を絶ち、赤ん坊も殺してしまった。正気の女性が取る行動とは言えないわ。彼女が精神的に不安定な女性だったからといって、それがあなたのせいなの？　いいえ、あなたはすべての罪を負うほどひどいことはしていない」

デヴィンは栗《くり》色の髪に顔を埋め、ミランダをひしと抱きしめた。「きみは本当に変わった女性だね、ミランダ。きみほど寛大な女性はいないよ」

「何に寛大になる必要があるの？」ミランダは理性的に指摘した。「その出来事は、わたしにはなんの関係もないことですもの。これはあなたと神様のあいだのことよ。そして、あなたはもうじゅうぶん自分を罰してきたわ」

ふたりは長いこと抱きあったまま座っていた。ミランダはデヴィンのこわばっていた体から力が抜け、苦痛が消えるのを感じ、やがて、自分たちがベッドの上でひしと抱きあっていることを意識しはじめた。しかも自分が着ているのは寝間着だけ。彼の裸の上半身と自分を隔てているのは、透けるように薄い布地だけだ。そう気づいたとたん、体が熱くなりはじめ、慰めと同情をこめた抱擁が、突然、性的な意味合いを帯びてきた。

ミランダはデヴィンを放し、ぎこちなく後ずさった。彼の目にも、親密な状況に気づいたことを示すきらめきが宿っていた。ミランダの頬はいまや燃えるようだった。それまで、デヴィンが上半身に何も着ていないことすら気づかなかったのだ。シーツの上の彼の胸はむき出しだった。男性の裸をこんなふうに間近で見たことのないミランダは、日に焼けたたくましい胸に目を走らせずにはいられなかった。肩や鎖骨、盛りあがった上腕に触れたくてたまらず、指が手のひらにくいこむほど強く握りしめなくてはならなかった。

ミランダは喉の霞《かすみ》を払った。「そろそろ……部屋に戻ったほうがよさそうね」

「ミランダ……」デヴィンは引きとめようとミランダの腕に手を置き、親指で肌をなでながら、言葉を探すようにためらった。だが、やがてため息をついて手を下ろすと、首を振った。「いや、起こしに来てくれてありがとう」

「どういたしまして。おやすみなさい」

ミランダは滑るようにベッドから立ちあがり、部屋を横切って自分の部屋に戻った。だが、ドアを閉めたものの、鍵はかけなかった。

# 15

翌日、デヴィンはミランダとともに図書室で過ごしていた。ミランダは領地の古い地図に熱心に目を走らせている。彼女がテーブル越しに身を乗りだすたび、ドレスに包まれたヒップに目を奪われていると、召使いが入ってきた。

「奥様、奥様宛の小包がロンドンから届きました。かなり大きなものです。すぐに知らせるようにという――」

「ええ、ありがとう」ミランダは目を輝かせて体を起こし、にっこり笑った。「ここに運んでちょうだい」

ミランダは興奮した様子でデヴィンを振り向いた。珍しく今日は、そこにいるのはふたりだけだった。義父のジョーゼフは造園家と伸び放題の庭園を歩きまわっており、建築家は上の階にある部屋を調べ、メモを取っている。ハイラムはストロングのオフィスで、管理人と帳簿に目を通していた。うれしそうなミランダの顔を見て、デヴィンも口もとをほころばせながら思った。ミランダがこんなに興奮するとは、いったい何が届いたんだ？

「何が来たんだ？　ロンドンからドレスでも届いたのかい？」

「いいえ、ドレスよりもっといいものよ。少なくとも、いいものであることを願うわ。あなたが気に入ってくれるといいけど。結婚の贈り物なの」

「結婚の？　だが、贈り物ならもうくれたじゃないか」デヴィンはアスコットに留めてある、ルビーがはめられた金のピンに手をやった。結婚式の日にミランダから贈られたカフス・セットの一部だ。

「ええ。でも、違うの。あれは形式的な贈り物。つまり……あなたが予期していたもの、と言えばいいかしら。これは、わたし自身の個人的な贈り物よ」

召使いが、その姿がほとんど隠れてしまうほど大きな箱を抱えて入ってくると、デヴィンは好奇心に駆られて立ちあがった。召使いは箱をそっと床に下ろし、お辞儀をして図書室を出ていった。ドアが閉まると、デヴィンはミランダを見つめた。

「どうぞ、開けてみて。もしもあなたが気に入らなくても、泣かないと約束するわ。でも、ひょっとすると……」

「何かな？」デヴィンは小包を縛っている紐《ひも》を切り、箱を開けた。そして呆然《ぼうぜん》となかのものを見下ろした。それから奇妙な、問いかけるような顔でミランダを見ると、箱のなかに手を入れ、イーゼルを取りだした。イーゼルの下には、絵の具のチューブと、絵の具を混ぜたあとに入れるガラスの器が入った木製箱、パレット、ひと揃《そろ》いのブラシ、紙の束、炭筆、テレピン油と亜麻仁油が入っていた。まもなく、図書室のテーブルは画材で覆われていた。

デヴィンはいましがた取りだしたものを見下ろし、立ちつくした。それからチューブに指を走らせ、シルクのような手触りの筆に触れる。彼が何を考えているのか知りたいと思いながら、ミランダは黙ってそんな彼を見守っていた。

「いやなら使わなくてもいいのよ」ミランダはしばらくして口を開いた。「ただ……もしかすると、絵を描きたいかもしれないと思ったの。少なくともここにいるあいだは、描いていれば時間をつぶせるわ」

デヴィンは振り向いて、わけがわからないというように首を振りながらミランダを見つめた。「どうして知っているんだ？　つまり、もうずっと前にやめてしまったのに」

「妹さんの家であなたの絵を見たの」ミランダは説明した。「レイチェルは、あなたが画家だったと言ったわ」

デヴィンは顔をしかめた。「ちょっとかじっただけさ」

「いいえ。あなたにはすばらしい才能があるわ。あなたが描いた絵をこの目で見たのよ。あの光と色の使い方は……」しだいに興奮してきて、少し声が高くなった。「あなたの絵を見たとき、とても信じられなかった。あれを見て、あなたが外見どおりの人ではないことに気づいたの」

「外見どおりというのは、道楽者ってことかい？」

「ええ、そうよ」

デヴィンはかすかな笑みを浮かべた。「きみはいつだって正直だな」彼はテーブルの上に並ぶ画材に目を戻した。「信じられない……もう描けるかどうかさえわからないよ。やめてから何年もたつからな。興味を失ったんだ」

「錆《さ》びついているかもしれないけど、あの才能が死んでしまったとは思えない。あなたのなかに眠っているはずよ」ミランダはいったん言葉を切り、それから続けた。「レイチェルに西棟にある部屋を見せてもらったの。昔、あなたが絵を描くのに使っていた部屋を。使えるようにしておいたわ」

「あそこは、午後になるとたっぷり陽《ひ》が入るんだ」デヴィンはうわの空でそう言った。ミランダをスケッチしようとしたときでさえ、本気で彼女の肖像画を描こうと思っていたわけではない。絵筆はもう二度と持つことはないと思っていた。ところが、なぜか突然、描きたくなった。テレピン油のにおい、絵筆を握ったときの感触、窓からあふれんばかりの光が射《さ》しこむあの部屋の様子が、まざまざとよみがえってくる。彼は、酔った勢いで描いてみたミランダのスケッチを思い出した。「どうしてこれを買ったんだ？」彼は尋ねた。

「つまり、どうしてぼくのことを気にかけてくれるんだ？」

「せっかくの才能が無駄になるのが惜しいの。あなたにはすばらしい才能があると思う。

これを贈ればひょっとして……あなたが失ったものをふたたび見つけられるかもしれないと思ったの」

ふたりは長いこと見つめあっていた。それから、彼は言った。「もしも絵を描くことに決めたら、モデルになってくれるかい？」

ミランダは驚いたらしく、かすかに目をみはった。それから、ささやいた。「ええ、いいわ」

「だったら、描いてみようかな」

ミランダにはああ言ったものの、本気で描くつもりはなかった。父がいつもそう望んでいたように、くだらない趣味はとっくに卒業したのだ。ミランダが画材を贈ってくれたのはうれしかったし、彼女の言葉には心を動かされたものの、ふたたび描いてみたいかどうかはデヴィン自身にもわからなかった。

だが、その日の午後、気がつくとデヴィンは、ミランダが話していた部屋へと足を向けていた。館に住んでいたころアトリエとして使っていた、天井の高い、光に満ちた広い部屋に。ミランダが言ったように、そこはきれいに掃除され、片づけられていた。絵の道具はすでに運ばれていて、古い絵の具で汚れたテーブルにきちんと置かれている。家具は最小限しかない。そのテーブルをのぞけば、椅子がひとつに、スツールがひとつ。それから片端にしか背もたれのない長椅子《フェインティング・カウチ》だけだ。

デヴィンは箱に近づき、ふたたびそれを開けて、絵の具のチューブをひとつずつ取りだしてテーブルに並べていった。それから、小さなガラスの器も。絵を描くには、これを亜麻仁油と混ぜて器に入れる必要がある。仮に描くことに決めたとして、ミランダの髪の色を正確に再現するためには、どの色を組みあわせ、二種類の油をどれくらいの割合で混ぜればいいだろう？　あの灰色の瞳を描くには、白と黒をどんな割合で組みあわせればいいか？　そこに少量の銀をどうやって加えるか？

ほとんど無意識のうちに手が動き、デヴィンはチューブの蓋を取り、そのなかの絵の具をガラスの器に絞りはじめていた。

それから四時間後、召使いのひとりが主人を呼びに来たときには、デヴィンは明かりをつけたランプに囲まれ、上着を脱いで白いシャツを絵の具で汚し、アトリエの真ん中に立っていた。

「あの、旦那様……レディ・レイヴンスカーが旦那様をお呼びです」召使いはためらいがちに声をかけた。いつもエレガントな伯爵のこんな姿は、見たことがなかった。酔ってボタンをかけ間違えたり、だらしなく外したままにしたり、くしゃくしゃのひん曲がったクラヴァットをつけたりした伯爵の姿なら、何度も見たことがある。だが、五年前から伯爵家で働きはじめた彼は、手の甲を茶色い絵の具で汚し、顔に灰色の筋をつけた伯爵——それに、こちらに目を向けているのに実際は見ていない、緑色の瞳に奇妙な光を宿した伯爵を見るのは初めてだった。彼は自分でもそうとは気づかず、まじまじと伯爵を見つめていた。

「なんだって?」伯爵が顔をしかめた。「ミランダが?」

「いいえ、レイヴンスカー伯爵未亡人のほうです」

「ああ。なぜ?」

「夕食の時間を過ぎているからです。ほかの方々はすでに席に着いておいでです」

「そうか。みんなには先に食べるように言ってくれ。ぼくの夕食はここに運んでくれないか。忙しくて食堂に行っている時間がないんだ。それに、もっとランプを頼む。ここは暗すぎる」

もう夜だから、明るいはずがない。当たり前のことだが、召使いは黙っていた。貴族というものは、みなどこかたがが外れているのだ。レイヴンスカー伯爵のいまの様子は、彼のそんな確信をいっそう強めることになった。

召使いに話を聞いたレディ・レイヴンスカーは、氷のような表情になった。「では、彼を待たずに始めるとしましょう。少なくとも……」彼女はミランダを振り向き、いまではミランダがこの館の女主人であることを認めた。「わたしはそう思いますよ、ミランダ」

「ええ、おっしゃるとおりですわ」ミランダは義母とは違い、にこやかな笑顔でそう言うと、うれしそうにレイチェルと目を見交わした。

デヴィンはその夜のほとんどを、絵を描いて過ごした。ようやく寝るためにアトリエをあとにしたときには、疲れ果て、腕がすっかり錆びついていることにうんざりしていた。もう決して昔のようには描けないだろう。だが、あきらめるつもりはない。

翌朝、目を覚ましたときには、昨夜ほど絶望してはいなかった。昨夜描いたものを朝の光のなかで見直すと、どこかに飾るほどの出来栄えではないが、少なくとも、昨夜思ったほどひどくはない。

デヴィンは図書室に下りていった。ミランダはそこで、ハイラム・ボールドウィンと帳簿の数字について話していた。ミランダの顔を正確に再現できない自分の腕のつたなさに苛立《いらだ》ちながらも、デヴィンは彼女に、モデルになってもらう約束を思い出させた。ミランダはひと言も不満をもらさずに笑顔で立ちあがり、ため息をついているハイラムを数多くの問題点とともにその場に残して、デヴィンと一緒にアトリエに向かった。

それから何週間か、デヴィンは一日のほとんどをアトリエに閉じこもって過ごした。ミランダは〝じっと座っているのはこれが限度よ〟と言い、午前中に一時間、午後に一時間、一日計二時間だけ彼のためにアトリエに来て、おとなしくポーズを取ってくれた。残りの時間、デヴィンは気の向くままに静物や景色をスケッチしたり、色を試したりして過ごした。彼は描きたいという衝動に駆られていた。強迫観念とまではいかないし、若いころによく彼をとらえた激しい情熱にもおよばない。それでも、何かを創りだしたいという欲求が彼を駆りたて、ほかのすべてを凌駕《りょうが》した。

ミランダはどうして、この欲求がまだぼくのなかにあることを知っていたのだろう？ぼく自身知らなかったのに。デヴィンにはそれが不思議だった。

もしそのことに思いがいたれば、ロンドンも、何年もそこでなじんできた暮らしも、ちっとも恋しいとは思っていないことに気づいて、少しばかり驚いたに違いない。だが、描きたいという欲求がもたらす興奮にのみこまれ、賭事《かけごと》やどんちゃん騒ぎのことはめったに思い出さなかった。時間を持て余すことがなくなると、飲酒の量さえ減るようになり、朝目が覚めたときにも頭がすっきりして重くないことを発見し、驚いた。気晴らしをしたいときや楽しみたいときは、ミランダのもとに行った。ほんの数カ月前の彼なら、妻や妹とカードゲームで遊ぶとか、ただ話して過ごす夜が、友達と飲んで浮かれ騒ぐよりも楽しいなどという考えは笑い飛ばしていただろう。だが、いまの彼は正直に言って、そうすることが楽しかった。

ただ、絵を描きたいという突然の衝動も、日に日に募るミランダへの欲望を弱める役には立たなかった。これほど激しく同時にふたつのことにのめりこめるものだろうか？　不思議なことに、そのふたつはたがいを糧にしているかのようだった。ミランダの顔や姿をカンヴァスに描くことで、デヴィンは欲望を静め、ミランダに魅せられる気持ちを満足させようとした。だがそのために、頭のなかでも実際にも、ミランダをほぼ一日じゅう見るはめになった。夜が訪れてベッドに横たわるころには、ひどく疲れていたが、それでもミランダのことを考えずにはいられなかった。彼女がすぐ隣にいることを。柔らかい、温かい体が彼を待っていることを。

書斎でミランダを抱こうとした夜以来、デヴィンは自分さえその気になれば、ミランダが彼をベッドに迎え入れてくれることを知っていた。ミランダはデヴィンに無関心なふりはしなかった。もう〝ふたりは別々の道を歩むほうがいい〟と落ち着き払って彼に告げることもなかった。ミランダが求めているのは彼の貞節だ。それを与えれば、ミランダを手に入れられるのだとわかっていた。

決してきみを裏切らない、そう誓うのはたやすいことだ。その証拠に、実際はそれほど好きでもない女性たちに、彼は愛しているとさんざんささやいてきた。だが、どういうわけかミランダには嘘《うそ》をつけなかった。あの澄んだ、心の底まで見通す灰色の目を見つめながら、自分でも嘘だとわかっていることを口にするのは不可能だ。確かにいまは、ミランダしか欲しくない。だが、この気持ちはいつまで続くのか？　レオーナ以外のほかの女性たちと同じように、一度手に入れてしまえば、ミランダにも飽きるかもしれない。

それに、レオーナが彼の戻りを待っているのに、どうしてミランダに忠実な夫になると誓えるだろう？　彼が愛しているのはレオーナなのだ。十八歳のときから彼女を愛し、以来十五年あまりも愛し続けてきた。いまの奇妙なほどの無関心は、間違いなく一時的なものだ。レオーナが彼にほかの女性との結婚を望んだという苛立ちから生じたもの。ミランダと絵の両方に取りつかれているいまの状態から生じたものに違いない。

そして、この無関心は一時的なものだとどんなに自分に言い聞かせても、デヴィンはかすかな後ろめたさを覚えた。ミランダを手に入れるためにレオーナをあきらめるなどと、たとえ嘘でも誓うことはできない。レオーナ自身がそれを知ることはないにせよ、それでは彼女を侮辱することになる。そもそも、心は与えられないとわかっているのに欲望だけでミランダを抱けば、ミランダを侮辱することになるのだ。

ミランダはそんな仕打ちを受けるような行いは、何ひとつしていない。そう、ミランダには、本当なら彼よりもはるかに立派な男がふさわしいのだ。ミランダは彼に絵を描く情熱、絵に対する愛を取り戻し、彼を慰め、強さを与えてくれた。そして彼女独特の、とても奇妙な苛立たしい方法で、彼の心のなかにいつの間にか入りこんでしまった。彼女を失望させるような卑劣な真似《まね》はできない。

だが苛立たしくも、この高潔な決意を実行に移すのは簡単ではなかった。それどころか、ミランダがすぐそばにいるのに抱くことができないのは、まるで地獄の責苦だった。いままで持ったことすらない名誉心から、あの魅力的な体を味わう歓《よろこ》びを自分に禁じているというのに。よこしまな快楽を否定して正しい行いをしているという満足感が、少しはこの苦しみを和らげてくれてもよさそうなものではないか。

ところが実際は、夜ごとミランダの唇の味を、柔らかい体を、その体が彼の愛撫《あいぶ》に応えて震えたことを思い出した。そして、体がほてり、硬くなって、ひと息吸うごとにいっそう眠りから遠ざかるはめになる。ミランダの服を脱がせ、彼女にキスし、彼女を愛撫する……デヴィンは自分の鮮やかな想像力を呪った。彼がまったく満足を得られないことをのぞけば、想像のすべてが耐えがたいほどにリアルだったからだ。

昼間、モデルとしてポーズを取るミランダを見ているときも、同じ思いが頭にしのびこんできた。あたり障りのない会話に織りこまれるその思いが、彼の描いている絵に官能的な雰囲気を持たせることになった。デヴィンの息遣いは荒く、速くなり、体が燃えて脈が走った。ミランダが欲しくてたまらないのに、手に入れられない。そんなジレンマが少しずつ正気を奪っていくようだった。

地元の地主がパーティを催した夜は、最悪だった。ブレークソープという痩せた禁欲的なその地主と、夫とは正反対の陽気で肉づきのいい、大きな声の妻が催したささやかな集いには、またしても例の医者と牧師夫妻、それとダークウォーターの人々が招かれた。そして夕食のあと、ブレークソープ家のおとなしい末娘キャサリンがピアノを弾きはじめると、ブレークソープ夫人はほかの娘たちにさんざんせがまれたあと、キャサリンが弾くピアノに合わせて踊ることを許可した。

いつもと同じ退屈な夜になるとあきらめていたデヴィンは、思いがけず最後の一時間をほとんどミランダだけと踊って過ごし、まさしく天国にいるような至福と、地獄の業火で焼かれているような責苦を味わうことになった。彼は揺れる白い胸を見下ろし、ミランダがこめかみと胸の谷間に叩《たた》いた薔薇《ばら》の香りに鼻孔をくすぐられながら踊った。彼女の肌が触れるたび、危険なほど激しい欲望に体を脈打たせた。

ダークウォーターからは何人も招かれたため、彼らは二台の馬車でブレークソープ家を訪れた。ところが、ミランダの継母エリザベスが頭痛を訴え、夫のジョーゼフにつき添われて早めに帰宅したために、残った一行は一台の馬車にぎゅうぎゅう詰めになって地主館をあとにしなくてはならず、ミランダはデヴィンの膝の上に座ることになった。ほかのみんなにとっては、それがいちばん満足のいく解決法だったのだ。デヴィン自身、思いがけない展開を楽しんだことは否定しない。しかし、馬車が館に到着するころには、馬車の揺れにつれて微妙に動くミランダのヒップと、彼女のにおいや感触に、彼の体は火がついたかのように燃え、絶望的なまでに満足を求めていた。

馬車に揺られているあいだ、デヴィンはミランダが欲しくてたまらなかった。頭に浮かぶのは、一糸まとわぬミランダが自分のベッドでもだえている姿ばかり。ミランダのむき出しの肌の上に滑らせたくて、指がむずむずした。彼は窓の外の暗がりを見つめながら、満たされぬ欲望にさいなまれ、まわりで交わされている会話もほとんど耳に入らなかった。

ようやく館に着くと、まっすぐ書斎へ行き、急いでブランデーを二杯あおった。だが、たいして効き目はなかった。しかたなく階段を上がり、自分の部屋に向かう途中、階下に戻るミランダのメイドとすれ違った。すると、ドレスを脱いで寝間着姿になり、髪を背中に落としているミランダの姿が浮かんだ。

悪夢にうなされた夜に見た、豊かな髪を肩のまわりや胸の上、背中に垂らしていた姿が。その姿を思い出しただけで、デヴィンの体は激しくうずいた。メイドはミランダの髪にブラシをかけたのだろうか？　それとも、妻は化粧台の前に座り、キャンドルの光にきらめく長いシルクのような髪を自身の手で梳《と》かしているのか？　想像がもたらした低いうめきを、デヴィンはのみこんだ。これ以上はもう、とても耐えられない。

デヴィンは自分の部屋に入った。手は、ミランダの部屋へと続くドアをノックしたがっている。上着を脱いで従者に渡すと、あとは自分でやるからと追い払った。もはや一瞬たりとも、ほかの人間と一緒にいることに我慢できそうになかったからだ。デヴィンは従者が見たらぞっとしそうなほど乱暴にクラヴァットを剥ぎ取り、椅子の背にほうり投げた。カフスボタンを取って袖をまくったが、それでも足りず、息がつまるような暑さを和らげようと、シャツのボタンを外しはじめた。しかし、ほてった体はまだ燃えるようだ。

窓辺に歩み寄り、わずかに窓を開けて冷たい夜気を入れた。吹きこんできた微風は顔と胸と腕のほてりを多少は冷やしてくれたものの、体のなかの炎を消してはくれなかった。

くそ、ぼくは禁欲主義者じゃないんだぞ。生身の男だ！　こんな毎日にあとどれだけ耐えられる？

デヴィンは長いこと窓辺に立って、夜の闇を見つめていた。それからため息をついて、ようやく空っぽのベッドへ向かった。

翌朝、ミランダは眠りの足りない重いまぶたを上げ、呼び鈴を鳴らしてメイドを呼んだ。昨夜のパーティで、彼女の我慢も限界に達しかけていた。こんな結婚生活にあとどれくらい耐えられるか、自分でもわからない。デヴィンをじらし、あおって、彼の欲望をかきたてれば、そのうち彼も我慢できなくなり本当の意味で夫になりたがるかもしれない。そう願っていたのだが、どうやら自分が仕掛けた罠《わな》に自分ではまってしまったようだ。

結婚した日から、デヴィンと愛しあいたいという欲求は募るばかり。そのせいで、注意深く立てた作戦も台なしになりかけている。デヴィンに対する情熱は日ごとに増していくというのに、彼は相変わらずミランダとの距離を保ち、キスをしようともしない。情けないことに、最近はデヴィンをその気にさせたくて、ときどき〝偶然〟彼に触れたり、ぶつかったりするほど追いつめられていた。だが、デヴィンは腹立たしいほど禁欲的だった。

特に昨夜はひどかった。デヴィンとひと晩じゅう踊ったあとで、彼の膝にのって馬車に揺られているあいだ、固い筋肉が脇腹に押しつけられ、ヒップの下で欲望のしるしが脈打つのを感じていなくてはならなかったのだ。おかげで日ごろ自慢の理性もどこへやら、メイドに服を脱がせてもらいながら、自分を愛撫するデヴィンの手と、熱いキスのことしか考えられなかった。髪を梳かしているあいだも廊下の足音に聞き耳を立て、ふたりの部屋をつなぐドアから彼が入ってくることを願い続けた。そのドアの鍵は、もう長いことかけていない。

だが、デヴィンは入ってこなかった。彼は決して入ってこない。ミランダは頭がおかしくなりそうだった。わたしのほうから折れなくてはならないかもしれないわ。彼女はそう思いはじめていた。デヴィンのところに行き、いますぐ抱いてくれるなら貞節などもう求めない、レオーナとでも誰とでもあなたをわかちあう、と告げるしかないのだろうか？

そんなことは考えただけでぞっとする。デヴィンをほかの女性とわかちあうのはいやだ。でも、彼が与えてくれる快楽の甘さを知るにはそれしか方法がないとしたら、どんなにいやでも、デヴィンをひとり占めできないという事実を受け入れざるをえないのかもしれない。

朝食室に入っていくと、そこには誰もいなかった。昨夜なかなか眠れなかったせいで、今日はいつもより起きる時間が遅くなったのだ。この家のほとんどの人間が、おそらくもう朝食をすませてしまったのだろう。ミランダは急いでひとりきりの朝食をとると、コーヒーをつぎ、テラスに出た。そしてコーヒーを飲みながら、下に広がる庭を見下ろした。

裏庭の仕事はかなり進んでいた。生け垣は刈りこまれ、雑草はのぞかれ、好き放題に伸びていた低木のほとんどがすっかり枝葉を落とされてまるで棒のように見える。あまりに殺風景で、まだ美しいと言える状態ではなかったが、小道は計画どおりに修復され、ふたたび造られていた。もうすぐ準備の整ったところから植えこみが始まるはずだ。一部の樹木と花を植えるのは、もちろん、適切な季節まで待たねばならない。この秋か、来年の春まで持ち越すものもあるだろう。

敷地全体を本来の状態に戻すのは何年もかかる大仕事だ。とはいえ、大きな生け垣のほとんどが根こそぎにされるか刈りこまれるかしていたため、以前よりもはるかに遠く、果樹園までも見渡せるようになっていた。果樹園の木々はいまだ伸び放題だが、こちらも遠からずきちんと剪定《せんてい》されるはずだ。

ミランダがテラスに立っていると、庭の外れで何かが動き、彼女の目を惹《ひ》いた。女性がひとり、もつれあうように立っている果樹の陰から出てきたのだ。それが継母のエリザベスだと気づいて、ミランダは驚いた。エリザベスが庭を散歩するのは珍しい。特にあんな外れまで行ったことなど、ミランダが知るかぎり一度もなかった。それよりもっと奇妙なのは、エリザベスの背後の果樹のなかから、見知らぬ男が出てきたことだった。ミランダは目を凝らした。エリザベスはこっそり愛人と会っているの？　そんな疑問が、ショックを受けた頭に真っ先によぎった。

だが、彼らが恋人同士ではないことは、ふたりの様子からすぐにわかった。低い地位の者が高い地位の相手と話すときのように、エリザベスが話しているあいだも、男はほとんど彼女を見ようとせず、うつむいたままときどきうなずいている。男の服装も質素で、いかにも実用的な、ちょうど使用人が着るような服だ。ミランダはほっと体の力を抜き、ばかな疑いを持った自分を叱った。エリザベスはお父様と、心から愛しあっているのよ。ひどい疑いが頭に浮かんだのは、満たされぬ欲望に頭を占領されているせいに違いないわ。

やがてエリザベスは男に向かってうなずき、テラスへと戻りはじめた。男は少しのあいだその場にたたずみ、エリザベスの後ろ姿を見送っている。ミランダにも、男の顔がはっきり見えた。平凡な顔だ。見覚えがあるような気がしたが、いったいどこで見たのか？　まもなく男は体の向きを変えて歩きだし、果樹のなかに消えた。

ミランダは手すりに腰を下ろしてコーヒーを飲み終えた。テーブルにカップを置くころには、座っているミランダに気づくくらいそばに、エリザベスが近づいてきていた。エリザベスは足を止めて手を振り、砂利が敷かれたばかりの小道を歩き続けて、やがてテラスへ上がる階段のところへ来た。

「おはよう、ミランダ」エリザベスは階段を上がってくると、ミランダの頰にキスをした。

「ここで何をしているの？」

「庭の作業具合を見ながら、食後のコーヒーを飲んでいたところよ」

「すっかり様変わりしたわね」エリザベスはうなずき、庭を見下ろした。「なんだか寂しい感じがするわ」

「でも、もうすぐこれまでよりずっと美しくなるのよ。ミスター・キチンズが請けあってくれたわ」

「だといいけれど」

「あの男性は誰だったの？」

「なんですって？」エリザベスが振り向いた。「どの男性？」

「果樹園のそばで、さっきあなたが話していた人よ。どこかで見たことがあるような気がするの」

「ああ。きっと庭師の下で働いている人だからでしょう。名前は知らないの。果樹のことを訊《き》いていたのよ。なんの木かわからなかったから。あそこにさくらんぼの木があればいいのに、と思ったの。実が熟すのはいつごろかしら。ハナお手製のチェリーパイが恋しいわ」

「わたしもよ」ミランダはほほえんだ。「彼はなんですって？」

「え？」

「さくらんぼの木はあるの？　それに、実はいつ熟すの？」ミランダは辛抱強く尋ねた。

どうもエリザベスの態度は妙だ。彼女は継母のことが心配になりはじめた。

考えてみれば、エリザベスはダークウォーターに来たときから様子がおかしかった。ほとんど部屋に閉じこもったままで、頭が痛い、胃の調子がおかしいなど、これまでよりも頻繁に、ありとあらゆる不調を訴えている。確かにエリザベスは病弱なたちだが、以前はここまでひどくはなかった。食べるのが好きで、食事を抜くことはめったになかったのに、このところ、夕食もみんなと一緒に食べるよりも、部屋に運ばせることのほうが多いくらいだ。それに、よく自分の部屋やほかの場所でぼんやりと座り、暗い表情で床や宙の一点を見つめている。先ほどの男が庭師の下働きだという説明も奇妙だった。あんなに遠くまで歩いていって、庭仕事をしている男にさくらんぼの木について尋ねるなんて、まるでエリザベスらしくない。確かにチェリーパイは継母の大好物だが、歩くのは嫌いなのだ。召使いのひとりを訊きにやるか、コックにチェリーパイを食べたいというメモを届けるほうがはるかに簡単だし、歩く距離も短くてすむ。

「ああ。ええ、さくらんぼの木はあるそうよ。もう熟しているんですって」

「よかったわ。コックに頼んで、今週中にもチェリーパイを作ってもらいましょう」

エリザベスは微笑した。「ありがとう」彼女は不意に前に出て、ミランダをぎゅっと抱きしめた。「どれくらい愛しているか、伝えたことがあったかしら？　本当の娘のように思っているのよ」

ミランダも継母を抱き返した。「ええ、しょっちゅうそう言ってくれるわ。わたしもあなたが大好き。でも、この年の娘を持つには若すぎるわ。お姉様、と言うほうが近いわね」

エリザベスはにっこり笑った。「いいわ。だったら、とびきり優しい姉になるとしましょう」

ふたりは腕を取り、家のなかに戻っていった。「これから図書室に行くの。一緒に来る?」ミランダは尋ねた。

その誘いに、エリザベスの顔に滑稽《こっけい》なほどの恐怖が浮かぶのを見て、ミランダは笑いだした。

「いいえ、あそこはだめ。だって……」

「いいのよ。言い訳を探す必要はないわ。本を読むのが好きじゃないことは知ってるもの。ちっともかまわないのよ。お昼に会いましょう」

「ミランダ……」エリザベスは眉を寄せ、真剣な顔でミランダを見つめた。何か言おうとしているようだったが、結局は笑顔になって、ミランダの腕を優しく叩いた。「なんでもないの。またあとでね」

エリザベスがきびすを返し、歩き去る。

けげんな顔でその後ろ姿を見送ると、ミランダは肩をすくめて図書室へと向かった。

ストロングがそこで彼女を待っていた。ミランダのそばにいるときはいつもそうだが、そわそわと落ち着かず、なんとも気詰まりな様子だ。彼は女性とビジネスの話をすることにどうしても慣れないらしいので、ふだんはハイラムにやり取りをまかせてある。ハイラムが相手のときは、よくしゃべるようだ。ストロングの帳簿はせいぜいよくても大ざっぱで、そこに記載されている内容は説明の必要なものが多かったから、これはありがたいことだった。

〝話してみたかぎり、彼は自分の仕事を心得ているようですよ〟ハイラムはそう言っていた。〝ただ、書くのが苦手なだけで〟

しかし、これだけ大きな領地の管理人が、きちんとした帳簿を作れないのは問題だった。ミランダはデヴィンの伯父に、ストロングに管理人としての資格があるのか尋ねたことがあった。するとルパートはぽかんとした顔でミランダを見つめた。〝彼の父親が、領地の管理人だったんだよ〟まるで、その答えだけでじゅうぶんだというように。その場に一緒にいたデヴィンも異を唱えず、当然のようにうなずいていたから、イギリス貴族にとってはどうやらそれがじゅうぶんな理由になるようだ。領地を運営するようになったら管理の仕事には適任者を雇おうと考えていたが、ルパートやデヴィンがどんな反応を示すかを考えると、ストロングを管理者として残し、適当な名目をつけて、有能な人間に彼の監督をさせるほうがいいかもしれない。ひょっとするとストロングは、ミランダの構想をそれとなく察しているために、彼女のそばにいるのが気詰まりなのかもしれない。

「おはよう、ミスター・ストロング」ミランダは精いっぱい温かい笑みを浮かべて声をかけた。「ハイラムは父の仕事に駆りだされているの。だから、今日はわたしの質問に答えてもらえるかしら?」

「はい、レディ・レイヴンスカー」

「よかったわ。さてと、この前、地形図を見ていたの」ミランダは巻いてある地図を手に取り、それを机に広げて四隅を本で留めた。「領地のこの部分だけど……」

「はあ、アプワース山とその周辺の土地ですね」ストロングはうなずいた。

「ここはどんなふうに見えるの?」

ストロングは答えにつまった。「ええと、ただの岩地ですよ、ミス……いえ、奥様。小高い岩地です。わしの知るかぎり、作物にはまったく向きません」

「ここはローチーズに含まれる、つまり、ペニン山脈の末端にあたるわけね」

「そのとおりです」

「これまでは何に使われていたのかしら?」

「使われていた?　いいや、まったく使ってません。まあ、景色を見に行く者はいますが。雄大な景色ですからね。ですが、わしの知るかぎり、使い道はひとつもありません」

「こういう地形には、よく鉱床があるものよ」

「なんですって?」

「石炭や鉄鉱石、希少価値のある鉱物が発見されることさえあるわ。誰かが試験的に採掘したことはあったの？」

「いいえ、奥様、わしの知るかぎりありません」ストロングは懐疑的な顔でミランダを見た。

「わたしは試し掘りをしてみたいと思っているの。小作人がおさめる賃料のほかにも収入が入れば、それに越したことはないわ」

「はい、奥様」

ミランダはストロングの消極的な態度に、内心、ため息をついた。「いいわ。帳簿を見ましょうか。ハイラムが用意してくれた総覧を見たところでは、明らかにひとつのパターンがあるわね。たとえば、このビグビーと呼ばれる一帯だけど……」

それからの二時間はのろのろと過ぎていった。終わり近くに、メイドがホットココアを持ってきた。何時間か働いたあと、ミランダは自分へのご褒美代わりによくそれを飲むのだ。ミランダはココアをひと口飲み、思った。とてもおいしいけれど、ストロングと話したあとのご褒美にはとても足りないわ。

デヴィンが入ってくるのを見て、ミランダはほっとして彼を歓迎し、ひと息入れることにした。デヴィンは疲れているようだ。目の下には黒い翳《かげ》がある。昨夜はミランダと同じように、よく眠れなかったのだろうか？　デヴィンは、これから修道院跡に写生をしに行ってくると言った。ほぼ一日いるつもりだから、館に戻るのはお茶のあとになる、と。ミランダはうなずきながら、一緒に行けたらいいのに、と思った。しかし、彼は誘ってくれなかった。

ふたりのあいだに高まるばかりの性的な欲求不満は、せっかく築いてきた親しみを壊すことになるのだろうか？　ミランダはそう考えながら、今朝起きたときに頭に浮かんだことを思い出した。貞節を要求せず、デヴィンとベッドをともにしようか？　たとえデヴィンを誰かと共有しなくてはならないとしても、彼に避けられるようになるよりは、まだましに違いない。

デヴィンが出ていくと、ミランダはココアを飲みつつ帳簿に目を戻した。

図書室のドアにためらいがちのノックが聞こえ、エリザベスがしぶしぶといった様子で入ってきた。緊張した面持ちで、両手を握っては開いている。継母はミランダを見て、それからストロングを見た。

ミランダは不安に駆られて立ちあがり、急いで継母に歩み寄ると、腕を取った。「どうしたの、エリザベス？　具合が悪いの？　さあ、ここに座って。ミスター・ストロング、母にお水を一杯持ってきてくださる？」

ストロングははじかれたように立ちあがり、水差しとグラスが置いてあるサイドボードに駆け寄った。そして水をつぎ、心配そうな顔でそれを持って急いで戻ってきた。

「大丈夫ですか、奥様？」

「ええ、大丈夫よ。なんでもないの。そんなに騒がないで。あら、それはホットココア？少しいただこうかしら」

「ええ、どうぞ」ミランダはカップをエリザベスのほうに滑らせた。

エリザベスはひと口飲み、カップを受け皿に戻して、無理に笑みを浮かべようとした。

「ごめんなさい、邪魔をする気はなかったの。ただ、ちょっと話せないかと思って。あとでまた来るわ」

「あら、いまでも大丈夫よ」ミランダはそう答えたものの、内心、首をかしげた。エリザベスの様子はやはり変だ。テラスで一緒にいたときは、話したがっているそぶりなど見せなかったのに。いまは、すぐさまミランダと話ができなければどうにかなってしまいそうに見える。

ミランダはストロングに向き直った。

「今日はもう仕事に戻って結構よ。母と話があるから」

ストロングはお辞儀をすると、帳簿を小脇に抱え、図書室を出ていった。

「ありがとう、ミランダ」エリザベスが言った。「でも、仕事を中断する必要はなかったのに。またあとで来ればいいんですもの」

「かまわないの。ミスター・ストロングはきっと、あなたのことを守護天使だと思っているでしょうね。おかげで、一時間も早めに話しあいを切りあげられたんですもの」

「気の毒に。あの人はいつ見ても……おろおろしているわ」

「きっと、わたしのことを人食い鬼だと思っているのよ。この国の人たちは変化を極端に嫌うみたいね」

「ええ、そうね」エリザベスはどこかうわの空で同意し、図書室を見まわした。彼女はちらっとバルコニーを見上げ、急いで目をそらした。

「それで、なんの用だったの？　図書室は嫌いなはずなのに、わざわざ来るなんて」

「入るたびに、あなたが落ちたことを思い出さずにはいられないんですもの」エリザベスは片手を振って、バルコニーの新しい頑丈な手すりが取りつけられている部分を示した。

「恐ろしすぎるわ」

「けがはなかったのよ」

「その点はとても幸運だったけど……一歩間違えば、たいへんなことになっていたのよ！　考えるだけで背筋が凍るわ」エリザベスは寒気がしたように体を震わせ、もうひと口ココアを飲んだ。

「ええ。でも、心配しないで。あんなことは二度と起こらないわ。ああいう事故は、人生に一度しかないものよ」

「そうでしょうね。ただ……この土地をあまり好きになれないの。ジョーゼフは修復の仕事にすっかり夢中だけど、あなたは退屈じゃない？　パーティもないし、舞踏会もオペラも、お芝居もないのよ」

「確かに、都会に住んでいるようなわけにはいかないわね」ミランダは同意した。「あなたが退屈しているなら、謝るわ。父もわたしもここを修復するので忙しいけど、考えてみれば、あなたにはほとんどすることがないんですものね」

「それはかまわないのよ。わたしが話したいのはそんなことじゃないの。部屋で考えていたんだけれど……」エリザベスはカップを置いて身を乗りだし、ミランダの腕に手を置いて目をのぞきこんだ。「ねえ、ミランダ。あなた、本当に幸せなの？」

「なんですって？　ええ、もちろんよ」ミランダは笑みを浮かべ、エリザベスの手を優しく叩いた。「どうしてそんなことを訊くの？」

「わからない。ただ心配なの。今朝はとても……疲れて、悲しそうな顔をしていたから」

「そうだった？」ミランダは驚いた。「心配をかけてごめんなさい、自分では気づかなかったわ……」

エリザベスは熱心にうなずいた。「だから気になったの。部屋に戻って、この前始めた刺繍《ししゅう》を仕上げようとしたんだけれど、あなたの顔が目に浮かんで……。彼はあなたを悲しませているの？」

「デヴィンが？　いいえ、エリザベス、そんなふうに考えないで。わたしはデヴィンと結いって、心配なの。ジョーゼフが無理やり――」

「エリザベス、それがなんであれ、わたしに無理強いさせることができる人なんか誰もいないわ。あなたも知っているはずよ。わたしは自分で望んでデヴィンと結婚したの。とても幸せよ。ゆうべパーティがあったから、今朝は少し疲れているだけ」

「ええ、正直に言うと、わたしも少し疲れているの。もう何年もあんなに踊ったことなどなかったから。でも、あの若いお医者様の申し出をお断りすることができなくて。それにもちろん……」エリザベスは秘密を打ち明ける女学生のように照れた笑顔になった。「あなたのお父様と踊るのは、いつだって夢のようにすてきなんですもの」

エリザベスのその発言は、父を深く愛しているしるしだろう。ミランダは心のなかでほほえんだ。父と踊ったことは何度もあるが、〝夢のようにすてき〟だとはとても言えない。

エリザベスはココアをもうひと口飲み、先ほどスカートのポケットから取りだしたハンカチを、ひねったり、引っ張ったり、丸めたりしはじめた。ミランダは哀れな麻のハンカチに目をやった。

「まだ何かあるのね？」

「実は……ああ、ミランダ。どう話したらいいのか……」

「思ったとおりに話して」

「わたしのことを愚かだと思うに決まってるわ」

「そんなこと、思ったりするものですか」

「わたし……とにかく心配なのよ！」エリザベスは叫んだ。驚いたことに、彼女の目には涙があふれている。

「エリザベス、落ち着いてちょうだい」ミランダは身を乗りだし、継母の手に手を重ねて、せわしない動きを止めた。「何か困ったことでもあるの？」

「いいえ」エリザベスは少しばかり甲高い声で笑った。「困った状態に陥っているのは、わたしじゃないわ。あなたよ！」

「わたし？　どういう意味？　わたしなら何もかも順調よ」

「いいえ、違う。順調なんかじゃないわ、ミランダ……」エリザベスは両手の手のひらを返し、まるで命綱であるかのようにミランダの手をきつく握りしめると、苦痛と不安に満ちた目で彼女を見つめた。「ミランダ、彼はあなたを殺そうとしているのよ！」

# 16

ミランダは呆然《ぼうぜん》と継母を見返した。「なんですって？　誰が？　なんの話をしているの？」

「あなたの夫、レイヴンスカー卿《きょう》よ」

ミランダはあんぐり口を開けた。エリザベスは完全に正気を失ってしまったのだろうか？「デヴィンが？」ようやくそう言った。

「ええ、デヴィンが。ミランダ、頭を使ってちょうだい！」エリザベスは、涙にぎらつく目で叫んだ。ミランダは不意に、ロンドンの家を訪ねてきた老紳士のことを思い出し、身を震わせた。あの老人は、デヴィンが孫娘を殺したとわめき散らしていた。

「ここに来てから、あなたは何度も危ない目に遭ったわ」エリザベスは熱心にそう言った。

「エリザベス、いったいなんの話？」

「あなたはあのバルコニーから落ちた」

「木食い虫に食われていた手すりに寄りかかったからよ。不注意だったの。それだけよ」

「じゃあ、乗馬に出かけたときは？　ジョーゼフがたまたま崖を見上げなければ、あなたは岩に押しつぶされていたのよ」

「あれも事故だったわ」ミランダはなだめるように言った。

「どうして事故だとわかるの？」エリザベスは興奮した声で問いただした。ココアを飲み終え、震える手でカップを受け皿に戻す。「どちらの場合も、一歩間違えば死んでいたかもしれないのに」

「ええ、でもごらんのとおり、ぴんぴんしているわ。それに、あれが単なる事故ではないという証拠はひとつもないのよ」

「わずか数日のあいだに、そんな事故がふたつも続くなんて！」エリザベスの声は悲鳴に近くなった。「わからないの？　レイヴンスカー卿はあなたを殺そうとしているの。邪魔者を消すために。ひどい男なのよ！」

「エリザベス！」ミランダは背筋を伸ばし、冷ややかな顔で制した。「夫のことを、そんなふうに言うのはやめてちょうだい」

「彼はすっかりあなたを手なずけてしまったのね。だからあなたには、あの人の欠点が見えない。こうなることはわかっていたわ」継母の目にまたしても涙があふれた。

「エリザベス、お願いだから……」ミランダは少し優しい声に戻り、エリザベスをなだめようと腕に手を置いた。デヴィンを批判したからといって、継母に腹を立ててはいけない。

エリザベスが何かにとてもおびえていることは明らかだ。辛抱強く訊《き》きださなくては。

「あなたはなんの根拠もない疑いで取り乱しているのよ。デヴィンの評判が悪かったことは、わたしも知っているわ。だけど、本当の彼は違うの。いい人なのよ。これは確かよ。わたしを殺そうとするはずがないわ」

「あなたにはわからないのよ。彼のことを知らないんですもの！」

「あなたも知らないわ」ミランダは穏やかに指摘した。「それに、わたしはあなたが思っているより、ずっとよく彼のことを知っているのよ」

「本気で聞いてもらえないことはわかっていたわ」エリザベスは両手に顔を埋《うず》めた。

「もちろん、ちゃんと聞いているわ」ミランダは主張した。「取り乱す気持ちもわかるわ。心配かけてしまって、本当にごめんなさい。でも、怖がることなど何もないのよ。どちらの出来事も事故だったんですもの。確かに二度も続くのは少しばかり奇妙だけど、そういうこともあるわ。あなただって、ほんの数日のあいだに不運が続いた覚えがあるでしょう？　あの手すりは古くて傷んでいた。館の木製部分は、ほとんど木食い虫の被害に遭っているの。わたしの体の重みで折れても、なんの不思議もなかった。それに石灰石はよく割れて、落ちてくるそうよ。ここに住んでいる人たちは、ひとり残らずそう言っているわ。どちらの事故にも不審な点はひとつもないのよ」

「ええ、彼は賢いのよ」エリザベスは疲れきった顔でため息をついた。

「それに、デヴィンがあの岩をわたしの上に落とすことはできなかったわ。わたしたちと一緒にいたんですもの」

「崖の上で共謀者が岩を落とすことは簡単にできたはずよ」

「そして、自分の身も危険にさらすの？」

「彼はあなたの隣にいた？」

　ミランダはあのときのことを思い出そうとした。「どうだったかしら？　いいえ、デヴィンは何メートルか先で伯父様と話していたわね」

「ほらね」エリザベスは勝ち誇ったように叫んだ。「殺されかけたのは、あなたとジョーゼフよ。レイヴンスカーは危険がおよばないところにいたんだわ」

「エリザベス、お願いよ。どうしてデヴィンをそんなに嫌うの？　彼のことをほとんど知らないのに。もっと頻繁に夕食の席に顔を出して、食事のあともみんなと話すといいわ。デヴィンとも話してみて。そうすれば、これまで聞いた評判よりも、はるかにいい人だということがわかるわ」

「ええ、レイヴンスカーが魅力的な人だってことは、ちゃんと知っているわ。問題はそんなことじゃないの」エリザベスは出し抜けにあくびをして、急いで口を覆った。「ごめんなさい。なんだか急に……ひどく疲れて」

「もう休んだほうがいいわね」ミランダは同意した。

「いいえ、あなたにわかってもらうまでは……」エリザベスはまたしてもあくびをした。

「まあ、どうしたのかしら？」

「ねえ、お部屋に戻って少し眠ったら？」ミランダは熱心に勧めた。「目が覚めたら、ずっと気分がよくなっているはずよ。そうしたら些細《ささい》なことを気に病んでいたのがわかるわ」

「いいえ、わたしの考えは変わらないわ」エリザベスは混乱したような表情を浮かべ、片手で顔をこすった。

継母の様子がおかしいのを見て、ミランダは心配になった。「大丈夫なの、エリザベス？　具合が悪いの？　メイドを呼ぶわ。お部屋までついていってもらいましょう」

「まあ、ばかなことを言わないで。自分の部屋に戻るだけなのに、助けなどいるものですか」

ちょうどそのとき、召使いが部屋に入ってきて、控えめな咳払《せきばら》いをしてふたりの注意を引いた。「レディ・ヴェイジーとミス・ヴェイジーが、奥様にお会いになりたいとお見えです」

「レディ・ヴェイジーが？」ミランダは驚いて顔を上げた。

「レオーナが！」エリザベスが叫んだ。その顔に浮かんだ恐怖を見て取り、ミランダは心のなかで舌打ちした。誰かがエリザベスに、レディ・ヴェイジーとデヴィンの関係を話したに違いない。

召使いは、小さな銀のトレーを手に前に進みでた。そこには二枚の名刺が置かれていた。一枚は未婚の伯母のもの、もう一枚はレオーナのものだ。ミランダは口もとにかすかな笑みを浮かべた。これまで、挑戦されて引きさがったことなど一度もない。

「わかったわ。客間にお通ししてちょうだい」

召使いが図書室を出ていくと、エリザベスは目をみひらいてミランダを見た。「ミランダ、彼女に会うの？　レディ・レイヴンスカーの話では、その……あの人は上流階級の人たちには受け入れられていないそうよ」

「ええ、知っているわ。でも、レディ・ヴェイジーがなんの用で訪ねてきたのか興味があるの。一度くらい彼女と会っても、わたしの評判に傷がつくとは思えないわ。一緒に来る？」

「あなたが勧めてくれたように、少し横になるわ」エリザベスはあわてたようにそう言った。「レディ・レイヴンスカーがあとでなんと言うか……」

「心配しないで」ミランダは請けあった。「わたしがちゃんと説明するわ」

継母は立ちあがり、ドアに向かおうとして足を止め、振り向いた。「お願い……くれぐれも気をつけて。約束してちょうだい」

「ええ、もちろんよ」

エリザベスはまだ納得したようには見えなかったが、うなずいて図書室を出ていった。ミランダはドレスをなでつけながら廊下に出ると、鏡の前で足を止め、髪が乱れていないのを確かめた。頬は薔薇《ばら》色、灰色の瞳はこれから交える一戦を期待して輝いている。申しぶんないわ、と彼女は満足した。

そのまま廊下を進み、客間に入っていくと、レオーナがヴェイジー卿の伯母と部屋の中央に立ち、氷のように冷たい表情を浮かべたレディ・レイヴンスカーと向かいあっていた。デヴィンの母のこわばった顔には、あからさまな非難が浮かんでいる。母の隣に座っているレイチェルは、非難と言うよりも激怒に近い顔でレオーナをにらみつけていた。

どうやらデヴィンの母は、なぜここにやってきたのかレオーナに尋ねたようだ。ミランダが入っていくと、レオーナが説明をしているところだった。「レディ・レイヴンスカーが、つまり、新しいレディ・レイヴンスカーが誘ってくださったからよ」

「ようこそ、レディ・ヴェイジー」ミランダは明るい声で割って入って、レオーナの手を取った。

レオーナはかすかに顔をしかめ、手を引っこめた。「ごきげんよう、レディ・レイヴンスカー」

ミランダはレイチェルと義母を見て、にこやかに感謝した。「わたしが来るまで、レディ・ヴェイジーのお相手をしてくださって助かりましたわ。おふたりとも、どうかおかけください」彼女は老婦人の腕を取って、手近な椅子に導いた。「ご近所の方が訪ねてくださるのは、うれしいものですわ。正直に言うと、もっとたくさんの人たちが訪ねてくれると思っていましたの。でもみなさん、わたしたちの邪魔をしないようにと気を遣ってくださって。ほら、わたしたち、結婚したばかりでしょう?」ミランダは秘密を打ち明けるような満ち足りた笑みを浮かべ、精いっぱい頰を染めてみせた。

レオーナは目を細めた。「ええ、もちろんね。ダークウォーターでの生活になじんでいるみたいで、わたしもうれしいわ」

「ありがとう。とても気持ちのいいところですわ。もちろん、妻の幸せのほとんどは、夫がもたらしてくれるものですけれど。そうお思いになりません、レディ・ヴェイジー?さいわい、デヴィンは最高の夫ですの」

「そう?」レオーナはかすかな笑みを浮かべた。「正直に打ち明けると」愉快そうな声で続けた。「デヴィンが結婚するなんて、想像したこともなかったわ。彼は昔からとても……どう言えばいいのかしら?　自由を楽しむ人だったから」

「ええ。それに、とても魅力的な人」ミランダは目をみはり、無邪気な顔で同意した。

「デヴィンが結婚したことを嘆いている女性も、さぞたくさんいるでしょうね」

「間違いなくね」レオーナはちらりと室内を見まわした。「それはそうと、デヴィンはどこにいるの?　まさか、新婚の奥様を置き去りにして、こんなに早くロンドンに帰ってしまったわけじゃないでしょうに」

レイチェルの目に怒りが閃《ひらめ》いた。鋭い言葉をのみこんだような顔で、義妹は不快そうに口を引き結んだ。

「彼は写生に出かけましたの」ミランダは言った。

「写生ですって！」レオーナは眉を上げ、魅惑的な笑い声をあげた。「あらまあ、またそんなことを始めたの？　絵の具をいじるのは、とっくに飽きたと思っていたのに」

「ええ、何年かやめていたようですわね。でも、いまは夢中で描いていますわ」

「お気の毒に」レオーナは哀れむような声で言った。「新婚の夫がほかのことに夢中でかまってくれないなんて、どんなにつらいでしょう」

「ちっとも」

「ほんとに？　あなたはずいぶん進歩的な考え方をなさるのね。デヴィンがなぜまた絵を描きはじめたのか、わたしには見当もつかないわ。もちろん、現実からの逃避にはなるでしょうけど」レオーナの声は蜜のように甘かったが、ミランダを見る目は悪意に満ちていた。

「あら、そんなことをおっしゃるのは、きっとデヴィンのことをよくご存じないからね」

ミランダが無邪気にかわいらしくそう言うのを聞いて、レイチェルはこらえきれなくなったらしく、笑いを隠すために口もとに手をやった。「デヴィンはすばらしい画家ですの。

いつか世界じゅうに名前が知られるようになっても、決して驚かないでしょうね」

レオーナは懐疑的な顔つきになった。ミランダが本気でそう言っているのか、自分をからかっているだけなのか、測りかねているのだろう。

「よろしければ、兄のスケッチをいくつかごらんになる?」レイチェルが口を挟んだ。

「ミランダをモデルにして何枚か描いたのよ」

レオーナは不機嫌な顔で首を振った。「いいえ、わざわざ持ってきていただくにはおよばないわ」

「あら、どうか遠慮なさらないで」ミランダは上機嫌で立ちあがった。「わたしたちがアトリエに行ってみても、デヴィンは気にしないと思いますわ」ためらいつつも立ちあがったレオーナの腕を取り、義母と義妹に向き直る。「レイチェル、レディ・レイヴンスカー、一緒にいかが?」

レディ・レイヴンスカーは意地の悪い喜びに目をきらめかせた。「ええ、いいですとも。わたしもぜひ見たいわ」

こうなってはレオーナも断れない。老ミス・ヴェイジーは客間で待っていると言うので、アインコート家の女性たち三人はレオーナを連れて階段を上がり、廊下を歩いてデヴィンのアトリエに向かった。レオーナはその部屋に一歩足を踏み入れたとたん、立ちつくし、目をみひらいて部屋を見まわした。アトリエの中央には、描きかけのミランダの肖像画がイーゼルに立てかけてあった。ほかにも二枚、完成した作品が壁に立てかけてある。一枚はかなり大きいものだ。テーブルにも木炭で描いたミランダのスケッチが何枚も散らばり、これまたミランダの水彩画が二枚、乾かすために床に置いてある。

レオーナの目がどんどん大きくなり、顔が蒼《あお》ざめるのを見て、ミランダは彼女が気を失うのではないかと思った。「大丈夫ですか、レディ・ヴェイジー?」心配そうに尋ね、レオーナの腕に手をかけた。

レディ・レイヴンスカーは口もとにかすかな笑みを浮かべて、くい入るようにレオーナを見ている。

「ええ、もちろん」レイチェルは隠そうともせずに満面の笑みを浮かべていた。

レオーナはくいしばった歯のあいだから言葉を押しだし、腕からミランダの手を振り払った。「デヴィンはずいぶん忙しかったようね」

「ええ、昔の情熱を取り戻したんでしょうね」ミランダは満ち足りた声で言った。「一度は絵の世界に背を向けてしまったことを、とても悔やんでいるようですわ」

レオーナは氷のような笑みを浮かべ、出し抜けにアトリエを出ていった。そのあとに従いながら、レイチェルがミランダを見やり、にっこり笑った。

三人が追いつくころには、レオーナはショックから回復したと見えて、気持ちのいい態度を取り戻していた。だが、ミランダはレオーナと並んで階段を下りながら、彼女の体がこわばっているのを見て取った。

「すると、今日はほかのものを描きに行ったの？」レオーナはミランダに尋ねた。

「ええ、夕方まで。わたしがポーズを取っていられるのは、一日にせいぜい一、二時間が限度ですもの。同じ姿勢でじっと座っていると飽きてしまって」

レオーナが白い歯を見せて微笑した。「わかるわ。で、今日はどこにスケッチに出かけたのかしら？」

ミランダの反対隣でデヴィンの母が警告するような声をもらしたが、ミランダはそれを無視して、挑むような目でまっすぐにレオーナを見据えた。「修道院跡に。とても景色のいいところですの」

「ええ、そうでしょうね」

レオーナは客間に戻るとすぐに立ち去った。椅子から引きたてんばかりに伯母の腕を取り、急ぎ足に部屋を出ていく。おそらく記録的な速さであの気の毒な老婦人をヴェイジーパークに送り届け、修道院跡に馬を走らせるつもりだろう。

レオーナが帰ったあと、ミランダは継母の様子を見に行くからと小声で断りながら、客間をあとにした。

レディ・レイヴンスカーは彼女にしては珍しく心からの笑みを浮かべ、娘に向き直った。

「レイチェル、さっきの提案はすばらしかったわね。デヴィンのアトリエに絵を見に行こうとレオーナを誘ったのは。デヴィンがあれほどたくさんミランダの絵を描いていたなんて、ちっとも知らなかったわ」

「わたしは知っていたわ」レイチェルはクリームをなめたあとの猫のように満足げな笑みを浮かべた。

「とてもいい思いつきだったわ。でも、ミランダがデヴィンのいる場所を教えないでくれたほうがよかったのに。あの女のことですもの、きっと修道院跡に行くに違いないわ」

「だけど」レイチェルは自信たっぷりに言った。「われらがミランダのことですもの。自分が何をしているか、ちゃんとわかっていると思うわ」


しかしミランダは、レオーナの前で見せたほどの確信を持っているわけではなかった。実際には、レオーナが修道院跡に姿を現したらデヴィンがどういう反応を示すか不安だった。レオーナにデヴィンの居所を告げたのは、危険な賭《かけ》だ。だが、デヴィンがどうするのか、それを知る必要があったのだ。結果はどうあれ、あとは成り行きにまかせるしかない。

とはいえ、レディ・ヴェイジーの訪問で、ミランダの気持ちはすっかり明るくなった。結婚後、デヴィンがヴェイジーパークにレオーナを訪れているのかいないのか、これまではっきりわからなかったのだ。絵を描くことに費やしている時間からすると、たぶん会いに行ってはいないだろうと思っていたが、完全に彼を信じていたわけではなかった。

レオーナがデヴィンに会うためにここに来たのは、彼が結婚式以来、一度も元愛人に会っていない証拠だろう。その理由が、ミランダ自身への情熱というより、ふたたび取り戻した絵への情熱だとしても、彼のレオーナに対する無関心は励みになる。

ミランダはレイチェルたちに告げたとおり、継母の様子を確かめようとエリザベスの部屋に向かった。廊下を継母の部屋に近づいていくと、ちょうどメイドがそっとドアを閉めて出てくるところだった。

「奥様！」メイドはミランダに気づくと急に足を止め、頭をさげた。

「ミセス・アップショーは眠ってる？」ミランダは尋ねた。図書室を出ていったとき、エリザベスはあまり具合がよさそうには見えなかったし、態度もおかしかった。

「いいえ、奥様。でも、眠りかけていると思います。部屋に上がってこられたときはとても具合がお悪くて、朝食をすっかり吐いてしまわれたんですよ」

「まあ」ミランダはメイドの脇を通りすぎて、エリザベスの部屋に入った。

エリザベスは目を閉じてベッドに横になっていた。真っ白な枕の上の顔は、土色に見える。ミランダがベッドのそばに行くと、眠そうに目を開け、彼女を見上げた。

「ミランダ……」

「具合が悪かったんですって？」ミランダはエリザベスの手を取り、ぎゅっと握った。継母の手は冷たかった。

「ええ、ひどかったのよ」エリザベスは口ごもりながらつぶやいた。「おかしなこと。今朝はちっとも気分が悪くなかったのに、この部屋に入ったとたん、急に……」彼女はぶるっと震えた。

「悪いものを吐いてしまったから、気分もよくなるかもしれない」ミランダは安心させるように請けあった。「少し眠れば、すっかり元気になるわ」

「ええ。目を開けているのもつらいくらい。眠れるといいけど。胃のなかにはもう何も残っていないと思うわ」

ミランダはエリザベスの手を優しく叩《たた》き、ベッドのそばに腰を下ろした。エリザベスは寝返りを打って横向きになると、ミランダにほほえみかけ、彼女の手を握った。そしてまもなく眠りに落ちた。

ミランダは眉をひそめ、継母を見下ろした。エリザベスの病気について、ふだんはあまり心配したことがない。いつもどこかが悪いとこぼしているからだ。それに、たいていの場合はすぐによくなるし、症状もたいして重くはなかった。だが、今日のエリザベスはひどく具合が悪そうだ。

「しばらくここにいることにするわ」ミランダはメイドにそう言った。「母の具合がよくなるまで」

デヴィンはまず修道院跡に馬を走らせ、スケッチの用紙と絵の具をそこに置いた。あとで戻ってきて、何枚か写生するとしよう。そうすれば、ミランダに言ったことも完全な嘘《うそ》にはならない。この違いは彼にとっては重要なことだった。

これから行くつもりでいる場所を告げずに、妻をだますのは心苦しかったが、本当の目的地を伝えることはできない。

デヴィンは修道院跡からダークウォーターとは反対の方角に馬を走らせ、四十五分後には、ヴェイジーパークの入り口であるしなの並木道を走っていた。館の正面を見上げると、奇妙な震えが体のなかを走り抜けた。十八歳の夏、彼はヴェイジー卿の新妻に激しい恋をして、彼女の姿をひと目でも見たいと、何度もここを訪れたのだった。

館の正面で馬を止めると、馬係が走ってきて手綱を受け取った。召使いが玄関のドアを開け、深々と頭をさげる。レオーナに会いたいと伝えると、驚いたことに、奥様はお留守ですという返事が返ってきた。このあたりにレオーナの友人はひとりもいないはずだ。奔放すぎるレオーナは、デヴィンの母を筆頭に、近隣に住む女性たちの顰蹙《ひんしゅく》を買っているのだ。召使いは、彼女がヴェイジー卿の伯母に会いに行ったと教えてくれた。

デヴィンはそれを聞いていっそう驚いた。レオーナはミス・ヴェイジーのことを、死ぬほど退屈な人間だと思っているはずだ。結婚式の披露宴にあの伯母を連れてきたのは、おそらくなかに入るにはそれしか方法がなかったからだろう。ミス・ヴェイジーを訪ねたとすれば、レオーナはよほど退屈しているに違いない。彼女はこういう田舎に住むことのできない女性なのだ。こんなに長くとどまっているのが信じられないくらいだ。結婚式では待っていると言っていたが、さっさとロンドンに戻ったとしても、決して驚かなかっただろう。実際、デヴィンはそんな展開をあてにしていたのだった。

レオーナは老いた伯母にすぐに退屈して、まもなく帰宅するに違いない。デヴィンはそう考え、屋敷で彼女を待つことにした。召使いは彼の服装と態度から判断し、デヴィンを客間に通した。

思ったとおり、ほんの数分もするとレオーナは足早に部屋に入ってきて、きらめくような笑みを浮かべて両手を彼に差しのべた。ブロンドの髪と金色の瞳を申しぶんなく引きたてている緑のドレスは、いつものように魅惑的な体に張りつき、腰と脚の線を余すところなく見せている。丸い大きな襟ぐりからは、盛りあがった白い胸の半分が見える。

「デヴィン！　ようやく来たのね。ずいぶん時間がかかったこと」レオーナはそそるように口を尖《とが》らせた。「もうわたしのことが好きではなくなったのかと思うところよ」金色の瞳をきらめかせながら、口もとに親密な笑みを浮かべて身を乗りだす。

だが、デヴィンは一歩さがって彼女を驚かせた。

レオーナは足を止め、片方の眉を上げると、苛立《いらだ》ちのにじむ声で尋ねた。「いったいどうしたの、デヴィン？　わたしが怖いの？」

「いや、そんなことはない。ただ……」デヴィンは言いよどんだ。ここに来た目的を彼女に話すのは、とてつもなくむずかしかった。

レオーナは彼の言葉を待たずにきびすを返し、軽蔑するような口調で言った。「あなたの冴《さ》えない奥さんの話だと、また絵を描きはじめたそうね。本気なの、デヴィン？　絵の具で遊ぶのはもうやめたとばかり思っていたのに」

「ミランダが？」デヴィンはレオーナの言葉にたじろぎ、驚いて尋ねた。「ミランダと話したのか？」

「ええ、ヴェイジー伯母とふたりで彼女を訪ねたの。ついさっきまでダークウォーターにいたのよ。彼女はあなたが修道院跡にいると思っているようね」レオーナは愉快そうに目をきらめかせ、舌を鳴らした。「もう奥さんに嘘をついてるの？　もちろん、理由はよくわかるわ。あなたはあの田舎娘から逃げだしたくてたまらなかった。そうでしょう？　気の毒なデヴィン……わたしのことを怒ってる？　彼女と結婚しろと説得したことを？」

デヴィンは怒りをこらえ、顎をくいしばった。「いや。それどころか、きみには感謝しているくらいだ。いまのぼくは、ここ何年もなかったほど幸せなんだ」

レオーナは驚いて目をみひらいた。それから体の力を抜き、小さな声で笑った。「いやね、冗談なんでしょう？　もう少しで信じるところだったわ」彼女はデヴィンに近づき、片手を腕に置いて、これまで常に彼を魅了してきたまなざしで顔を見上げた。「どうしていままで来てくれなかったの？　わたしといれば、退屈なんてしなくてすむのに」

「退屈などしていないさ」デヴィンは答え、ふたたびレオーナから離れた。「それに、きみのもとを訪ねられるわけがない。ぼくは結婚したんだからね。これまでとは違うんだ。馬を駆って愛人を訪ねたりすれば、ミランダを侮辱することになる」

「ふん、あんな女」レオーナはそっけなく切り捨てた。「彼女を侮辱したからって何が問題なの？　アメリカから来た、どこの馬の骨ともわからない女じゃないの」

「いまは違う」デヴィンは鋭く言い返した。「ミランダはぼくの妻だ。彼女のことをそんなふうに言うのは許さない」

レオーナはショックを受けた様子で、言葉もなくデヴィンを見つめた。

デヴィンはため息をついた。「ごめん。だが、ミランダはもうぼくの妻なんだ」レオーナがまだ黙って彼を見つめていると、デヴィンは苛立たしげにつけ加えた。「こうなることがわからなかったのか？　結婚しろとぼくを攻めたてたのは、きみだぞ」

「わたしたちに必要なお金を手に入れるためよ！」レオーナは言い返した。「生真面目な田舎者に成り果てるためじゃないわ。ねえ、いったいどうしてしまったの？」

デヴィンは肩をすくめた。「ぼくにもよくわからない。ただ……変わったんだよ」彼は言葉を切り、思いきって切りだした。「もうこれまでのぼくとは違う。これまでの生活とも。きみとは……」

レオーナはデヴィンの口に手を置き、彼を黙らせた。

「しいっ。自分でも何を言ってるかわからないのよ。しばらくこっちで暮らしていたせいで、頭がどうかしてしまったんだわ」彼女はデヴィンに身をすり寄せ、口にあてた手を頬から首へと滑らせた。「あなたのことはわかってるのよ、デヴ」低く親密な声で言った。「誰よりもよくわかってるの。わたしをだまそうとしてもだめ。あなたはいまも、これまでと同じデヴィンだわ。わたしが愛している人よ」彼女はデヴィンの手を取り、胸の膨らみに導いた。「あなたが何を好きか、ちゃんとわかってるんだから……」かすれた声で続けた。「早く階上《うえ》に行きましょうよ。この数週間、遠ざかっていたものを思い出させてあげるわ」

レオーナはデヴィンの手を自分の口に持っていき、指先にキスをすると、親指の膨らみを歯で挟んだ。

デヴィンはレオーナを見下ろした。金色の瞳を誘うようにきらめかせ、まるでキスをねだるみたいに口を尖らせている。レオーナの胸は豊かで柔らかかった。それなのに、彼はまったく欲望を感じなかった。レオーナと知りあってから十五年以上の年月のなかで、そんなことは初めてだ。確かに今日ここに来たのは別れを告げるためだったが、まさかここまでは期待していなかった。

「レオーナ、やめてくれ」デヴィンは手を引っこめた。「ぼくにはできない。結婚したいまは、これまでとは違う」彼は堅苦しい表情で告げ、ぐるりと部屋を見まわした。「今日ここに来た目的を言わせてくれないか。ぼくは変わったんだよ、レオーナ。なぜ、どういうふうに変わったか、正確にはわからない。だが、とにかくそれが真実だ。もうもとに戻すことはできないし、戻したいとも思わない。いままでと同じようにはいられないんだ。きみと一緒にいたころのようには。ミランダの夫でいながら、きみと愛人関係を続けることはできない。そんなことは、きみたちのどちらにも公平とは言えないよ」彼はいったん口をつぐみ、それから、自分が決して口にすることはないと思っていた言葉を口にした。

「きみにはもう会えない」

レオーナはショックのあまり蒼ざめた。それを見て、デヴィンは罪悪感に駆られた。彼女のことを何年も愛してきたのだ。関係を断ち切るのは、レオーナだけでなく、彼にとってもつらいことだった。しかし、デヴィンは自分がもうレオーナを愛していないことに気づいた。レオーナと別れる決心をしたのは昨夜だ。そのときはまだ彼女を愛していると思っていた。別れるのは、ひどくつらくて苦しいことだ、と。心を引き裂かれる思いで、ミランダを選ぶことになるだろう、と。だが、いま感じているのは深い安堵《あんど》だった。いまのデヴィンには、目の前にいる女性が、着ているドレスとしぐさが少しばかり挑発的な、見知らぬ他人のように思えた。レオーナの記憶と彼女に対する愛は、たいていいつも飲んでいたアルコールの霞《かすみ》に包まれていたのだ。

考えてみれば、レオーナと過ごした時間は歳月のわりに驚くほど短かったし、彼はレオーナのことをほとんど知らなかった。ふたりが一緒に過ごす時間はいつもとても短く、禁じられているという興奮とアルコールのせいで霞《かす》んでいた。この何週間かミランダとしてきたように、話したり、笑ったりして何時間も過ごしたことは一度もなかった。ミランダがどんな女性かは、いくらでも話すことができる。だが、長いあいだ愛してきたレオーナのことは、彼女がふたりの姉を嫌って、めったに彼女たちと会わないことぐらいしか知らない。

「すまない」デヴィンはぎこちなく言った。「だが、きみに嘘はつけない。そんなことはしてほしくないだろう？」

「わたしがしてほしくないのは、こんな仕打ちよ！」レオーナは怒りにゆがむ顔で叫んだ。柔らかい官能的な顔を見違えるようにこわばらせ、片方の腕をさっと振った。「わたしを捨てて、あの……愚かで、生白いアメリカ人のあばずれを選ぶですって？」

「ミランダはあばずれなんかじゃない！」デヴィンはかっとなって叫んだ。

「なんて男なの」レオーナは甲高い声でわめきたてた。「わたしはレディ・ヴェイジーよ。社交界の男たちの大半が、わたしを欲しがっているの！　あなたは、わたしのベッドに入れてもらったことを名誉に思うべきよ！　信じられない。十五年近くも、あなたに費やしてきたというのに。いいこと、わたしは誰でも手に入れることができたわ。それなのにあなたを選んであげたのよ。この年月、あなたの代役を務めたがった男たちは何十人といたわ。指を鳴らしさえすれば、彼らなら喜んで駆けつけるでしょうよ」

「ああ、そうだろうな」デヴィンは怒りを抑えて言い返した。「男なら誰でもきみを欲しがるさ」

「そういう見くだした言い方はやめてちょうだい！」レオーナは唇をめくり、毒々しい言葉をその口から滴らせた。「あなたは救いがたい愚か者よ、デヴィン。驚くほうがおかしいのかもしれないわね。男はみんな愚かだもの。あなたは新しいおもちゃを見つけた。大方、あの女が腰を振って、あの目をくるっとまわしてみせたんでしょう。そのあいだもずっと、くだらない絵が偉大な芸術作品だというふりをして。それにころりとだまされて、いい夫になり、ダービーシャーにとどまり、絵を描き、あのばかなアメリカ娘をかわいがるつもりになった。ふん！　二カ月もすれば、死ぬほど退屈するわ。ある朝、目を覚まして、何をしでかしたか気づくことになる。そしてわたしを取り戻したがるの。わたしを忘れられるものですか。デヴィン、あなたはわたしのものなの。田舎から出てきたばかりの十八歳の若者だったときから、ずっとわたしのものなのよ」

デヴィンは冷ややかな目でレオーナを見据えた。「ぼくはきみのものじゃない。一度たりともそうなったことはない。ぼくはきみを愛していたんだ。このふたつは違う」

「やめてちょうだい。あなたはわたしが望んだことはなんでもしたでしょう？　ええ、なんでも。わたしのベッドに入りたいばかりに」

「ぼくらの仲はそれだけのものだったと思っているのか？」

レオーナは憎々しげにデヴィンをにらみつけた。「忘れたの？　あなたがあの女と結婚したのは、わたしがそうしろと言ったからよ。わたしの願いを聞かずにはいられなくなるまで、あなたをじらし、誘惑したから。あのお堅い奥さんが、わたしのようにあなたを満足させてくれると思ったら大間違いよ。あなたはわたしが恋しくなる。ええ、そうなるわ。そして後悔するの。わたしのところに這《は》いつくばってやってくるでしょうね。でも、いいこと？　そのとき、わたしはもうここにはいない。あなたは自分が捨てたチャンスを一生悔やむのよ」

デヴィンは落ち着き払った顔で言った。「いや、レオーナ、もう二度とここには来ないよ」

彼はきびすを返し、さっさとヴェイジーパークを出ると、ダークウォーターで待つミランダのもとへと馬を走らせた。

# 17

ミランダはその日の午後にデヴィンが帰宅したとき、彼と顔を合わせなかった。まだエリザベスの部屋で、眠っている継母につき添っていた。驚いたことに、エリザベスが夕方になっても目を覚まさなかったので、ミランダはベッドのそばに座り続けた。やがて夜になったが、継母はまだぐっすり眠っている。ミランダの不安は増すばかりだった。

途中ヴェロニカが二時間ほど交替してくれたが、十四歳の少女にとっては、昏々《こんこん》と眠る母のそばでじっと座っているのは退屈に違いない。そこでミランダは、ふたたび継母の枕元に座った。エリザベスがなぜ目を覚まさないのかわからないが、いいしるしだとは思えない。午前中に吐いたせいで疲れきっているのよ。具合が悪いときに眠るのはいいことだわ。眠りは体の治癒力を高めてくれるもの。ミランダは自分にそう言い聞かせ、こみあげる不安をなだめようとした。しかし、この長すぎる眠りはどこか不自然だ、という思いを拭いきれなかった。

ミランダは呼び鈴を鳴らし、メイドに自分の夕食をエリザベスの部屋に運んでくれるように頼んだ。だが驚いたことに、ノックの音に続いてドアが開くと、メイドではなくデヴィンがそこに立っていた。

「デヴィン！」ミランダはぱっと顔を輝かせ、立ちあがって彼に歩み寄った。「ここで何をしているの？」

「きみが夕食に下りてこないと聞いて、ぼくが運ぶことにしたんだ。きみには今朝会ったきりだったからね」

彼は低いテーブルにトレーを置き、身じろぎもせず横たわっているエリザベスをちらっと見た。

「ミセス・アップショーの具合は？　ひどく悪いのか？」

「よくわからないの。それほどじゃないとは思うけど、まだ目を覚まさないものだから。母が起きるまでここにいようと思って」ミランダは笑顔でデヴィンを見上げ、彼の手を取った。「夕食のとき、あなたと一緒にいられなくて寂しいわ」

彼もほほえみ返し、ミランダの手に唇を押しつけた。「ぼくもだよ」

レオーナは修道院跡に現れたのだろうか？　そのことが気になったが、デヴィンに質問をぶつけるのはためらわれた。「今日の写生はどうだったの？」彼女はデヴィンがレオーナのことを口にしやすいように、それとなく尋ねた。

「上々だったよ。いったん取りかかったあとはね」デヴィンはほかにも何か言おうとして、ためらい、眠っているミランダの継母をちらっと見た。そしてふたたびミランダの手にキスをした。「きみの邪魔をするつもりはないんだ。顔を見たかっただけだから。あとでゆっくり話そう」

「ええ」

デヴィンは部屋を出ていった。彼が何を言いかけたのか知りたいと思いながら、ミランダはため息をついた。わたしはレオーナに挑んだ賭《かけ》に勝ったのだろうか。それとも負けてデヴィンを失ったのだろうか？

その夜の十時ごろ、エリザベスは何やらぶつぶつぶやきながら目を覚まし、混乱したようにぼんやりと部屋を見まわした。ミランダは立ちあがり、ベッドに歩み寄った。

「エリザベス？　気分はどう？」

エリザベスは眠そうな目をしばたたいた。「ここは……あなたがなぜここにいるの？　ああ、思い出したわ。わたし、具合が悪かったのね？」

「そうよ。お昼前からいままでずっと眠っていたの。少しは気分がよくなった？」

「さあ」エリザベスはまぶたを持ちあげているだけでもつらいかのように、ふたたび目を閉じた。「とても疲れたわ」

「何か食べる？　お粥《かゆ》でもどう？」

だが、エリザベスはもう眠っていた。

それでも、継母が目を覚ましたことでミランダは少し安心した。恐れていたように、このまま昏睡状態に陥ることはなさそうだ。長いこと眠っていたのは、たくさん吐いて、疲れたためだろう。結局のところ、具合が悪いときには眠るのがいちばんなのだから。

しばらくして父が妻の具合を見に入ってくると、エリザベスはその声で目を覚まし、二言三言話した。それを見てミランダは、継母の体調が快方に向かっていると確信した。このまま眠り続けるようなら、エリザベスの部屋に簡易寝台を運んでもらうつもりだったが、どうやらその必要はなさそうだ。メイドのひとりにつき添ってもらうだけでじゅうぶんだろう。

そこで呼び鈴を鳴らしてメイドを呼び、エリザベスの状態に何か憂慮すべき変化があればすぐに知らせるようにと指示して、ミランダは自分の部屋に戻った。部屋ではメイドがミランダの願いを察し、すでに輪留めのついた浴槽を運びこみ、熱いお湯で満たしていた。それから、ミランダが服を脱いで浴槽に入るのを手伝った。

長いことお湯に浸《つ》かったあと、気分はずっとよくなったものの、今日の午後レオーナが修道院跡を訪れたのか、まだとても気になった。レオーナはほぼ間違いなく、デヴィンに会いに行ったはずだ。デヴィンがそのことを黙っているのは、何を意味するのだろう?

ミランダは寝間着を頭からかぶり、髪を梳《と》かしてベッドに横になった。うとうとしかけたとき、デヴィンの部屋とをつなぐドアが開いた。

ミランダは息を止め、体をこわばらせた。デヴィンは戸口でためらっている。片手に持ったキャンドルが、彫りの深い顔にちらつく光を投げていた。彼の目は暗く、頬も翳《かげ》っていた。シャツのボタンは外れ、前が開いている。彼がキャンドルをテーブルに置き、部屋を横切ってくるのを見て、ミランダは身を硬くした。

デヴィンは手を伸ばして、ミランダの胸に触れた。熱い、わずかにざらつく手が、脈打つたびにかすかに震える。彼が何を求めているかは訊《き》くまでもなかった。

ミランダは言葉で答える代わりに、デヴィンの手首に手を置いて、上へと滑らせた。

「きみが欲しい」デヴィンの声は低く、かすれていた。「こんなに誰かを欲しいと思ったことは一度もない」

熱を帯びた手がゆっくりと胸の上をなで、平らなお腹《なか》へと這《は》っていく。ミランダは黙っていた。息をするのもむずかしいくらいだ。もっと先まで続けてほしい……彼女の願いはそれだけだった。いまはもう、ふたりの結婚に関する長期計画も、デヴィンが自分だけのものでいてくれるかどうかも、今日の午後、修道院跡で何が起こったかも、どうでもよかった。デヴィンがこの部屋のベッドでともに過ごしてくれるかぎり、何にだって同意できる。いまは、今夜のことしか考えられない。

デヴィンはお腹の上で手を広げると、今度はゆっくりとヒップへ、それから脚へと這わせていき、反対側の脚に移ってなであげた。

「ぼくらの結婚生活を本物にしたい」デヴィンはミランダの耳もとでささやいた。「〝ビジネス〟の取り決めではなく。別々の人生を歩むのもいやだ。それに、きみの体を誰であろうとほかの男とわかちあう気はない。ぼくはきみが欲しい……きみだけが」言葉を切り、つけ加えた。「レオーナとは、今日別れた」

ミランダは鋭く息をのんだ。「デヴィン……」

「本物の夫にさせてくれるかい？」

デヴィンの手が体の前に戻ってきて、ミランダは抑えきれずに震えるようなうめきをもらした。「ええ」やっとのことで、もう一度ささやいた。「ええ」

彼らは情熱に急《せ》きたてられ、おたがいの服を剝ぎ取り、脇に投げやった。何週間もくすぶっていた欲求が、突然解放され、洪水のごとくほとばしった。デヴィンの熱い唇が飢えたようにミランダを求める。彼女も同じ激しさで応じた。彼らはキスをし、愛撫《あいぶ》し、燃えたぎる体をぶつけあって、大きなベッドの上を転がった。デヴィンはむさぼるようにミランダを求めた。彼女の味、感触、におい、彼女自身を。何週間もおあずけをくってきたそのすべてが、いま腕のなかにある。しなやかで温かい体が、彼がミランダを求めているのと同じくらい激しく、彼を求めている。デヴィンは何度もキスをして、彼女の顔に、喉に唇をさまよわせた。そのまま下へと這わせ、かぎりない歓《よろこ》びを与えてくれる柔らかい胸へと行き着く。丸い胸を手で包みながら、薔薇《ばら》の蕾《つぼみ》を思わせるその頂を口に含み、舌で転がし、唇と歯を使って愛撫する。ミランダはまもなく低いうめきをもらし、体を弓なりにそらして、彼の肩に指をくいこませた。

ミランダの下腹部が燃えあがった。秘めやかな箇所に欲望が集まっていく。彼が欲しくてたまらず、ミランダはたくましい体を夢中でまさぐった。彼のすべてを感じたかった。力強い頭の骨格、あばら、背中の固い筋肉、彼女の指がさまようたびに震える腹部の柔らかな肌を。ざらつく縮れ毛が胸を覆い、細い線になって下腹部へとくだり、その下へ続いている。彼の体のあらゆる部分に魅せられ、そそられる。何時間でもこうして彼の全身を味わっていたかったが、きつく巻かれたばねのような、いまにもはじけそうな快感が下腹部をさいなみ、解放を求めて攻めたてている。

ミランダは吐息まじりにデヴィンの名を呼んだ。デヴィンはその声を深いキスでのみこみ、片手をミランダの体に滑らせて、腹部から腿へと滑りおろした。それから羽根のようになであげ、じらしながら、彼を待ち受ける情熱の中心へじわじわと近づいていく。そしてついに脚のあいだに手を滑りこませ、熱くうるむ泉を見つけた。ミランダは思わずうめき、驚くほど強烈な快感に体を震わせた。だが、不思議なことに、それだけではじゅうぶんではなかった。デヴィンの指は彼を求めてうずく箇所をなだめながら、さらにそのうずきをあおっていく。与えたり、抑えたりしながら、うずきを和らげると同時に、ますます駆りたてるのだ。ミランダはデヴィンの指が生みだす嵐のような快感を前に、なす術《すべ》もなく乱れた。

デヴィンの指が熱いひだを割り、巧みに愛撫しながらそのなかに滑りこんでは、さっと引く。ミランダは腰をすり寄せ、彼を求めた。だがデヴィンは、ミランダの気が狂いそうになるほどにゆっくりと、官能的な愛撫を続けている。彼の愛撫を受けるたび、ミランダのなかには鋭い痛みに似た何かが高まり、下腹部の奥のばねがますますきつく巻かれていった。それから突然、その何かが野火のごとく燃えあがった。大波のような快感に襲われて、ミランダは息をのみ、全身の筋肉をこわばらせて腰を高く上げた。やがて、初めて味わう深い安らぎに満たされ、荒い息をつきながらぐったりと力を抜いた。

「デヴィン……」彼の名前をため息のようにもらし、ミランダは物憂い目で彼を見上げた。のぼりつめるミランダを見て、デヴィンは鋭い欲望に全身を焼かれた。もうこれ以上は一秒も待てない。彼はミランダの脚のあいだに体を移し、すばやく彼女とひとつになった。ミランダは新たな感覚に息をのんだ。たったいま全身を駆け抜けた嵐のあと、歓びをきわめたと思ったばかりなのに、さらに強烈な快感に襲われていた。デヴィンが彼女を満たし、想像を絶する満足と歓びをもたらす。ふたりは真の意味でひとつになった。デヴィンはミランダのもの。ミランダはデヴィンのものだった。

ミランダは動きはじめた彼の体に脚をからませた。彼がリズムを刻むにつれ、呼吸が乱れ、またしても体の奥の欲望のばねが固く巻かれていく。あんなに満足したあとなのに、ふたたび情熱が高まっていくことが信じられなかった。しかも、彼のものが自分を満たしているいまは、もっと鋭く深い快感が体の奥から突きあげてくる。ミランダは歓びの波に押しあげられた。やがてその波が砕け散った瞬間、デヴィンもあとに続き、体を痙攣《けいれん》させて、彼女のうなじに顔を押しつけながら喉の奥からほとばしるような声をあげた。

ふたりはたがいにしがみつき、深い満足を感じながら何もかも忘れ、ぐったりとベッドに沈みこんだ。


デヴィンはゆっくりと目覚めた。思い出せるかぎり生まれて初めて、彼の心は完全に安らいでいた。ミランダは彼の隣でまだ眠っていた。黒に近い色のまつげが頬に影を落とし、艶やかな髪がもつれて枕の上に広がっている。けがれのない、子供のような寝顔だ。なぜいままで彼女が途方もなく美しいことに気づかなかったのか、デヴィンは驚いていた。昨夜は、彼にとってもミランダにとっても、結婚初夜だった。あれほど激しい飢えを、欲求を感じたことは一度もなかった。あれほどの歓びと満足を感じたこともない。レオーナの官能的な手管も、一度として昨夜のような強く激しい快感と満足をもたらしはしなかった。

デヴィンは指先でミランダの頬に触れ、ゆっくりと顎までたどった。ミランダのまぶたが開き、眠そうな目が彼を見つめる。ふっくらした唇に優しい笑みが浮かんだ。

「おはよう」ミランダがつぶやいた。

「おはよう」デヴィンはかがみこんで、柔らかい唇にキスをした。「気分はどう?」

「いいわ」ミランダの笑みが広がった。「すばらしくいい気分よ」

「ああ、そう見えるよ」デヴィンは同意して、また彼女の唇を覆い、今度はなかなか離さなかった。

すると体のなかで飢えが目を覚ました。この数週間感じていたような、鋭い痛みに似た欲望ではなく、もっと深い飢えが。だが、いまではそれをいつでも満たすことができる。彼はこの感覚を楽しんだ。途方もない渇望が満たされたいま、時間をかけてミランダの体を探り、彼女の秘密を学び、そのなかにどれほどの歓びの泉がひそんでいるか教えることができる。

ミランダはデヴィンの首に腕をまわし、快感に身をゆだねながらほほえんだ。今朝のふたりはゆっくりと動き、与え、受け取って、たがいの情熱をあらゆる側面から楽しんだ。そしてついにのぼりつめたときには、すでによく知っていると同時にまったく新しい、昨夜と違わぬ強烈な歓びがはじけ、ふたりを揺さぶった。

これは、とてもすてきな一日の始め方だわ。ミランダはそう思った。

ふたりはベッドに横たわったまま、取りとめもなく話した。たわいもない話題ばかりだったが、こんなふうに横たわり、それぞれの人生におけるさまざまな出来事や事実を知りあうのは、とても甘美な時間だった。ふたりはデヴィンが修道院跡で描いた絵や、領地を実質的に管理しているストロングの欠点について話した。ミランダはまた、視察しなければならない場所がまだ山ほどあることも話した。たとえばローチーズのある地域や農地の一部、損傷のひどい館の西棟、それに地下室も、じっくり見る必要がある。

「地下室?」デヴィンは喉の奥で笑った。「どうしてそんなところを見たいんだ?」

「この館のすべてを見たいの。あらゆる場所を」

「地下室はとても広いよ。館の中央棟のほぼ全体にわたっている。それにすっかり老朽しているから、安全かどうかわからない」

「地下牢《ちかろう》もあるの?」

デヴィンはまた笑った。「それこそ、義父上《ちち》が訊きそうなことだな。ぼくが知るかぎりこの館の地下は、食料品やワインを貯蔵しておくためにしか使われてこなかった。驚くほどたくさんの量をね。いくつか鍵のかかっている小部屋もあるけれど——」

「ほんと?」ミランダは好奇心を刺激され、寝返りを打って横向きになった。

「もちろん本当だよ。ただし、そこも貯蔵室だ。弾薬や貴重品を入れて、鍵をかけてある」

ミランダは顔をしかめた。「あなたにはロマンというものがないのね」

「そうかな? こんなロマンティックな男はいないと思っていたのに」デヴィンは物憂い笑みを浮かべ、ミランダの喉から胸へと人差し指でなでおろした。

ミランダはかすかに体を震わせた。「まあ、ある意味では……」

デヴィンはキスでこの会話を終わらせた。

それからしばらくして、ふたりは朝食をとるために階段を下りていった。ほかの人々はみな、すでに食事をすませて引きあげていたので、食堂にはふたりだけだった。食事が終わりかけたころ、ミランダはエリザベスのことを思い出し、罪悪感に駆られた。継母の具合が悪いというのに、今朝はまだ様子を見にさえ行っていない。

デヴィンが修道院跡に出かけるとすぐに、ミランダはエリザベスの部屋へと急いだ。メイドはミランダが昨夜指示したとおりにつき添っていた。エリザベスはようやく目を覚ましたようで、背中にいくつもクッションをあてがって起きあがっていた。まだ顔色はすぐれず、唇が乾いてひび割れているものの、昨日よりはるかに元気そうだ。ただ、あんなに長いことぐっすり寝ていたというのに、目の下には大きな黒い隈《くま》ができている。

「気分はどう、エリザベス？」ミランダはベッドに近づきながら、メイドに向かってうなずき、交替すると告げた。

「ありがとう、ミランダ。よくなった気がするわ」エリザベスは首を振った。「でも、まだ少し頭が朦朧《もうろう》としているの。なんだか、変な気分。こんなふうになったことは一度もないと思うわ。ゆうべはしょっちゅう目が覚めては、またすぐに眠りこんでしまって、一分と目を開けていられなかったの。胃がひどく痛むし……頭も痛いわ」エリザベスはため息をついだ。

「とにかく大事にいたらなくてよかった。快方に向かっているみたいだし、ほっとしたわ」ミランダは励ますように言った。

エリザベスは手を伸ばし、ミランダの手を優しく叩《たた》いた。「昨日はずっとつき添ってくれたんですってね。メイドのナンから聞いたわ。夕食をとりにも行かずに。あなたはほんとに優しいわね」

「心配だったの」ミランダは正直に答えた。「あんまり眠り続けているものだから」

エリザベスは眉をひそめた。「ええ。そうね。奇妙だこと」

ミランダはそれから何分か継母と話した。やがてエリザベスが疲れてきたのを見て取り、継母がふたたび眠れるように部屋をあとにして、仕事をしようと図書室へ向かった。だが、帳簿の数字にも、領地の運営方法に関するストロングのまわりくどい説明にも集中できなかった。昼食のあとは、馬に鞍《くら》をつけてもらって修道院跡に出かけた。古い修道院の遺跡はデヴィンと訪れたことがある。領地のなかでもお気に入りの場所だ。しかも、今日はそこでデヴィンに会えるため、よけいに魅力的だった。

デヴィンは絵を描いていたが、ミランダに気づくと喜んで絵筆を置いた。ふたりはまだ立っている壁のひとつの陰に座り、彼女がコック《ﾞ》に作らせたピクニックランチを食べた。

修道院跡は少々気味の悪い場所だった。半分崩れた壁や板石を敷いた床が、生い茂る草に覆われている。外壁に使われていた石の多くは、アインコート家の館を建てるためにここからダークウォーターへ運ばれたが、中央にある大聖堂のふたつの壁はまだそびえている。中世の建築によく見られる、アーチのたくさんある大きな壁で、そのうちのひとつは、ガラスのない美しいデザインの窓がついていた。残りふたつの壁はすっかり崩れている。修道院跡の一部は、半分土に埋まったひと並びの基礎石が、かろうじて部屋の形をとどめているにすぎない。どこにも行き着かない階段が半分残っているかと思えば、床が地下室へと落ちて、大きな穴が空いている。

だが、そこには独特の美しさがあった。荒れ果てたさまが滅ぼされたことを語っているとはいえ、何人にも征服されずに何百年という歳月が流れ、破壊しようとした人間たちがとうに消えうせたいまも、まだこの地上に名残をとどめている。デヴィンは歳月を超えた場所の持つ粛々とした雰囲気をよくとらえていた。ミランダはデヴィンの手を取り、彼を見上げてにっこり笑いながら、その手をぎゅっと握りしめて思った。

いま、わたしはこの世でいちばん幸せな女だわ。

それからも、ミランダの考えを変えるような出来事は何ひとつ起こらなかった。ミランダは一日のほとんどをデヴィンと一緒に過ごした。仕事をサボっているとわかっていたものの、気にならなかった。館の修復に関するさまざまな問題は、父にまかせておけば心配ない。ほかのビジネスに関する案件も、父とハイラムが手際よく処理してくれるはずだ。それにもう何年も待ってきたことを思えば、領地の問題に急いで解決策を見つけようとあせる必要もなかった。そろそろ仕事に戻ろう、とミランダは何度も自分に言い聞かせた。でも、毎日、毎分、喜びがあふれている状態では、領地の立て直しという長年なおざりにされてきた厄介な仕事に取り組むのはむずかしい。

ダークウォーターにいる者はひとり残らず、デヴィンとミランダの変化に気づいた。父は〝ほら、ごらん〟と言いたそうに、にこにこしながら娘夫婦を見守っていた。そしてある晩、夕食のあとでこう口にした。「驚いたな、ふたりともまだ新婚旅行に行く計画さえ立てていないのか？　ウィーンかどこかへ行ったらどうだ？」

「そうとも」ルパート伯父が熱心にうなずく。「しばらくふたりきりで過ごすといい。身に染みる隙間風もないところでな」

デヴィンがにやっと笑った。「ぼくもミランダにそう言ったんですよ。でも、彼女は旅に出るより、ダークウォーターでかび臭い家をあちこちつついているほうがいいらしい」

「あら、そんなことないわ。旅行にはぜひ行きたいと言ったでしょう？　ただ、その前に領地の運営を軌道に乗せたいの。〝かび臭い家〟の修復はお父様にまかせておけばいいけれど、小作人たちと会う必要があるし、大きな農場も訪れてみたいわ」

デヴィンは甘やかすように妻を見つめた。「そうなると、ぼくらの新婚旅行先はローチーズになりそうだな」みんなに向き直って続ける。「ミランダはあのあたりを見たがっていますからね」

「アプワース山、ってこと?」レディ・レイヴンスカーが驚いて尋ねた。「いったいどうして山など見たいの、ミランダ?」

「あら、あそこの景色はとてもすてきよ、お母様」レイチェルが口を挟んだ。

「しかし、ローチーズには滞在するような場所はないぞ」伯父のルパートが妹に同意した。

「そんなことはありませんよ、伯父上」デヴィンは言い返した。「あそこには何度か行ったことがありますが、いつだってバート・ジョーンズが喜んで泊めてくれました。美しい妻を連れていけば、もっと歓待してもらえるはずです。ジョーンズの家からアプワースまでは、馬で簡単に行かれますからね」

「バート・ジョーンズ?」レディ・レイヴンスカーはさらに高く眉を上げた。「あなた、ミランダをかやぶき屋根の小屋に泊めるつもりなの?」

「もっとひどい場所に泊まったこともありますわ、レディ・レイヴンスカー」ミランダは上機嫌で割って入った。「もちろん、野宿することもできますけど。デヴィンがテントを持っているそうですから」

レディ・レイヴンスカーは気絶しそうな顔になった。「まあ……野宿だなんて、そんな……」

「それに、あそこは絵を描くのにもってこいの場所だ」デヴィンは勢いこんで言い募った。

「やめてちょうだい、デヴィン。いくら山の景色が描きたくても、新婚の花嫁を岩だらけの荒地に連れていくなんて」

「でも、行ってみたいんです」ミランダは義母をなだめた。「領地のあらゆる場所をこの目で見たいんです」

ルパートは肩をすくめた。「わたしなら新婚旅行にはウィーンを選ぶだろうが、好みは人それぞれだからな」

「ウィーンにも行きますわ」ミランダはみんなに請けあった。「イタリアにも」フィレンツェやローマ、ヴェネチアの街並みを、デヴィンとふたりでゆっくりまわる日々を想像すると胸がときめき、ミランダはあふれるほどの愛をこめてデヴィンを見た。「でも、わたしたちにはたくさん時間があるんですもの」

デヴィンは翌朝早く、ダークウォーター・ターンと呼ばれる小さな池に出かけていった。数日前に修道院跡の一連のスケッチを終わらせ、次は〝ダークウォーター〟という名前の由来となった、黒い水をたたえている池を描くことにしたのだった。ミランダは遅くに起き、階下の図書室に行った。ニューヨークにある不動産を管理している男に手紙を書かなくてはならない。そのあとでストロングに頼んで、小作農場をいくつか案内してもらおう。

近代的な農法に関するかなりの本に目を通したいま、実際に農地を見てまわれば、どういう改善を行う必要があるか具体的なアイデアがわいてくるはずだ。

だが、図書室に入り、テーブルの上に置かれた封筒を目にしたとたん、ストロングと小作農場のことはきれいさっぱり頭から消えてしまった。表には、彼女の名前が大きく書かれている。ミランダは微笑した。デヴィンの署名は二、三度しか見たことがないが、この鋭く尖《とが》った力強い筆跡は、間違いなく彼のものだ。ミランダはそれを手に取って封を破り、短いメモに目を通した。

愛する人
午後一時に、館の裏手にある地下室のドアの前で待っている。
きみに見せたいものがあるんだ。

署名代わりに大きな〝R〟があるだけだ。メモの下には、地下室のドアのある場所を示す大ざっぱな地図が描いてあった。ミランダは好奇心に駆られ、そのメモをもう一度読み直した。いったいデヴィンは何を見せたいのだろう？　それに、なぜこの場所を指定したの？　ミランダは不思議だった。地図にある場所に地下室へ下りるドアがあることさえ、彼女は知らなかったのだ。そもそも、彼は今日、館にはいないはず。ダークウォーター・

ターンへ行くと言っていたのだから。気が変わったのかしら？　それとも、ダークウォーター・ターンへ行くというのは、わたしを驚かすための方便にすぎなかったの？　ミランダは口もとに笑みを浮かべて、その〝驚き〟に思いをはせた。デヴィンが何を計画しているにせよ、ストロングと一緒に領地をまわるよりもはるかに楽しいことは確かだ。

そこでミランダはストロングに、小作農場を見てまわるのは明日に延期するというメモを届けた。デヴィンと会う前にこれだけは片づけてしまおうと、銀行家に宛てた手紙を書きはじめたが、ともすれば思いは夫との逢瀬《おうせ》へとさまよっていった。

何を着ていこう？　埃《ほこり》だらけに違いない地下室に行くのだから、古い服に着替えるべきだろうか？　それとも、地下室はただの〝餌〟で、ほかの場所に連れていってくれるつもり？　だとしたら、デヴィンが気に入っているこの服のほうがいいかもしれない。

結局、虚栄心が勝ち、ミランダは部屋に戻って古い服に着替えるのはやめにした。代わりに午後一時になると、裏口からこっそり館を出て、地図を手に西の方角へと歩きだした。館の裏手に沿って半分近くも歩くと、外壁にはめこまれた小さな扉が見えた。地図にあるのとまったく同じ場所に。どうしてこれまで気づかなかったのだろう？　ミランダは首をかしげてから、扉の周囲の蔦《つた》が刈りこまれているのに気づいた。なるほど、以前ここを通ったときは、蔦に覆われていたのだ。今日の午後のために、デヴィンが蔦を切らせたに違いない。

笑みを浮かべてドアの取っ手をつかみ、ためしに押してみた。それが簡単に開いたことに少し驚きながら、目をしばたたき、真っ暗ななかをのぞいた。夏の明るい光に慣れている目には、何も見えない。

「デヴィン？」ミランダはためらいがちに声をかけ、取っ手をつかんだまま一歩なかに入り、暗がりに目を凝らした。「そこにいるの？　真っ暗で何も見えないわ」

そのとき、いきなり誰かがミランダの腕をつかみ、荒々しく前方の闇のなかへと引っ張りこんだ。悲鳴をあげながらよろめいた彼女の後ろにまわりこみ、乱暴に背中を突き飛ばす。ミランダは前のめりに暗がりへと倒れこんだ。

# 18

デヴィンがダークウォーター・ターンから戻ったのは、陽《ひ》が沈み、絵を描くだけの光がなくなってからだった。彼は満ち足りた長い一日を過ごし、今日描いたスケッチをミランダに見せるのが待ちきれない気持ちで帰路についた。館に戻り、馬の手綱を召使いに渡すとまっすぐ図書室に向かったが、そこにいたのは分厚い書類を前にしたハイラムだけだった。

「ミランダはどこだい?」デヴィンはぽかんとした顔でこちらを見ているハイラムに尋ねた。「ミランダだ」ハイラムの頭はどうかしてしまったのか? デヴィンはそう思いながら、もう一度尋ねた。「彼女がどこにいるか、知っているかい?」

「わたしはてっきり……あなたと一緒だと思っていましたが」

「ぼくと? いや、ぼくは一日じゅう池にいたんだ。どうしてそう思ったんだ?」

「それは……とにかく、あなただと思ったんですよ。ミランダはニューヨークの銀行家宛に手紙を書き終えたあと、これから約束がある、とわたしに言ったんです。そのほほえみ方を見て……あなたと会うのだとばかり」

「いや」デヴィンはハイラムを見返した。「約束の相手は、義父上《ちちうえ》か建築家に違いない」

ハイラムはまだ腑《ふ》に落ちない顔で肩をすくめた。「たぶん。ミランダは特に誰とは言いませんでしたからね。わたしの思い違いでしょう」

デヴィンは図書室をあとにして階段を上がった。真っ先にミランダの部屋をのぞいたが、彼女はいなかった。ハイラムが浮かべていた奇妙な表情が、彼は気になった。ハイラムは、ミランダがぼくと会うつもりだと確信していたようだ。しかし、なぜ……。デヴィンははっと気づいた。そうか！　彼女はぼくのことを話すときの、あの表情を浮かべていたに違いない。ハイラムはそう言いたかったんだ。ミランダがああいう表情を浮かべる相手がほかにいるか？　父親は違う。デヴィンが知るかぎり、そんな相手はこの家にはひとりもいない。

不意に、村のハンサムな医者の顔が頭に浮かび、鋭い嫉妬がこみあげたものの、すぐに理性が戻った。ミランダのことは、自分のことと同じくらいよく知っている。いや、自分のことよりも知っているかもしれない。愛人を作ろうと決めたら、彼女は率直にそう言うはずだ。

自分の部屋に戻り、ハイラムの誤解に違いないと胸に言い聞かせてみたものの、膨れあがる不安を静めることはできなかった。この数週間は何も起こらなかったので、デヴィンはすっかり安心していたのだった。あの二度の事故にしても、誰かが仕組んだものだとすれば、狙いは自分だと信じて疑わなかったのだが……。

デヴィンは急いできびすを返し、部屋を飛びだした。まず、アップショー夫妻の部屋に行った。ミランダの父親も継母も、そこにいた。

「ミランダ？」ジョーゼフは目を丸くしてデヴィンの問いかけに応じた。「いや、昼食のあとは姿を見ていないが。図書室に行ってみたかね？」

「図書室は何時間も前に出ているんです」

「ミランダはどこにいるの？」エリザベスがヒステリックな声をあげた。「彼女に何かあったの？」

デヴィンはちらっとそちらに目をやった。ほとんどいつも部屋にこもっているため、ミランダの継母とはめったに顔を合わせたことがなかったが、こうして見ると……何やら奇妙な感覚にとらわれた。だが、そんな気持ちはあっという間に消えた。目の前にいるのはただの不安に駆られた女性だった。

「あなた、ミランダに何かしたの？」エリザベスは悲鳴に近い声で叫んだ。

「エリザベス！　何を言ってるんだ？」ジョーゼフはぞっとした顔つきで妻を振り向いた。妻の腕を取り、近くの椅子へと導く。「落ち着きなさい。心配することは何もないよ。ミランダはしっかりした娘だ。ひとりで出かけることもよくある。夕食までにはきっと戻るとも」彼はデヴィンに顔を戻し、低い声で謝った。「すまない。妻は気分がすぐれなくてね。それに、娘たちのことをとても心配しているんだ。この何週間かずっとそうなんだよ。どうしてだか見当もつかないが。とにかく、わたしたちふたりでミランダを捜そうじゃないか」

だが、エリザベスは部屋に取り残されるのをいやがり、一緒に行くと言って聞かなかった。彼らはまずヴェロニカの部屋に行った。するとヴェロニカは、今日は一度もミランダを見ていないと言う。デヴィンは家じゅうの部屋を見てまわった。空っぽの部屋をのぞきこむたびに、不安はどんどん大きくなっていった。ミランダの身に何か起こったに違いない。ぼくが不注意で、考えなしだったせいだ。そのつけをミランダが払うはめになったのだ。

ミランダは鋭い悲鳴をあげながら、暗闇のなかへと転がりこんだ。一瞬、パニックに駆られ、このまま死ぬのだと思った。固い壁にしたたかに脇をぶつけ、よろめいた。そこで段から足を踏み外し、崩れるように倒れこむ。何段か滑り落ちたところで体が止まり、彼女は長いことその姿勢のまま、呆然《ぼうぜん》としていた。

ショックが少しおさまると、体のあちこちが苦痛を訴えはじめた。頭が痛む。妙な角度でもつれたまま、体の下敷きになった両脚も、手のひらも、左腕も、刺すように痛んだ。

ミランダは見えない壁に片手をついて体を支え、恐る恐る、まず片方の脚を、それからもうひとつの脚を体の下から伸ばした。靴の底がただの空気ではなく石段に触れると、思わず安堵《あんど》のため息がもれた。先ほどよりほんの少しだが楽な姿勢で、ミランダは壁に寄りかかり、ひどい震えを止めようと両腕で自分の体を抱きしめた。

誰かに襲われたのだ！　そう気づくまでに、しばらくかかった。誰かがメモを書いて、ミランダを地下室の扉の前におびき寄せたのは明らかだった。そして彼女をなかに引っ張りこみ、階段から突き落とそうとした。下まで転がり落ちれば、首の骨を折って死ぬと思ったのだろう。実際、先ほど背中を押されたときに、斜めにではなくまっすぐ前に突っこんでいたら、階段の横壁にはぶつからず、闇のなかに落ちて死んでいたに違いない。

震えが止まればいいのに。ミランダはそう思った。地下室の空気はじっとりと冷たかった。それと恐怖のせいで、体がすっかり冷えきっている。闇のなかで階段の横壁に身を寄せ、ミランダは考えようとした。どうしてこんなことが起こったの？　いいえ、それよりも、誰がわたしを殺したがっているの？

突然、先日のエリザベスの警告が、頭の隅から浮かびあがってきた。あのときは即座に否定した。心配性のエリザベスは、しょっちゅういわれのない心配事に悩まされているからだ。だがこうなってみると、継母の警告を思い出し、その可能性を考えてみないわけにはいかなかった。ミランダをここにおびき寄せ、殺そうとしたあのメモは、デヴィンが書いたものだった。それに彼女が死ねば、いちばん利益を受けるのは誰か？　本当は父とヴェロニカだけれど、人間が空を飛べないのと同じくらい、このふたりが彼女を殺そうとするなどありえない。デヴィンは、妻の財産すべてを相続するわけではないにせよ、彼女の遺書で相当な金額を与えられることになっている。エリザベスが言うように、ミランダを亡き者にする価値があるだけの金額を。ついでに、自由を束縛する妻も始末できるとしたら、なおさらだ。

ミランダの目に涙があふれた。抑えようとしても嗚咽《おえつ》がもれる。デヴィンはこの数週間、愛すべき夫を演じていただけなの？　わたしと一緒にいて幸せなふりを、レオーナと別れたふりをしていただけ？　わたしが地下室の階段の下で死んでいるところが見つかっても、誰にも疑われないように？

ヒステリックな泣き声がもれそうになり、ミランダは震える手で口を押さえた。少しのあいだ体をこわばらせ、身じろぎもせずにうずくまっていた。いいえ、これは彼の仕業ではない。デヴィンがこんなことをするはずがない！

ミランダは歯をくいしばり、自分の気持ちを抑えようとした。わたしはヒステリーなんて起こさない。疑いと恐怖に負けたりしない。そんな弱い女じゃないはずよ。

荒れ狂う恐怖をきっぱりと脇に押しやった。わたしを殺そうとした人間はデヴィンではない。そんな可能性を考えるだけでもばかげている。パニックに駆られて、ほんの一瞬愚かな疑いを抱いたものの、彼でないことはこの心が知っている。彼は嘘《うそ》をついたりしていない。実際、嘘をついたことなど一度もなかった。きみと結婚したくないと最初に言ったあのときから、自分の気持ちを偽らなかった。その彼が、何週間も彼女をだましていたなどありえない。それは確かだ。ほかの誰であろうと、犯人はデヴィンではない。

そもそも、ただ座りこんで彼を疑っているなんて、とんでもなく愚かなことよ。ドアを開けられるかどうか、階段を上がって確かめてさえいないじゃないの。

ミランダは注意深く立ちあがった。階段の壁は、片側しかないかもしれないのだ。両手を壁に押しつけ、一段ずつ上がっていく。扉枠のわずかな隙間にごく細い光の線が見えるほかは、真っ暗だ。一段上がるごとに、打ち身やすり傷、ひねった脚が痛んだ。ざらつく石壁沿いにこすれた左腕の袖はびりびりに裂け、スカートの左側も大きく破れている。上腕がひりひりするのは、命を助けてくれた壁に皮膚を少々そぎ落とされたからだろう。壁に激突したときの衝撃で、体じゅうの筋肉と骨がずきずきと痛んだ。おそらく明日の朝は、全身に青あざができているに違いない。

ようやく扉にたどり着くと、そこに手を這《は》わせ、取っ手を探した。見つかったのは、古めかしい鉄の輪だった。つかんで引いてみたが、扉はぴくりとも動かない。もちろん押してもだめだ。だが、これは予測していたことだ。彼女を突き飛ばした犯人が扉の鍵を閉めたのだろう。鍵を開けたままにしておくのは、当然、愚かなことだ。

ミランダは分厚い木製の扉にもたれ、またしても襲ってきたパニックと闘った。誰かが見つけてくれるまでに、どれくらいかかるだろう？　ここに来ることは、誰にも話していない。約束があるとハイラムに告げただけだ。館の広大さを考えれば、ミランダがいないことにみんなが気づくのは、何時間もあとかもしれない。夕食の席に姿を見せなくても、誰も心配しない可能性もある。それから、夜が更けてようやく心配になりはじめても、どこを捜せばいいか見当もつかないだろう。図書室に置かれていた自分宛のメモはドレスのポケットに入っているのだから、誰かがそれを見つけて地下室を見に来てくれる望みはまったくない。それに、彼女がこんなところにいるなんて、誰が思うだろう？

ふたたびパニックがこみあげてきて、ミランダは声をかぎりに叫びながら、扉を叩《たた》き、蹴りつけた。数分後には疲れ果てて、ぐったりと床に座りこんだ。どんなに叫んでも、扉を叩いても、なんの役にも立たない。この扉はとても古いが、頑丈で、分厚い木の板で造られている。地下室はそれよりも分厚い石でできていた。そのなかでどれほど大きな音をたてても、即座に吸いこまれてしまうに違いない。ミランダは気持ちを落ち着けようと何度か深く息を吸いこみ、絶望を押し戻そうとした。

わたしが部屋にもどこにもいないことを知れば、デヴィンは必ず捜してくれる。館内と周囲の地域を徹底的に捜索するまで、彼は決してあきらめないだろう。家じゅうの人間を総動員して捜してくれるに違いない。少し時間がかかるかもしれないが、必ず見つけてもらえるはずだ。じめじめした地下室の暗闇にひとりぼっちで座っているのは快適とは言えないけれど、それくらいは耐えられる。見つかるのは時間の問題だもの。

デヴィンを待つあいだ、ミランダは誰がこんなことをしたのか考えることにした。

あのメモは明らかに偽物だったのだ。デヴィンの筆跡に見えたが、そう確信が持てるほど長い文章ではなかったし、それに、デヴィンが書いた文字を見たのはほんの二、三回で、彼の筆跡をよく知っているわけではない。大胆で力強い筆跡を真似《まね》るのは、おそらく簡単だろう。誰かがミランダ宛の偽のメモを図書室に残し、彼女がデヴィンとの〝密会〟に胸をときめかせて、いそいそとやってくるのを待っていた。でも、誰が？　なぜ、そんなことをしたの？

ミランダが死んで利益を得るのは、父とヴェロニカとデヴィンだけだ。その三人が自分を殺したがるとは絶対に思えない。ほかに、もっと説明がつく可能性があるに違いないが、いくら考えても何も思いつかなかった。

ミランダは扉にもたれ、膝に肘をついて両手に顔を埋《うず》めた。デヴィンは来てくれる。きっと来てくれるわ。

寒くて湿った闇のなかにどれくらい座っていたのか、ミランダにはわからなかった。一生にも思えるほど長いあいだ、ミランダは固い決意と絶望のあいだを何度も行っては戻りながら、自[illegible]ついて、家族について、デヴィンについて考えた。初めて彼と会ったとき[illegible]を、彼と一緒に過ごした時間を、思い返した。振り返ってみるとそれほど長[illegible]思えないが、いまではほかの誰よりも彼を愛している。初めて会ったあの晩に、運命を感じたのだ。デヴィンの目を見上げたときにみぞおちをわしづかみにされたことを、ミランダは思い出した。彼をよく知っているような気がしたのを。

ええ、わたしは彼を知っていたのよ。よくわからない本能的なレベルで、彼こそが夫になる人、自分が愛するようになる人だとわかっていたの。

正直にそう説明すれば、直感に基づいて結婚するなど正気の沙汰ではない、とみんなに諭されたに違いない。しょせんはデヴィンの罪深いほどハンサムな顔にひと目で心を奪われただけのこと、そんなものは愛でもなければ恋でもない、ただののぼせあがりだ、と。最初でも、ミランダにはそうでないことがわかっていた。彼女はデヴィンを愛していた。最初からではないかもしれないが、少なくともレイチェルが催したパーティの夜、めくるめくようなキスをされ、彼の描いた絵のなかに彼の魂を見たときに。あの夜、自分には彼しかいないとわかったのだ。そのあと起こった出来事はすべて、彼への愛をさらに深めただけだった。

デヴィンが欲望を感じていることは確かだが、本心はよくわからない。忠実な夫になると誓ったものの、愛していると言ってくれたことは一度もなかった。おそらくデヴィンの愛は、まだレオーナに捧《ささ》げられているのだろう。

でもいつか、本当に愛しているのはわたしだということに気づくわ。ミランダは自分にそう言い聞かせた。いつかはレオーナの面影を彼の頭から消し去り、それをわたし自身の面影に置き換えられる。もちろん、この地下室を無事に出られれば、の話だが。

ふたたび扉にもたれたとき、外で物音がした。ミランダは一瞬遅れてそれに気づき、体をこわばらせて背筋を伸ばした。くぐもってはいるが、あれは誰かの声に違いない。

ミランダはぱっと飛びあがり、くるぶしの痛みにたじろぎながらも、ふたたび扉を叩きながら叫びはじめた。息を吸いこむあいだだけ休むと、扉の外からくぐもった呼び声が聞こえた。デヴィンだ。彼がミランダの名前を呼んでいるのだ。

ミランダは大声で叫び返した。一瞬後、何か重いものが扉にあたった。もう一度、さらにもう一度とあたったが、何百年も保つように造られている扉はほとんどがたつきもしない。ふたたびデヴィンの声が聞こえた。汚い言葉で毒づいている。ミランダは思わず微笑した。数分後、金属同士がこすれあう耳障りな音がした。彼が鍵を差しこんでまわしたに違いない。

あわてて脇に寄った直後、ドアが勢いよく開いて壁にぶつかった。デヴィンの黒いシルエットが戸口に浮かびあがり、彼が頭をさげてなかに入ってくる。次の瞬間、彼はミランダと踊り場に立っ、鋼のような力で彼女を抱きしめていた。

「ミランダ」デヴィンはミランダの髪に顔を埋め、ささやいた。「ミランダ……ああ、神よ、感謝します。きみを永遠に失ったかと思った」

「ぼくのせいだ」デヴィンは寝室を苛々《いらいら》と歩きまわっていた。

助けだされてから三時間後、ミランダは風呂に入り、食事をすませ、たくさんの傷の手当を受けて、デヴィンの巨大なベッドに座っていた。デヴィンに強く勧められてブランデーを飲んだおかげで、すっかり体が温まり、少しばかり酔っ払って、落ち着きなく歩きまわる夫を見守っていた。ふたりはおたがいの状況を説明しあった。ミランダは彼に、図書室にあったメモのこと、それから階段に突き落とされたことを話した。デヴィンは、昼間ミランダが館の裏手を歩いているところをメイドのひとりがたまたま見かけていたのだと教えてくれた。おかげで彼らはそれほど無駄な時間を費やさず、ミランダを寒い闇のなかで長いこと待たせずに、救いだすことができたのだ、と。ミランダがポケットから取りだしたメモを見ると、デヴィンは即座に偽物だと断定した。だが、それはもうミランダにもわかっていた。残念ながら、そのメモにはなんの手がかりもなかった。使われているのも、どこにでもあるただの紙だ。書いた人間の正体を告げる証拠は何もない。恐ろしい可能性ではあるが、犯人がまだ館のなかにいるのか、それともなんらかの手段でこっそりしのびこんだ見ず知らずの人間だったのか、判別する手がかりはない。

「でも、誰がどういう理由でわたしを殺したがるのかしら?」ミランダは合理的に考えようとした。

　するとデヴィンは、すべて自分の責任だと鋭い口調で答えた。

「どうして?　なぜあなたのせいなの?」

「妙なことが起こっているのはわかっていたんだ」デヴィンは感情のこもらない声で言った。「もっと用心すべきだった。きみが危ない目に遭わないように目を光らせているべきだったんだ。ただ、狙われているのはぼくだと思っていたから……」

「誰に?」

「知るもんか。こんなことをしたのが誰にしろ……そいつは図書室の手すりに細工し、崖の上から岩を落としたのと同じ男だ」

　ミランダは思わず体を震わせた。「じゃあ、どれも事故ではなく、計画的な犯行だったというの?」確かにミランダも、地下室のなかで長いこと震えながら待つあいだ、それまでの〝事故〟に関するエリザベスの分析に同意せざるをえなかった。

「もちろんだ。確かに石灰岩の崖からはよく岩が落ちる。落石が地面に散らばっているのを見たことも、これまでに何度もある。だが、きみがその真下を通っているときに落ちてくる確率はどれくらいある?　特に、図書室の手すりが鋸《のこぎり》で切られていたそのすぐあとで」

「なんですって？　手すりは腐って折れたのではなく、鋸で切られていたの？」

「そうだ。あの手すりはまだしっかりしていた。ほんの数日前にあのバルコニーに上がったばかりだったから、その点は確信があったんだ。木食い虫に食われているしるしもまったくなかった。それで、きみがお父さんと図書室を出ていったあと、バルコニーに上がって調べてみた。手すりの両端がほとんど鋸で切られていたよ」

「どうして黙っていたの？　わたしに教えてくれなかったの？」

「よけいな心配をかけたくなかったんだ。きみが危険にさらされているとは思いもしなかった。あの手すりにきみが寄りかかったのは単なる偶然で、狙われたのはぼくだと思っていたんだ」

「なぜ？」

「前にも襲われたことがあったからだよ。ロンドンで二度。ぼくらが出会った夜と、ヴォックスホール庭園を散歩していたときに。どちらも、狙いはぼくだった。だから、手すりの細工を見つけたときも、目当てはぼくだと思ったんだ。岩が落ちてきたときもそうだ。ぼくも一緒だったからね。ぼくを狙ったのに、岩を落とすタイミングがわずかに遅れたに違いない、そう思ったんだ。二度とも結果的にはきみが危ない目に遭ったから、ぼくと一緒にいるせいできみに害がおよばないよう、一緒にいるときは注意深くきみを見守ろうとした。だが、きみ自身が狙われているとは思いもしなかった。いったい誰が、なぜそんなことをするのか、さっぱりわからない。ぼくは間違っていたのか？　狙われていたのは、ずっときみだったのか？　それとも、最初はぼくに危害を加えようとしたが、きみを傷つけてぼくを苦しめることにしたのか？」

「でも、誰があなたを苦しめたがるの？」

デヴィンは沈んだ笑みを浮かべた。「そういう連中はいくらでもいるさ。残念ながらね。ぼくらが出会った夜に襲ってきた男たちは、正直な話、借金の返済を迫る債権者が送った連中だと思った。ぼくに金を貸しているろくでなしが、脅して払わせようとしたと。二度目の男は、まるでぼくを殺したそうだったな。そんなことをして、債権者にどんな得があるのかわからないが……」彼はふと言葉を切り、ミランダを見た。「どうしたんだ？　どうかしたのか？」

「別に。どうして？」

「さあ。きみがなんだか妙な顔をしたからかな」

「ああ……ナイフで切りつけてきた男のことを考えていたの」

ミランダは自分の声がふつうに聞こえることを祈った。本当は、デヴィンが二度目の襲撃者の話をしたとき、まるで稲妻のように閃《ひらめ》いたのだ。あの夜ナイフで襲ってきた男は、エリザベスが少し前に果樹園で話していたのと同じ男だ！

ミランダは全身の血がどこかに流れでてしまったかのように、急に体が冷たくなるのを感じた。デヴィンの話に耳を傾けるには、努力が必要だった。

「だが、この年月、ぼくが怒らせた人々はたくさんいる」彼はそう続けた。「犯人はそのうちの誰であってもおかしくない。ぼくは模範的な人生を歩んできたとは言えないからね。でも、なぜいまになって、こんなにしつこくぼくを殺そうとするんだ？　それがわからない。一方で、犯人の狙いがきみだとすれば、最初の夜の男たちはなぜぼくを襲ったんだ？ぼくはきみと一緒ではなかった。実際、きみとはまだ会ってもいなかったのに。そもそも、犯人はなぜきみを殺したいんだ？」

ミランダは黙っていた。その答えは目の前にあったのだ。ミランダが死ねば、彼女の不動産は父とヴェロニカのものだ。エリザベスが直接相続するわけではないが、娘にかなり大きな贈り物をすることになる。そのあと父が死ねば、アップショー家の財産はそっくりエリザベスと娘のヴェロニカが相続する。

でも、継母が誰かを雇い、自分を殺させようとしたなどと信じたくはなかった。これまでずっと、エリザベスを実母のように慕ってきた。エリザベスはわたしを愛しているふりをしていただけだったの？　わたしが死ねばいいと、ひそかに願っていたの？　ミランダは数日前、エリザベスがデヴィンについて警告しに来たことを思い出した。自分から疑いをそらすのに、あれほどいい方法があるだろうか？

いいえ、信じられない。何もかも、ほかの説明がつくに違いないわ。ミランダは自分にそう言い聞かせた。エリザベスはそんな腹黒い人間ではない。ひょっとすると、果樹園にいた男はほかの誰かに雇われていて、ミランダを殺すチャンスをつかむため、庭師のふりをしてもぐりこんでいるのかもしれない。だとすれば、エリザベスがあの男を庭師だと思っても不思議はない。あるいは……いまはまだほかの可能性は浮かばないが、じっくり考えれば何かあるはずだ。エリザベスは、人殺しのできる人間ではない。父が人殺しと結婚したはずはない。考えるだけでもばかげている。

ミランダはちらっとデヴィンを見やった。この恐ろしい疑念を彼に話してしまいたかったが、それはできない。デヴィンは即座にエリザベスがミランダを殺そうとしたと決めつけ、それを阻止するために必要な手を打つだろう。エリザベスが罪をあばかれ、監獄へ送られることになったら……考えるだけでも耐えられなかった。そんなことになれば、父は生きる望みを失い、ヴェロニカは死ぬまで母親の罪につきまとわれるのだ。エリザベスをめぐる疑問については、自分で答えを見つけるしかない。

「とにかく、犯人がわかるまできみの安全を確保しなくては」デヴィンの言葉に、ミランダはうわの空でうなずいた。「決してひとりで館を出てはいけないよ、約束してくれるね？」デヴィンは続けた。「ぼくもできるかぎりそばを離れないつもりだが、ぼくがいないときは、ひとりで馬に乗ってはだめだ。庭を散歩するのも見合わせたほうがいい。わかったかい？」

ミランダはもう一度うなずいた。「いいわ。この国でいちばんか弱い女性になったつもりで、館のなかであなたを待つわ」

「きみをここから連れだす必要があるな。ダークウォーター内にも、そのまわりにも、簡単にきみを襲うことができそうな場所がいくらでもある。明らかに、犯人はいつでもこの家に入れるようだ。できるだけ早くアプワース山に発《た》つとしよう。そこなら、ぼくの目を盗んできみに近寄ることはできない」

「でも、ふたりで出かけてしまったら、どうやって犯人を突き止めるの？」ミランダは頭に浮かんだ疑問を口にした。

「確かにそのとおりだ」デヴィンはじっとミランダを見つめて考えこんだ。「そいつを……罠《わな》にかけたらどうだろう？」

「罠？」ミランダは顔を輝かせた。難を逃れてひたすら隠れているよりも、自分を殺そうとした相手を突き止めるために行動を起こすほうがはるかに魅力的だ。ただ、その罠にエリザベスがかかったら……。

「そうだ」デヴィンは自分の思いつきに気をよくして、かすかな笑みを浮かべた。「この事件を忘れるために急いでアプワースに出かけることにすれば、犯人はぼくらがふたりきりでなんの疑いも抱かずに、のんびり物見遊山を楽しんでいると思うに違いない。そしてきっと襲ってくる。誰にも見られる心配のない場所で殺し、また〝事故〟に見せかけようとするはずだ。ただ、ぼくらはふたりきりでもなければ、不意打ちされるわけでも、不用意でもない。犯人を待ち構えているんだ。猟場管理人とその息子に、アプワースに来てもらおう。あのふたりなら間違いなく信用できる。彼らは隠れてぼくらを守り、犯人が姿を現したら飛びだしてつかまえる」

「いい考えね」ミランダは同意した。

そして、その前にエリザベスの疑惑を晴らし、デヴィンの計画を実行に移せるよう願った。とにかく明日、エリザベスから話を聞くとしよう。

# 19

驚いたことに、翌朝ミランダが図書室に入っていくと、継母がそこで待ち受けていた。ミランダは戸口で足を止め、急いで計画を変更した。

「ミランダ！」血の気のない顔に固い決意を浮かべ、エリザベスはぱっと立ちあがった。「あなたに話があるの」

「ちょうどいいわ。わたしも話したいことがあったの」ミランダは答えた。

こうして継母を見ていると、昨夜の疑いが愚かしく思えてきた。でも、ナイフを構えて彼女とデヴィンを襲った男とエリザベスが話していたのは、事実だ。

「こんな話聞きたくないでしょうけど、どうしても言わなくてはならないの」エリザベスは、彼女にしては珍しくしっかりした声で言った。

「いいわ」ミランダはテーブルに近づき、そこにある椅子に腰を下ろして、エリザベスを見据えた。

エリザベスはごくりと唾をのんだ。「あの……昨日の出来事で、わたしがこの前言ったことをもう一度考えてくれたかしら。あなたが危険だということを」

「ええ、昨日の出来事で、ずいぶん身の安全については考えさせられたわ」

「誰かがあなたを地下室に誘いだしたのよ。あなたは階段から落ちて首の骨を折っていたかもしれない。さもなければ、ひどいけがをして何日もあそこで血を流していたかもしれないわ。あんなに早く見つけられたのは、単なる幸運だった。悪くすれば、何日も見つからなかったでしょう！」エリザベスは喉をつまらせ、こみあげてくる感情を抑えようと努力するように、つかの間言葉を切った。

「わかっているわ」ミランダは気持ちを押し殺し、冷静な顔で継母を見つめた。

「じゃあ、わたしの話を信じてくれるのね？　レイヴンスカーがどんなに――」

「昨日の出来事に関して、デヴィンのことは疑っていないわ」ミランダは鋭く言い返した。

「だって、彼はみんなを総動員して、わたしを捜してくれたんですもの」

「あなたが階段から落ちて、もう死んでいるか、死にかけていると思ったんでしょうよ。夢中であなたを捜すふりをして、自分に疑いがかからないようにしたに決まってるわ」エリザベスは口をつぐみ、さらにつけ加えた。「それに、彼は昨日だけじゃなく、つい数日前もあなたを狙ったのよ。わたしがここで、ホットココアを飲んだときのことを覚えているでしょう？　あのあとひどく気持ちが悪くなって、突然、眠気に襲われた。目を開けていることもできないほどだったわ。階段を上がる途中で眠りこみそうになったくらい。あれはふつうの眠気ではなかった。いったいどうしてしまったのかよくわからなかったけれど、昨日、これまでの出来事をいろいろ考えてみて、気がついたの。あれもあなたの命を狙った企てに違いない、と。あなたが飲むココアに、誰かが何かを入れたんだわ。でも、あなたがあれをわたしにくれたために、そのもくろみは失敗に終わった」

言われてみれば、確かにそのとおりだ。ミランダは背筋に悪寒が走るのを感じた。あのときエリザベスは何度起こそうとしても目を覚まさなかった。ミランダが夜遅くまでつき添ったのも、ひどく具合が悪いに違いないと心配したからだ。だとしたら……エリザベスは犯人ではない。ミランダはほっとしながらそう結論づけた。エリザベスが薬を入れた張本人なら、みずからそれを飲むはずがない。それとも、エリザベスは実際に具合が悪かったのに、それを理由にして自分にかかる疑いを晴らそうとしているのだろうか？

「でも、あなたはただ寝ていただけよ」ミランダは指摘した。「つまり、ひどく具合が悪かったけど、死ななかった。あのココアは……あなたを眠らせただけだったわ」

「たぶんレイヴンスカーは、あなたがぐっすり眠ったあとで何かするつもりだったのよ。それに、わたしは胃が弱いの。そのせいで、飲んだものをすぐに何もかも吐いてしまった。だから死ぬほどの量が胃のなかに残らなかっただけかもしれない。でも、あなたが飲んでいたら、吐くこともなく、永遠の眠りについてしまったかもしれないわ」

「エリザベス、デヴィンはわたしを殺そうとなどしなかったわ。それはわかっているの」

「どうしてわかるの?」エリザベスは興奮した声で叫んだ。「彼がそう言ったから? だまされないで、ミランダ、あの男は嘘《うそ》つきよ! 人を欺くことなどなんとも思わないのよ!」

すっかり興奮して立ちあがり、部屋のなかを歩きはじめたエリザベスを、ミランダは驚いて見つめた。継母はウエストのところでぎゅっと手を握りしめ、内心の葛藤を表すように顔をゆがめている。

「エリザベス、ばかなことを言うのはやめてちょうだい」ミランダは鋭く言い返し、自分も立ちあがると、ふくよかな腕をつかんで継母の体を自分に向けた。「そもそも最初から、あなたはデヴィンが嫌いだった。彼はひどい男だ、嘘つきだ、と言い続けてきたわ。でも、疑われてもしかたがないのはあなたのほうよ」

「なんですって?」エリザベスは驚いてのけぞり、混乱した目でミランダを見た。「何を言ってるの?」

「あなたを見たのよ、エリザベス」ミランダは切りだした。「この前、果樹園のそばで、あの男とあなたが一緒にいるのを見たの。最初は、どこであの男を見たか思い出せなかった。ただ、どこかで見た顔だと思っただけ。でも、ゆうべ思い出したの。あれは、ロンドンでわたしとデヴィンを襲った男よ」ミランダはエリザベスの腕を揺すぶった。「わたしたちを殺そうとした男と、何を話していたの?」

「違うわ！」エリザベスは恐怖の色を顔に浮かべて叫んだ。「あなたじゃないの！　あの男はあなたを襲うはずではなかったのよ！」

そう言ったとたん、自分の罪を暴露してしまったことに気づき、エリザベスは見る間に蒼《あお》ざめた。

ミランダは継母の腕を放し、まるで一度も見たことのない相手を見るような目でにらみつけた。「あの男はあなたが雇ったのね？　あなたが彼にわたしたちを襲わせたのね？」

「あなたを怖がらせるつもりはなかったの」エリザベスは動揺して口走った。「もちろん、あなたを襲うつもりもなかった。あなたを傷つけるなんて……そんなことは決してありえない。それだけは信じてちょうだい。わたしはレイヴンスカーを襲うように頼んだのよ」

「デヴィンを？」ミランダは繰り返した。「エリザベス！　どうしてなの？」

「彼があなたと結婚するのを、黙って見ていられなかったからよ！　最初は、あの晩、彼がレイヴンスカー伯爵夫人の家に来るのを止めてくれと頼んだの。彼がどれほど魅力的な男かわかっていたんですもの。彼と会えば、あなたはきっと結婚する気になると思った。それが怖かったの。だから、ヘイスティングスを雇ったのよ。彼は、レイヴンスカーが母親の家に行くのを止められると請けあったわ。二度目のときは、もっと過激な手段に訴えるしかなかった。ヘイスティングスは、あなたに近づくな、さもないと殺す、とデヴィンを脅すことになっていたの。実際に彼を傷つけるつもりはなかったわ。ただ、彼があなたと結婚するのを防ごうとしただけ！」エリザベスは叫んだ。「ああ、なんてこと！」涙で頬を濡《ぬ》らしながら、両手でこめかみを押さえた。「ばかだったわ。そのせいで、こんなひどいことになってしまった。わたしが悪かったの。ええ、とんでもなく間違っていた。もっと早くすべてを話すべきだったのに、怖くてそれができなかった！　あなたとジョーゼフに真実を知られるなんて、耐えられなかったの。そのせいで、あなたは何度も殺されかけた。そして、わたしが……このわたしが、あなたを殺そうとしていたと疑われるはめになってしまった」

「あの男を雇ったのは……デヴィンを怖がらせて、わたしから遠ざけるためだったというの？　昨日わたしを誘いだして地下室に閉じこめたのは、あの男ではなかったの？」

「違うわ！　もちろん、違いますとも！」エリザベスは両手を下ろして顔を上げた。

ミランダは継母の顔をじっと見つめた。血走った目がまるで狂気を宿すようにぎらついている。一瞬、ミランダはかすかな恐怖を感じた。

「さっきも言ったはずよ、わたしは決してあなたを傷つけるようなことはしないわ。あなたのことはヴェロニカと同じように大切なの。わたしはただ、レイヴンスカーからあなたを守りたかっただけ。いまヘイスティングスがダークウォーターにいるのは、わたしがまた雇ったからよ。あのふたつの〝事故〟のあと、あなたを守るために。でも、昨日あんな事件が起こったことを考えると、彼を雇うだけではじゅうぶんではなかったようね」

てなの？」

「でも、どうして？」ミランダは片手を伸ばし、継母を落ち着かせようとした。「どうし
「ええ、あなたにはわからないでしょうね。わかるはずがない。わたしが本当はどんな女か、知らないんですもの。わたしがかつて、何をしたか」エリザベスは深々と息を吸いこみ、震えながらそれを吐きだして肩に力をこめた。そしてミランダの目をまっすぐに見つめた。「これまで話したことは、何もかも嘘なの。わたしはロディ・ブラキントンの未亡人ではないわ。実際、ロディ・ブラキントンなんて男はいないのよ。あなたのお父様に会う前は、結婚したことなどなかった。ヴェロニカは……非嫡出子よ。その父親がデヴィン・アインコートなの」

ミランダは肺のなかの息を急に奪い去られたような気がした。すっかり混乱し、まともな言葉がひとつも出てこない。しばらくして、消え入りそうな声でようやく尋ねた。「なんですって？」

エリザベスはがっくり肩を落とし、沈むように椅子に座った。「誰にも知られたくなかったわ」低い声で言った。「とても恥ずかしく思っているわ。決して身持ちの悪い女じゃなかったのよ。決して。でも、ある日デヴィンに会って……そのあとは、自分でも驚くほど変わってしまった。わたしは世間知らずだったの。あんなに洗練された、魅力的な男性

には会ったことがなかった。あんなに楽しくて、ハンサムな男性には。そのせいで良識を忘れてしまった。彼に夢中だったわ。そして彼とベッドをともにするほど愚かで、堕落してしまったの。彼もわたしと同じ気持ちだと思ったのよ。ただの気慰みだとは気づかなかった。ブライトンで夏を過ごすあいだ、楽しむだけの相手にされているとは。そしてわたしが妊娠したことを知ると、彼は……わたしを履き古した靴のように捨てたの。わたしと結婚することを拒んだのよ」

ミランダはこめかみに手をやった。「そんな話……とても信じられないわ」

「わたしが嘘をついているというの？」エリザベスはくってかかった。「こんな話を、嘘や冗談で言えると思う？　あの男はとんでもない食わせ物よ！」

「もちろん、嘘をついているとは思わないわ」ミランダは継母をなだめた。「ただ……ほかの説明があるはずよ。きっと何もかも――」

「コンスタンスか！」デヴィンの驚愕《きょうがく》した声に、ふたりの女性はぱっと図書室の戸口に目を向けた。

「デヴィン！」彼はいつからそこにいたの？　ミランダはすっかり驚き、デヴィンが入ってきたことにまったく気づかなかった。だが、ショックを浮かべた彼の顔からすると、少なくとも、ふたりの会話の最後の部分を聞いたのは明らかだ。

「そうよ」エリザベスは少し顎を上げ、デヴィンを正面から見据えた。「わたしはコンスタンスよ。あなたに気づかれるんじゃないかと、ずっと恐れてきたわ。だから、できるだけ部屋にこもっていたの」

ミランダは、エリザベスが夕食時になるといつも、気分がすぐれないからと言って階下に下りてこなかったことを思い出した。デヴィンがそばにいるときはいつも壁際にいて、彼の顔をほとんどまともに見ようとしなかったことも。でも、まさか継母がデヴィンの元恋人で、彼が自分のことを思い出すのを恐れていたからだとは思わなかった。

エリザベスは苦い声で続けた。「だけど、心配する必要はなかったみたいね。わたしはあなたにとって、記憶に残るほどの女ではなかったようだから」

「だが、きみは……死んだはずだぞ！」デヴィンが叫んだ。

エリザベスは眉を上げた。「ええ、あなたはそう願っていたんでしょうね」

「違う！」デヴィンはミランダを見た。「この前の夜に話したのは、彼女のことなんだ。ぼくの子を身ごもり、自殺するという手紙を残して海に飛びこんだのは」

「なんですって？」エリザベスは軽蔑するように鼻を鳴らした。「あなたはそんな話をでっちあげたの？　ミランダが何も知らないと思って――」

「そのとおりのことが起こったんだ！　どうしてきみはあんな手紙を書いたんだ？　どうして家を飛びだし、死んだふりをした？　なぜぼくのところに来て――」

「待ってちょうだい」ミランダは口を挟み、怒りに目をぎらつかせてデヴィンをにらみつけているエリザベスに向かって尋ねた。「エリザベス、あの老紳士のことを覚えてる？　わたしたちがロンドンを発《た》つ二、三日前にわたしを訪ねてきた紳士よ」

「ええ、もちろん覚えているわ。あれは……」エリザベスの声がかすれた。「あれは祖父だった。両親が死んだあと、わたしは祖父に育てられたの。でも、ひどい恥をかかせてしまったわ。祖父がわたしのあとを追ってこなかったのも、しかたのないことね。あんなにひどく信頼を裏切ってしまったんですもの。許してもらえると思うなんて――」

「待って。彼はわたしに、レイヴンスカー伯爵を信頼するな、と警告しに来たのよ。レイヴンスカーは孫娘を誘惑し、自殺に追いやった卑劣な男だ、と」

「なんですって？」エリザベスは混乱して目をしばたたいた。

「あの人はわたしにそう言ったわ。お祖父様《じい》もあなたが死んだと信じているのよ」

「きみは書き置きを残したんだぞ、コンスタンス！」デヴィンは彼女に近づいた。「人生を台なしにしたぼくを憎む、私生児を産むという恥に耐えるくらいなら、死んだほうがましだ、と。そして姿を消したんだ。みんなで何日もきみを捜したが見つからなかった。ぼくは……きみが子供のことを打ち明けに来ようともしなかったことに腹が立った。打ち明けたらぼくが結婚を拒んだと、本気で思っているのか？」

「何を言ってるの？」エリザベスはぱっと立ちあがり、甲高い声で叫んだ。「あなたはわたしを拒んだのよ！　自分の子供じゃない、と否定したくせに。結婚を迫るなら、証人を立てて反論するとまで言ったじゃない！　わたしが好色な女で、妊娠を盾に結婚を迫ろうとしたと――」

「そんなこと言うものか！　どうしてそんな嘘をつけるんだ？　妊娠のことなんて、ひと言も話してくれなかったくせに！」

「話したわ！」

「いつ？　どこで？　ぼくは酔っていることが多かったが、そんな大事な話まですっかり忘れてしまうはずがない！」

「直接話したわけじゃないわ。そんな勇気はなかった。あなたになんと言われるか不安だったし、自分を恥じていたんですもの。それにあなたは、わたしに会いに来なくなってしまった。だから、手紙を書いて、あなたに渡してくれるようにレオーナに頼んだのよ」

「レオーナに？」デヴィンの顔から血の気がうせた。「きみはその手紙を、レオーナに渡したのか？」

エリザベスはうなずいた。「そうよ。彼女はあなたの友達でもあったけれど、わたしにとってもいいお友達だったわ」

「レオーナがぼくにくれたのは、自分の行いを恥じて海に身を投げる、と書かれたきみからの手紙だけだ」

デヴィンの言葉に、図書室は静まり返った。エリザベスは口もとを震わせ、崩れるように椅子に座りこんだ。「まさか、そんな……」

「デヴィンがあなたとお腹《なか》の子を拒んだことは、どうやって知ったの？」ミランダは鋭く尋ねた。

「レオーナが……」エリザベスは消え入りそうな声でささやいた。「彼女とは友達だったの。ブライトンに来たときから、とても優しくしてくれたわ。まぶしいほど美しくて洗練されたレオーナが、わたしみたいな名もない田舎娘に目を留めてくれたことがうれしくて、誇らしかった。妊娠したことは、祖父には話せなかった。デヴィンに直接話すのも怖かった。だからレオーナにすっかり打ち明けたの。彼女は、手紙を書けばデヴィンに渡してくれると言ったのよ。そして翌日の午後戻ってくると、音楽室にやってきた。わたしはピアノを弾いているところだったわ。レオーナはとても優しい声でこう言ったの。手紙を読んだあと、デヴィンはそれを破り捨てて暖炉にほうりこみ、すぐにロンドンに帰る、わたしとは二度と会う気はない、と言ったって。無理にわたしが追いかけて彼の子供だと言い張れば、それを否定して好色な女だと証明するって。それを聞いて、わたしは絶望したの」

「ええ、当然よ」ミランダはエリザベスのそばに行き、膝をついて震える手を取った。

「誰でも絶望するわ」

「どうすればいいかわからなかった。するとレオーナは、こうなったらブライトンを去るしかない、と助言したの。アメリカかインドか、誰もわたしのことを知らないどこかの植民地に行くのがいちばんいい、と。そして、友達として当然だからと言って、お金をくれたわ。誰もわたしのことを知らない新しい国なら、名前を変えて、夫を失ったばかりだというふりができる、そうしても誰にもわからない。彼女はそう言ったの。とても優しくしてくれたわ。荷造りを手伝って、港に行く馬車を雇い、船に乗るまでわたしの手助けをするために自分のメイドをつけてくれた」

「あなたの気が変わって、ブライトンに戻ってこないようにするためね」ミランダはエリザベスの言葉を訂正した。「荷造りを手伝ったのは、あなたのショールを盗んで海辺に置くためだったんだわ」

「ええ……きっとそうね。なんてことかしら……」エリザベスの目に涙があふれ、頬を伝った。「こんなに何年もたってもつらいわ。彼女のことはとてもいいお友達だと思ってきたのに。わたしをだましていたなんて」

「あなただけじゃない。レオーナはみんなをだましていたのよ」ミランダは怒りに燃える声で言った。「あなたのお祖父様は悲しみに気も狂わんばかりだったに違いないわ。いまでもあんなに悲しんでいるもの。みんながあなたは死んだと思っていた。そしてその死をデヴィンのせいにして、彼を責めた。たいへんなスキャンダルになったのよ。デヴィンのお父様は息子と縁を切ったの。レオーナは無頓着に三人の人生を台なしにしたんだわ」ミランダは灰色の瞳に鋼のような表情を浮かべて立ちあがった。「理由は明らかね。彼女はデヴィンが欲しかった。追いかけてくるデヴィンをわざとじらし、はぐらかしていたけれど、最初からそのうち自分のものにするつもりでいたに違いないわ。だから、あなたが彼の子供を妊娠したと聞いてあわてたの。デヴィンが名誉心を発揮して、あなたと結婚するに違いないと思ったから。そうなれば、彼を失ってしまう。そんなことは許せなかった。デヴィンを手に入れるという計画が水の泡になってしまうもの。だからあなたに嘘をつき、デヴィンにも嘘をついた。みんなに嘘をついたの」

ミランダは立ちあがり、デヴィンと向かいあった。

デヴィンは怒りとショックのあまり蒼ざめていた。緑色の目に浮かんでいる苦痛に、ミランダの胸は痛んだ。レオーナがいまここにいたら、あの冷酷な女の喉に飛びついて、締めあげてやるのに。

「ヴェロニカはぼくの娘なのか？」デヴィンはミランダを見て、それからエリザベスを見た。

エリザベスはまだ流れ落ちる涙を拭ってうなずいた。「そうよ。あの子は……何も知らないわ。父親はロディ・ブラキントンだと教えてきたから。わたしがでっちあげた、すばらしい人物だと。あの子は……」エリザベスは恐怖に駆られて叫んだ。「あの子に黙っていてくれるわね？」彼女はデヴィンからミランダへ、ふたたびデヴィンへと目を移すと、神経質にスカートをつかみながら懇願した。「真実を知ったら、どんなにショックを受けることか。きっとわたしを憎んで——」

「いいえ、そんなことはないわ」ミランダはなだめようとした。

「何も言わないよ」デヴィンは心のなかで吹き荒れるさまざまな感情を抑えるように、かすれた声でつけ加えた。「ぼくがきみやみんなに与えた苦痛を考えれば、あの子のいまの幸せを壊すことなどできるものか。だが、これからは父親として、陰ながらあの子の面倒を見る。約束するよ」デヴィンはためらい、それから続けた。「コンスタンス、いや、エリザベス、すまなかった。きみが味わった苦しみを償う言葉などないが、どうか信じてくれ、本当に何も知らなかったんだ。知っていたら……これまでのぼくが紳士の鑑《かがみ》と言えるような男でなかったのはわかっているが、妊娠したきみを見捨てたりは決してしなかった」

エリザベスはうなずいて、涙を流しながら唇に手をあてた。

ミランダは心配そうに継母を見つめた。「部屋まで送っていくわ、エリザベス。少し横になったらどうかしら？　メイドを呼んで、ラヴェンダー水で濡らした布を持ってきてもらいましょう」

「ええ」エリザベスは涙で喉をつまらせた。「お願い……ひとりになりたいの」

ミランダはエリザベスの腕を取って部屋までつき添い、ベッドに横になるのを手伝うと、呼び鈴を鳴らしてメイドを呼んだ。

「なんてばかだったのかしら」エリザベスはささやくように言った。「昔もいまも、とんでもない愚か者だわ」

「いいえ、あなたはばかなんかじゃないわ。ただ、間違った人間を信頼しただけ。あなたと同じ立場に立たされたら、多くの女性が同じように行動していたはずよ」

「あなたは違うわ」

「どうかしら。恋をしているときには、誰でも愚かなことをするものよ」

「でも、あなたは愛のために結婚したわけじゃない。とても現実的な理由で結婚したんですもの」

ミランダはほほえんだ。「そう思う？」

「デヴィンを愛しているってこと？　結婚する前からずっと？」

ミランダはうなずいて、エリザベスの手を取った。「デヴィンは本当はいい人なのよ、エリザベス。あなたは長いことずっと、思い違いをしていたの」

「わかっているわ。でも……あんなに長く彼を憎んできたんですもの、気持ちを切り替えるには少し時間がかかりそう。ああ、ミランダ！　わたしを許してくれる？　この何週間かは、心配で気が狂いそうだった。彼があなたを殺すつもりだと確信していたんですもの。でも、真実を打ち明けることができなかった。だから、ヘイスティングスを雇って、彼を脅そうとしたのよ！　なんてばかだったのかしら。なんて弱虫で……わたしを許してくれる？」

「もちろんよ。あなたの気持ちはわかるもの」

メイドが入ってきたので、ミランダはあとをまかせて継母の部屋を出た。ショックを受け、話し相手を必要としているのは、エリザベスだけではない。デヴィンはまるで世界がひっくり返ったかのような顔をしていた。

図書室に戻るため階段を下りるつもりだったが、デヴィンは階段のいちばん上の段に座り、ミランダを待っていた。「ミランダ」

デヴィンは立ちあがり、彼女と向かいあった。デヴィンの顔に浮かんでいる暗い表情に胸を引き裂かれ、ミランダは彼を抱きしめて、広い胸に頬を寄せた。デヴィンも抱き返してきた。

「ああ、ミランダ！　ぼくはなんてばかだったんだ！」彼はエリザベスと同じ言葉を口にした。「この年月……レオーナはずっとぼくをだまし、もてあそんでいたんだ」

ミランダはデヴィンにまわした腕に力をこめた。傷ついているデヴィンを見るのはつらかった。彼の苦しみが、レオーナを愛していたという事実から生じていることは、もっとつらい。でも、いまはそんな自分の気持ちを払いのけた。

「わたしの部屋に行きましょう」ミランダは彼の手を取って廊下を歩きだした。部屋に入ると、デヴィンはため息をついて椅子に座りこみ、膝に肘を突いて前かがみになって、両手に顎をあずけた。

「レオーナがぼくに身を差しだしたのは、そのときだったんだ」デヴィンは壁を見つめながら、十五年前の当時を思い出していた。「それまで、一年以上もレオーナを追いかけ続けていた。彼女はぼくをからかい、誘惑し、でも決して満足を与えてはくれなかった。ぼくがブライトンに行くと、彼女はコンスタンスを紹介してくれた。ぼくがコンスタンスを経験ある女性だと間違えたことを知っていたのに、訂正しようとはしなかった。何が起こるか見たかったんだろうな。夜遅くぼくの家を訪れては、コンスタンスとのあいだにあったことを知りたがったよ。コンスタンスとしたことを打ち明けながら、よりいっそうレオーナを欲しがるぼくを見て、さぞ満足したに違いない」デヴィンは首を振り、それから髪をかきあげた。「すまない。こんなことをきみに話すべきじゃないんだが」

「わたしには何を話してもいいのよ」胸の内にはレオーナに対する激しい怒りが燃えていたが、ミランダは落ち着いた声で言った。

「だが、コンスタンスに妊娠したことを打ち明けられ、レオーナはゲームが終わったと悟ったに違いない。コンスタンスが処女だったことを知り、ぼくはそれを黙っていたレオーナを責めたんだ。だからレオーナは、たとえぼくが自分を愛していても、コンスタンスと結婚するだろうと思った。だが、そんなことは許せなかった。そこであんな嘘をでっちあげ、コンスタンスをアメリカに追い払い、残ったぼくたちには彼女が死んだと思わせた。

彼女を捜されたりしたら困るからね」

デヴィンはいったん言葉を切った。ふたたび話しはじめたときには、その声に怒りがこもっていた。

「おそらくレオーナは、コンスタンスの死が自分のせいだとぼくに思わせたかったんだ。そして悪徳に深く沈めば、自分にしがみつくようになるとわかっていたに違いない。家族やほかの知りあいとは違う、自分と同類の人間になる、とね。ぼくがみんなから孤立すれば、そのぶん思いどおりにできると考えたんだ。この推測は理屈にかなっているかい？」

ミランダはうなずいた。「ええ。レオーナはあなたのすばらしい内面を理解できず、それに恐怖を感じたのよ。そのすばらしさが、いつか自分から離れていく原因になると思ったのね」

「レオーナはなんのためらいもなく、コンスタンスの人生を破滅させた」デヴィンは首を振った。「ぼくが罪悪感に苦しんでいるのを平気な顔で見ていた。コンスタンスの死が原因で父とぼくが喧嘩《けんか》別れしたときでさえ、黙っていた。あのあと、ぼくと父は一度も顔を合わせず、言葉も交わさなかった。父はぼくを軽蔑したまま死んでいったんだ。それでも、レオーナは実際に起こったことを打ち明けようとはしなかった」デヴィンはミランダを見上げた。彼の目には涙が光っていた。「いったい、どうしたらそんなに冷酷になれるんだ？」

ミランダは涙に喉をふさがれ、ささやくような声で応じた。「わたしにはわからないわ」

「彼女はぼくを愛したことなど一度もなかったんだ」

「きっと、人を愛することができない人なのね」

「一度も嫉妬しなかったのも当たり前だ。何も感じていなかったんだから。レオーナが欲しがっていたのは、ぼくを思いどおりにする力だけ。彼女は、きみと結婚しろとぼくをせっついたんだ。だが、その結果……」デヴィンは急に言葉を切って、ミランダを見つめた。

「なんてことだ」

「何？　どうしたの？」

「そうか。彼女が――」

「誰が、何？　デヴィン、なんの話をしているの？」

「きみを殺そうとしているのはレオーナに違いない」

「なんですって？　どうして？　わたしを殺して、彼女にどんな得があるの？」

「あらゆる得があるんだ。わからないかい？　きみは、コンスタンスよりもはるかに、彼女がぼくに持つ力を弱めた。ぼくはこの前、もう二度と会わないとレオーナに告げてきたんだ。きっとそれ以前から、もうぼくが自分の思いどおりにならないことに気づいていたに違いない。きみと婚約して以来、ぼくは一度も彼女に会いに行っていなかったからね。彼女はぼくを失った」デヴィンは顔をしかめた。「いや、きみの財産を失ったことのほうが重要だったに違いないな」

「なんですって？」

「言っただろう？　レオーナはぼくに、きみと結婚しろと勧めたんだ。そうすれば、きみの金がぼくの自由になると考えたんだ。間違いなくまだそう思っているだろう。その考えを訂正したことはないからね。レオーナはこう考えたんだ。ぼくがきみと結婚すれば、きみの金はぼくのもの。それを自分のため、ふたりがしたいことのために使わせるのは、造作もないと。ヴェイジーから小遣いを減らすと言われた、そうこぼしていたよ。レオーナにとっては、ぼくを失うのは自分が使える金を失うのと同じことだ。だが、きみが死ねば、ぼくはきみの金を相続する。そしてきみさえいなくなれば、もう一度ぼくをたぶらかし、取り戻せると考えた。一連の〝事故〟を手配したのはレオーナだ。間違いない」

「そうかしら？」

「ほかに誰がいる？　レオーナだと考えれば、すべて辻褄《つじつま》が合う」デヴィンは怒りに目をぎらつかせて立ちあがった。「彼女のところに行って、これ以上きみに手出しをしないよう話をつけてくる」

「デヴィン！」

　ミランダが叫んだときには、デヴィンはすでにきびすを返し、大股に部屋を出ていくところだった。

# 20

デヴィンは激しい怒りに駆られ、ヴェイジーパークへと馬を走らせた。館の前まで馬を乗りつけ、走りでてきた馬番に手綱を投げると、彼は玄関の扉を力まかせに叩《たた》いた。仰天した使用人がそれを開け、押しのけるようにして入ってきたデヴィンに驚いて後ずさった。「彼女はどこにいる?」デヴィンはうなるように尋ね、使用人が口ごもると、大声でわめいた。「レオーナ、レオーナ！　どこにいるんだ?」

「お待ちください！」使用人は仰天してデヴィンを止めようとした。「おいでになったことを、ただいま奥様に――」デヴィンは彼には目もくれず、玄関ホールを横切って階段に向かい、レオーナの名前を呼びながら一度に二段ずつ上がっていった。「どうか！」使用人が両手を絞るようにしながら、あとを追ってきた。

廊下の奥にある部屋の戸口から、レオーナが半分顔をのぞかせた。口もとに笑みを浮かべてデヴィンのほうに歩いてくると、片手を振って召使いを追いやった。「いいのよ、ポートマン。レイヴンスカー卿《きょう》にお会いするわ」彼女は胸のすぐ下で腕を組み、何もかも承知しているような笑みを浮かべてデヴィンが近づいてくるのを待った。「あらまあ、デヴィン、思ったよりも早かったのね……あなたはわたしのもとに駆け戻ってくると言ったでしょう？　許してあげる前に、どれくらい這《は》いつくばらせればいいかしら？」

「うぬぼれるのもいい加減にしろ」デヴィンは片手をレオーナの腕にかけると、彼女を居間へと引っ張っていった。

「何よ、いったい――」レオーナがわめいた。「そんなことをしてわたしを取り戻せるつもりなら、とんでもない思い違いよ！」

「きみを取り戻す気なんかこれっぽっちもないさ。ぼくが来たのは、きみの企《たくら》みがばれたことを知らせるためだ。いいか、ミランダの髪の毛一本でも傷つけたら、地の果てまでも追いかけて、きみを殺してやる」

思いもかけないデヴィンの言葉に、レオーナはあんぐりと口を開けた。「なんですって？　ミランダ？　よくもそんなことを！」

「ああ、言わせてもらう！」デヴィンは鋭く言い返した。「もう二度と、ぼくを指でからめとれるなどと思うなよ。ぼくはきみをよく知っている。きみがしたことを全部知っているんだ。きみがついた嘘《うそ》も、きみが仕掛けたゲームも」

「なんのこと？　ばかばかしい。なんの話をしているのか、さっぱりわからないわ」

デヴィンはエリザベスの件を叩きつけてやろうと口を開き……危ないところで思いとど

まった。レオーナが秘密を知れば、それを使ってミランダとその家族を傷つけようとするに決まっている。レオーナをどう思っているか、彼女が自分とエリザベスにした仕打ちをどう思っているか存分に吐きだしたいのはやまやまだが、エリザベスが実はコンスタンスであることも、ヴェロニカがデヴィンの娘だということも、決してレオーナに知らせてはならない。彼は恨みつらみを吐きだしたいのを必死にこらえた。「いや、わかっているはずだ。きみはぼくを長いこと虫けらのように扱い、もてあそんできた。十五年以上もきみの愛玩動物のようなものだったから、ぼくがきみを傷つけるようなことはしないと思っているかもしれないが、もうきみのペットじゃない。ぼくを怒らせた人間がどうなったかは、よく知っているはずだ。ぼくに何ができるかも」

「わたしにわかるのは、あなたがすっかり正気を失ったってことだけよ」レオーナは噛《か》みつくように言いながら、デヴィンの手を振りほどこうとした。

「いいや、まだ正気を失っちゃいない。だが、ぼくの妻に危害を加えてみろ、そうなるぞ」

「さっきからそればかりね！　なんの話か、わたしにはさっぱりわからないわ！」

「ミランダが続けざまに〝事故〟に遭った話をしているんだ。ようやくすべてきみの差し金だと気づいて、ばかな真似《まね》はやめたほうが身のためだと警告しに来た。ミランダに何が起こっても、ぼくがきみのもとに戻ることは絶対にない。きみにふたたび触れるところを想像しただけで虫唾《むしず》が走る。それに、もしもミランダに何かあれば、きみの仕業だということはすでにわかっているからな。必ず報復する。物理的にも、社会的にも、あらゆる方法で報復してやる。わかったか？」

「わかりすぎるくらいにね！」レオーナは激怒して叫んだ。「だからその手を放してちょうだい。あなたなんか大嫌いよ！」

デヴィンはぱっと手を放した。「ああ、おたがいさまだな」はずみをくらってよろめくレオーナに、苦い声で告げた。「いいか、いまぼくが言ったことを忘れるな。ミランダにかまうなよ」

「ええ、あなたの大切な奥さんには、指一本触れないわ！」レオーナは怒りに燃える声で叫んだ。「さっさとここから出ていって！」

「喜んでそうするとも」これで、執念深いレオーナの終生の敵になってしまった。だが自衛本能が人一倍強いレオーナのことだ、いまの脅しを無視はしないだろう。

デヴィンは最後にもう一度レオーナを見つめた。いったいどうしてこんな女を十五年以上も愛し続けてきたのだろう。彼はきびすを返し、ヴェイジーパークの居間を出た。

デヴィンが出かけたあと、ミランダは図書室に下りていった。波乱に富んだ一日のあとで、仕事に慰めを見いだせるのはありがたいことだ。ハイラムは図書室にはいなかった。

上の階で父のジョーゼフと建築家に加わり、館の修復にかかる費用を検討しているのだ。だが、ストロングがそこにいた。ミランダはストロングの姿を目にしたとたん、昨日、彼とここで会う約束をしていたことを思い出した。しかも、約束の時間から一時間近くも過ぎている。ミランダが入っていくと、ストロングはぱっと立ちあがった。

「奥様」

「ごめんなさい、ミスター・ストロング。あなたと会う約束をすっかり忘れていたわ」

「ちっともかまいませんとも」ストロングは急いで立ちあがった。「では、別の日にしましょうか」

「いいえ、先に進めなくては」ミランダは彼を引きとめた。「レイヴンスカー卿と一緒にアプワース山に出かける前に、いろいろと終わらせてしまいたいの」

「アプワース山ですか、奥様？　その、昨日あんなことがあったあとで、まだ出かけるおつもりなんですか？」

「もちろんよ。どうして？　さてと、どこまで進んでいたかしら？　残っているのは最後の帳簿だけ？」

「はい、奥様。ですが……よろしければ、今日はこれから、小作人に貸してある農場を二、三見てまわりませんか？　この前から、そうしたいとおっしゃっておいででしたし」

「ええ、そうね」ミランダは考えてみた。確かに、家のなかに閉じこもっているよりも、馬に乗って出かけるほうが楽しい。たび重なる〝事故〟はレオーナの仕業だとわかったのだから、館を出てもなんの問題もないはずだ。だが、彼女はため息をついて首を振った。

「いいえ、せっかくだけど、やっぱりやめておくわ。これを片づけてしまう必要があるの。さもないと、せっかくアプワースに出かけても楽しめないでしょうから」

「もちろんです」ストロングはふたたび腰を下ろそうとして、突然、動きを止めた。「待ってください。書類の一部をオフィスに忘れてきてしまったようで。いますぐ取ってきます」

「わかったわ」ミランダはテーブルに向かい、帳簿を自分のほうに引き寄せた。

熱心に帳簿の数字を見ていると、十分後、ふたたび図書室のドアが開いた。

「遅かったわね」そう言いながら振り向くと、驚いたことに部屋に入ってきたのは、デヴィンの伯父のルパートだった。「あら、伯父様。ストロングかと思いましたの」

「すまんな、わたしだよ」ルパートは微笑した。「気分はどうだい？　昨日の恐ろしい出来事からは、もう立ち直ったかな？」

「ええ、すっかり」ミランダはにっこり笑った。「立ち直りは早いほうですから」

「そうらしいな。ところで、馬に乗ろうかと思ってね。誘いに来たんだ。修道院跡にでも行かないか？」

「いいえ。せっかくですけれど。ミスター・ストロングが戻るのを待っているところなんです。今日のうちに帳簿に目を通してしまわないと」

「そんなもの、あとにすればいいじゃないか」ルパートは気のいい調子で言った。「乗馬にはもってこいの日和だよ」

「ごめんなさい。やはり仕事を片づけてしまいますわ」

「やれやれ、残念だな」ルパートはそう言って上着のポケットに手を突っこみ、なんと拳銃を取りだして、ミランダを仰天させた。彼はそれをミランダに向けた。「すまんが、どうしても一緒に来てもらうよ」

ミランダはぽかんと口を開けてルパートを見つめた。ルパート伯父が？「あなただったの？　あなたがわたしを――」

ドアの開く音に、ミランダは振り向いた。ストロングだ。ミランダはほっとして叫んだ。

「ミスター・ストロング！　よかったわ、助けて！」

だが、ストロングは落ち着かぬ様子でミランダをちらりと見やり、それからルパートに目を向け、不安そうに訴えた。「銃はまずい。見られます。そんなものを持ったままここを出ることはできませんよ、旦那」

「ああ、そうだな」ルパートはうなずき、ミランダに近づいてきた。

ミランダは呆然《ぼうぜん》としてふたりの男を見つめた。このふたりは共犯なんだわ！　突然、すべてがはっきりとわかった。

「領地ね！」ミランダは叫んだ。このふたりをつないでいるものは、それしかない。「あなたたちは、ぐるになってデヴィンからお金をだまし取っていたのね！」

ルパートはため息をついた。「それがきみのいかんところだ。わからないのか？　きみはためにならないほど頭が働きすぎる」

彼はミランダのそばで足を止め、いきなり拳銃を振りあげると、ミランダの頭に銃床を振りおろした。一瞬にして目の前が暗くなり、ミランダは床に崩れるように倒れこんだ。

意識を取り戻したときには、周囲は完全に闇に包まれていた。またしてもあの恐ろしい地下室に閉じこめられたのかとぞっとしたが、天井の大きなひび割れから光が入ってくることに気づいた。地下室の天井にひび割れはなかった。

頭が割れそうに痛む。ミランダはそろそろと体を起こし、周囲を見まわした。昨日いた地下室のなかよりもほんの少し明るい。彼女は地面に座っていた。頭上から射《さ》してくる四本の光が長方形をかたどり、ぼんやりと見える階段がその長方形へと上がっていく。どうやらここも地下らしいが、出入り口はふつうの扉ではなく頭上にある落とし戸で、まわりを囲んでいるのは石壁の代わりに土壁だ。館の地下の一部か、館の外にあるほかの建物の地下だろうか。

修道院跡かもしれない。

不意にそう閃《ひらめ》いた。考えれば考えるほど、それが正しい答えに思えてくる。あのふたりは、昨日のように彼女がすぐ見つかる危険をおかしたくないはずだ。間違いなく、館から連れだすほうがいいと思ったのだろう。でも、気を失っているわたしを、ほかの人々に気づかれずにどうやって館から運びだしたの？

ミランダはしばらくそのまま座り、力が戻ってくるのを待った。落とし戸を開けられるか試してみなくてはいけないが、拳銃で頭を殴られたせいでまだ吐き気がするし、体に力が入らなかった。

ため息をついて、ミランダは壁に寄りかかった。ルパートは彼女が利口すぎると責めた。だが実際は、彼が思っているほど利口ではなかったのだ。何週間も帳簿と領地に関する資料に目を通していたというのに、ルパートとストロングがデヴィンをだまし、領地からの収益をかすめ取っていることにまるで気づかなかった。あのふたりは帳簿に記入されているよりも多くの賃料を小作人から集め、その差を自分たちの懐に入れていたに違いない。領地の状態は、ふたりが言うほどひどくはないのだ。

ミランダは、小作農場のひとつに疑問を持ったことを思い出した。そこが帳簿の記載よりもはるかに収益を上げているように見えたことを。なぜあのとき、それが何を意味するか気づかなかったのか？　ストロングの説明を額面どおりに受け取ったのは、まったくもって愚かだった。

正直に認めるなら、ほかのことに気を取られ、帳簿やストロングの説明にじゅうぶんな注意を払っていなかったのだ。館や庭の修復に関するさまざまな仕事にかなり時間を取られていたせいもあるが、いちばんの原因はデヴィンだった。彼の愛を手に入れようと頭を悩ませるのに忙しくて、ほかのことにはほとんど集中できなかった。

不幸にして、その不注意の代償を自分の命で払わねばならなくなりそうだ。

考えてみれば、図書室のバルコニーの手すりから落ちたあの最初の〝事故〟が起きたのはストロングのオフィスを訪ねた直後で、ストロングはデヴィンの案内でミランダが図書室を見に行くことを知っていた。領地の運営をミランダがすると告げたときのストロングの驚いた顔が、目に浮かんだ。明らかにふたりの男はあのときまで、それまでどおりデヴィンの領地からうまい汁を吸い続けられると思っていたに違いない。それどころか、この結婚でミランダの潤沢な資金まで使うことができる、とほくそえんでいたのだろう。ところがミランダ自身が領地を監督すると知り……あわてたストロングが、大急ぎで最初の〝事故〟を手配した。

この試みが失敗すると、今度は落石が都合よくミランダの頭をかち割ってくれるように、ルパートがミランダをローチーズに誘いだした。それから何週間か、事故のない日々が続いたのは、ミランダが帳簿に目を通しても何も気づかないのを見て、彼女を殺す必要はなさそうだと判断したからだろう。だが、この一週間ほどのあいだに、彼らは三回も彼女を殺そうとした。一度はココアに薬を入れて。だが、エリザベスがそれを飲んでしまったためにまたしても失敗に終わり、今度は地下室に呼びだした。それもうまくいかないと、銃を突きつけて頭を殴り、必死にミランダを殺そうとしたのだ。でも、彼らはいったい何を恐れたのだろう?

もうひとつ重要なことがある。デヴィンがいつ戻ってくるか、彼は今度も召使いを総動員して、ミランダを捜そうとするか、だ。デヴィンはレオーナが犯人だと確信していた。妻の姿が見えなくても、心配するだろうか? そうであってほしいとミランダは心から願ったが、たとえ彼が心配したとしても、妻が修道院跡に閉じこめられていることがどうしてわかるだろう?

ミランダは結論をくだした。デヴィンが助けに来てくれる可能性を信じて、何もせずに待っていることはできない。自力で助かる方法を、なんとか考えなくては。まず最初に、もちろん武器を見つけなくては。ふたりが戻ってきたときに、使えるような武器がいる。もっとも、渇きと飢えでミランダがじりじりと衰弱し、死にいたるのを待つつもりでここにほうりこんだのではなく、戻ってくるつもりだと仮定しての話だが。このまま放置されるという恐ろしい可能性を頭から押しやり、ミランダは自分が閉じこめられた〝独房〟のなかをゆっくり歩きはじめた。片手で土壁をたどりながら、すぐ横の地面を掃くように片足を動かし、ほとんどなきにひとしい光のなかで、武器として使えるものを探していった。

何度か小さな石を見つけ、それをポケットに入れた。だが、部屋を一周し、続いて対角線状に移動してみても、ほかには何ひとつ見つからなかった。

ミランダは階段の下の段に腰を下ろし、収穫したものを確認した。石が三つだ。ふたつは小石よりもほんの少し大きいだけ。もうひとつも、手のひらにすっぽりおさまる大きさしかない。ミランダは少し考えたあと、ポケットからハンカチを取りだした。それを膝の上に広げ、三つの石をその真ん中に置き、四隅をきっちりと結んだ。これで三つの石を合わせた大きさの、したがって個々に使うよりも大きくて重い小さな袋ができた。石の下にできた結び目をつかめば、武器代わりに使うことができる。おそらくたいした役には立たないだろうが、何もないよりはましだ。用心のためブーツに拳銃かナイフを差しこんでおけばよかったが、いまさら悔やんでもしかたがない。それに、こんなものでも敵の意表を突くことができるかもしれない。ルパートやストロングは、まさかミランダが小石で反撃してくるとは思いもしないはずだから。

頭の上で物音がして、ミランダははっと動きを止め、耳を澄ました。馬のいななきが聞こえ、それからかすかな話し声が聞こえた。大声で叫んだほうがいいだろうか？　たまたま誰かがここを通りかかったのかもしれないし、運よくデヴィンが捜しに来てくれた可能性もまったくないとは言えない。ルパートかストロング、さもなければその両方が、彼女の息の根を止めに来た可能性のほうが高いが。その場合は、弱りきって、動くこともできないように見せかけるのがいちばんだ。

そこでミランダは、先ほど目を覚ました壁のそばに急いで戻り、武器をつかんだ手をポケットに突っこんで、床に横たわった。

階段のてっぺんで落とし戸が開き、大きな音をたてて後ろに倒れた。まもなく、男の両脚が現れ、続いて体も現れた。ルパートだ。手にしたランタンで湿気の多い小部屋のなかを照らしながら下りてくる。ルパートの後ろから、明らかに不満げなストロングが従ってくるのが見えた。

「このままここにほうりだしておくだけじゃどうしてだめなのか、わしにはわかりませんね」彼は愚痴っぽく言った。「わしらが始末しなくても、この女はそのうち死にますよ」

「ああ。だが、甥《おい》が修道院を捜そうと思いついたらどうなる?」ルパートは鋭く言い返した。「あいつがやりそうなことだ。この女が死ぬ前に、誰かに見つけられるわけにはいかないんだ。われわれのことをしゃべられてしまうからな。おまえも納得したはずだぞ、ストロング」

「はあ。しかし……」

「ぐずぐずしないで、さっさと片づけてしまおう」ルパートは苛立《いらだ》たしげにそう言って、階段の下に達し、ランタンの明かりをミランダに向けた。「おや、気がついたようだな」

彼はそれを知ってもあまりうれしそうには見えなかった。おそらく、意識を失っているミランダを始末するほうが、目を覚まし、彼らのすることをじっと見ている彼女を始末するよりもはるかにたやすいからだろう。ミランダは実際よりも頭がふらふらするふりをしながら、体を起こした。「ルパート伯父様……」

「いまさらか弱い女のふりをして、わたしをごまかそうとしても無駄だぞ」ルパートは意地の悪い声で言った。「あんたがほかの女みたいだったら、こんなことをする必要はまったくなかったんだ。なんだって男の仕事にしゃしゃりでて、ありとあらゆる問題点をつつき、詮索したがるのか、わたしにはとんと理解できないね。そんなことをせず、これまでどおりにしておけば、なんの問題もなかったものを」

「確かにそのとおりね」ミランダは皮肉たっぷりに答えた。「そうすれば、何も知らないデヴィンから領地のお金を盗み続けることができたでしょうから。わたしの財産も同じように盗みたいと願っていたのは明らかね」

「だが、デヴィンは気づいてもいなければ……気にしてもいなかった」ルパートは不機嫌な声で言い返した。「あいつはまるで疑っていなかったんだ」

「ええ、おかげでずいぶん簡単に彼のお金を盗むことができたわね」ミランダは辛辣にあてこすった。「でも、今度ばかりはやりすぎたと思うわ。またしても不可解な事故で妻が死んだら、さすがのデヴィンも、何かがおかしいと気づくでしょう。彼は誰かがわたしを殺した理由を探しはじめ、真実を突き止めるわ。そう思わない？」

「ばかばかしい。疑われるのはデヴィンだよ。金持ちの妻を殺したがる人間が、夫以外にいるかね？　ミスター・アップショーが疑いをかけるのは、間違いなくデヴィンだ」

ミランダは手にした石を握りしめた。「あなたは甥からお金を盗むだけでは満足せずに、人殺しの罪で彼を絞首台に送るつもりなの？」

ルパートの後ろで、ストロングが蒼《あお》ざめて驚きの声をあげた。

ルパートはミランダに向かって顔をしかめた。「いいや、とんでもない話だ。運がよければ、誰も何ひとつ疑うものか。そもそも、きみがあきれるほど詮索好きで、頑固な女性でなければ、こんなことをする必要すらなかったんだ！　わたしの仕事を取りあげ、自分で実権を握ろうなどとせず、小作人の農場に出向くなどと言いださなければな。それにアプワース山にまで！　きみがあの荒地を見たがるなんて、いったい誰が想像した？」

「アプワース山……」ミランダはルパートを見つめた。「つまり、わたしを殺すのは、アプワース山に行かせないためなの？」

「ああ、そうとも」ルパートは愚痴っぽく答えた。「デヴィンはあの契約のことは何も知らない。だが、アプワースを見れば、いくらあいつでも採掘坑に気づくだろう」

「そうだったの！　やはりあそこには鉱物資源があるのね。デヴィンにはひと言も話さずに、あなたはそれを掘りだしていた」

「うるさい！」ルパートは腹立たしげに吐き捨てると、かがみこんでミランダの手首をつかみ、乱暴に立たせた。「それがどうした？　デヴィンはすべての責任を放棄してきたんだ。領地から上がる金をくれてやる必要などあるものか。あいつときたら、酒や女に金と時間を使うばかりで――」

ミランダはルパートに逆らわずに、彼が引っ張る力を借りて体ごと前に飛びだし、すばやくポケットから手を出すと、それを力いっぱい振りあげた。石を包んだハンカチが、小気味いい音をたててルパートの頭にぶつかる。彼は奇妙な声をあげ、へなへなと仰向けに倒れた。

ミランダはその横を走り、階段を上がって、ストロングに体あたりをくらわせた。まだ手すりのない階段の上にいたストロングが、両手を泳がせて後ろによろめき、階段の横から二、三メートル下の地面にどさりと落ちる。ミランダは振り向きもせずにそのまま階段を上がって外に出た。

明るい陽射《ひざ》しに目がくらみ、額に手をあてて目をかばいながら、ふらふらと二、三歩前に出た。さっき確かにいななきが聞こえた。馬はどこにいるの？　背後で物音が聞こえ、急いで振り向くと、低い石壁のすぐ向こうに二頭の馬が見えた。だが、突然飛びだしてきたミランダに驚いて神経質に足踏みしていた二頭は、ミランダが必死に駆けてくるのを見て、ゆるくつながれていた低木から離れて走りだした。走って追いかけたが、追いつけるはずもない。馬を驚かせた自分の性急さを呪ったとき、後ろから怒鳴り声が聞こえた。ルパートが落とし戸から這いあがり、追ってきたのだ。

ミランダは低い壁を飛び越え、それよりも高い壁をまわりこんで走った。そしてまもなく、修道院跡のなかに迷いこんでいた。息をはずませて立ち止まり、壁にもたれて追ってくる足音に耳を澄ます。何も聞こえない。彼女は恐る恐る壁の隅からのぞいた。修道院跡から離れ、森のなかに逃げこめれば、ルパートとストロングをまくことができるはずだ。

だが、静かに壁の角をまわりこんだとき、叫び声が聞こえた。ぎょっとして振り向くと、ストロングが走ってくる。そのすぐあとに、ルパートの姿も見えた。ミランダはあわてて向きを変え、走りだした。そこはかつて修道院の中庭だったらしく、四角い広場だった。半分倒れた壁が目の前にそびえている。その先には隠れる場所のまったくない空き地が広がっていた。森はその向こうだ。追ってくるのがルパートだけなら、逃げきれるかもしれない。なんといっても彼は年寄りだし、頭を殴られている。だが、ストロングを振りきるのはそう簡単にいきそうもなかった。

ミランダは壁をよじのぼって越えると、全速力で走った。後ろでストロングがわめく声が聞こえてくる。とそのとき、遠くから馬に乗った男が近づいてくるのが見えた。

「デヴィン！」ミランダは大声で叫び、森ではなく彼に向かって走った。

馬が跳ねるように速度を上げ、彼女に向かってくる。ミランダは膝をつき、すすり泣くような声をあげて、息を吸いこんだ。すぐ横を通りすぎる馬の風を感じて、振り向くと、デヴィンが馬を飛び降り、まっすぐストロングに走っていくのが見えた。

そのあとは、あっという間にすべてが終わった。体あたりをくらって倒れたストロングは、顎に右のアッパーカットをくらい、気を失った。続いてデヴィンは、あわててきびすを返して逃げていく伯父のあとを追った。ルパートはあっという間に追いつかれ、一瞬後にはストロングと同じように意識を失って地面に倒れていた。

ミランダはよろめきながら立ちあがった。デヴィンがきびすを返してミランダに駆け寄り、足が浮くほど強く彼女を抱きしめた。

「大丈夫かい？」デヴィンは息ができないほどきつく抱きしめ、ミランダの顔にキスの雨を降らせた。「ああ、ミランダ！　もう少しできみを失うところだった！　頼むから、大丈夫だと言ってくれ」

ミランダはあえぐように息を吸いこみ、どうにか答えた。「ええ。大丈夫よ。あなたが助けに来てくれてほんとによかった。でも、どうしてわかったの？　いったいなぜ、ここに来たの？」

デヴィンはぎゅっと妻を抱きしめ、それから腕を伸ばして彼女の全身を眺めまわし、けががないのを確認すると、ふたたび抱きしめた。「戻ってくると、きみの姿が見えなかった。何かあったに違いないとぴんときたよ。ヴェイジーパークから戻る途中で、レオーナのことは思い違いだったと気づいたんだ。彼女がきみを殺そうとしたという、あの推理のことさ。レオーナはぼくの非難にあっけに取られていた。彼女は人を欺く名人だが、あの表情は作りものではなかった。ぼくが何を言っているのか、本当に見当もつかなかったんだ。だから、召使いたちにきみのことを尋ねた。そのうちのひとりが、ストロングとルパートが丸めた絨毯《じゅうたん》を担いで裏口から出ていき、それを荷車に積みこんだのを見たと思い出したんだ。彼らがそんなことをするのは、間違いなく奇妙だ。それに、馬屋の召使いの話では、彼らはその荷馬車で絨毯を持ち帰り、今度は馬に乗って出かけたという。だから彼らのあとをつけてきた。そしてここに近づくと、きみが走ってくるのが見えた。何があったんだ?」デヴィンはふたたび腕を伸ばしてミランダを見つめた。「どういうことだ? いったいいなんだってルパート伯父とストロングはきみを殺そうとしたんだ?」

「それは……ひと言では説明できないわ」

デヴィンは地面に倒れたまま動かないふたりのほうをちらっと見た。「かまわないよ。あのふたりが気がつくのは、まだだいぶ先だろう。話してくれ」

ミランダは、今朝デヴィンがレオーナと対決するためヴェイジーパークに出かけたあとの出来事を、手短に話しはじめた。デヴィンは驚きに打たれて聞き入っていた。

「でも、なぜだ?」ルパートが拳銃でミランダを脅し、それで頭を殴りつけ、気を失った彼女を修道院跡へ運びこんだという話が終わると、デヴィンは尋ねた。「ルパート伯父はなぜきみを殺したかったんだ?」

「わたしが彼らの秘密を嗅ぎつけそうだと思ったからよ。この件に関しては、愚かにもまったく気づいていなかったから、嗅ぎつけられたかどうかあやしいものだけど。要するに、彼らはあなたをだましていたの。長いこと領地から上がる賃料をくすね、収益が上がるところか金食い虫だと言い続けてきた。でも実際は、彼らがあなたのお金を食べていたのよ」

デヴィンは目をみひらいてミランダを見つめた。「信じられない。すると、本当は収益が上がっているのか？」

「だと思うわ。帳簿の記載がふじゅうぶんなのはわかっていたけど、ストロングにきちんと記載する能力がない、管理人としての能力がないせいだとばかり思っていたの。ところが、実際はとても賢かったのね。あなたのことで頭がいっぱいでなければ、たぶん彼らの不正に気づいたでしょうけど、確信はないわ。それに彼らは、わたしたちをアプワース山に行かせたくなかったの」

「なんだって？」

「わたしを殺さなくてはならないのはそのためだとルパートが言ったわ。彼はあなたの知らぬ間に、領地の資源を採掘していたのよ」

「そんなことが……信じられないことばかりだ」

「ええ、気持ちはわかるわ。ほんとに信じられない」ミランダはぶるっと体を震わせた。

「いくらお金のためでも、そこまでするなんて。ルパートはわたしを殺すつもりだったんですもの」ミランダはデヴィンの広い胸にもたれた。「でも、あなたが駆けつけて助けてくれた」

「当然だよ、愛する奥さん」彼は冗談めかしてそう言い、ミランダを自分の胸から離して彼女の目を見つめた。「きみもぼくを助けてくれたじゃないか」

デヴィンの顔が近づいてくる。ミランダは満ち足りたため息をもらし、熱いキスに身をゆだねた。

# エピローグ

ミランダは立ちあがって伸びをすると、椅子を後ろに押しやり、管理人のオフィスをあとにした。ドアに鍵を閉め、庭を横切って母屋に入る。館のなかは静かだった。一日が終わり、大工がハンマーを叩《たた》く音も鋸《のこぎり》を引く音もやんでいた。建物の修復は申しぶんなく順調に進んでいる。だが、正直なところ、まもなくデヴィンとふたりでイタリアにひと足遅れた新婚旅行に出かけ、家を修復している男たちがたてる音を聞かずにすめば、どんなにほっとするかわからない。すべてが明らかになったあと、すぐに出発してもよかったのだが、ミランダは一カ月ばかり旅行を延期したのだった。領地の運営が軌道に乗っていることを確認してからでなければ、出かける気になれなかったのだ。

でも、すべてすっかり片づいたわ、とミランダは深い満足を感じながら思った。これで荷造りに専念できる。父とエリザベスも昨日スコットランドへの長い旅から戻ってきたから、ミランダとデヴィンが四カ月かけて新婚旅行を楽しむあいだ、修復作業の監督は父にまかせられる。

時はどんな傷も癒してくれるものだ。ミランダはヘイスティングスという男を雇ってデヴィンを襲わせたエリザベスを許すことができたし、そもそも許すつもりでいた。だが、この一カ月、エリザベスがいないおかげで、あまり気詰まりな思いをせずにすんだのは確かだ。さらに何カ月かおたがいに顔を合わせずにすめば、どちらもそのほうが楽に違いない。デヴィンはこの一カ月を娘のヴェロニカとよく知りあうことに費やした。もちろん、本人には父親だとにおわせることさえしなかった。ヴェロニカは彼にとって、この先も義理の妹としてとどまるだろう。

ルパートとストロングはどちらも監獄にいる。ミランダはスキャンダルを恐れ、植民地のひとつにふたりを移住させてはどうかと提案したのだが、デヴィンは厳しい顔で、警察に引き渡すべきだと言い張った。〝あのふたりはきみを殺そうとしたんだ。監獄に入れないとすれば、生かしておくわけにはいかない〟ミランダはそれを聞いて、急いで警察に引き渡すことに同意したのだった。

ミランダは階段を上がり、廊下の先にあるアトリエに向かった。デヴィンはいまもほとんどの時間をそこで過ごしている。デヴィンはミランダの足音を聞きつけて振り向き、笑みを浮かべた。

「ミランダ、見てくれ。きみの肖像画が仕上がった」

ミランダはほほえみ返し、言われるままに近づいてデヴィンの前に立てかけられた絵を見た。これは彼が描きあげた五つ目の彼女の肖像画、デヴィンに言わせると、いちばんのお気に入りだ。彼は階下の玄関ホールに飾ろうとすでに決めていた。デヴィンがこれまで描いたすべての絵と同じように、光と色彩にあふれたその絵のなかのミランダは、白い肌に映える真っ赤なドレスを着ていた。ミランダには実物よりも美しく描かれているように見えるが、その点に関して文句を言う気はない。

「すばらしいわ」ミランダは夫の腰に腕をまわした。

「肝心な特徴がじゅうぶんにとらえられていないな」デヴィンは肖像画を見ながらつぶやいた。

「どんな特徴？」

「きみにしかない表情だよ」彼はにっこり笑ってミランダを見下ろした。「だから、まだきみを描き続けているんだ」

「わたしの顔ばかり見せられて、ほかの人たちがうんざりするかもしれないわ」ミランダはからかった。

「ああ、だが、さいわいなことに、ほかの人々がどう思おうと関係ない。描いた絵を売る必要はないからね。何しろ、いまのぼくは裕福な伯爵なんだ。きみはそう言ったはずだぞ」

「ええ、あなたはお金持ちよ」ミランダはうなずいた。「領地の運営も、すっかり軌道に乗ったと思うわ」

「それはよかった。だったら、もうすぐヨーロッパに出かけられるね」

「あなたの資産が合計でどれくらいになるか、知りたい？」ミランダは尋ねた。

デヴィンは微笑した。「聞いたところで、ぼくにはたいして意味がない。資産のことはきみの有能な手にまかせるよ」

「そもそも、そういう態度がトラブルの原因を作ったのよ」ミランダはからかうように夫を叱った。

「だが、きみは信頼できる。そこがこれまでとは違うところだ」

「ええ」

「愛してるよ」デヴィンはそう言ってかがみこみ、ミランダの唇に唇を重ねた。

ふたりは手をつなぎ、ゆったりした足取りでアトリエを出ると、夕食の前に着替えるため、廊下を自分たちの部屋に向かった。

「皮肉なことに、ストロングはとてもすぐれた管理人だったの。ダークウォーターの農地は、あなたが何不自由なく暮らすのにじゅうぶんな賃料を生みだしていたわ。それに彼は石炭会社と、ローチーズの土地を採掘する契約を交わしていた。おかげであなたはとても裕福な伯爵なのよ。そこから上がる収益で、ダークウォーターを修復することもできたくらい」

寝室に入ると、ミランダはデヴィンに背中を向けた。彼はドレスのボタンを外しはじめた。

「要するに、あなたは最初からじゅうぶんなお金を持っていた。本当はわたしと結婚する必要などまったくなかったというわけ」

「いや、あったさ」デヴィンはミランダの指摘を否定し、かがみこんでうなじに唇を押しつけた。「どうしてもその必要があった。幸せになるためにね。世界じゅうの金がぼくのものだったとしても、きみに出会って結婚しなければ、いまでも本当の愛とは何か知らずにいたに違いない」

ミランダは振り向いてデヴィンにほほえみかけた。ドレスが腕を滑って、足もとの床に落ちる。「いまは知っているの？」

「そうだよ」彼は約束に満ちた煙るような瞳に、物憂い笑みを浮かべた。「いまのぼくは、本物の愛ととても親密な関係にある」

「だったら、その証拠を見せてくれる？」ミランダはシャツの前をなで、そのまま両手を首にまわした。

「喜んで」デヴィンはミランダを引き寄せ、唇を重ねながら、かすれた声でささやいた。

# 訳者あとがき

驚くほどたくさんの、楽しいロマンス作品を次々に生みだしているキャンディス・キャンプ。そんな彼女の新しい三部作をお届けします。第一作目の本書『放蕩《ほうとう》伯爵、愛を知る』は、思ったことをそのまま口にする威勢のいいアメリカ女性と、自堕落な生活に身を持ち崩してはいるものの、すばらしい魂を秘めたヒーローのロマンス。保守的なイギリス貴族を呆然《ぼうぜん》とさせながら、いつの間にか自分のペースに巻きこんでいく、そんなヒロインが、情熱的なヒーローの心を奪うためひそかな作戦に着手します。

レイヴンスカー伯爵デヴィン・アインコートは、ある日の午後、いきなり訪れた母と妹に起こされ、伯爵家を救うためにアメリカから来た女相続人と結婚するよう迫られます。彼自身の浪費もたたって、ついに伯爵家の資産が底をつき、破産の危機に瀕《ひん》しているのは、確かに母の言うとおり。しかたなくその夜の夕食会に行く約束をするものの、植民地から来た田舎者と結婚する気など、彼にはまったくないのでした。莫大《ばくだい》な財産があっても、自分の祖国で夫ひとり見つけられない女性となれば、おそらく相当不器量で欠点だらけに違いない。そんな女性と結婚するくらいなら、しつこい借金取りに我慢していまの暮らしを続けるほうがはるかにましだ、と。とはいえ、降ってわいたこの結婚話にどうにも心が落ち着かず、夕食会に顔を出す前に友人宅を訪れて、つい馬車レースの話に夢中になり……。

　同じころ、当のアメリカ娘ミランダ・アップショーも、娘をイギリス貴族と結婚させ、美しい大邸宅を自分たちの手でよみがえらせたいと願う父親から、伯爵夫人の夕食会に一緒に行ってくれと懇願されて、しぶしぶ承知していました。賢い投資家で自分の資産も持つミランダが、金目当てで結婚を望む貴族に魅力を感じるとは思えません。伯爵ともあろうものが、アメリカ娘との結婚にそんなに熱心になるのは、よほどひどい男に違いない。ミランダにはそうとしか思えないのでした。結局、伯爵は夕食会には現れず、ミランダはこれさいわいとさっさと引きあげるのですが、帰り道、思いがけない出来事に遭遇して……。

　作中、ミランダの父が畏敬の念とともに口にする造園家、ケイパビリティ・ブラウンは、十八世紀に〝英国式風景庭園〟を確立したと言われるランスロット・ブラウンのこと。世界遺産にもなっているブレナム・パレスを始め、チャツワースハウス、ウォーリック城など、彼の設計した庭園は現在でもいくつも残っています。改良が必要な庭園についても〝可能性《ケイパビリティ》がある〟と言ったところから、この名で呼ばれるようになったとか。その生涯に百七十もの庭園を造ったという、驚くべき人物です。

男勝りのヒロインがイギリス貴族を切って捨てる面白さに加え、ミランダの身に降りかかる数々の事故を巧みに織りこんで、スリルも満点。キャンディス・キャンプは、またまた読みごたえのあるすてきなロマンスをつむぎだしてくれました。

第二作のヒーローは、本書にもちらりと顔を出しているデヴィンの義弟、クレイボーン公爵リチャード。はたしてどんなヒロインが彼の心を射止めるのか？　本書とはまた違う趣向の二作目も、どうぞご期待ください。

二〇一一年十一月

佐野　晶

**訳者　佐野　晶**
東京都生まれ。獨協大学英語学科卒業。友人の紹介で翻訳の世界に入る。富永和子名義でも小説、ノベライズ等の翻訳を幅広く手がける。主な訳書に『恋のリグレット』を始めとするキャンディス・キャンプの人気シリーズ〈伯爵夫人の縁結び〉や、ジーナ・ショウォルター『オリンポスの咎人 II　ルシアン』（以上、MIRA文庫）がある。

放蕩伯爵、愛を知る
2011年11月15日発行　第1刷

著　　者／キャンディス・キャンプ
訳　　者／佐野　晶（さの　あきら）
発 行 人／立山昭彦
発 行 所／株式会社 ハーレクイン
東京都千代田区外神田 3-16-8
電話／03-5295-8091（営業）
03-5309-8260（読者サービス係）
印刷・製本／大日本印刷株式会社
装 幀 者／ナガイマサミ（シュガー）
表紙イラスト／吉田さき（シュガー）


ISBN978-4-596-91476-7

## さよなら片思い

キャンディス・キャンプ
鹿沼まさみ 訳

10年間ボスに片思いをしてきたエミリーは、恋人を持たぬまま30歳に。誰にも愛されないと嘆く彼女にボスがくれた誕生日プレゼントは、彼との一夜だった！

## 初恋はあなたと

キャンディス・キャンプ
西江璃子 訳

田舎で暮らすジュリーと、都会から来たハンサムでお金持ちのプレイボーイ。住む世界が違っても、惹かれる気持ちは止められず…。『さよなら片思い』関連作。

## 秘密の部屋

キャンディス・キャンプ
広田真奈美 訳

過労で倒れたジェシカは静養のため、母の留守宅へ。だが、誰もいないはずの部屋に見知らぬ男性がいた。訝しみつつも彼の魅力に抗えず、彼女は恋に落ちて…。

## もしも願いがかなうなら

ジュディス・マクノート
後藤美香 訳

写真家コーリーは幼い頃の憧れの人であり、手ひどく振られた相手スペンスと撮影現場で再会した。『とまどう緑のまなざし』関連作も収録のクリスマス短編集。

## ためらいと涙とキスと

ジーナ・グレイ
三谷ゆか 訳

急に姿を消した双子の妹を捜すため、エリンは妹が社長秘書として働く会社へ。なりゆきで妹のふりをした彼女は、ハンサムな社長マックスに出会い…。

リクエストにより復刊！

## 四世紀の恋人

ヘザー・グレアム
せとちやこ 訳

炎の悪夢に苦しむジリアンと彼女を見守るロバート。二人は前世で悲劇の夫婦だった。17世紀と現代と、時を超えた強くロマンティックな恋。

# ブレンダ・ジョイス

アイルランド貴族の
気高き愛と名誉の物語 **＜ド・ウォーレン一族の系譜＞**

第１話『**仮面舞踏会はあさき夢**』
叶わぬ恋と知りながら、次期ド・ウォーレン伯爵を一途に想い続けるリジーを数奇な運命が襲う。

第２話『**夢に想うは愛しき君**』
エレノアとショーンは血のつながらない兄妹。禁断の愛ゆえに二人は激情の嵐にのみ込まれ、一族をも大波瀾に巻き込んでいく…。

第３話『**光に舞うは美しき薔薇**』
ジャマイカ島からロンドンへの航海は数週間。その間に、一族きっての放蕩者クリフが海賊の娘を淑女に育て上げることになって…。

第４話『**初恋はせつなき調べ　上・下**』
令嬢ブランシュはレックスに再会し、生まれて初めての恋に落ちた。ともに日々を重ねるうち、彼への愛が深まるほどに切なさは増して…。

# ステファニー・ローレンス

"結婚の砦"はここに築かれた。
本物の愛と花嫁を手に入れるために。**＜結婚の砦＞**

第１話『**不作法な誘惑**』
1815年、突然社交界の花婿候補のトップに躍り出た元スパイたちは理想の花嫁を探すため秘密の紳士クラブを作った。

第２話『**悩ましき求愛**』
やむなく社交界で未亡人を称するアリシアが子爵に想いを寄せられて…。英国摂政時代、清貧の令嬢に訪れたシンデレラストーリー。

第３話『**身勝手な償い　上・下**』
幼なじみの伯爵と再会した令嬢。かつて、彼に恋し傷ついた彼女は過ちを繰り返さぬよう、誘惑に屈しないと心に誓うが…。

＊MIRA文庫

## 緑の瞳に炎は宿り

キャット・マーティン
小長光弘美 訳

父の遺言でロイヤルは公爵家を救うため、金持ちの令嬢と結婚することになるが…。19世紀前半のイギリスを舞台にしたハンサム兄弟の3部作、スタート！

## 賭けられた薔薇

クリスティーナ・ドット
琴葉かいら 訳

父親が賭に負け、結婚を余儀なくされた令嬢マデリン。窮地を脱するため、付き添い人のエレノアと身分を入れ替え…。リージェンシー・ロマンス2部作第1話。

## 囚われた貴石

クリスティーナ・ドット
琴葉かいら 訳

付き添い人エレノアは主人である令嬢に扮し、令嬢が結婚を余儀なくされた富豪の館へ。そのまま囚われの身に…。リージェンシー・ロマンス2部作第2話。

## 愛の陰影

ジョージェット・ヘイヤー
後藤美香 訳

冷酷と恐れられる公爵はある思惑から美しい少年を助けて小姓にするが、実は少女だと気付き…。ロマンスの祖が、少女の一途な愛を描いた伝説の名作。

## 悪魔公爵の子

ジョージェット・ヘイヤー
後藤美香 訳

冷徹なヴィダル侯爵は稀代の放蕩者。悪行が災いして渡仏が決まった彼は、尻軽そうな美女を誘うが、現れたのは堅い姉のほうで…。『愛の陰影』関連作。

## 令嬢ヴェネシア

ジョージェット・ヘイヤー
細郷妙子 訳

一八一八年、放蕩者の男爵が故郷で出会ったのは、駆け引きも知らない令嬢ヴェネシア。二人の間に奇妙な友情が芽生え…。巨匠が紡ぐ不朽の名作。